PALANSHIA

PALANSHIA

VOLUME UNO - IL DONO

WILLIAM CHANCELLOR

WILLIAM CHANCELLOR PUBLISHING

Illustratrice: Vanessa Arden King
Mappe: William Chancellor
Arte della copertina: Vanessa Arden King & William Chancellor
Disegno di copertina: William Chancellor & Matthias Zumbrunnen

Traduttori: Maurizio Matassi, Riccardo Scaletti, Naomi Placanica

ISBN 978-1-952448-13-3 Cartaceo

ISBN 978-1-952448-11-9 EPUB

PUBBLICAZIONE WILLIAM CHANCELLOR

Vai su WWW.PALANSHIA.COM per informazioni ed extra gratuiti.

ALLA MIA FAMIGLIA

E AI MIEI CARI AMICI.

MI ISPIRATE SEMPRE.

RICONOSCIMENTI

La mia più sincera gratitudine va –
– A mia moglie e alla nostra incredibile famiglia.

– Ai molti amici che hanno alimentato il fuoco dentro di me e incoraggiato la mia passione per questa storia negli ultimi 35 anni.

– All' incredibile illustratrice Vanessa Arden King per il suo squisito lavoro artistico che porta le mie storie ad un livello superiore: il suo contributo visivo al mio amato fantasy epico ha un valore incalcolabile.

– A mia sorella Sheila Chancellor per il suo genio nell'organizzare i miei vasti manoscritti, per la sua audacia nel tagliare le trame superflue e renderle più leggibili e la sua sorprendente capacità di convincermi a "scendere dal cornicione".

– Ai traduttori: Maurizio Matassi per la sua padronanza delle parole e per la sua instancabile dedizione di anni a questo progetto; a Riccardo Scaletti per il suo genio linguistico e al suo intuito per i mondi mistici del fantasy epico.

– A Naomi Placanica per il suo lavoro di editing.

INDICE

PROLOGO

L'iridescenza dell'Eth brillò, fulgida e improvvisa.
Era la seconda volta dai tempi della creazione.

Pulsando invisibile nel sottosuolo, scintillando sull'acqua e danzando fra le correnti d'aria, il potere di Ber'eth emerse nuovamente dal centro del mondo.

Il Cambiamento si propagò con forza a partire dalle stesse fondamenta delle tre terre – il maestoso Grande Continente, circondato dagli oceani dell'Olmish, Urborn nel lontano sud e il morente arcipelago di Palanth-Orron a nord.

La creazione tutta iniziò a rispondere, come se si destasse d'un tratto da un sonno profondo.
L'inarrestabile Richiamo era iniziato.

TOMAN

Toman si girò sul suo materasso. Le sue mani tremavano mentre si asciugava il sudore dalla fronte. Il cuore gli batteva forte nel petto.

Che cosa aveva appena sognato?

Fece un respiro profondo.

Non importava. I regni del sogno non avevano nulla a che fare con il mondo reale.

La luce chiara della luna si riversava dalla finestra, trasformando la sua camera da letto in soffitta in uno strano paesaggio di ombre giallo pallido e blu scuro. L'aria fresca rinfrescava l'umidità sulle sue braccia. Tirò su le coperte. Chiudendo gli occhi, scivolò di nuovo nel sonno.

Il mare si agitava davanti a una flotta di molte navi. Tre figure stavano sul ponte principale della nave centrale. I lunghi capelli pallidi della figura centrale, frustati dal vento, splendevano come un'aureola intorno ad essa mentre alzava le braccia.

In alto, sopra le navi, una densa nuvola rossa volteggiava, contorcendosi come se fosse intrappolata in una prigione invisibile.

Un fragoroso ruggito rimbombò su un cielo senza nuvole e le esili torri bianche di una grande città esplosero. Le onde si gonfiarono in alto come larghe strade ingorgate dall'acqua del mare.

Innumerevoli voci gridavano con angoscia e paura.

Uomini dagli occhi a mandorla, con la pelle scura come una notte senza stelle, strisciarono sulla spiaggia sabbiosa, sollevando delle lance. Le loro voci dure gridavano in segno di sfida. Volgevano lo sguardo a Toman, con l'acqua che gocciolava attraverso la vernice dorata intorno ai loro occhi.

In lontananza... piccole barche in movimento verso la riva? Archi trasparenti come vetro cristallino?

Ansimava mentre gli uomini scuri scagliarono lance che si inarcavano nell'aria verso di lui.

Toman gli schermò il viso con il braccio. "No!"

Si sedette e afferrò i bordi del suo materasso. Si guardò intorno in preda al panico.

Dov'erano gli uomini con la pelle scura?

Sbattendo forte le palpebre, cercò di concentrarsi, ma la stanza sbiadì di nuovo in un'inquietante penombra.

Cosa? Accenni di un bagliore arancione che gli brillavano sulla punta delle dita?

Stava ancora sognando?

I suoi respiri aumentarono rapidamente, mentre districava le lenzuola intorno alle gambe e scivolava fuori dal letto. Tremò quando i suoi piedi toccarono il freddo pavimento di pietra. Scosse la testa, aveva bisogno di schiarirsi le idee.

Cercò a tentoni la pietra focaia e il suo percussore, accese la piccola lampada vicino al letto.

Si alzò e si tolse su la camicia da notte, la piegò una volta e la mise sul cuscino. Allungandosi, si avvicinò alla piccola finestra della sua camera da letto in soffitta e la sganciò. Aprendola, accolse la freschezza del primo mattino sulla pelle nuda. La frescura lo aiutò a svegliarsi. Respirando profondamente, l'aria fredda e umida gli riempì i polmoni.

Strofinandosi gli occhi, si guardò le dita alla ricerca di una qualche traccia di quella strana luce. C'era stata una luce? O era stata un'altra parte del suo incubo?

Scosse ancora la testa. Sogni senza senso. Un uomo adulto non dovrebbe avere paura delle cose che accadono quando dorme. Dopotutto, a diciotto anni era un uomo, anche per tradizione Orrenica. Brun poteva anche sostenere il contrario, ma quello che pensava suo padre non aveva importanza. Non più.

Toman diede un'occhiata alla stanza. Tutto era al suo posto. La sua borsa era bell'e pronta. Aveva messo il ciuffo di *lana scintillante* nella tasca della camicia. E il suo contratto di lavoro era nella giacca.

La pelle alla nuca gli pizzicò all'improvviso.

Una sensazione di formicolio gli attraversava il retro del cranio. I peli delle braccia si erano drizzati. Perché il suo Eth si stava accendendo? C'era qualcosa che non andava in casa, nessuno dovrebbe muoversi a quest'ora.

Come gli aveva insegnato sua madre, Toman chiuse gli occhi e richiamò la capacità di dirigere l'occhio della mente attraverso la materia solida, un dono unico della sua famiglia. I muscoli del suo torso si contrassero mentre inviava la sua coscienza attraverso il pavimento e nel corridoio sotto di lui.

I ricordi del suo incubo saltarono da angoli bui. Uomini snelli con la pelle color inchiostro che lo fissavano attraverso lunghi occhi obliqui. Le loro lance puntate sul suo petto.

Lui si muoveva, risucchiando l'aria attraverso i denti serrati. *Fermi!* La rabbia si sprigionava in lui mentre le immagini svanivano.

Continuava a spingere, voleva che la sua coscienza si spingesse attraverso il cottage di famiglia, oltre le camere da letto libere dei suoi fratelli. Una lieve sensazione di graniglia di pietra e di malta gli pizzicò la pelle mentre la sua mente passava attraverso le pareti.

Scrutò nel buio, studiando per trovare qualcosa di strano, qualcosa che non fosse al suo posto.

Niente.

Ma nonostante ciò, qualcosa non andava.

Come se si stesse avvicinando una tempesta. Lo sentiva come un brivido sulle braccia e sul collo.

Eccolo di nuovo: il movimento.

Tese le braccia, alla ricerca della fonte.

Un altro piano sotto, in cucina!

La sua pelle strisciò mentre quella sensazione di metallo che raschia la pietra gli faceva tremare le braccia.

Potrebbe essere...? Il cuore gli batteva contro il petto. Due marinai che si erano convertiti al furto erano stati recentemente catturati in una fattoria in fondo alla collina. Uno era scappato...

Dalla sua camera da letto, sotto le travi, si fece coraggio e lasciò che la sua mente scendesse attraverso il soffitto della cucina. Venendo a posarsi vicino alla fonte del movimento, trattenne il respiro.

La luce rossastra e opaca della brace nel focolare delineò la sagoma di un uomo muscoloso armato di coltello.

La paura attanagliava Toman. Il suo potere Eth partiva dalla parte posteriore del cranio, diffondendosi attraverso il petto e giù per le braccia. La sensazione di pizzicore riempiva anche le sue mani. Il potere non era mai stato così forte prima d'ora.

Tenendo gli occhi ben chiusi, si concentrò sulla figura oscura.

Il volto divenne lentamente chiaro nel maledetto bagliore dei carboni ardenti.

Lui!

L'aria esalò dai polmoni mentre Toman rilasciava la sua presa sull'Eth e si accasciava di nuovo sul materasso. Lasciò che la tensione si disperdesse.

Brun si era alzato prima del solito.

Dopo la lite della sera prima, Toman non si aspettava che suo padre volesse vederlo partire quella mattina.

Le sue ultime parole erano state che il figlio minore non aveva onorato né lui né le sue tradizioni, e che assomigliava troppo alla madre defunta.

Brun aveva sopportato le singolarità di Alyena perché sua moglie era stata una rifugiata Limmana. Ma era stato meno indulgente nei confronti del figlio che lei aveva cresciuto secondo quelle strane usanze straniere.

Toman aprì gli occhi. Una luce calda riempì la piccola stanza. Uno strano luccichio, come quello di un vetro sottilissimo, pendeva nell'aria davanti a lui. Un'immagine balenò all'improvviso. Occhi chiari. Capelli biondi scuri. Ma in un batter d'occhio l'immagine era sparita.

Un grido smorzato: aveva visto il suo stesso volto!

Guardò in basso e ansimò di nuovo. Le ossa delle sue dita brillavano di un luminoso arancione attraverso la carne. Si strofinò forte le mani. La luce si affievolì rapidamente, lasciando nella stanza solo la singola fiamma della lampada ad olio.

Respirò profondamente, calmando il battito del cuore.

Aveva visto davvero il suo riflesso nell'aria? E il bagliore nelle ossa? Era stato causato dal suo Eth?

Sua madre Alyena aveva detto che molti non potevano più attingere al potere di Ber'eth, anche se la capacità di accedere all'Eth era patrimonio di tutte le razze Orreniche. Molti non credevano più nell'Eth. E nessuno aveva mai parlato di una cosa del genere.

Prima il costante richiamo nel suo petto che lo allontanava dall'isola, poi i sogni si riempivano di persone e luoghi stravaganti, e ora questo formicolio di luce nelle sue mani e l'aria che luccicava come vetro davanti a lui. Che cosa stava succedendo?

Non ebbe il tempo di risolvere tutto in quel momento. Quella mattina avrebbe dovuto arrivare alla nave. Un nuovo lavoro e una nuova vita lo aspettavano a Turicum.

Poiché Brun era già in piedi, non c'era modo di evitarlo.

Toman respirò lentamente, riempiendosi i polmoni di aria fresca e umida. Allungandosi, si allontanò, abbassandosi, dalle travi. Era diventato troppo grande per la sua mansarda già anni prima, ma questo era sempre stato il suo posto. Forse un altro segno che doveva andare avanti.

2

LASCIANDO UPLAND

«Buongiorno, Padre» Toman mantenne la voce a un livello contenuto mentre appoggiava lo zaino alla gamba del tavolo. Incerto, a causa del temperamento di Brun, evitava di incontrare gli occhi di suo padre. Simulando un umore più brillante, ci provò di nuovo. «Hai dormito bene?».

«Buongiorno, figliolo». Brun non alzò lo sguardo mentre tagliava fette spesse di formaggio da un pezzo stagionato. «Sì, grazie. E tu?»

Troppo formale. Troppo educato. Brun nascondeva bene la sua rabbia.

«Un po' irrequieto. Sogni strani. Ma mi sento bene, sono pronto a partire» Toman guardava la tavola.

«Un po' di pancetta? Formaggio?» La durezza che la voce di Brun aveva avuto nei giorni scorsi sembrava sparita. Prese un piatto marrone con sopra delle fette di pancetta affumicata e pezzi di formaggio bianco a pasta dura e lo posò davanti a Toman, quindi si girò verso un armadietto. «C'è anche del pane qui, figliolo»

«Sì, grazie, Padre» La tensione nelle spalle diminuiva, mentre Toman allentava la tensione nei muscoli.

Il tono gentile che aveva la voce di Brun quella mattina lo rese incerto. Aveva finalmente accettato la sua partenza?

La teiera aveva cominciato a bollire, accompagnata da un sibilo rivelatore. Sollevò il coperchio e gettò in acqua alcune foglie di tè essiccate.

Un sottile velo di vapore s'innalzò nell'aria mentre riempiva le loro tazze.

La colazione passò in silenzio.

Toman accatastò ordinatamente i piatti e le tazze in fondo al tavolo, mentre suo padre caricava una morbida borsa di pelle con il cibo.

Le loro mani urtarono mentre suo padre gli porgeva la borsa col cibo. Poi, per la prima volta quella mattina, i loro occhi si incontrarono.

«Grazie, padre» La voce di Toman sembrava piatta persino alle sue orecchie. Non riusciva a provare nessun'altra emozione.

«Non c'è di che» Il tono di Brun corrispondeva a quello di suo figlio.

L'intensità del dolore negli occhi di suo padre gli faceva venire i brividi. Sbirciando in un volto così simile al suo, Toman guardò attraverso l'abisso tra i loro due mondi. Spesso erano stati scambiati l'uno per l'altro, eppure lui sembrava un completo estraneo.

La tensione lasciò il corpo di Toman quando suo padre distolse lo sguardo per primo.

Schiarendosi la gola, Brun chiese: «Hai tutto ciò che ti serve, figliolo?»

Ecco di nuovo quel tono di rassegnazione. Suo padre non si era mai tirato indietro prima. Qualcosa era cambiato dopo la lite di ieri sera.

«Sì, padre. Ho tutto» Toman ripassò la lista di controllo mentalmente.

Spalancando la porta d'ingresso, Toman si affacciò sulla strada orientale verso Mirshod. Combatté l'impulso di voltarsi e di abbracciare suo padre. Gli abbracci erano per i bambini, non per gli uomini.

Invece, gli offrì la mano.

Suo padre la prese nella sua. Una stretta decisa, una volta sola e un sorriso forzato, che non arrivava mai ai suoi occhi.

Andarsene fu più difficile di quanto Toman si aspettasse. Si toccò la tasca. C'era la piccola treccia di lana scintillante che aveva tagliato da uno degli arieti. Un pezzo di casa, un ricordo del perché si stava allontanando da tutto ciò che conosceva. Sarebbe tornato, però, una volta guadagnato abbastanza per avviare una sua fattoria.

Brun non aveva mai preso sul serio i suggerimenti di Toman. Quando questi investì tutti i suoi risparmi in nuove linee di ibridazione, il divario fra di loro si era allargato ulteriormente. Brun aveva espresso la sua furiosa disapprovazione per il bestiame straniero sulla fattoria dell'Upland. Aveva ignorato la convinzione di Toman che la loro lana scintillante potesse essere la chiave per aumentare, pur tardivamente, la fortuna della loro famiglia.

Sua sorella Odilia aveva cercato di far ragionare Brun. Ma né lei né suo fratello Rueddan si erano schierati contro il loro padre. Solo sua madre, Alyena, si era sempre schierata contro il marito in difesa delle idee del figlio.

Toman gli restituì il sorriso, ma la tristezza lo riempì. Il peso delle emozioni nell'aria era quasi insopportabile.

«Sicurezza e bel tempo, figliolo» Brun incontrò finalmente gli occhi di Toman con un'espressione decisa.

«Prosperità e salute a te, Padre» Toman offrì la tradizionale risposta con un'allegria che non sentiva.

Si voltò e scese i gradini di pietra del vecchio casolare, mentre l'alba che si avvicinava cominciava ad alleggerire la fitta nebbia notturna.

Brun non capiva. Forse non avrebbe mai capito. Tra i loro punti di vista sul cambiamento c'era un abisso ampio come il Grande Mare Interno. Brun era immutabile come le tradizioni Orreniche che custodiva con tanta forza.

Toman onorava anche i valori dell'Orren, ma sapeva che, per quanto il mondo girasse, il cambiamento era inevitabile. Anche se suo padre, come pure i maestri che avevano sempre disprezzato il suo modo di pensare, non lo avrebbero mai ammesso, qualcosa stava cambiando intorno a loro.

Vincendo l'impulso di fermarsi e a guardarsi indietro, si avviò verso Mirshod. I ricordi della sua infanzia gli balenavano nella mente mentre passava davanti a quello che era stato l'orto di sua madre. Alcune delle erbe aromatiche più persistenti erano sopravvissute nonostante dalla sua morte, avvenuta sei anni fa, fossero state trascurate.

Si appoggiò brevemente al muro di pietra che costeggiava il giardino e strappò un pezzo dalla sua erba preferita. La portò al naso e strofinò la superficie della spessa foglia grigia. Il profumo inondò i suoi ricordi con l'aroma degli stufati di Alyena.

«Ci vediamo, mamma», sussurrò mentre baciava la foglia e la infilò in una piccola tasca della camicia. «Non dimenticherò le lezioni che mi hai insegnato. E non dimenticherò le nostre radici».

Arrivò alla fine del sentiero di pietra ed entrò nella strada nebbiosa. Osò gettare uno sguardo al cottage.

Brun era ancora in piedi e lo guardava. Si era asciugato gli occhi?

«Ricorderò anche le lezioni che ha insegnato, mamma. Vi renderò entrambi orgogliosi». Una pesantezza familiare premeva sul suo cuore. Lasciare l'Upland, la fattoria ancestrale della famiglia Foggling, era molto più difficile di quanto pensasse.

Ma le cose stavano cambiando nel mondo. Lo sentiva. La convinzione che doveva andarsene era diventata sempre più forte. Poi gli strani sogni. E l'Eth che risplendeva nelle sue mani!

Il lavoro a Turicum era arrivato al momento giusto. Sapeva come lavorare. Sarebbe tornato a casa con il successo, nonostante la convinzione di Brun che non sarebbe mai riuscito a lasciare l'isola.

Sistemò lo zaino sulle spalle e si diresse a est verso il porto prima che la sua determinazione vacillasse.

3

MIGLIAIA SU MIGLIAIA

Dalla strada in cima alla collina sopra Mirshod, fra la nebbia apparirono alcune ordinate costruzioni in pietra. Robuste case con tetto in ardesia fiancheggiavano le poche stradine strette che conducevano alle banchine.

Quando Toman entrò in città, le forme quadrate delle finestre si illuminarono del color giallo pallido dei lumi di candela. Alcuni negozianti spazzavano davanti ai loro locali. Alcuni garzoni già andavano su e giù per le strade lastricate di pietra, con le loro carriole scricchiolanti, piene di merce fresca.

Una finestra sulla strada si aprì mentre stava passando. Toman si abbassò appena in tempo.

Un uomo corpulento con la faccia tonda cominciò a spazzolare escrementi di uccelli marini e fuliggine dal suo davanzale.

«Buongiorno, Mastro Rud» Toman alzò la mano per salutare.

«Buongiorno, Mastro Foggling! Partiamo presto stamattina, vero?» La sua faccia rossa si aprì in un enorme sorriso mentre continuava la sua vigorosa pulizia.

«Sì, devo andare al porto. Il Sondervay salpa stamattina per Turicum» Per rispetto, Toman si era fermato davanti alla finestra del panettiere. Ma solo per un momento.

La parte posteriore del suo cranio prese a pulsare di calore. Di nuovo il suo Eth?

«Ah sì, proprio così! Ho sentito del nuovo lavoro. Bene allora, Mastro Foggling, ti auguro sicurezza e bel tempo!».

Come lo sapeva il fornaio?

Era ovvio. La riunione locale Shantab si era tenuta due sere fa e Brun vi si era recato. Dovevano aver discusso della sua partenza, insieme agli affari della città.

«Grazie, Mastro Rud, prosperità e salute a te!» rispose Toman mentre si girava ed entrava in uno stretto vicolo che portava al lungomare.

Il formicolio si estese ancora una volta fino alla nuca. Che cosa stava succedendo? Non aveva richiamato il potere di Ber'eth, ma si stava comunque manifestando.

Si strinse il mantello attorno al collo. Qualcosa l'aveva raffreddato, e non era l'aria frizzante del mattino.

Le sottili grida dei gabbiani riempivano l'aria sopra di lui. Più sotto, nel porto, apparve la forma ombrosa del Sondervay, i suoi snelli tralicci che sparivano nel nebbioso soffitto grigio.

Uno strano movimento attirò la sua attenzione. Appena sopra i piloni, negli strati di nebbia.

Estese la sua coscienza nell'aria mentre le grida dei gabbiani si affievolivano all'improvviso.

Cosa li aveva spaventati?

Li sentiva volare verso l'interno, i battiti delle loro ali che increspavano correnti d'aria sul loro percorso.

Toman uscì dal vicolo e guardò verso l'alto, sondando con la mente.

Normalmente, riusciva a percepire l'avvicinarsi delle tempeste, ma qualcosa che si muoveva *al di sopra* era tutt'altro che normale.

I peli delle braccia e del collo gli si drizzarono quando invocò il suo Eth e spinse la sua coscienza più in alto, alla ricerca. Ancora una volta le sue dita cominciarono a emanare una luce inquietante.

In alto sopra la città si muoveva un enorme muro d'aria. Si concentrò. Non era una tempesta.

Una folata improvvisa si abbatté fra le case. L'aria odorava di asciutto e di polvere.

La corrente innaturale aumentò di forza, portandosi verso il villaggio. La copertura di nebbia sulla città si stava squarciando, mentre un fondale azzurro pallido balenava in alto. Nuvole sottili, illuminate dall'alba in arrivo, brillavano come i segni degli artigli di una bestia gigantesca contro il cielo. Nell'apertura nella nebbia apparve una vasta nuvola. Si contorceva, si dilatava e si sgonfiava come enormi polmoni che si riempivano d'aria e poi si svuotavano.

Toman alzò le braccia mentre le raffiche gli sbattevano in faccia foglie secche e polvere. La paura lo prese mentre la sensazione di formicolio nella parte posteriore del cranio esplodeva, gli scottava il collo e si prolungava nelle braccia. Ogni osso delle sue mani brillava di un'intensa luce arancione.

Le persiane delle finestre si aprirono. L'ululato spaventoso del vento riecheggiò per le strade e i vicoli della città.

Con le mani tremanti, Toman si concentrò sul cielo. La nuvola. Il vento. Una massiccia ondata di energia si liberò dalle sue mani, spostando l'aria davanti ad esse.

I suoi occhi si spalancarono quando un disco di energia luccicante e sottile fuoriuscì dalla punta delle sue dita e tagliò sibilando l'aria.

Questo è ciò che aveva visto nella sua stanza! Era quello che Alyena aveva chiamato un *Linger*, la risonanza del potere del suo Eth?

L'aria turbinava e vortici densi di sottili detriti attraversarono il vicolo.

Respirava mentre il Linger del suo Eth si espandeva in un vasto scudo. Le correnti d'aria sopra Mirshod lo colpirono, riverberando attraverso l'Eth.

Uno stormo disordinato di uccelli si scontrò con lo scudo scintillante.

Toman gridò, mentre il terrore si faceva strada attraverso la sua mente. Il battito di innumerevoli ali che sbattevano selvaggiamente pulsava attraverso il suo Linger.

Il cuore batteva in preda al panico.

Colli che si spezzavano.

La morte.

Il suo Linger era solido!

Migliaia di *Bianchi Viaggiatori*! Migliaia e migliaia di loro!

La bile gli arrivò in bocca. Le budella gli si contorsero, mentre la nausea lo inondava. Le mani tremavano di paura. «Fermi! Fermi!» Gridava, desiderando che il suo Eth si ritirasse.

Un'improvvisa sensazione di freddo fluì attraverso le mani e risalì per le braccia fino alla base del cranio. Il suo Eth aveva risposto.

Sentì il sollievo pervaderlo mentre la barriera invisibile del suo Linger si allentava.

Ma il sollievo si trasformò in angoscia, mentre centinaia di Viaggiatori senza vita si cadevano a spirale verso la superficie dell'acqua.

«Che cosa ho fatto?»

Perché ora erano così a sud? Così fuori stagione?

Le voci riempirono le strade superiori di Mirshod. La gente correva verso i moli mentre quanto restava di quel massiccio stormo continuava il suo volo. Le raffiche finirono di colpo e le fitte nebbie si richiusero sulla città come un sipario al termine della rappresentazione.

Pochi istanti dopo lo stridio dei gabbiani riprese.

Il panico sconvolgeva ancora il suo corpo. Il cuore tamburellava con forza contro le costole. I versi spaventati degli uccelli gli riempivano ancora la mente. La lingua di Toman si attaccò al palato. Tremava, studiava le dita.

Aveva bisogno di raggiungere la nave.

Non aveva tempo di pensare mentre si dirigeva verso il Sondervay attraverso la folla che si radunava.

«Che cosa ho fatto?»

4

A LANDSEND

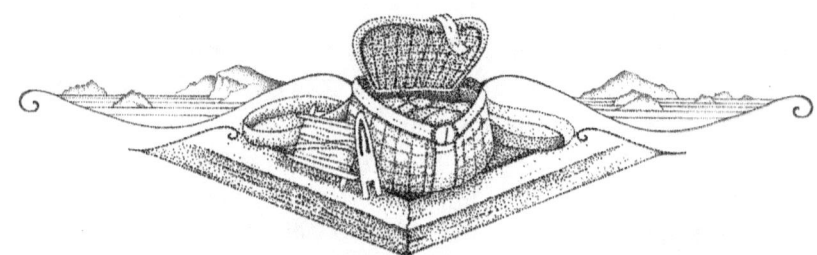

Le vecchie cerniere scricchiolarono mentre Mannu Sundermun apriva la finestra della cucina. Una brezza salmastra lo investì. Accenni di luce all'orizzonte segnalarono il sole che stava per sorgere. Più di trent'anni di ricordi erano legati a questa vista da Biancomuro, la sua casa. Non molto di Landsend era cambiato da quando l'Orren vi era migrato quasi ottocento anni prima. E a lui piaceva così. Se solo le altre cose non fossero dovute cambiare...

Si stropicciò gli occhi. In lontananza, sul mare, si erano formate nuvole da pioggia per la seconda volta quella settimana. Le stagioni non erano quelle che dovevano essere. La maggior parte della gente si affidava ai vecchi almanacchi e sceglieva di non preoccuparsi, ma qualcosa lo assillava.

Scosse la testa e chiuse la finestra, poi prese la fetta di pane che aveva imburrato. La crosta era croccante, proprio come piaceva a lui. La finì in tre grossi bocconi.

Vi era il tempo di andare al molo e alle sue reti in attesa prima dell'arrivo della pioggia. Con un po' di fortuna, i buoni raccolti della stagione sarebbero continuati e lui avrebbe potuto consolidare le sue riserve prima dell'arrivo dei mesi di magra. C'è ancora molto da fare prima dell'inverno.

L'inverno...

Non che Landsend abbia mai avuto un vero inverno. Ventoso, sì. Freddo, forse. Le montagne a est potrebbero avere qualche notte gelida ogni anno, ma non qui.

Mai qui.

Ma le prime piogge, e poi quegli avvistamenti erranti di Vahlen. Solo alcuni di loro, ma comunque non dovrebbero andare a sud così presto.

Mannu ha raccolto gli aghi di Vahlenbone e un po' di spago in più per le riparazioni delle reti. Piegando con cura la massa fibrosa, l'ha infilata nella borsa, poi ha cercato nella stanza tutto ciò che poteva essergli sfuggito.

L'esca.

Aprì il coperchio di legno di un grosso coccio e scelse tre lastre di cotenna per rinfrescare gli ami. Avvolgendoli nella pelle oliata, li infilò in un altro scomparto della sua pesante borsa di pelle.

Mentre i piedi si posavano sulle fredde lastre del pavimento del corridoio, una voce familiare lo fermò.

«Non dimentichi qualcosa?». Sonna, sua moglie di più di trent'anni, aveva quel tono musicale alla voce che aveva avuto quando l'aveva incontrata per la prima volta. La sua figura era un po' più piena di quando erano giovani, ma i suoi occhi sorridenti e gentili non erano cambiati.

«Eh?» Mannu guardò i mantelli appesi al muro mentre le sue parole gli turbinavano in testa. La sua fronte si era aggrottata. Aveva dimenticato qualcosa?

Aprì la borsa, frugando nei vari scomparti che vi aveva cucito. Ogni cosa al suo posto e un posto per ogni cosa, una lezione che aveva insegnato ai suoi figli.

«No, non credo proprio» Scosse la testa e si infilò un paio di stivali belli comodi. Scelse un mantello di tela oleata, appeso a uno dei pioli, e se lo gettò in spalla. Eppure qualcosa gli rodeva. Forse aveva dimenticato davvero qualcosa.

Col passare degli anni, la sua memoria non era più quella di una volta. E Sonna era una donna di poche parole. Non avrebbe detto nulla se non sapeva di già la risposta. Si voltò e la trovò che portava un piccolo cestino di vimini.

«Hai intenzione di fare la fame oggi, Ragazzino?» Lei si chinò in avanti e gli baciò la guancia, passandogli il pranzo.

«Grazie», mormorò, sorridendo. «Che cosa farei senza di te?» Le diede anche un bacio sulla guancia.

Ragazzino... Lo aveva chiamato così fin dal loro primo incontro durante i festeggiamenti di Canto d'Inverno a Landsend. Lei aveva diciannove anni e lui diciotto. In realtà, a soli sei mesi di distanza l'una dall'altra, ma le era sempre piaciuto vantarsi con i suoi amici di avere "un giovanotto, appena sfornato".

Non che importasse il soprannome che gli aveva dato.

Era stato un debuttante al Ballo del Bianco e ancora considerava una grande fortuna l'avervi incontrato Sonna. Lei gli aveva riempito i sensi fin da quando la vide per la prima volta. I suoi capelli di lino erano intrecciati con nastri quasi dello stesso colore dei suoi occhi blu chiari e brillanti. Il suo bel sorriso gli aveva catturato il cuore.

Quando la vide dall'altra parte della stanza, proprio il suo cuore aveva saltato un battito e le sue ginocchia avevano iniziato a tremare.

Una volta iniziata la musica, gli uomini avevano dovuto aspettare una fanciulla per manifestare il proprio interesse. La bocca di Mannu era secca e le guance e le orecchie gli bruciavano mentre aspettava, sperando che il suo sorriso fosse destinato a lui.

Mannu non riusciva più a ricordare molti dettagli. Ma non avrebbe mai dimenticato quei primi momenti incantati in cui i suoi occhi hanno incontrato per la prima volta quelli di lei, e più tardi, quando Sonna disse di sì, e divenne sua moglie.

Aveva accettato l'umile esistenza della moglie di un comune pescatore e gli aveva dato cinque bellissimi figli. I tre più grandi erano già sposati, ognuno dei quali ha trovato moglie al Ballo del Bianco.

Peccato che i suoi due figli più piccoli non abbiano seguito la tradizione. I suoi gemelli avevano deciso di lasciare Landsend per trovare lavoro e avventura più a sud, sul Grande Fiume, il Suyan Folumpor.

Più la loro partenza si avvicinava, più spesso si ritrovava a ricordare come tutto era iniziato.

Uscendo sui gradini di pietra spogli e dirigendosi verso il capannone, si strinse il mantello attorno al collo. Quella mattina aveva una freschezza fuori stagione.

«Buongiorno, Shellay, vecchia mia! Sei pronta per oggi?» Mannu accarezzò la groppa della sua vetusta, e a volte ostinata, Bestia Cornuta prima di gettare gli zaini sotto il sedile del carretto, e la condusse fuori dalla stalla. La spinse all'indietro tra i pozzi. Lei sbuffò rumorosamente il proprio malcontento mentre lui assicurava le cinghie di pelle di Vahlen della sua imbracatura.

I ragazzi se ne sarebbero presto andati da questa bella terra. La loro assenza sarebbe stata difficile per la madre. Si sarebbe adattato. Doveva farlo, per lei. «Eh, Shellay, questo è un bel posto dove vivere, vero?» Mannu grattò il ciuffo ispido tra le sue grosse corna, poi salì sul sedile alto del carro.

Landsend non ha mai avuto nessuna di quelle piaghe o di quelle guerre come quelle che la gente di città di Palanshen ha avuto sulla costa meridionale di Barrost – il Ventre del Corno. La leggenda dice che le pestilenze di duecento anni fa uccisero fino all'ultimo uomo, donna, bambino e bestia. Nessuno era stato risparmiato.

La sua immaginazione aveva disegnato immagini di innumerevoli cadaveri in putrefazione sparsi per le strade della città e galleggianti e gonfi nel fiume. E ora i suoi amati ragazzi andavano in quella stessa parte del paese.

Per lui, Landsend era benedetto, mai toccato dalla corruzione o dai giudizi, come quelli piovuti su quel labirinto di avidi ladri.

Sospirava con il cuore pesante.

Rinsavito, girò la vecchia bestia verso la strada, ma si fermò, in attesa. La voce di Sonna attraversava l'aria del primo mattino.

«Buona giornata, Giovanotto! Torna da me sano e salvo» Lei ridacchiò, poi si strinse le mani alla bocca e gridò: «Ragazzi, è meglio che vi muoviate! Il vostro papà è già per strada!».

Da dietro la casa, le battute giocose gli arrivavano alle orecchie.

«Tieni le mani a posto!»

Una voce quasi identica risuonava come un'eco insolente. «Tieni le mani a posto, fratellino! Ha, ha!»

Mannu guardò verso di loro e scosse la testa. Di cosa stavano discutendo questa volta?

Shann era nato quasi un'ora prima di Uri e non aveva mai permesso al fratello minore di dimenticarlo. Poche persone riuscivano a distinguerli. A volte anche Sonna e Mannu li confondevano. I ragazzi avevano gli espressivi occhi blu della madre e il suo viso gentile. Il colore dei loro capelli castano scuro, lunghi fino alle spalle, che avevano ereditato da lui. Entrambi erano lunghi e muscolosi, come Mannu e suo padre prima di lui.

«Forza, fratellino dormiglione! Oggi sei un po' lento!» La voce di Shann riverberava dalla parete di pietra a strapiombo delle scogliere appena sopra Biancomuro. «Non hai dormito di nuovo stanotte, fratellino? Eh? Sognando una bella rossa che snobba la tua brutta faccia?»

«Smettila. Sei solo geloso!»

Non hanno mai smesso, quei ragazzi. La casa sarebbe vuota senza i loro litigi.

Si sedettero nel retro del carretto.

«Buongiorno ragazzi».

Salutavano con la mano. «Buongiorno, papà», poi ripresero a bisticciare.

Mannu condusse il carretto sulla strada sassosa e maltenuta che scendeva a serpentina dal loro cottage. Dal punto panoramico più alto, sopra Landsend e i suoi tetti, si godeva la bella vista del Canale di Myrnish. Le Isole Bianche, appena oltre la costa, si stagliavano come i denti rotti di qualche grande gigante marino.

Con la coda dell'occhio... qualcosa di strano tra le onde? Qualcosa nel Canale di Myrnish. No. Non può essere. Un freddo glaciale lo investì.

Scrutò il mare aperto, cercando di ritrovarlo.

Non può essere.

Il suo respiro si è fatto più intenso. Guardò i ragazzi che stavano ancora discutendo del loro imminente viaggio a Barrost.

Forse non c'era nulla di cui preoccuparsi. La gente aveva già visto qualche strano Vahlen, e poi questa insolita brezza del nord. Entrambe le cose erano già successe. Forse non contemporaneamente, ma per il resto tutto sembrava normale.

Eppure si fidava dei suoi occhi. E delle sue ossa. In mare, i pescatori dovevano stare all'erta e vigilare, altrimenti finivano morti stecchiti. Quegli istinti gli stavano bene anche sulla terraferma.

Strizzando gli occhi contro il bagliore del sole mattutino sull'acqua, scosse lentamente la testa. Niente di strano.

Ma uno strano senso di preoccupazione, come se presagisse qualcosa, lo riempì mentre il villaggio si avvicinava.

Il rumore ritmato degli zoccoli di Shellay sulla strada di pietra era l'unico suono che sentiva sopra il battito del cuore. Anche i ragazzi erano silenziosi adesso, per una volta.

Mentre si dirigevano verso le banchine affollate, le ultime ombre lasciarono il posto a una brillante e frizzante luce mattutina. Mannu guidò attraverso un arco di pietra e si diresse verso le stalle dietro la taverna *Sotto la Scogliera*. L'aria era pesante, intrisa di odori di frattaglie, pesce e acqua salata, combinati con i deliziosi profumi che provenivano nella cucina della taverna.

I gemelli saltarono giù dal retro del carretto mentre Mannu legava le redini al sedile e scendeva. Una voce burbera lo salutò dalla porta della cucina sul retro della taverna.

Il proprietario della taverna, Gor Shorann, stava in piedi a pulirsi le mani con uno straccio bianco. «Buongiorno, Mannu!» Si avvicinò loro e gli porse la mano.

Uri e Shann sbucarono da dietro il carro, spalla a spalla. «Buongiorno, Mastro Shorann» Le loro voci erano all'unisono per la prima volta quel giorno.

Shann strinse la mano a Gor.

Uri fece lo stesso e chiese con tono brillante: «Mastro Shorann, c'è Sere oggi?», ma abbassò rapidamente gli occhi sul ciottolato.

Gor annuì, sorridendo.

Shann fece accigliare il fratello, sussurrando: «Che cosa vorrebbe da uno come te quando può avere uno come me?»

«Shann, non pensi che potresti non piacerle mai?» Uri abbassò la voce, sbiancando le nocche a pugni stretti.

«Oh, ma io sì, fratellino. La voglio!» Shann alzò un sopracciglio e gli fece l'occhiolino.

Uri gli portò i pugni al petto e si avvicinò a lui.

«Non abbiamo tempo di socializzare!». Le parole di Mannu risultarono più secche di quanto avesse voluto. Non c'era tempo per questo. C'era qualcosa di molto più importante. La sua mente tornò a ciò che aveva visto nel Myrnish.

«Sì, papà» Le spalle di Uri si piegarono mentre afferrava una borsa e la metteva a tracolla.

Sere apparve in cortile. Chinò leggermente la testa in direzione dei ragazzi, ma salutò solo uno dei gemelli. «Buongiorno a te, Mastro Uri .

Shann afferrò i finimenti della Bestia Cornuta e li tirò. Sulla sua fronte si formò una ruga d'indignazione, che però scomparve, sostituita da un ghigno sardonico. «E io?» chiese, producendosi in un elaborato inchino.

Le guance di Sere si arrossarono e anche il volto di Uri divenne di un rosso intenso mentre ammiccava al fratello.

«Buona giornata anche a te, Mastro Shann», sussurrò.

Scuotendo la testa, Shann fece roteare gli occhi e condusse Shellay verso le porte aperte della stalla.

Gor rise e diede di gomito a Mannu. «Peccato che i ragazzi siano decisi a lasciare Landsend». Indicava Uri che balbettava qualche convenevole a Sere. «Credo che Sere vorrebbe davvero invitarlo a ballare con lei al prossimo Ballo del Bianco. Ma ora i ragazzi sono in partenza per il Ventre del Corno». Gor scosse la testa.

Mannu si accigliò. Molte cose stavano cambiando. Se solo avesse potuto fermarsi e tornare indietro nel tempo... Sospirava profondamente, sbirciando il figlio più piccolo e la bella ragazza dai capelli rossi.

Parlavano a bassa voce, si guardavano l'un l'altro e poi si allontanavano. Gli ricordavano di quando conobbe Sonna, molti anni prima.

Sonna pensava che fosse questo il motivo per cui Uri voleva questo lavoro a Barrost. Il magro reddito di un pescatore non lo avrebbe aiutato a pagare il prezzo della sua sposa.

«Oh beh, probabilmente è meglio così» Gor diede una pacca sulla spalla di Mannu. Ridendo, aggiunse: «Come parenti, dovrei abbassare le vostre tariffe di bancarella».

Mannu fece cenno a Gor di portarsi fuori dalla portata d'orecchio. Abbassò la voce. «Hai sentito qualche strana notizia stamattina? Qualcosa di fuori dall'ordinario?»

«Solo i pochi avvistamenti di Vahlen. E i ragazzi giù al porto erano abbastanza contenti delle catture di inizio stagione» Gor fece un cenno alla figlia: «Qui abbiamo altri ospiti paganti» Si voltò verso la cucina. «Buon tempo, Mannu»

«E anche a te»

Uri e Sere si avvicinarono l'uno all'altra, ma si fermarono senza toccare le mani.

«Vieni, fratellino, dobbiamo preparare la barca per salpare»

Il volto di Uri si rattristò e si rivolse a guardare il molo.

Salpando dall'ormeggio i ragazzi issarono la piccola vela, mentre Mannu dirigeva la barca verso le acque intorno a Elsornaum, il gruppo delle Isole Bianche. A poca distanza dalla stretta costa sabbiosa di Landsend, le isole emergevano, scoscesi affioramenti senz'alberi circondati da acque profonde e brulicanti di pesci.

Nutriti stormi di uccelli vi avevano vissuto per innumerevoli secoli. Da lontano, la profondità dei loro escrementi faceva apparire le isole come pura pietra bianca. Il guano forniva un commercio di fertilizzante cruciale per questa parte del Corno Settentrionale.

I raccoglitori di guano si arrampicavano già sul terreno scosceso con sacchi di iuta e piccole pale legate alla vita.

«Preferisco di gran lunga bagnarmi le mani con la bava di pesce piuttosto che spolverarle di cacca di uccelli per vivere», disse Shann a Uri a bassa voce.

«Ogni lavoro onesto è un buon lavoro, ragazzo» Mannu guidò la barca verso le loro reti appena al largo dell'isola principale. Più vi si avvicinavano, più forte diventava il vento del nord. La piccola barca si alzava e si abbassava tra le onde increspate.

«Papà, questo vento? Non ricordo che gli almanacchi dicessero nulla sui venti del nord in questo periodo dell'anno» La voce di Uri era piena di preoccupazione.

«E i Vahlen raminghi di cui tutti parlano», aggiunse Shann, «non mi sembra normale».

I ragazzi guardavano il padre, le loro espressioni chiaramente interrogative.

Forse intuirono ciò che quella mattina aveva cominciato a preoccuparlo. «Niente ragazzi. È solo una coincidenza del tempo. Gli almanacchi dicono che alcune stagioni sono pazze come gabbiani ubriachi. Forse questo è un altro di quegli anni».

La barca raggiunse la loro zona di pesca e tutti e tre gli uomini scrutarono l'acqua alla ricerca dei galleggianti.

«Guarda, papà!» La voce di Shann era piena di eccitazione.

I galleggianti erano leggermente sotto la superficie dell'acqua. Un segno molto buono, che allentava un po' la tensione di Mannu. Le reti dovevano essere di nuovo piene.

Shann e Uri tesero le braccia e issarono quella rete intrecciata e annodata che era l'ancora di salvezza dell'azienda di famiglia. Ogni tendine e ogni vena era in rilievo sulle loro braccia mentre si aggrappavano alle reti. Si muovevano abilmente avanti e indietro attraverso il ponte principale fissando le linee prima di attaccare le carrucole per sollevare il carico sul piccolo ponte di smistamento.

I gemelli si guardarono l'un l'altro, sorridendo ampiamente. Senza dubbio calcolando i profitti dell'anno e cosa avrebbe significato per le loro borse prima di partire per Barrost la settimana successiva.

«Caspita, papà! Guarda qui. Sarà una pesca enorme!». Uri gridò tra un grugnito e l'altro, tirando le corde.

Il contenuto delle reti si alzò lentamente alla vista, l'acqua che zampillava dalla rete ricolma.

Shann ansimò, la sua voce si incrinò. «Pà! È pieno di Argelici! Sono dappertutto!» Si mordeva il labbro guardando Mannu negli occhi.

Uri guardò suo padre da dietro le spalle. «Non si muovono da mesi!»

«È il nostro colpo di fortuna, ragazzi!» Con fatica, cercò sia di convincere sé stesso che di alleviare la paura dei suoi figli. Mannu non aveva mai sentito parlare di Argelici in quel periodo dell'anno. Era troppo presto. Ritornò il senso di premonizione, più forte di prima.

Mannu cercò di mantenere una calma esteriore che le sue viscere non sentivano. Continuava con un tono più leggero. «Gli Argelici si pagano a un ottimo prezzo al mercato, in stagione. Con una pesca così precoce, siamo sicuri di ottenere un grande profitto. Questo sarà un grande anno, figlioli»

I ragazzi iniziarono il pesante compito di tirare le reti sporgenti sul ponte di smistamento. Lo scafo pescava basso con quello che Mannu sperava essere il più grande guadagno dell'anno.

Questo sarà un grande anno. Forse se continuava a dirlo, si sarebbe convinto.

«Pà? Che cos'è?» Shann indicò a nord.

Un grande spruzzo si levò in aria come se un masso fosse appena caduto in mare.

Mannu guardò in alto.

Il luminoso cielo mattutino non rivelava altro che qualche nuvola lontana.

Guardò indietro sull'acqua. Un altro schizzo. Poi un altro.

«Vahlen!» Le parole sibilavano dai denti stretti di Mannu. «Nel canale di Myrnish!»

«Papà?» Sia Uri che Shann indicarono le acque.

«Vahlen!» Mannu urlò.

«Ecco, uno spruzzo!» Uri indicò una sottile nebbia che si calmava nell'acqua.

Gli animali marini giganteschi e pesanti riemergono in lontananza, esalando getti d'aria umida sopra la schiena.

«Cosa ci fanno nei Myrnish?». Shann si schermò gli occhi con la mano tremante. «I Vahlen migrano verso l'oceano, non attraversano il canale!»

«Ed è troppo presto», mormorò Uri.

«Guardate quanti sono!» Mannu ansimava. «La città non sarà pronta per la loro migrazione completa prima do molti mesi» La confusione lasciò il posto al panico. Le enormi creature si dirigevano dritte verso di loro. «Mettete al sicuro il carico. Mettete tutto in sicurezza!»

Gli occhi dei ragazzi si spalancarono, ma obbedirono immediatamente. Come se operassero con una sola mente, assicurarono la loro presa e poi si accertarono che tutto l'equipaggiamento fosse legato.

«Ammainate la vela!» Mannu urlò mentre afferrava il timone. «Non vogliamo che un colpo di vento ci metta di traverso». La cosa migliore era restare in linea con le bestie mentre passavano. Sperava che volessero evitare la barca tanto quanto lui voleva evitare loro.

I ragazzi afferrarono le corde e tirarono, sganciando la vela. L'albero si abbassò per appoggiarsi al boma.

«Mettetevi al sicuro! Mannu urlò quando il primo dei Vahlen urtò la barca e il rumore del legno che si spaccava graffiò l'aria.

La paura attraversò Mannu con un brivido, mentre i ragazzi si avvolgevano le corde intorno ai polsi. Annuì con un cenno di approvazione. Sapevano bene di non dover legare le corde intorno a loro. Se la barca fosse affondata, liberarsi poteva essere un problema.

Gli spruzzi d'acqua erano tutti intorno a loro, bagnando l'intero ponte. Bestia dopo bestia sbatteva pericolosamente contro lo scafo, mandando scosse sull'albero, e attraverso il cuore di Mannu.

Agitandosi follemente intorno a loro, onde verde blu si infrangevano sui fianchi dello scafo, inzuppando i ragazzi. La prua cominciò a pendere pericolosamente verso l'acqua.

Shann e Uri si tennero stretti alle corde. Entrambi erano orribilmente pallidi, le labbra strette, il petto che si alzava e abbassava con respiri affannati. Ma i suoi ragazzi non si fecero prendere dal panico. Nessun grido o gemito di terrore. Forse era ora che Mannu ammettesse che erano uomini, ormai.

I ricordi gli balenavano davanti agli occhi.

Sonna di nuovo incinta. Più grande del normale. Le nascite, altre piccole cose.

Ridere, giocare davanti al cottage.

Saltare sul carretto per venire al lavoro con lui.

Saltar giù come uomini adulti.

Cresciuti o no, avrebbero potuto annegare qui. La paura gli attanagliò la gola mentre le lacrime incipienti gli pungevano gli occhi. La barca era vecchia e navigava molto bassa nell'acqua. Se si rovesciava, o peggio affondava, i ragazzi potevano nuotare come pesci. Ma potevano sopravvivere alle correnti e alla risacca create dal passaggio dei Vahlen?

Guardò dietro di sé, osservando le acque mentre il movimento dello scafo si placava. Il gruppo si era assottigliato. Qualche sbandato sbatté contro le assi di legno.

Mannu fece un respiro profondo mentre l'ultima delle grandi creature passava. Ogni muscolo del suo corpo soffriva per la tensione. Ma il suo sollievo fu di breve durata. Il pericolo immediato era passato, ma sia gli Argelici che i Vahlen che migravano mesi fuori stagione potevano mettere in pericolo la vita dell'intero villaggio. Così come altri problemi più gravi.

«Torniamo al porto. Dobbiamo farlo sapere alla gente del villaggio» esortava Mannu mentre le voci dei raccoglitori di guano riecheggiavano dalle scogliere a strapiombo intorno a loro. Molti salutavano con la mano, indicando il branco mentre continuava il suo cammino.

I ragazzi si erano tolti le corde dai polsi e avevano issato rapidamente la vela sull'albero. Nessuno di loro parlava mentre Mannu manovrava la barca verso riva. Ma sapeva che lui e i ragazzi pensavano la stessa cosa.

L'antico proverbio Orrenico dei libri sacri era stato inculcato nelle loro teste alla Scuola di Lettere.

Una *Stagione Fuori Stagione* è il *Portatore di Rovina...*

5

DAL NIDO DEL CORVO

Dopo quasi un anno e mezzo, da quando Toman se n'era andata di casa, erano successe tante cose.

Appoggiato a un albero vicino alla caserma, Toman si affacciò per guardare la bella processione che si svolgeva nella via principale. Il figlio del regnante Lanfoth era tornato da una spedizione di successo e la città stava festeggiando il suo ritorno.

Sorridendo, Toman aprì la lettera della sorella Odilia. Era orgogliosa della sua promozione a caposquadra. Che bella notizia, sua sorella era incinta! Sarebbe stato un nipote o una nipote dagli occhi azzurri, visto che entrambi i genitori avevano quell'insolito colore degli occhi? Rueddan e anche Brun avevano inviato i loro saluti.

Era stato bello sentir loro notizie. Toman piegò la lettera e la mise nella bisaccia.

Sciogliendo il panno attorno al suo pranzo, lo stese sulle ginocchia. Tagliò una sottile fetta di carne secca, la porse all'amico. «Yannu, ne vuoi un po'?»

La cicatrice sotto l'occhio si assottigliò mentre sorrideva. «Hmm? Oh, certo»

La zona d'ombra era piacevole. Con quel clima insolitamente caldo, si divertivano a fare lì le loro pause pranzo.

Yannu aveva navigato con lui sul Sondervay, entrambi arruolati dal Guardiamarina Eckel. «Ti va un po' di questo formaggio, vecchio mio?»

«Due anni di differenza non fanno di me un vecchio» Beh, *appena* due anni. Toman aveva compiuto diciannove anni solo pochi mesi prima.

Accettò volentieri il formaggio, ma *l'oro chiaro invecchiato* di Turicum non era all'altezza della cagliata stagionata fatta in casa da sua madre. Gli mancava ancora.

Alyena e Brun gli avevano instillato i meriti di un duro e onesto lavoro. E le loro istruzioni lo avevano messo in buona luce, sia in una fattoria, sia sulle navi. Anche il suo senso di responsabilità, così come la sua grandezza e la sua forza, gli avevano sempre fatto guadagnare il rispetto di chi lavorava al suo fianco.

La maggior parte degli uomini arruolati da Eckel aveva appena dodici o tredici anni e si era comportata come i bambini non scolarizzati che erano. Tranne Yannu. Lui era diverso. Era più maturo della sua età, e anche se sorrideva sempre, a volte i suoi occhi erano venati da tracce di tristezza. Trattava Toman come un amico, benché fosse il suo capo.

«Hai solo diciannove anni, ho capito, signor caposquadra» Il sorriso ampio di Yannu gli illuminava il volto.

Toman faceva una smorfia ogni volta che Yannu lo chiamava così.

Una settimana fa, Eckel gli aveva offerto il posto nella squadra più giovane quando il caposquadra non si era più presentato al lavoro. Eckel disse che gli piaceva il lavoro di Toman e che voleva che si occupasse della squadra più giovane. Toman sorrise. Andava molto d'accordo con i ragazzi, che sembravano ammirarlo. Non poté trattenere un moto d'orgoglio.

In quanto tali, avrebbero dovuto muoversi. La pausa pranzo non era ancora finita, ma Eckel gli aveva dato una lista di cose da fare e non voleva deluderlo.

Toman si leccò il pollice e lo premette sulle briciole che erano cadute sul panno. Poi si succhiò i pezzettini di pane. *Mai sprecare nulla*, Alyena aveva sempre insistito.

«È ora di tornare alla nave».

«Sissignore, signor caposquadra» Yannu fece l'occhiolino.

Eckel ci aveva messo un po' ad abituarsi. Sapeva come far lavorare la gente, ma non era un caposquadra tenero. Forse pensava di ottenere di più dall'equipaggio con una lingua tagliente e una mano pesante.

I suoi lineamenti severi un tempo si sarebbero potuti definire belli, ma il suo viso, ormai logorato dalle intemperie, era pieno di vene rotte e di cicatrici. Sembrava che avesse affrontato innumerevoli viaggi in mare, e altrettante birre. Le sue palpebre rugose erano come schegge di pelle secca che si aprivano e si chiudevano sopra gli occhi iniettati di sangue.

Ma Toman volle credere che Eckel fosse un brav'uomo perlopiù, e aveva riposto in lui molta fiducia. Sebbene Yannu non la vedesse allo stesso modo.

Mentre si dirigevano verso il lungomare, una fresca brezza soffiava tra i massicci edifici di pietra. Toman si chiuse la giacca mentre passavano fra le persone affaccendate.

Yannu si fermò bruscamente mentre si avvicinavano a un uomo dai lunghi capelli bianchi legati dietro la testa e che camminava con un bastone sottile. Yannu si frugò le tasche.

Toman si fermò mentre il suo amico apriva la mano dell'uomo e gli metteva una moneta sul palmo.

«Per te»

«Grazie, Mio Signore», rispose l'uomo infilando la moneta in un sacchetto. «Che Ber'eth ti illumini e ti spiani una strada di fortuna».

Yannu diede una gomitata al gomito di Toman. «Per portare fortuna a te e alla tua famiglia, dovresti aiutare gli Storryn»

Un brivido corse tra le braccia di Toman. L'uomo era giovane, non molto più vecchio di lui. Pura pelle bianca, capelli e ciglia. Persino i suoi occhi erano bianchi come sfere di vetro lucido. Toman rabbrividì. I suoi occhi non sembravano muoversi affatto.

Tirò fuori una moneta e la premette nella mano ancora aperta dell'uomo.

«Grazie, Mio Signore. Che Ber'eth ti illumini e ti apra la strada con la fortuna».

Mentre andavano avanti, Toman vide altri aprire i portamonete o scavare nelle tasche. L'immagine del giovane uomo dalla pelle bianca rimaneva nella sua mente. «Non ho mai visto nessuno così».

«Non c'è Storryn su Fahtu-Shan?»

Toman scosse la testa mentre salivano la rampa verso il ponte principale.

«Strano», disse Yannu. «Mi è sempre stato detto che tutte le razze Orreniche hanno uno Storryn occasionale. Sono nati ciechi e pallidi. Ber'eth ti benedice se li aiuti»

Toman annuì ai ragazzi che ancora pranzavano, mentre Yannu si univa a loro per finire il suo.

«Fate in fretta, ragazzi. Oggi c'è molto da fare», disse Eckel alla troupe. Pulì le ringhiere con uno straccio bianco per controllare che fossero state pulite a dovere.

Infilando la borsa degli attrezzi sulla spalla, Toman guardò l'albero Mastro. Non riusciva a intravedere alcun danno dal basso. Doveva arrampicarsi. Non che fosse una seccatura. Amava stare in alto sopra la barca, lontano da così tante persone. Non era ancora abituato al trambusto della vita di città. Lassù era più tranquillo, e nel tardo pomeriggio poteva vedere il mare in direzione di Fahtu-Shan.

Eckel urlava, rimproverando di nuovo i ragazzi. Qualcosa a proposito di troppo sapone e poco olio di gomito.

Si avvicinò a Toman, senza farsi vedere dall'equipaggio. All'inizio Toman si aspettò un rimprovero, ma il volto sorridente di Eckel faceva capire il contrario.

«Figliolo, ho qualcosa di speciale per te. Un invito»

«Non capisco, signore» Toman non riusciva a vedere alcunché nelle sue mani.

«Sai che stiamo facendo delle riparazioni alle chiatte per i Nobilis, vero?»

Toman annuì. I preparativi fatti su quelle due navi avevano richiesto settimane all'equipaggio. Grazie alla sua esperienza di falegnameria nella fattoria, era stato in grado di eseguire la maggior parte dei restauri in legno necessari.

Eckel era stato molto soddisfatto.

«Beh, c'è la possibilità che li accompagniamo nel loro prossimo viaggio. Che ne diresti di far parte del mio equipaggio quando li porteremo a Barrost?»

Barrost si trovava all'estremità occidentale del Gran Corno, a poche leghe di distanza. La bocca di Toman si aprì mentre balbettava: «Ma... io, signore?» Aveva provato un piacere inaspettato nell'esplorare nuovi luoghi. L'idea di fare un lungo viaggio lo eccitava.

«Sì, tu, figliolo»

«Sulle chiatte reali?» Toman cacciò un fischio. «Sì, signore. Mi piacerebbe»

«Bene, allora, è deciso!» disse Eckel mentre batteva con la mano dei colpetti sulla spalla di Toman. «Ora vai lassù e continua a lavorare!"

A Toman girava la testa mentre si toglieva gli stivali e i calzini. Sfoggiò un sorriso grato a Eckel. Tirando la sua borsa degli attrezzi più stretta sulla spalla, afferrò una corda e si tirò facilmente verso l'alto.

Un fischio acuto dal ponte gli fece scendere l'occhio mentre si arrampicava. Ando e Villi avevano smesso di pulire. «Voglio essere così forte!»

Yannu scosse la testa e si mise a ridere dei due ragazzi. «Magri come siete? Dovete mangiare porzioni extra di rancio e bere tutto il vostro idromele!»

La forza di Toman dava spesso origine a commenti. Non gli piaceva l'attenzione, ma non lo metteva più in imbarazzo. Le sue mani e la sua forza erano i suoi più grandi doni di Ber'eth. Almeno con loro era in grado di guadagnarsi da vivere dignitosamente, e un giorno avrebbe avuto una fattoria tutta sua.

«Tornate al lavoro, lazzaroni!» Sbraitò Eckel, le vene sulle tempie si gonfiarono mentre parlava.

Toman esaminò il lato del nido del corvo per vedere se ci fossero danni. Il legno verniciato di un colore scuro brillava alla luce del sole. Guardò il Grande Mare interno. Da qualche parte in lontananza c'era Fahtu-Shan, con le sue fresche brezze e i suoi pascoli tranquilli. Sospirò mentre spacchettava i suoi attrezzi e iniziava le riparazioni.

Dall'alto del punto panoramico era visibile una lunga striscia del trafficato lungomare di Turicum. A nord, lungo le banchine, luccicava l'incontaminato palazzo di granito di Méndrensynn. Fuori, sopra la vastità del Grande Mare interno, si gonfiarono le lontane nubi massicce contro lo sfondo blu brillante del cielo pomeridiano. Si oscuravano appena sopra la superficie dell'acqua.

Le piogge si sarebbero spostate verso l'interno in poche ore. Questo non gli lasciò molto tempo per ultimare le riparazioni finali.

Peccato che non avesse avuto molto tempo sul nido del corvo. Amava la quiete e la solitudine. Condividere gli alloggi in caserma era un grosso inconveniente del lavoro per Eckel. La presenza costante di altri gli dava sui nervi. Crescendo, lui e i suoi fratelli, Odilia e Rueddan, avevano sempre le loro stanze.

Il piccolo nido del corvo gli donava anche la libertà di praticare i suoi poteri Eth, lontano dalla vista dei ragazzi e di Eckel. Da quel giorno a Mirshod con i Viaggiatori, era determinato ad imparare il controllo del suo dono. Non voleva più essere responsabile della morte e del tormento come quel giorno. Il ricordo dei cuori di centinaia di uccelli che battevano freneticamente, dei loro colli che si spezzavano, delle ali che si torcevano... tormentava ancora i suoi sogni.

La mancanza di solitudine richiedeva anche un migliore controllo dell'Eth. Nel suo viaggio a Turicum, Yannu aveva visto le mani luminose di Toman mentre si appisolava.

Yannu pensava che Toman fosse un sant'uomo, come sua nonna. Aveva detto che la madre di sua madre si era alzata e se ne era andata nella città santa di Immen dopo che le sue ossa avevano brillato. Diceva che la gente santa apparteneva a quella città.

Toman non aveva alcun desiderio di essere scelto per l'Eth, così continuò le lezioni che la madre gli aveva insegnato, e si esercitò a controllare il suo Linger ogni volta che poteva, lontano dalla vista di occhi curiosi.

Afferrando un pennello, accese l'Eth. Negli ultimi mesi era riuscito ad accedere alla sua connessione con il potere di Ber'eth con molto meno sforzo. E stava lentamente trovando la capacità di cambiare la forma del suo Linger. Non è stato un compito facile, perché era trasparente.

Le ossa delle mani brillavano di arancione opaco, riflettendo la vernice marrone intenso che stava applicando al nuovo legno.

Una conversazione ovattata tra Eckel e persone che non conosceva raggiunse le sue orecchie. Con la nuova concentrazione acquisita, chiuse gli occhi e espanse la sua coscienza verso le voci sottostanti. Un brivido caldo si diffuse nel suo cranio. Le parole, dapprima indistinte, sotto di lui cominciarono a essere comprensibili, e andavano riempiendogli la mente.

«Allora, vi siete fatti strada da Barrost a Turicum, giusto?»

Due voci risposero insieme. «Sissignore».

«Bene, presto incontrerete Toman. È sul nido del corvo a riparare i danni. Sarà il vostro caposquadra. Ora, non lavora sulle barche da molto tempo, ma è il mio braccio destro da queste parti. Chi di voi è Uri e chi è Shann?» Chiese Eckel. «Non riesco a distinguervi»

Toman chiuse gli occhi e concentrò la sua mente per vedere. L'Eth punzecchiava dietro il collo. Le sue dita formicolavano, aumentando di luminosità.

Apparvero immagini vaghe. Attinse ancora all'Eth, concentrando il potere nella sua coscienza. Due giovani dai capelli scuri e magri stavano accanto a Eckel. Sorpreso dalla chiarezza che l'Eth aggiungeva al dono di sua madre, Toman sorrise. Questo avrebbe potuto essere molto utile!

«Sono Shann, signore. La gente pensa che io sia il più bello»

Il suo gemello identico grugnì, scuotendo la testa.

Toman ridacchiò. Riusciva a vedere Eckel che piegava le sue enormi braccia sul petto, guardando i nuovi arrivati.

«Vediamo come ve la cavate sul sartiame. Sulle corde, ora!»

In piedi, Toman liberò la sua presa sull'Eth. Mentre il potere si riduceva all'interno del cranio, il bagliore delle mani si affievolì.

I due giovani si arrampicarono sul sartiame, spediti come ragni diretti alla loro ultima preda. Toman non aveva mai visto un'agilità simile. Presto si appollaiarono come gabbiani sul longherone appena sotto di lui.

«Hoi!» Uno di loro chiamò.

«Hoi», rispose Toman, sporgendosi per vederli meglio. Eckel aveva ragione. Neanche lui riusciva a distinguerli.

«Tu devi essere Toman», continuò uno dei gemelli.

«Sì, sono io»

«Buon pomeriggio, Vostra Altezza», disse l'altro chinando la testa con rispetto eccessivo. «O dovrei dire solo Capo? O Messer Capitano?»

Il primo fece una smorfia alle parole del fratello.

Toman ricambiò il suo tono scherzoso. «Buon pomeriggio a lei, buon signore» Si inchinò in modo elaborato, sporgendosi ben oltre il bordo della tana del corvo.

Entrambi i gemelli risero, mentre il più serio sospirò con sollievo.

A Toman piacevano. Sembravano più vecchi del marinaio medio, più vicini a lui per età. Sarebbe bello avere dei compagni di equipaggio con qualcosa in comune.

Si chiedeva se anche a loro piacesse l'idromele.

Muovendosi agilmente sul sartiame, in pochi secondi erano tornati sul ponte.

Eckel li presentò all'equipaggio, mettendo loro le braccia sulle spalle, poi alzò lo sguardo verso Toman.

Toman salutò con la mano, poi si inclinò all'indietro per non farsi vedere. Chiuse gli occhi e rimandò la sua coscienza sul ponte, e riaccese l'Eth.

I ragazzi chiacchieravano dei gemelli.

A pochi passi di distanza la voce profonda di Eckel brontolava: «E se uno di voi due vuole un po' di lavoro, dopo l'orario», abbassò la voce «potrei avere qualcosa che potrebbe interessarvi. E una buona paga»

Eckel gli aveva fatto la stessa offerta.

Qualcosa lo sconvolse. Che tipo di lavoro extra?

6

DALLE OMBRE

Il Monaco Scalzo era pieno di avventori.

Toman aveva l'acquolina in bocca mentre annusava l'aroma delle cipolle dolci grigliate e delle salsicce succose davanti a sé.

Sorseggiò il suo idromele. Perfetto. Mentre la maggior parte dell'idromele era già un po' dolce, a Toman piaceva il suo con un ulteriore tocco di miele fresco per ammorbidire il morso dell'alcool.

I gemelli, Shann e Uri, erano a un tavolo vicino alla porta, ma litigavano per qualcosa. Come sempre. Toman non aveva mai conosciuto due persone che potessero litigare così tanto per così poco. Volendo godersi il suo pasto in relativa tranquillità, teneva la testa bassa e mangiava le salsicce.

«Ciao, bel ragazzone. L'idromele è di tuo gradimento?» La barista stava in piedi accanto a lui, con le mani sui fianchi, ondeggiando avanti e indietro. Lo guardò su e giù come se fosse un pezzo di carne appeso in una macelleria e poi si leccò le labbra.

Toman ingoiò forte. «Sì, grazie»

Si chinò in avanti, con le mani sul tavolo. La sua camicetta aperta rivelava un'ampia scollatura. Guardò il seno e poi Toman. «Mi trovi carina?»

Ha fatto l'occhiolino? Frastornato, Toman sorseggiò un po' di idromele. Aveva intenzione di prendersi il tempo necessario per apprezzarne il sapore, ma la sua bocca si era fatta improvvisamente secca. Sputò, asciugandosi le labbra. «Milady?»

«Mi trovate bella?» Strinse le braccia, spingendo più in alto le cime arrotondate del seno.

Lui si concentrò sugli occhi di lei mentre il calore si riversava sul suo viso. «Sì, madama, siete davvero molto graziosa»

Ma chi non lo penserebbe? L'insolito colore rosso dorato dei suoi capelli e i suoi occhi blu erano meravigliosi. Il suo sorriso era luminoso e invitante. Forse un po' troppo. Era sorpreso che lei glielo avesse chiesto, ma alcune persone avevano bisogno di essere rassicurate. Conosceva alcune ragazze così a casa.

Abbassò gli occhi e si concentrò sul suo piatto, prendendo un altro boccone di salsiccia e sperando che se ne andasse.

«Graziosa?» Esplose in una risata molto poco consona a una gentildonna. «Graziosa?» ripeté più forte. «Da che epoca vieni, ragazzo di campagna? Mio nonno disse a mia nonna questo genere di cose trecento anni fa!»

Lei si avvicinò abbastanza da fargli sentire il suo respiro all'orecchio. La sua lunga e spessa treccia sfiorò il braccio di lui, il suo petto praticamente sulla sua spalla. «Da queste parti, ragazzo di campagna, gli uomini adulti mi chiamano bella. O fantastica. O semplicemente stupenda» La sua voce si alzava ad ogni descrizione. Raddrizzandosi, gettò la treccia sulla spalla destra. «Ma non *graziosa!*» Sibilò.

«Mi dispiace se vi ho offeso, Milady» Lasciò cadere la forchetta e si alzò, raccogliendo il cappello mentre il viso gli bruciava. «Non era mia intenzione»

Inclinò la testa all'indietro e lo fissò. Poi il suo sguardo si spostò lentamente lungo il corpo di lui e si rialzò di nuovo. Le sue labbra si arricciarono e le sopracciglia si inarcarono. Esalò un lungo e lento respiro. «Nessuna offesa, ragazzo di campagna» Scosse la testa, e scrollò le spalle. «Una candela così bassa che brucia in una lanterna così bella» Alla fine gli voltò le spalle e poi si allontanò, ondeggiando i fianchi a ogni passo.

Sospirando sollevato, Toman si sedette e tornò al suo idromele e al suo pasto. Le donne lo avevano già ammirato in precedenza, ma lui non era stato preparato per una come lei. Toman mantenne l'attenzione sul suo pasto, per paura che lei lo beccasse a guardare in alto e tornasse indietro.

Shann e Uri, voci forti ma indistinte nell'affollata taverna, inciamparono verso la porta. Erano con la banda di Eckel solo da poche settimane, ma sembravano stare bene. Erano bravi lavoratori quando i loro battibecchi non si mettevano in mezzo.

Toman finì idromele e poi si diresse verso la porta. Meglio tenerli d'occhio. Anche se non molto più vecchio del suo equipaggio, si sentiva responsabile di tutti loro, anche quando era fuori servizio. Ma Shann e Uri erano speciali. Forse perché erano più vicini a lui in età. Tranne quando si comportavano in quel modo.

Una figura incappucciata entrò nella taverna e poi si fermò, bloccando il cammino di Toman.

«Perdoni, mio buon signore, potrei passare?»

L'uomo magro spinse indietro il cappuccio. Una sottile espressione di sdegno gli attraversò la fronte. I suoi occhi penetranti si fissarono su Toman per alcuni inquietanti secondi, poi si fece da parte. «Certo, figliolo» Superò Toman e si perse fra la folla.

Un brivido corse sulle braccia di Toman. Occhi d'argento. Proprio come quelli di Alyena. Si alzò e toccò la foglia nella tasca della camicia, poi si baciò la punta delle dita.

Mentre apriva la porta, l'aria fresca della notte si insinuò nella calda taverna.

Le nebbie della sera si erano alzate nella città bassa, mascherando le strade. Era ora di tornare in caserma. Poco più avanti, nella piazza, la luce a gas, filtrata dalla nebbia, illuminava a malapena i due gemelli magri. «Fratello, ti voglio bene, ma stavolta ti faccio saltare i denti!»

Nelle ultime settimane aveva imparato a conoscere meglio i gemelli, fin troppo bene, anche se a volte aveva ancora difficoltà a distinguerli.

Toman si fermò, rimanendo nascosto nell'ombra. Stasera i loro litigi sembravano più accesi del solito.

Un insieme di braccia e gambe lunghe si cadde goffamente sul marciapiede. «Misera scusa per il guano di pipistrello. La pagherai!»

Doveva essere Shann. La sua voce era leggermente più ruvida di quella di Uri.

«Alzati!» Il pugno di Uri tremava mentre si alzava, instabile sui suoi piedi. «A... alzati... alzati!» Con le braccia che si agitavano selvaggiamente in aria, Uri lottava per mantenere l'equilibrio mentre stava in piedi sopra suo fratello. «Vedremo chi pagherà!»

«Bene allora, andiamo, fratellino. Possiamo occuparcene qui e adesso!» Shann si divincolò sotto di lui.

Si fissavano l'un l'altro, con i capelli scuri che pendevano dalla fronte come tende di straccio. Cominciarono a ondeggiare avanti e indietro, con la testa che oscillava come due draghi di Gahoin, pronti a soffiare.

Colpisci! Il pugno di Uri si aprì a metà del movimento e percosse la guancia di Shann con uno schiaffo sonoro.

Lo sguardo di sorpresa sul volto di Shann fece sì che Toman dovette soffocare una risata. Il Landsendariano non sembrava capire perché la sua testa avesse improvvisamente cambiato direzione.

Inciampando all'indietro, Uri si avvicinò. Mani che stringono l'aria trovarono la camicia di Shann. I bottoni si staccarono, rimbalzando nei ciottoli.

Doveva proprio separali. Sorrise mentre un'idea lo colpiva.

La pratica gli aveva rafforzato il controllo sul suo Linger. Ora poteva manipolarlo in varie forme. Era stato persino in grado di dividerlo in due. I ragazzi erano l'occasione perfetta per vedere se riusciva a farlo con oggetti in movimento.

Accese l'Eth e formò il suo Linger. Guardandosi intorno per essere sicuro che non ci fossero testimoni, arretrò più in profondità nel vicolo per nascondere il bagliore delle mani.

«Mi ha detto che ti sei alzato e hai cercato di baciarla!» Shann inciampò nelle sue parole. «Hai aspettato che io distogliessi lo sguardo, solo un attimo, e poi hai fatto la tua mossa!» blaterò, a causa dell'effetto che troppa birra può avere sulla lingua.

«Non sapevo che tu fossi da qualche parte sotto il tavolo! Pensavo che ti fossi alzato e te ne fossi andato!» rispose Uri. «E poi, fratellone, è venuta lei da me". Batteva le ciglia. «Ha detto che il più bello ero io» I suoi occhi si restrinsero, come un ampio sorriso gli balenò sul viso. «E, caro fratellone, fu lei a cercare di baciarmi!»

Toman concentrò l'Eth su Shann, facendo scivolare il suo Linger tra lui e suo fratello. Appena in tempo.

Shann vibrò un ampio, ma scoordinato, colpo. «Non l'ha fatto!» Aveva una buona mira e, nonostante il suo stato di ubriachezza, avrebbe potuto colpire la faccia di Uri.

Smack! «Ahi!» Shann si fece male alle le nocche.

Un tonfo sordo colpì Toman da qualche parte nelle budella mentre il suo Linger assorbiva il colpo del pugno di Shann. Aveva dimenticato di poter sentire quello che colpiva il suo Linger. Si accigliò di fronte al ricordo dei Bianchi Viaggiatori a Mirshod. Uccelli che si scontrano contro il suo scudo, le loro ali che battono e i battiti del cuore frenetici, le ossa fragili che si spezzano. Rabbrividì.

Guardando il suo pugno, la bocca di Shann si spalancò e si richiuse.

«Mi ha mancato, mi ha mancato» La risata rauca di Uri riecheggiò nella piazza. Poi perse l'equilibrio e inciampò all'indietro.

Shann provò a dare un altro gancio al suo gemello. Barcollando in avanti, urtò la spalla contro il Linger di Toman.

Toman afferrò Shann, avvolgendo la barriera del Linger e sollevandolo leggermente da terra.

Shann si fermò a metà del colpo. Gli occhi sporgenti, il Landsendariano gemette mentre i suoi stivali dondolavano in aria. Il vago luccichio che lo circondava si increspò come un vetro liquido.

Con il sudore che gli imperlava la fronte, Toman aumentò il suo controllo e modellò il secondo Linger intorno al corpo di Uri. Stabilizzò la forza che lo attraversava, sospendendo entrambi i fratelli in posizione eretta. Toman scosse la testa e sorrise. I gemelli non si erano nemmeno accorti della loro situazione.

Sbattendo le gambe, i movimenti di Uri e Shann gli ricordavano la strana danza di accoppiamento delle cicogne con le gambe.

«Stava per farmi una proposta di matrimonio!» Shann continuò a litigare, balbettando tra profonde boccate d'aria. Cercò di nuovo il gancio, prendendo di mira il naso di suo fratello. «Che...!» Spaventato, si trovò il braccio immobile davanti a lui, a tre nocche di distanza dalla faccia di Uri.

«Ma co...» Gli occhi di Uri si dilatarono.

«Mollami, fratellino!» Shann sibilava a denti stretti.

«Io non faccio niente!» Uri sputò. «Sei tu che mi hai preso! Andiamo!» Guardò suo fratello. «Non riesco a muovere le gambe»

Toman chiuse il suo Linger intorno alle loro gambe e poi soffocò un'altra risata. Che bizzarro gruppo laocontico erano quei due!

«Andiamo!» ringhiò Shann.

I muscoli si tesero nel petto di Toman mentre entrambi i fratelli si divincolavano e grugnivano, lottando per liberarsi dai loro legami invisibili.

Stringendo il suo Linger, sorrideva. L'unica cosa che riuscivano a muovere era la bocca.

«Aaarr, fratellino! Fatti sotto! Ti spacco quella stupida faccia!»

Anche con i pugni ormai inutilizzabili, quel loro minaccioso flusso di parole sembrava inarrestabile. Entrambi sembravano incapaci di rinunciare a una battaglia persa!

«Te lo dico io! Io non faccio nulla!» Uri replicò.

«Cosa?» L'ansia traspariva dalla voce. Ansimando, sussurrò: «Deve essere una specie di stregoneria!»

La visione periferica di Toman si offuscava mentre una strana sensazione fluiva dalle sue braccia. L'acciottolato si alzò e cadde come il ponte di una barca in acque agitate. Le sue gambe tremarono come quelle di un neonato. Inciampò all'indietro, poi riguadagnò l'equilibrio appoggiando una mano contro il muro di pietra dietro di sé. Lottò per mantenere la concentrazione sui gemelli. L'unico boccale di idromele di quella sera non poteva averlo fatto ubriacare.

Un forte senso di torpore si diffuse nella coscienza di Toman. Il singhiozzo di Shann gli solleticava il petto mentre le immagini gli balenavano nella mente. Una piccola casa alla base di una scogliera che domina un vasto oceano. Un robusto pescatore che afferra un timone, con il volto avvizzito di anni di esposizione alle intemperie. Una coppia di anziani che saluta con la mano, la donna paffuta che si asciuga le lacrime. Una bella ragazza sul molo che saluta, il grembiule che sventola al vento. Dei fianchi familiari e ondeggianti e due splendidi occhi azzurri.

La pelle d'oca copriva le braccia di Toman. Le

impressioni delle menti dei gemelli si affollavano nella sua mente attraverso il suo Linger!

Shann ululava, con una voce densa di emozioni: «Non voglio morire! Non vedere mai più mamma e papà»

«Mamma, papà, vi vogliamo bene!» piagnucolava Uri.

Un'ondata di paura percorse la connessione con il Linger. Poi una fitta di tristezza.

«Non voglio morire, fratello!»

«Nemmeno io!»

Le loro grida pietose toccarono Toman. Non voleva farli soffrire.

Gradualmente, per non farli cadere sul lastricato, allentò il suo Linger. Era difficile mettere a fuoco – l'effetto di troppo idromele gli offuscava la mente. Ma non era il *suo* idromele, era quello dei ragazzi.

Guardò le sue mani. Il bagliore sbiadito nelle ossa delle dita evidenziava le vene come i rami di un albero.

Domani non avrebbero ricordato nulla di tutto quello che era successo.

L'attimo dopo i gemelli toccarono terra gemendo.

Shann si mise in piedi per primo, e poi alzò di nuovo i pugni davanti al petto.

«Fratellino! Preparati a sentirne uno dal fratellone, adesso!». I piedi di Shann sembravano malfermi dopo quello spavento. La paura non aveva fatto passar loro la sbornia.

Non si sarebbero mai fermati, dunque?

Uri schivò il colpo di Shann, afferrandolo per la vita. Del sacchetto delle monete di Shann restavano solo i lacci.

Toman si accigliò. La barista?

«Controlla i tuoi soldi!» gridò Toman, ma le sue

parole risultarono un po' più taglienti di quanto avesse voluto.

«Che?» Uri si alzò a fatica da terra.

«Ti ho detto di controllare i sacchetti delle monete» Toman entrò nella zona di luce proiettata dal lampione.

Inciamparono all'indietro, con gli occhi spalancati. «Toman, non ti abbiamo visto, laggiù» I gemelli parlarono all'unisono per la prima volta quella sera.

«Ci stai seguendo?» Uri sbatté gli occhi un paio di volte e poi si accigliò. «Siamo stati bravi ragazzi. Non abbiamo bisogno di una bambinaia»

«Controlla... la... scarsella... delle... monete» Toman parlò lentamente, in modo che le sue parole potessero entrare nelle loro teste confuse dalla birra.

Le facce dei gemelli si tranquillizzarono mentre lo guardavano.

Uri si frugò il cappotto e si lamentò.

Shann si alzò il giubbotto, cercando la cintura.

«Mi dispiace, ma credo che siate stati derubati da una rossa con un bel paio di occhi azzurri». Toman sospirò. «Ci ha provato anche con me, ragazzi»

Gli occhi di Uri si spalancarono, il suo viso impallidì. «Quella baldracca! Erano tutti i miei risparmi! Che i vermi le consumino le viscere!» Uri si battè un pugno sul palmo e disse qualcosa a proposito dei suoi organi interni e altri ingredienti di una torta salata.

Per non essere superato dal suo gemello, Shann alzò il mento con una smorfia sardonica. «E che le cosce impudiche di quella schifosa si riempiano di funghi. E possano le sue labbra cadere fino all'ombelico»

Toman ridacchiò, poi si schiarì la gola. «Basta così. Dovete tornare in caserma e dormirci su. Domani è una giornata importante. Eckel mi perseguiterà se non riuscirete ad alzarvi domattina»

«Ma... sono al verde!», piagnucolava Shann. Aggiunse qualche metafora più colorita sugli antenati della ragazza e varie forme di amputazioni, decapitazioni ed escrementi assortiti.

Toman sbottò. «Vediamola così: è stata una lezione di vita che hai imparato a tue spese»

«Oh, non imparerà nulla da questa» Uri scoppiò in un'aspra risata. «Il mese scorso ha perso il suo portamonete. A Barrost. Sempre una ragazza!» Diede una pacca sulla schiena del fratello, poi gli afferrò i capelli, lunghi fino alle spalle, e li strattonò gentilmente. «Non imparerai mai, vero, fratellone? Non sarebbe la prima volta che perdi una borsa intera per un bel viso»

«Taci!» Shann diede un pugno a Uri, ma Toman gli fermò il braccio.

«Basta così» Toman scosse la testa. Poteva capire il fascino esercitato da una bella ragazza come la cameriera del bar. Ma farsi tagliare la borsetta una volta avrebbe dovuto essere una lezione sufficiente per Shann. E anche per Uri.

«Ecco, questo dovrebbe bastare fino alla prossima paga» Toman si era messo una mano in tasca.

I gemelli lo guardarono con occhi confusi mentre metteva una moneta d'argento in ciascuna delle loro mani.

«Grazie», proferì Shann, allegro, con il viso che si apriva in un sorriso smagliante.

Uri si scrutò il palmo della mano mentre il suo corpo dondolava dolcemente, cercando di concentrarsi sul piccolo pezzo rotondo di metallo lucido.

«Tornate in caserma, ragazzi. Adesso»

I gemelli inciamparono, sbattendosi l'uno contro l'altro mentre oscillavano avanti e indietro.

Toman scosse la testa e sorrise mentre i gemelli sparivano nella nebbia. Peccato per Uri. Aveva detto che stava risparmiando per fare la proposta di matrimonio a una ragazza di Landsend.

Si chinò e studiò il ciottolato poco illuminato, cercando i bottoni che aveva visto volare dalla camicia di Uri. Qui i bottoni di Vahlenbone erano costosi.

7

NELLA LUCE DEL LAMPIONE

Dalbonn restò in piedi, immobile, mentre il giovane dalle spalle larghe era chino, le mani sulle ginocchia. Questi setacciava il terreno alla ricerca di qualcosa, comportandosi come se l'uso un potere così stupefacente fosse una cosa normale.

Dalbonn aveva la capacità di vedere le auree dei più forti fruitori dell'Eth, ma solo se vi si trovava molto vicino. Mentre aveva già notato il giovane sul molo, non gli era mai stato tanto vicino da vedere la sua *Luce Vitale*. Per fortuna, il breve incontro all'ingresso della taverna gli aveva rivelato un indizio della sua capacità. Seguirlo aveva solo confermato ciò che sospettava. La forza dell'Eth di questo giovane era inconfondibile e il luccichio del suo Linger indicava che era tanto corporeo quanto nitido.

Udì un suono di piedi sul pietrisco dietro di sé. Si voltò rapidamente.

«Vostra Grazia?» La figura ingombrante del Guardiamarina Eckel si materializzò dalla nebbia della sera. La luce fioca del lampione rivelava i suoi occhi gonfi e le sue guance flaccide e rosse. Il suo alito acido puzzava di birra.

«Buonasera, Eckel» Dalbonn era sorpreso di vederlo.

«Avevate bisogno di qualcosa, Vostra Grazia?» Una smorfia balenò sul viso di Eckel e poi scomparve.

Nulla nel suo modo di fare indicava che avesse visto il giovane fruitore dell'Eth. Ma di certo non sembrava felice di vedere Dalbonn.

«No, Guardiamarina. Mi sto solo godendo la vita da taverna. È incredibile la ricchezza di informazioni che si possono raccogliere se si sa cosa cercare» E quella sera aveva scoperto qualcosa di più prezioso di quanto avesse mai sognato.

Gli occhi di Eckel si chiusero a fessura come se dubitasse delle sue parole.

Probabilmente stava tramando qualcosa che avrebbe preferito che Dalbonn non sapesse. Più tardi si sarebbe occupato di lui. Il ragazzo era molto più importante di quello che Eckel stava facendo ultimamente.

«Non è uno del suo equipaggio?» Dalbonn accennò al lampione al centro della piazza.

Dopo aver esaminato dei piccoli oggetti rotondi nel palmo della mano, il giovane li infilò in una tasca dei pantaloni.

«Sì, Vostra Grazia. È il mio nuovo caposquadra» Eckel parlava a denti stretti. «Ha offeso Vostra Grazia?»

«Niente del genere. Vorrei, tuttavia, conoscerlo»

Le sopracciglia del Guardiamarina si alzarono in un'espressione di meraviglia. «Lui?»

Il giovane si voltò verso la strada che portava alla caserma.

«Sì, Guardiamarina, lui» Dalbonn mantenne un'espressione ferma. «Ora, se non vi dispiace» Si diresse verso il giovane caposquadra.

«Certo, Vostra Grazia. Eckel si accigliò e si diresse verso la lampada. Alzò la voce: «Hey, Foggling!»

Il giovane girò sui tacchi e si mise sull'attenti. «Guardiamarina Eckel?»

Dalbonn entrò nella luce della lampada dopo Eckel, spingendo indietro il cappuccio.

Per un breve momento, il giovane fissò il volto di Dalbonn. Aveva riconosciuto in lui l'uomo della taverna? Poi i suoi occhi si spostarono dapprima da costui a Eckel, poi verso l'ingresso del vicolo, poi di nuovo verso Eckel.

«Mastro Foggling, Sua Grazia Dalbonn, il Signore Protettore di Ydassum» Eckel abbassò la voce mentre rispondeva alla richiesta di Dalbonn. Il suo discorso era controllato e lento. I muscoli della mandibola serrati e le mani chiuse a pugno. «Vostra Grazia, questi è mastro Toman Foggling, da Fahtu-Shan, presso Mirshod»

«È un piacere conoscervi, mastro Foggling» Dalbonn valutò rapidamente il giovane.

Qualche dito più alto di lui, il ragazzo torreggiava sulla maggior parte degli uomini. Riccioli indisciplinati color sabbia si estendevano da sotto il cappello fino alla base del collo. Spalle larghe senza voluminosità. Gli avambracci stretti e muscolosi emergevano da sotto i polsini delle maniche, a indicare la forza acquisita con il duro lavoro.

Le mani grandi sembravano così potenti da mutilare, ma il modo in cui aveva trattato i due giovani poco prima negava una natura violenta. Dalbonn non poteva essere così sicuro di altri uomini alle dipendenze di Eckel.

Il suo abbigliamento, sebbene semplice e un po' logoro in alcuni punti, era pulito e ben rammendato. Occhi azzurri e grigi, una mascella forte e una marcata fessura nel mento, il ragazzo presentava una bella immagine di sé.

Dalbonn tese la mano.

Gli occhi del giovane si spalancarono, la bocca si aprì e richiuse. Toman allungò la mano e afferrò quella di Dalbonn.

Nonostante l'apparente nervosismo, il ragazzo aveva una stretta di mano ferma e sicura.

«Guardiamarina, può lasciarci parlare in privato?»

Gli occhi gonfi di Eckel lo fissavano, sbattendo le palpebre. Il suo cipiglio scomparve e, con un inchino, lanciò uno sguardo arrabbiato verso Toman. Sparì nella nebbia in direzione della caserma.

Dalbonn temeva che ci sarebbero state rappresaglie nei confronti di Toman. Non che Eckel avrebbe avuto potere sul ragazzo ancora per molto tempo. Non dopo la sua impressionante esibizione di prima.

«Hai gestito quei due ragazzi molto bene, mastro Foggling»

«Mio signore?» I muscoli attorno gli occhi del giovane si contrassero. Inspirò velocemente, gettando un'occhiata verso il vicolo dove Dalbonn era entrato nella piazza.

«Non *Mio Signore*. Ci si rivolge a me come *Vostra*

60

Grazia Dalbonn, o semplicemente, Vostra Grazia. Non sono un Nobilis»

Il giovane balbettava: «S... Sissignore! Oh, voglio dire sì, Vostra Grazia, Signore»

«Sembra che tu sia dato molto da fare con quei gemelli»

Intorno alla testa e alle mani del giovane, l'aura luccicava.

«Sì, Signore... Vostra Grazia, sono veloci ad arrabbiarsi, ma altrettanto veloci a fare ammenda. Sono buone mani e sanno come comportarsi su una nave» Una tensione quasi visibile si irradiava attraverso Toman mentre parlava.

Dalbonn permise a un sottile sorriso di incresspargli labbra. «Mi è piaciuto il modo in cui li hai trattati»

«Grazie, maestà», annuì Toman. «Un malinteso. Ma temo che un giorno i loro scoppi d'ira non saranno risolti in modo così semplice»

«No, non è di questo che sto parlando» Dalbonn incontrò il suo sguardo sorpreso.

Un vivido rossore perturbò il volto di Toman. «Oh? Uh. Signore? Vostra Grazia? Non capisco»

«Vi ho visto, mastro Foggling» Dalbonn scelse il suo tono con cura, mantenendolo piano e calmo. «Quando è apparso per la prima volta il tuo Eth Linger?»

«Huh...» Il ragazzo tremava e sembrava pronto a scappare.

Dalbonn sorrise per lo sgomento di Toman. Chiese di nuovo, attento ad ammorbidire le sue parole. «Quando si è manifestato per la prima volta il tuo Eth?»

Toman trascinò il labbro tra i denti e abbassò gli occhi. La sua voce era tesa, appena sopra un sussurro.

«Quando ero al primo anno della scuola di lettere a Fahtu-Shan, a sette anni»

«È una cosa speciale, figliolo. Il tuo Eth. Ti insegnato qualcuno a usarlo? O hai imparato da solo?»

«Mia madre. Lei lo chiamava il potere di Ber'eth» Toman teneva il capo chino. Fece alcuni brevi respiri. «Diceva anche che tutti i popoli Orrenici sono stati creati con la capacità, ma pochi hanno imparato a usarla»

«Sì, è vero», concordava Dalbonn. «Quando si è formato il tuo Linger per la prima volta?»

«Non capisco, signore... Vostra Grazia»

«Ho visto un sottile riflesso intorno ai ragazzi» Dalbonn si sforzò di non rivelare la sua eccitazione. «Mastro Foggling, il tuo Eth Linger è trasparente?»

Il giovane alzò la testa e lo guardò direttamente negli occhi, espirava lentamente mentre annuiva. «Il mio Linger si presentò per la prima volta prima di venire qui a lavorare per il Guardiamarina. Non ha mai mostrato alcun colore» Il suo tono era scusante. «Era come se qualcosa mi spingesse a usarlo. O come se mi esplodesse da dentro, senza che mi fosse stato proibito. Ma poi le cose... sono successe» Abbassò di nuovo gli occhi mentre faceva un respiro profondo. «Decisi di esercitarmi per non commettere più errori. Avevo bisogno di poterlo controllare»

Dalbonn annuì. Voleva sapere cosa era successo, ma si sarebbe risparmiato la domanda per dopo. Il giovane non aveva idea dell'importanza di un Linger trasparente.

«Mastro Foggling, guardami» Aveva bisogno di assicurarsi che il giovane capisse quello che stava per dire.

Mascella serrata, Toman incontrò gli occhi di Dalbonn.

Abbassando la voce, Dalbonn mise una mano sulla spalla di Toman e strinse dolcemente. «Quello che ho appena visto è estremamente raro e incredibilmente potente. Figliolo, è un dono meraviglioso»

«Mi perdoni, signore?» Un'espressione spaventata balenò sul volto del giovane.

«La tua capacità Eth è davvero un dono al popolo, ma è anche segno che Ber'eth ti ha scelto per qualche scopo. Vorrei offrirti l'opportunità di seguire questa strada» Dalbonn lo fissò. Sperava che capisse l'entità della sua offerta e accettasse un apprendistato. Dalbonn avrebbe potuto facilmente arruolarlo al suo servizio, ma voleva che questo giovane avesse la possibilità di scegliere, e scegliere bene.

«Io... non capisco, Vostra Grazia» La voce di Toman tremava.

«Mastro Foggling, avete fatto molto bene da solo, ma avete bisogno di allenamento. Vorrei assumerti come mio apprendista personale. Non sarebbe un tipico apprendistato. Voglio formarti nella tua capacità Eth. Il tuo status sarà pari a quello di un ufficiale e dovrai rendere conto direttamente a me. Verrai ogni giorno nei miei uffici nel palazzo per la formazione»

«V...Vo... Vostra Grazia?»

«Lo accetteresti?»

Il volto di Toman sbiancò. Lo sguardo dei suoi occhi era come assente. «Sì»

«Eccellente»

«E il Guardiamarina Eckel?»

«Trasmetti i miei ordini al Guardiamarina» Dalbonn si tolse un anello dal dito indice. «Questo è il sigillo del mio ufficio. Mostrateglielo se ci sono problemi» Lo mise nel palmo della mano del giovane.

Toman fece un respiro profondo, poi annuì, chiudendo la mano sull'anello.

L'aura di Fahtu-Shann risplendeva più luminosa. Dalbonn sorrise. Una scoperta così rara, e particolarmente significativa, proprio ora che si stavano verificando dei cambiamenti. Ma aveva bisogno di allenamento. Questa sarebbe stata la sua prima prova. Eckel poteva essere difficile nel migliore dei casi.

8

CONTATTI E CONTRATTI

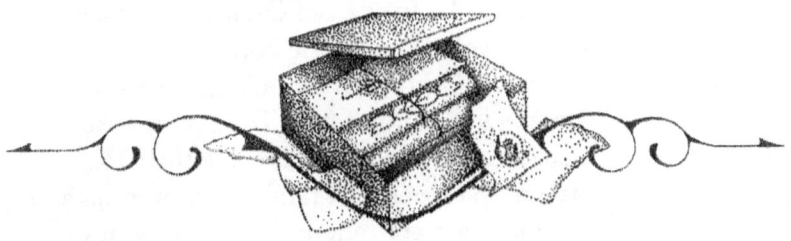

Mentre Toman tornava in caserma, le parole di Dalbonn continuavano a correre nella sua mente. La sua capacità Eth era davvero così speciale? Alyena lo aveva avviato su questa strada. Avrebbe potuto vedere la stessa cosa di cui parlava Sua Grazia? Un senso di gioia si espandeva nelle viscere. Sua madre sarebbe stata così orgogliosa.

Prese l'anello dalla tasca e lo esaminò nel tiepido bagliore di ogni lampione che incontrava. Era molto pesante. Doveva essere oro puro. I motivi serpentini sui lati erano perfettamente incisi. E la pietra che vi era incastonata era di un verde intenso. Era molto dura ma anche trasparente come il vetro. Non aveva mai toccato un gioiello prima d'ora.

La porta della caserma era aperta. Una luce brillava nel corridoio e una figura scura si stagliava sulla soglia.

L'eccitazione riempì Toman. Che cosa avrebbe detto il Guardiamarina?

In un certo senso, lo aveva aiutato ad arrivare a questo punto assumendolo. Se Toman non fosse stato a Turicum, non avrebbe incontrato il Signore Protettore. Il suo cuore batté come se avesse corso per tutto il tragitto di ritorno in caserma.

«Buonasera, Guardiamarina» Toman si infilò l'anello in tasca e allungò la mano.

Eckel ignorò il gesto, salutandolo con la mano. «Nel mio ufficio, figliolo» La fronte del Guardiamarina era tutta una ruga. Il volto cupo. Che cosa voleva? Eckel oltrepassò la prima porta del suo alloggio privato e entrò nel suo ufficio, ma non offrì a Toman un posto a sedere. La sua voce era tesa, come se fosse turbato.

«Sua Grazia mi ha chiesto di fargli da apprendista» Toman non riusciva a trattenere il sorriso. Non era sicuro che sarebbe mai riuscito a smettere di sorridere dopo quella notte.

Le palpebre asciutte di Eckel si spalancarono, rivelando la fitta rete di vene che attraversava i suoi occhi. Si appoggiò pesantemente allo schienale della sua sedia. Il suo respiro si fece più intenso mentre guardava con attenzione Toman. «Mastro Foggling, devi esserti sbagliato» Le sue unghie rosicchiate scavarono nella vecchia tappezzeria dei braccioli della sedia polverosa.

Sbagliato? Un brivido gelido attraversò la schiena di Toman. Per un istante si chiese se avesse immaginato l'intera scena con Sua Grazia. Il legame con Uri e Shann lo aveva fatto sentire come se avesse bevuto qualche tazza di troppo. Ma la sensazione era sparita non appena aveva interrotto il suo legame con il Linger.

Infilò la mano in tasca e chiuse il pugno sull'anello del Signore Protettore. La pressione del metallo contro il palmo lo rassicurò. «Non capisco, Signore»

«Sono sicuro che Sua Grazia aveva altre cose di cui parlare» Quelle parole, pronunciate con lentezza voluta, sembravano implicare che sapesse qualcosa di cui Toman non era a conoscenza.

«No, signore. Voleva solo parlarmi di...»

«Non cercare di vendermi un cane!» Eckel cominciò a innervosirsi, le sue guance stavano diventando paonazze. Le sue parole uscivano a voce bassa e controllata fra i denti serrati.

Anche se Eckel non si era mosso dalla sua sedia, Toman fece due passi indietro, sbattendo contro un muro. «Non è mia intenzione, signore. Sto dicendo la verità»

«Perché, ragazzo di campagna?» Le sue narici si dilatarono come quelle di un ariete nella stagione della riproduzione. «Perché dovrebbe volere te, ragazzo di campagna?»

Toman aprì e chiuse la bocca. Non trovò nessuna parola. Il Guardiamarina voleva sapere perché Dalbonn glielo avesse chiesto. Voleva sapere lui stesso la risposta a quella domanda.

«Perché, dopo tutto quello che ho fatto per te?» Eckel continuò.

«Signore? Mi dispiace»

«Sei sotto contratto con me, ragazzo di campagna! Non puoi tirartene fuori con questa storia mezza vuota. Sei sotto contratto per altri due anni» Il volto del Guardiamarina si oscurò, ma il suo tono rimase sobrio. Di solito era più fisico quando si sfogava, spesso colpendo cose o persone. Così fermo e controllato, era più inquietante.

«Signore, Sua Grazia Dalbonn mi ha chiesto di essere il suo apprendista personale»

«Il suo apprendista personale?» Eckel esplose in una risata grossolana. I suoi occhi si restrinsero, squadrando Toman lentamente dall'alto in basso.

Lo stomaco di Toman brontolò sonoramente. «Vuole che io sviluppi la mia capacità Eth, signore. Disse di aver visto qualcosa. In me. Non lo so» Scrollò le spalle, guardando negli occhi acquosi di Eckel.

Il Guardiamarina si rannicchiò come un lupo, con la sua pelliccia argentata e setosa, pronto ad affondare.

«Il tuo Eth!» Uno sputo schizzò dalle labbra del Guardiamarina. Si alzò, sbattendo il pugno sulla scrivania. «Sono storie che le nonne raccontano ai bambini sciocchi! Eth? Eth! Come se a Ber'eth importasse» Eckel sputò sul pavimento di fronte a Toman.

Toman scosse la testa con incredulità. Aveva sentito molti negare Ber'eth, molti lo ignoravano, ma sputare sul suo nome...

«Siamo qui da soli, ragazzo di campagna. Nessun potere di qualche mito ci aiuterà! Inoltre, non puoi assumere altri lavori finché non ti libero» Eckel agitò la mano per congedarlo. «Vai a letto!»

«Ehm... Guardiamarina...» Toman balbettava. Come avrebbe detto al Guardiamarina ciò che Sua Grazia aveva detto?

«Che cosa ti ho detto, Foggling? Vai a letto, ora!» Eckel si chinò in avanti sulle mani chiuse a pugno. «Questo ti costa, ragazzo di campagna. Da domani non sei più caposquadra»

Toman espirò come se Eckel gli avesse dato un pugno nelle budella. La reazione di Eckel non aveva senso. Perché non si sarebbe dovuto piegare al volere di Sua Grazia? Il battito del cuore di Toman gli tambureggiava nelle tempie, ma guardava direttamente Eckel, parlando a malapena al di sopra di un sussurro. «Sua Grazia disse anche che, come suo apprendista, avrei dovuto trasferirmi nella stanza vuota dell'ufficiale al piano di sopra»

«Che cos'hai detto?» Il Guardiamarina aggirò la scrivania e si diresse verso di lui con il pugno alzato.

Toman si ritirò mentre il suo corpo si irrigidiva. Alzando un braccio in difesa, si infilò l'altra mano in tasca. Tirò fuori la prova dell'offerta di Dalbonn. I motivi vorticosi ai lati dell'anello del sigillo si illuminarono alla luce della lampada a petrolio.

«Che cos'è?»

Il ringhio della voce di Eckel fece drizzare i peli delle braccia di Toman. Il suo alito puzzava di birra acida.

«Ladro! Questo ti costerà caro, ragazzo di campagna» Afferrò il polso di Toman.

Chiudendo la mano per evitare che l'anello cadesse a terra, Toman si liberò il braccio con uno strattone. Alzò la voce. «Signore, questo è da parte di Sua Grazia!»

«Non ti credo! Dammelo» Eckel entrò nel vano della porta, bloccando il cammino di Toman.

«È da parte del Signore Protettore. Sua Grazia mi ha detto di mostrarglielo se avesse fatto qualche domanda» Toman aprì il palmo della mano, rivelando ancora una volta le insegne del Signore Protettore della Casata di Méndrensynn.

«Cosa?» Per un istante la rabbia sul volto del Guardiamarina venne meno. Fissò l'anello, la sua bocca era serrata.

«Per favore, signore, non volevo mancare di

rispetto. Non pensavo che Sua Grazia mi avrebbe chiesto questo se non fosse stato autorizzato»

Il Guardiamarina reagì con rabbia alle parole di Toman. Con il sudore gli bagnava il viso, distolse rapidamente gli occhi e respirò forte. «Vattene. Prendi le tue cose e vattene!»

«Sissignore» Non c'era nient'altro che Toman potesse dire o fare, quindi a cosa serviva provare? Si voltò e si mise in cammino nel corridoio, mentre il brontolio di Eckel si spense dietro di lui.

Dopo pochi passi, Toman raggiunse la porta del dormitorio. I ragazzi erano stati svegliati dal rumore? Avevano sentito tutto?

Aprì la porta e si diresse verso la sua cuccetta.

«Perché ci hai messo tanto, amico? Sei tornato per qualche altra pinta? Ti piace molto dolce, eh?» Shann cercò di reprimere il suo scoppio di risate mentre stava per cadere dalla branda di fronte a quella di Toman.

Per sedersi sul materasso della cuccetta inferiore, Toman si chinò in avanti per evitare di sbattere la testa. La rabbia bruciante di Eckel continuava a ribollire nei suoi pensieri. Abbassò il viso tra le mani e sospirò.

«Shh! Sveglierai gli altri» La voce di Yannu filtrò dalla cuccetta sopra di lui. «Troppo divertente, eh, Tomi?»

«Tu, Vostra Altezza, hai bevuto troppo», Shann farfugliò mentre rotolava dal materasso sul pavimento, poi alzò lo sguardo verso Toman. «Sì. Hai alzato un po' troppo il gomito" Ruttò forte. «Non va bene. No»

«Zitti, tutti voi» La testa di Uri si alzò dalla cuccetta in alto, sopra quella di Shann. I suoi capelli scuri e arruffati per metà gli coprivano il viso.

Toman alzò lo sguardo ma non rispose. I pensieri lo affliggevano come non mai in quel momento.

Perché mai se n'era andato da casa? Gli mancava la nebbia fredda sulla pelle, l'aria fresca nei polmoni. Il suono delle campane degli agnelli che pascolano sulle colline, nascosti nella nebbia.

«Che cosa c'è?» Il tono normalmente gioviale della voce di Yannu esprimeva preoccupazione. «Stai bene, amico?»

Toman si alzò, scuotendo la testa. Se solo la stanza fosse rimasta in silenzio per poter fare le valigie! E andarsene. Eckel lo voleva subito fuori.

«Oh, cavolo! Cosa ti è successo?» Yannu gettò via le coperte e si sedette. «Tomi, cos'è successo?» La preoccupazione del suo amico era come un balsamo per la durezza di Eckel.

«Oh diamine, amico mio. Quella sgualdrina ha preso anche la tua borsa?» Shann sbottò dal pavimento dove giaceva, strofinandosi la polvere dai gomiti.

«Sua Grazia, il Signore Protettore Dalbonn, mi assume come sua apprendista personale»

Il silenzio scese su di loro. Per qualche istante, l'unico suono nella stanza era il respiro dei ragazzi addormentati e il suo stesso battito cardiaco. Poi il dolce russare di Uri rimbombò dalla sua cuccetta.

«Cosa?» Shann si alzò da terra e batté sulla spalla di Toman. «Congrat – tulazion – ni», Shann singhiozzò. «Vostra altezza, che piacere fare la tua conoscenza» Tese la mano.

«Smettila» Toman scosse la testa. L' alito di Shann gli ricordava quello di Eckel.

Uri borbottò qualcosa, facendo scricchiolare il materasso.

Yannu scivolò dalla branda superiore e si fermò davanti a Toman. «Questo significa che ti trasferirai a palazzo, non è vero? Che onore, Tomi! Ho sempre pensato che tu avessi l'aspetto di un principe» Sorrideva e poi si inchinava.

«Cos'ha detto... Eckel?" Uri borbottava nel sonno.

Toman fece una smorfia. Voleva solo un po' di silenzio, per pensare. «Non molto»

«Tutto qui?» Uri aprì gli occhi per metà.

Inginocchiatosi accanto alla sua branda, Toman tirò fuori da sotto il letto una piccola scatola di legno, un fascio di vestiti ben piegato, avvolto nella carta e il suo vecchio zaino. Sollevando il coperchio della scatola, tirò fuori la sua copia del contratto di lavoro di Eckel che giaceva sopra i suoi documenti personali. Con un sospiro, piegò il contratto a metà e lo fece a pezzi. «Non gli piace. Mi ha detto di andarmene. Ora devo farlo»

«Figlio di una bagascia», ringhiò Shann.

«Ma, amico mio, dove andrai?» La voce di Yannu vacillò. «E adesso che accadrà?»

Uri sprofondò di nuovo nel suo cuscino e ricominciò a russare.

«Sua Grazia mi ha detto di trasferirmi negli alloggi degli ufficiali al piano di sopra» Toman appoggiò lo zaino sul letto e cominciò a sistemarci i vestiti.

«La stanza di un ufficiale privato?» Yannu non nascondeva il suo entusiasmo. «Ora sei un ufficiale?»

«No, Yannu. Solo un apprendista ufficiale»

«Hai detto di sopra? Appena sopra Eckel? Oh, santissime budella!» Shann afferrò il materasso del fratello, stabilizzando le sue gambe traballanti.

Toman infilò la scatola nel suo zaino e la chiuse.

Yannu diede una gomitata a Shann con un gomito.

Indicando Shann e poi se stesso, Yannu sussurrò: «Possiamo venire con voi? Solo un'occhiata veloce? Non abbiamo mai visto l'alloggio di un ufficiale prima d'ora» Le sopracciglia si alzarono in attesa e il solito sorriso gli illuminò il viso. «Hmm? Per favore...»

Il persistente buon umore di Yannu era come una brezza rinfrescante. La sua presenza alleviò la tempesta che infuriava nella testa di Toman. Non poté resistere al cuore leggero del suo amico.

Toman si gettò il sacco sulla schiena. Era leggero. Non possedeva molto.

«Ma guarda che se Eckel ti prende, domani le tue pelli saranno appese alle travi»

Toman raggiunse il pianerottolo del piano degli ufficiali e diede un'occhiata su e giù per il corridoio. Vuoto. Una fiamma bassa brillava in una lampada appesa a una parete vuota. Era come entrare in un mondo straniero. Ancora più di quando era arrivato a Turicum. Era sorpreso di vedere solo sei porte, tre per ogni lato del corridoio. Non era sicuro di quale dei due quartieri dovesse essere il suo.

Rivolgendosi a Shann e Yannu, si mise un dito sulle labbra. Dovevano fare silenzio. Chiuse gli occhi ed estese la sua coscienza. Il mormorio di un respiro profondo e costante riempiva le tre stanze a sinistra e qualcuno parlava nel sonno nella prima a destra. Un ronzio di voci basse nella seconda. L'ultima stanza a destra era silenziosa.

Si avvicinò alla porta, appoggiò la mano sulla maniglia e la spinse verso il basso. Il metallo freddo era stranamente confortante nella sua mano. Una porta che si apriva prima di poter essere chiusa alle sue spalle. Accolse l'idea di poter chiudere una porta alle sue spalle la sera, essendo solo a sé stesso, in un silenzio benedetto.

Si sfilò gli stivali, li raccolse e si fermò per un momento sulla soglia.

Poi la dolce spinta di Shann e Yannu lo aiutarono a entrare nella stanza, la sua stanza. Un po' ammuffita, aveva bisogno di un buon ricircolo d'aria, ma questi erano i suoi alloggi.

Una grande finestra si affacciava sulla strada. La luce del lampione sottostante brillava attraverso la nebbia della sera, illuminando un tavolino vicino ai vetri. Toman era felice di vedere la lampada a olio e l'acciarino. Due robuste sedie si trovavano nelle vicinanze.

Camminando verso la finestra, girò il chiavistello e lo spinse delicatamente verso l'esterno. L'aria notturna fluiva, fresca e leggera. Accese la lampada. Un tenue luce prese vita, rivelando accenni di una stanza spartana con un arredamento semplice. Un letto dall'aspetto solido e un comodino corto e senza decorazioni erano contro una parete.

Attraverso un arco c'era una stanza più piccola con il pavimento piastrellato. Toman fissò con sorpresa la vasca da bagno, bianca all'interno e nera all'esterno. Non si era mai lavato nella sua stanza prima d'ora.

Contro il muro più lontano si trovava un armadio di legno marrone dorato intagliato con scene di caccia . Un piccolo cassettone a specchio era spinto in alto accanto ad esso.

«Com'è il materasso? Più morbido del nostro?» Yannu si abbassò sul letto, premendo un pugno contro l'imbottitura.

«Hai una stanza tutta per te. Io non ho mai avuto una stanza tutta per me». Il bagliore della luce illuminò il volto di Shann.

Toman sorrise. Era bello avere amici intorno.

Naturalmente, Shann aveva sempre vissuto con il fratello gemello.

Come sarebbe stato se Rueddan avesse diviso la stanza con lui? Alyena avrebbe dovuto fare da intermediaria tra loro ancora più di quanto non avesse fatto.

Shann aprì l'anta dell'armadio vuoto e la fece oscillare avanti e indietro tra le sue mani. «I cardini non scricchiolano. Bello! E guardate queste» Tirò fuori un pezzo di legno triangolare con il collo ricurvo come quello di un'oca. «A cosa serve questo?»

Toman scosse la testa. «Per appendere i vestiti?»

«Perché vorresti farlo?» Shann ridacchiava, scrollando le spalle.

«Hai persino il tuo vaso da notte!» Yannu chiamò dal bagno mentre cercava di aprire la porta di un lavabo.

Toman cominciò a disfare le valigie. Le sue due paia di pantaloni si piegarono ordinatamente su uno scaffale. I suoi stivali si infilavano sotto il letto. Le sue due camicie scivolarono sulle grucce dell'armadio.

«Perché pensi che Lord Dalbonn ti stia prendendo con sé?» Shann si sedette di nuovo sul materasso e si tolse gli stivali a calci. Sbadigliò.

«Ha detto di volermi allenare nell'uso dell'Eth»

«Te l'avevo detto!» Yannu tirò una delle sedie dal tavolo e si sedette. «Un giorno sarai un sant'uomo a

Immen. Proprio come la mia nonna. Ora è lì da qualche parte, se è ancora viva»

Shann si accigliò, guardando da Yannu a Toman. «Il tuo Eth?» Piegò le braccia dietro la testa, si sdraiò sul cuscino e allungò le gambe. «Mamma e papà credono a questo genere di cose. Ma non io»

La struttura del letto gemette sotto il loro peso combinato mentre Toman si sedeva accanto a Shann. «Yannu, qual è la storia di tua nonna?»

La luce della lampada si rifletteva negli occhi di Yannu mentre il suo sguardo si faceva perso. «Mi piaceva. Era divertente. Un po' strana e un po' mistica»

«Cosa faceva? Voglio dire, qual era la sua capacità?» Toman si stava interessando di più.

«Non ricordo che mi abbia mai spiegato quello che ha fatto. Ricordo solo le persone che venivano a parlarle»

«E delle stagioni fuori stagione» La voce di Shann si allontanava mentre il suo respiro si faceva più intenso e cominciava a russare.

«Deve essere stato terribile, con il Guardiamarina» Yannu si chinò in avanti sui gomiti. «Ma com'è stato con Sua Grazia?»

Yannu gli scaldava il cuore. Toman si era sempre chiesto come sarebbe stato avere un amico intimo. Brun si era sbagliato. L'amicizia era importante, non solo la famiglia.

«Odiavo la scuola, ma...» Toman fece un profondo respiro. «Ma questo è emozionante. Quando Sua Grazia mi ha chiesto di allenarmi nelle mie capacità, mi sono sentito orgoglioso ma anche terrorizzato. Spero di non deludere nessuno»

«Smettila, Uri. Quelle sono mie» La voce di Shann

borbottava attraverso il cuscino. Girandosi sul materasso, colpì Toman con un braccio mentre cercava delle coperte invisibili.

Yannu si agitò, scuotendo la testa.

«A scuola non riuscivo mai a pensare come volevano gli insegnanti. Le mie risposte erano sempre sbagliate»

«La scuola non era così male per me. Ma non ero intelligente come gli altri» Yannu si appoggiò alla sedia. «La gente ti noterà nel palazzo. Ne sono sicuro. Sembra che il tuo posto sia lì»

«Non voglio essere notato. Non mi piace, Yannu»

«È difficile non notarti. Sei un grande uomo, amico mio. E la tua faccia non caglia esattamente come la crema»

Toman rise e gli batté sulla spalla. I complimenti di Yannu non lo disturbavano. Il suo amico non voleva dire niente di umiliante o di disonesta gentilezza. Non come ai tempi della Scuola di Lettere, o con Brun che spesso aveva preferito il sarcasmo pungente al parlare chiaro. «Vorrei che trascurassero la mia intimità. Le mie mani lavorano, non il mio aspetto. Voglio essere conosciuto per la qualità di ciò che faccio»

«E non per il tuo bel viso?» Yannu insinuò con allegria. «Vorrei essere ricordato anche dal mio bel viso!»

Toman scosse la testa. «Sei matto come la Luna» Con la sua cicatrice, i folti capelli biondi e gli occhi grigio pallido, Yannu non aveva problemi ad attirare l'attenzione delle ragazze. Neanche il suo sorriso timido e la sua buona natura gli davano problemi. Ma Toman non riusciva a capire come i suoi capelli sembrassero sempre lisci, perché usava le dita come pettine il più delle volte.

«Lo so» Yannu tirò fuori la lingua e alzò gli occhi al cielo.

Toman rise. Era bello ridere.

Yannu si alzò e scosse Shann. «Mettiti gli stivali, amico. È ora di andare a letto» Guardò Toman, il suo perpetuo sorriso splendente. «Tomi, un giorno sarai un grande uomo. Ne sono sicuro»

Toman lo ignorò. «Oggi avrei potuto dire di no. A Sua Grazia»

Gli occhi di Yannu si restrinsero. «Perché?»

«Che cosa ne so io della vita di corte? O dei Lanfoths o dei Nobilis, se è per questo? Il loro mondo mi rende nervoso. Non riuscivo nemmeno a ricordare come rivolgermi a Sua Grazia da una frase all'altra»

«Ma non l'hai fatto» Il tono di Yannu era ormai serio.

«Non ho fatto cosa?»

«Non hai detto di no»

9

SARTI E MAESTRI

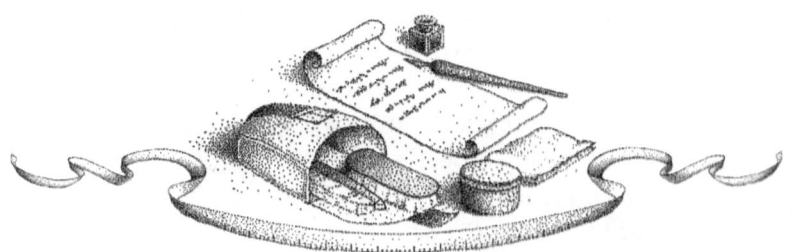

Si trovava in un vasto palazzo al chiaro di luna. Pesanti macerie si trovavano sparse su pavimenti bianchi, un tempo lucidi. Volute di fumo grigio-azzurro riempivano le sale.

Grida di dolore riempivano l'aria.

Un piccolo gruppo di uomini con la pelle del colore della notte lo osservava dall'ombra. I loro sguardi erano accigliati. I loro occhi scuri e obliqui, bordati d'oro, sfrecciavano avanti e indietro, cercando. Le loro lance ondeggiavano come le canne di fiume nella brezza leggera.

Un forte bussare alla porta scosse Toman, svegliandolo bruscamente. Si stropicciò gli occhi per aprirli. In un primo momento non riconobbe nulla della stanza in cui si trovava. *Dov'era? Che ora era? Oh... il tavolo... la finestra.* Il suo nuovo alloggio.

Il bussare si ripeteva mentre una voce diceva: «Mastro Foggling, sono qui per le tue misure»

Cosa?

«Entrate» Toman si scrollò di dosso il sogno, gettò via il lenzuolo e si mise sull'attenti. Aveva dormito più profondamente di quanto avesse fatto da quando era arrivato a Turicum.

L'uomo appena entrato indossava un cappotto blu scuro, col bordo d'oro scintillante. Raggiungeva a malapena la spalla di Toman, in altezza, ma entrò nella stanza con la sicurezza di un uomo tre volte più grande di lui. Portava con sé un pacco e una borsa in pelle finemente lavorata, e annunciò: «Sono un sarto della Casata di Méndrensynn. Mi manda Lord Mischul Dalbonn. Ora, se vuole mettersi alla luce vicino alla finestra, devo prenderle le misure» Guardò la stanza come se la vedesse per la prima volta, poi indicò la camicia da notte di Toman. «Se la tolga»

Cosa? L'unica cosa che indossava per dormire era la camicia da notte.

Il sarto tirò fuori un pezzo di pergamena. Lo pose sul tavolo, si girò e affrontò Toman, con la penna d'oca in mano.

Toman si avvicinò alla finestra e si sfilò la camicia da notte da sopra la testa. Piegandola rapidamente, la tenne sopra le sue parti intime.

Il sarto si stropicciò il naso mentre srotolava un metro.

La morbida luce del mattino mostrava chiaramente la stanza per la prima volta. Le ante dell'armadio erano finemente intagliate. Che dettaglio. Ogni orecchio e occhio dei cani da caccia era ben definito. Ogni lama e ogni mano che la impugnava, perfettamente liscia. Anche la base del tavolo in pietra era ben lavorata ed era fatta di un legno scuro che Toman non riconosceva.

«C'è corrente qui dentro?» Si lamentò il sarto, incrociando le braccia.

«Domando scusa, signore» Toman si chinò, chiuse e serrò la finestra. «Mi piace dormire con la finestra aperta. L'aria fresca» Si girò e affrontò l'uomo accigliato.

Gli occhi del sarto sfrecciano dai suoi piedi alla testa. «Sua Grazia aveva ragione. Le sue misure richiederanno abiti completamente nuovi. Non c'è niente nella livrea del personale che le possa andar bene» Con un sospiro, prese una delle sedie. Salendoci sopra, fece cenno a Toman di avvicinarsi a lui. Girò il nastro sottile sulla testa di Toman e lo tirò giù fino al collo. Osservando il nastro, scese dalla sedia e scrisse sulla pergamena.

Tornato sulla sedia, batté sulla spalla di Toman. «Allunghi il braccio, per favore» Premette il nastro sulla parte superiore della spalla e lo tirò per tutta la lunghezza del braccio di Toman fino al polso. «Ora pieghi il braccio» Misurò di nuovo. «Ora l'altro braccio»

Toman spostò la camicia da notte da una mano all'altra.

Il sarto scese dalla sedia e concluse le misurazioni. «Ora, per favore, mi faccia vedere gli abiti che ha portato con sé»

Toman aprì l'armadio» Questo è tutto ciò che ho, signore»

«Occorre che me li consegni. Tutti, per favore» Il sarto allungò il braccio e sbuffò.

«Ma... signore» Toman arrossì. «Questo è tutto quello che ho. Cosa devo indossare?»

«Dei vestiti appropriati le saranno consegnati questa mattina. I suoi indumenti personali saranno pronti entro pochi giorni» La sua severità sorprese Toman.

Consegnò le sue camicie e le due paia di pantaloni. I suoi vestiti erano un po' logori, ma ancora buoni. Sotto lo sguardo del sarto reale, si accorse dolorosamente di ogni toppa che aveva fatto nel corso degli anni. Per non parlare delle leggere macchie. Non era riuscito a toglierle tutte, non importa quanto forte avesse strofinato.

Il sarto aspirò, poi indicò la camicia da notte piegata.

Toman scosse la testa. Anche se era diventata stretta nelle spalle, gliel'aveva fatta Alyena.

«Sua Grazia disse che non ci sarebbero state eccezioni. Ciò significa che tutti questi vecchi stracci devono sparire» Sottolineò tutto.

Stracci? Toman scosse di nuovo la testa. «Ma non questo. È tutto quello che mi resta di mia madre»

Il sarto sospirò, il suo sguardo non cambiò. «Allora dovrebbe essere lavato a dovere» Tese la mano con un gesto autoritario.

Toman si arrese controvoglia.

Il sarto di Méndrensynn raccolse gli altri capi di Toman e li legò come spazzatura da bruciare. Poi mise la camicia da notte in cima, arricciando le labbra in modo disgustoso mentre guardava il ricamo di Toman.

Aprì la sua borsa di pelle. «Questi saranno gli strumenti per la cura dei vostri capi più fini» Tirò fuori una spazzola di pelo grosso e una con setole rigide, non molto diversa dalle altre spazzole che Toman usava per pettinare la lana.

Poi il sarto prese un panno marrone e un piccolo barattolo sigillato, il tipo che Toman aveva visto nel negozio di ciabattini di Mirshod. In una valigetta compatta c'erano alcuni aghi e rocchetti di filo scuro.

Il sarto prese i vestiti di Toman e si voltò per andarsene.

«La prego, aspetti, signore!»

Lo guardò, con uno sguardo sempre più severo. «Mastro Foggling, Sua Grazia ha detto *tutti* i vecchi abiti»

«Sì, signore, capisco. Ma ho dimenticato qualcosa nelle tasche» Indicò una delle camicie e il suo miglior paio di pantaloni.

Il sarto sciolse il mazzo con riluttanza.

Toman infilò due dita nella tasca della camicia e tirò fuori la foglia dal cespuglio di Alyena e la piccola treccia di lana scintillante. Frugando più a fondo nella tasca dei pantaloni, recuperò anche l'anello del Signore Protettore.

«Grazie, Signore" Parlò dolcemente, poi realizzò di colpo. «Aspetta! Dovrei stare qui nudo fino al tuo ritorno?» Il volto di Toman sembrava ora una stufa incandescente.

Il sarto indicò il lenzuolo sul suo letto e scrollò le spalle. «Sua Grazia passerà a breve»

Sbatté la porta quando se ne andò.

«Cosa? Adesso? Tuoni e fulmini!» Toman corse a letto e strappò il lenzuolo. Avvolgendolo intorno alla vita, si distese sul materasso. È così che vengono iniziati i nuovi apprendisti?

Forse avrebbe dovuto dire di no.

Le tempie gli pulsavano. Il suo stomaco brontolava. Quanto tempo significava "a breve"? La fame lo stava già rodendo, ma non c'era modo di potersi avventurare nella sala mensa così conciato!

Tirò fuori la piccola scatola di legno con i suoi

documenti e vi lasciò cadere dentro la treccia e l'anello. Guardò la foglia che aveva in mano, la sollevò fino alle labbra. «Ti renderò orgogliosa, mamma. Lo farò» La mise sulle sue carte e chiuse il coperchio. Mentre si alzava per mettere via gli attrezzi del sarto nell'armadio, sentì un altro rumore di passi avvicinarsi alla sua porta.

Ripose la sedia sotto il tavolo. Sistemandosi il lenzuolo sui fianchi, strinse un lembo nel pugno per tenerlo al suo posto. Toman scuoteva la testa incredulo. Questo tipo di vita era normale alla corte di Méndrensynn? Sarebbe occorso un po' di tempo per abituarsi.

«Chiedo il permesso di entrare»

Era proprio Sua Grazia? La sua famiglia non aveva mai bussato, figuriamoci chiedere il permesso.

«Sì! Prego, entrate» Toman tirò il lenzuolo più in alto, sullo stomaco. Che strano modo di iniziare un lavoro!

«Vedo che il sarto è stato qui» Il sorriso ironico che balenò sulle labbra di Sua Grazia ricordò a Toman il vecchio Yannu. «Il tuo status è stato elevato, Apprendista Foggling. I tuoi abiti lo devono manifestare» Lord Dalbonn mise sul tavolo un pacco avvolto in un foglio di carta giallo pallido.

«Trovi questi alloggi adeguati?» Camminava verso il bagno, guardando le pareti di pietra.

«Sì, Vostra Grazia, la stanza è molto bella, asciutta e le mura sono solide»

Lord Dalbonn si avvicinò al tavolo e batté sul piano di pietra liscio. «E c'è un tavolo da scrittura per i tuoi studi»

Studi?

«A proposito, Mastro Foggling, quanti anni hai?»

84

«Ne compirò venti il giorno del mio prossimo onomastico»

«Ti credevo più vecchio» Dalbonn lo guardò sopra alla testa. «Probabilmente la tua altezza. Devi scusare il sarto. Ha certi canoni di abbigliamento, soprattutto per quelli che prestano servizio a corte. Non mi aspettavo che ti lasciasse con un semplice lenzuolo» Le linee intorno agli occhi argentati di Sua Grazia si acuirono in un accenno di sorriso.

Toman strinse la presa sul suo vestito di fortuna.

«Comunque sono venuto preparato. Siccome non possiamo farti passeggiare fino al palazzo avvolto in un lenzuolo», Dalbonn indicò il fagotto avvolto sulla scrivania, «Quelli sono per te. Penso che andranno bene fino a quando i tuoi nuovi abiti non saranno pronti»

«Vostra Grazia, il sarto disse che a palazzo non c'era una livrea che mi andasse bene»

«Non sei molto più alto di me. Ho fatto esaminare al mio valletto il mio guardaroba e gli ho fatto scegliere alcuni capi d'abbigliamento adatti a te»

Toman alzò le sopracciglia. «Vi sono molto grato, Vostra Grazia» Sorrise immaginandosi a camminare con le chiappe scoperte per la città. «Per qualche istante mi chiedevo...»

Lord Dalbonn rise. Scuotendo la testa, appoggiò la mano sulla maniglia della porta. «Scusami, Apprendista, ma stamattina ho degli affari da sbrigare con Eckel. Tornerò tra qualche minuto» Tirò la porta alle sue spalle.

Eckel? Oh, no.

La sensazione di fame nel suo stomaco si inasprì. Toman aveva dimenticato di menzionare la reazione del Guardiamarina ieri sera. La pressione gli martellava le tempie come un martello su un'incudine.

Trasse un profondo respiro. La vista dalla finestra mostrava la strada sottostante mentre si riempiva di gente alle prese con la propria routine quotidiana. Ma per lui molte cose erano cambiate da un giorno all'altro.

Dopo aver steso il lenzuolo sul materasso, prese il pacco che Sua Grazia aveva portato. Srotolando l'involucro, si sentì una fragranza inaspettata. Alzò gli abiti immacolati al viso e annusò. Accenni di fiori. Fiori? Era diverso. Ma belli.

La camicia era bianchissima. Nessun rammendo o accenno di macchie. I bottoni erano fatti con una specie di conchiglia di colore chiaro. I pantaloni e la giacca neri erano di un velluto spesso che Toman non aveva mai visto prima. I punti erano piccoli e precisi. Ottima fattura.

I tessuti erano densi e in qualche modo setosi sulla sua pelle mentre scivolava nei vestiti. La giacca era un po' stretta sul petto, ma almeno gli arrivava ai polsi. Tirò fuori gli stivali da sotto il letto. Per fortuna il sarto non li aveva visti.

Qualcun altro bussò alla porta.

«Entrate»

Gli occhi chiari del Signore Protettore erano severi, ma la sua voce era rilassata. «Vanno bene?» Guardò Toman dall'alto in basso.

Toman annuì, tirando l'orlo del gilet.

«Per ora andranno bene» Lord Dalbonn fu faccia a faccia con Toman. «Voltati, per favore. Lentamente. Il valletto di un gentiluomo di solito cerca lanugine o macchie sui vestiti del suo padrone. Dovrà farlo da solo»

«Ah, sì. Il sarto mi ha lasciato qualcosa per questo» Aprendo l'armadio, Toman tirò fuori i pennelli.

Sua Grazia scelse quello più fine e cominciò a passarlo sulle spalle di Toman. Gli indicò di girarsi di nuovo e spazzolò il retro della giacca. Lisciò le pieghe delle tasche.

Lo stomaco di Toman si riempì di uno strano brivido che si diffuse sul petto. Alyena ispezionava i suoi abiti in occasioni speciali. Ma Brun l'avrebbe considerato degradante.

Guardando gli stivali di Toman, Lord Dalbonn alzò l'indice. «Un'altra cosa. Il sarto ha lasciato un vaso di cera a olio e un panno?»

«Sì, Vostra Grazia!»

«Finché il calzolaio non ti farà degli stivali nuovi, dovrai sistemarli»

Lord Dalbonn prese il panno e lo immerse nel barattolo. «Devi nutrire la pelle con questa cera oleosa. Strofinala in profondità. Poi usa il panno morbido per lucidare»

Toman studiò attentamente la meticolosa applicazione della cera da parte del nobile, in ogni piega e in ogni crepa della vecchia pelle. La pallida striscia di stoffa sull'indice destro del Signore Protettore scatenò la sua memoria. Aprendo la sua scatola, tirò fuori l'anello e lo restituì al suo proprietario. «È stato necessario, come pensava»

Dalbonn annuì e lo fece scivolare sul dito.

Prendendo il panno morbido, Toman strofinò forte e veloce sulla pelle, quando apparve una lucentezza opaca.

«Mentre lavori su questi, ti spiegherò alcune delle cose che devi sapere prima di entrare a palazzo» Dalbonn prese una sedia e vi si sedette. «Per prima cosa il saluto e il modo di rivolgerti ai membri della corte, in ordine di rango»

Toman provò un certo sollievo. Non voleva fare errori a corte.

«A causa del tuo rango di apprendista, non devi parlare direttamente a un Nobilis se prima non ti viene rivolta la parola. Quando si entra in un corteo ufficiale, il Lanfoth in carica, Steffen Méndrensynn, e sua moglie, Lady Lanfothe Ahnya, precedono tutti noi. Poi gli altri Nobilis, Lady Banah come primogenita e poi suo fratello Lord Druin. Quindi il sottoscritto e gli altri membri di rango della corte. Come mia apprendista, entrerai dopo la più bassa in grado fra le assistenti di Lady Banah, la dama di compagnia Lorann»

Concentrandosi sulle parole di Sua Grazia, strofinò più cera nella vecchia pelle degli stivali.

«Il galateo di corte ti impone di alzarti quando una persona di rango superiore è in piedi. Quando siamo in pubblico, stai un passo dietro di me. Quando siamo solo noi due a camminare, tu sarai al mio fianco sinistro»

Toman strizzava gli occhi alle gambe di Sua Grazia, calcolando la lunghezza dei suoi passi. Non avrebbe dovuto accorciare troppo il passo. Lord Dalbonn era alto quasi quanto lui.

«Questi saranno i suoi alloggi fino a nuovo ordine. Quando saremo in viaggio, avrai una stanza vicino alla mia o con gli altri servi dei Nobilis, ma la tua posizione a corte sarà al mio fianco»

Le braccia di Toman avevano la pelle d'oca. Lui a corte! Alyena sarebbe stata orgogliosa. E Brun? Toman non era sicuro di cosa avrebbe pensato suo padre. Sperava che anche lui sarebbe stato orgoglioso.

«Verrai nel mio ufficio alle dieci di ogni mattina e di nuovo nel pomeriggio per la tua formazione in materia di Eth. In molte serate sarai al mio fianco durante gli impegni a corte, a meno che non ti dica altrimenti»

«Vostra Grazia, lavorerò ancora sulle navi?»

Il Signore Protettore lo guardò senza battere ciglio. «Il tuo contratto di lavoro con Eckel è stato rescisso. Occasionalmente sarai sulla nave dove lui e il suo equipaggio vengono impiegati, ma resterai al mio fianco o come delegato sotto la mia autorità. Con il tuo status di mio apprendista personale, non dovrai più tirare corde o pulire i ponti»

Eckel non l'avrebbe presa bene. Sarebbe stato anche più furioso della sera prima, se avesse dovuto prendere ordini da Toman. *Speriamo che non si arrivi a questo.*

«Per poter lavorare a corte, bisogna capire certe forme di protocollo. Per esempio, come rivolgersi ai Nobilis. La nostra famiglia al potere, Lanfoth Steffen e la Lanfothe Lady Ahnya, così come i loro figli, Lady Banah e Lord Druin, sono Mio Signore e Mia Signora. Nessuno di loro desidera essere chiamato Vostra Maestà»

Toman strabuzzò gli occhi. «Pensavo che i governanti dei Paesi dovessero chiamarsi Loro Maestà»

«I governanti di altri paesi si riferiscono a se stessi come Maestà basate sul dominio dinastico. La Casata di Méndrensynn è stata originariamente eletta dalla Confederazione di Ydassum e preferisce un titolo meno altisonante»

«Una confederazione? L'ho sempre sentita chiamare solo Ydassum»

«Come saprai, Ydassum è composta da sette

province e tre razze, l'Orren, gli Avem e il Riddern. Siamo legati insieme da un giuramento di proteggerci l'un l'altro e il sistema Shantab»

Toman annuì. L'aveva imparato alla Scuola di Lettere.

«Mirshod ha uno Shantab regolare?»

«Sì, Vostra Grazia. Mirshod ha un proprio Shantab alla riunione di Fahtu-Shan. Ma ogni fattoria ne ha uno più piccolo. Per quanto si possa ricordare, le fattorie del nostro Altopiano sono state sempre governate da riunioni Shantab intorno al tavolo della nostra cucina»

«Era uno Shantab tradizionale, dove tutti alla riunione avevano voce e peso uguale nelle discussioni?»

«Sì, finché si è maggiorenni e membri di quel particolare Shantab. Io potrei partecipare agli incontri di Mirshod perché Upland è nella contea di Mirshod»

«Con il sistema Shantab di Ydassum, i rappresentanti provinciali si incontrano con il Lanfoth e portano informazioni da ognuno di questi incontri locali. I governanti di Ydassum basano la loro autorità sulla volontà dei loro sudditi. I governanti dinastici, invece, prendono decisioni di governo basate sulla loro autorità ereditaria»

Non è stato così difficile come aveva pensato. Solo un sacco di titoli da ricordare.

Lord Dalbonn si alzò dalla sedia e la spinse sotto il tavolo. «Quando si saluta una persona di rango superiore al proprio, ci si inchina così» disse, mostrando a Toman il corretto atteggiamento. «Solo una volta, poi riprendi la tua normale postura»

Toman si inchinò allo stesso modo.

«Le abitudini alimentari saranno un'altra area da

coprire, ma per ora, guarda attentamente cosa fa la persona accanto a te e segui il suo esempio con ogni portata»

Doveva imparare a mangiare? Più di una portata per pasto?

«Apprendista Foggling, la tua formazione è iniziata. Procediamo ora verso il palazzo» Dalbonn si avvicinò alla porta. «Pronto allora?»

«Sì, Vostra Grazia» Toman si infilò gli stivali. Pronto per cosa, però?

10

LEZIONI DELLA LORE ETH

Toman seguì il nobile su per le ampie scale, avendo ancora difficoltà a credere alla sua nuova posizione. Un apprendista personale del Signore Protettore. Doveva essere bravo, molto bravo. Soprattutto adesso. L'aumento di stipendio lo avrebbe aiutato a ottenere la sua fattoria prima di quanto avesse mai pensato possibile.

Mentre percorrevano un lungo corridoio, due servitori in abiti blu scuro identici si inchinarono e aprirono, una dopo l'altra, una serie di porte massicce.

Toman restituì loro l'inchino e seguì Lord Dalbonn all'interno. Lasciò che i suoi occhi vagassero ovunque. Le finestre erano enormi, alte almeno quanto il camino dell'Upland. Il bagliore della luce del sole riempiva la stanza. I pavimenti in pietra erano così lucidi che brillavano come vetro. Libri di tutte le dimensioni erano sistemati ordinatamente su due grandi librerie. Vecchie mappe incorniciate erano appese sulla parete di fronte alle finestre. La stanza odorava di corteccia profumata.

Lord Dalbonn si sedette dietro una grande scrivania e poi fece cenno a Toman di sedersi di fronte a lui.

Obbedì, osservando l'intricato intarsio della scrivania e facendo scorrere un dito sulla superficie liscia della pietra.

Un servo entrò con un vassoio da tè.

«Grazie. Aspetto un rapporto dal capitano della guardia, ma questa mattina preferisco non essere disturbato. A meno che non ci sia un problema urgente. Ti prego di informare la mia segretaria privata»

«Come desidera, Vostra Grazia» Il servitore si inchinò e uscì dalla stanza.

Il vapore si alzò dalla teiera di ceramica decorata quando il nobile versò il tè in due tazze uguali. Dalbonn ne spinse una verso di lui.

Yannu non ci crederà mai! Il Signore Protettore mi serve il tè!

«Preferisci il miele o lo zucchero?»

«Il miele, per favore» Il tè aveva un profumo meraviglioso. Toman rimase a bocca aperta. Gli venne l'acquolina in bocca.

Lord Dalbonn gli porse il vaso di miele. «Anch'io»

Facendo scorrere diversi pezzi di pergamena, una boccetta d'inchiostro e una penna d'oca verso Toman, Lord Dalbonn si sedette di nuovo. «Apprendista Foggling, abbiamo il piacere di iniziare oggi la sua istruzione. Abbiamo solo cinque settimane prima che i Nobilis partano per la visita di Stato a Barrost,

Limmania, Mendelon e poi Immen. Prima di allora dobbiamo coprire una mole notevole di materiale»

Toman raggiunse l'altra parte della scrivania. Il ricamo dorato sui polsini della sua giacca luccicava. Non aveva mai visto né toccato prima d'allora tessuti così ricchi, figuriamoci indossarli.

Raccolse la penna d'oca leggera. Doveva ovviamente abituarsi a prendere di nuovo appunti. Le sue mani erano sempre state più a proprio agio a lavorare con gli attrezzi e a prendersi cura del bestiame ad Upland che a maneggiare una penna delicata e una sottile pergamena.

«Se c'è qualcosa che non capisci, chiedi. Le domande sono forse la parte più importante della tua formazione»

Un addestramento che non fosse solo seguire le istruzioni? Qui era tutto diverso. «Sì, Vostra Grazia» Toman fu rispettosamente d'accordo, ma trovava inquietante l'idea di interrompere il Signore Protettore per porre una domanda.

Lord Dalbonn sorseggiò il suo tè. «Finora te la sei cavata bene. Hai già raggiunto un notevole livello di padronanza delle tue capacità Eth»

«Grazie» Toman aveva sempre provato ad esercitare in segreto i propri poteri, tendando di evitare ulteriore danno o dolore, come aveva fatto con lo stormo di Bianchi Viaggiatori.

«Ma c'è altro che devi capire oltre all'uso dell'Eth. Il contesto storico è fondamentale per comprendere il quadro generale. Forse hai imparato qualcosa a riguardo nella Scuola di Lettere. È il programma tradizionale di Ydassum, ma vorrei rivederlo. Ber'eth ha creato gli Avem dal suolo del Grande Continente. Essi sono chiamati i Primi Nati. Gli Urborn, gli antenati degli Skylle e dei Riddern si sono formati dal suolo del continente meridionale, Urborn»

Toman graffiava le note in minuscole lettere ordinate. Non gli era mai importato molto della storia, ma ricordava una parte di questa lezione.

Lord Dalbonn continuò: «Ber'eth ha creato i nostri antenati, i Palanth-Orren, dal suolo delle nostre antiche terre d'origine sulle isole al di là del Grande Oceano del Nord, l'Olmish Aved»

«Costretti a lasciare l'arcipelago dai feudatari Atloni, i nostri antenati migrarono in ondate successive verso il Grande Continente. In primo luogo gli Yethrodiani, ora estinti. Si suppone che abbiano costruito le fondamenta di ciò che oggi sono Barrost e Immen, e costruito il sistema stradale originale del Corno Settentrionale. Sono scomparsi molto prima che i nostri parenti, le tribù che collettivamente chiamiamo Orren, arrivassero dalle isole Palanth-Orron. Secoli dopo l'arrivo dei nostri antenati Orrenici, i Barrostani, di quella che oggi è Palanshen, sono sbarcati sulle rive del Corno. I leggendari Atloni sono l'unica razza Palanth-Orrica che si ritiene sia rimasta nelle isole settentrionali. Ber'eth ci ha donato la capacità di percepire e di usare il suo potere» Toccò la base del cranio.

«Tutti i popoli Orrenici una volta avevano la capacità innata di attingere all'Eth, il Potere di Ber'eth. Ma non tutti i loro discendenti possono ancora esercitarla. In alcuni lignaggi è scomparso completamente, come in quelli di origine Barrostana»

Toman si controllò perché la sua fronte non si arricciasse. Il termine "esercitarla" aveva fatto sembrare Eth un'arma. Alyena aveva sempre detto che il dono di Eth di Ber'eth doveva essere usato al servizio degli altri. Non come strumento contro di loro.

«Questa facoltà è legata al nostro corpo fisico ed è condotta attraverso una porzione del nostro cervello chiamata lobo dell'Eth. Il lobo ci offre una connessione con le forze infuse in questo mondo quando questo fu creato. Il lobo dell'Eth si trova in questa parte del nostro cervello» Dalbonn picchiettò ancora una volta sul retro della sua testa.

«Questa è la fonte della nostra capacità di abbracciare e usare questo potere»

Toman annuì. «Sì, capisco che proviene da qualcosa nella nostra testa, ma l'unico lobo di cui avevo sentito parlare finora è quello dell'orecchio»

«Il lobo dell'Eth ha la forma di un lobo dell'orecchio. Alcuni lo chiamano Appendice di Ber'eth, ma non sono sicuro che tu abbia mai sentito questo nome»

«No, Vostra Grazia» Toman scrisse velocemente, la penna che svolazzava nella sua mano.

Tante risposte a tante domande non richieste nella sua mente. Le cose che Alyena non aveva tempo di spiegare cominciavano ad avere senso. Era morta in modo così inaspettato.

«Un particolare residuo di colore o di risonanza dell'Eth, chiamato Linger, può variare man mano che la persona matura o cambia. Tuttavia, di solito rimane entro un certo spettro di colore. Così come le tonalità variano in intensità o si fondono per formarne altre, lo stesso vale per i colori e le capacità di Linger»

Toman si fermò a scrivere e guardò Lord Dalbonn.

Lo sguardo sul volto del nobile sembrava quello un falco di mare che studia il movimento nell'erba.

«Quindi l'abilità di ogni persona può variare?»

Lord Dalbonn annuì. «Sì»

«Ma, Vostra Grazia, come può esserci un Linger incolore?»

«Il Linger acromatico è molto insolito»

Sebbene Toman non fosse sicuro di cosa significasse "acromatico", era certo che avesse qualcosa a che fare con il suo essere privo di colore.

Sua Grazia si appoggiò allo schienale. «Pensa a esso come un raro e spontaneo tratto del sangue. Per come l'intendiamo noi, il Linger acromatico era un evento isolato in una singola popolazione della Limmania. Il tratto è scomparso per generazioni, e raramente è riemerso»

«Mia madre era Limmana!» Toman non riusciva a nascondere la sua sorpresa, ma poi il suo volto arrossì per l'imbarazzo. Aveva interrotto Sua Grazia.

«Questo spiega molte cose» Lord Dalbonn annuì. «Hai ereditato la sua abilità attraverso il sangue Limmano di tua madre. Nel tuo caso, il tuo Linger non è solo trasparente, ma anche corporeo, solido. La combinazione dei due è estremamente rara anche in quelli di pura discendenza Limmana»

Toman non aveva capito quanto fosse unico il suo Linger. Trovava difficile credere che in lui ci fosse qualcosa di così speciale.

«Hai mai esercitato il tuo potere Ber'eth intrecciandolo con quello di qualcun altro?»

L'idea suonava molto strana. «No, Vostra Grazia. Non conosco nessuno che usi il potere di Ber'eth. Mia madre lo faceva. E sua madre, naturalmente, ma non conosco nessun altro nella nostra famiglia»

«Conosci i colori dei loro Linger? E questi avevano una forma come quella del tuo?»

«Non lo so. Non ho mai conosciuto mia nonna, ma

mia madre diceva che quella di sua madre era una tonalità di blu come il Fiore di Prato. Ricordo mia madre nella Molkey con un bagliore giallo pallido intorno alle mani e al viso. È questo che intende?»

«Un Molkey?» chiese Dalbonn, alzando un sopracciglio.

«Un Molkey è la stanza di una fattoria dove si fanno formaggio e burro. La maggior parte di quello che ricordo di lei erano le nostre lunghe chiacchierate mentre lavorava lì»

Sua Grazia annuì. «Allora il suo Linger era giallo?»

«Credo di sì, Vostra Grazia. Ricordo solo un bagliore giallastro. Disse che pochi Orren riuscivano a vedere i colori di Ber'eth e che di solito ci voleva un Lettore per dirglielo. Li chiamava anche Akkoren, ma non ce n'erano, che io sappia, su Fahtu-Shan, quindi ho pensato di non poter vedere il mio colore»

«Tua madre era una guaritrice?»

«Così credo. Ricordo che andava in altre fattorie quando la gente era malata, ma era nella sua natura aiutare la gente. Non credo che lì ci fossero dei guaritori. È morta prima che compissi dodici anni. Se ne andò prima che potesse insegnarmi molte cose»

«Sono dispiaciuto per te, Apprendista Foggling»

Toman alzò lo sguardo mentre il viso gli si arrossiva di nuovo. «Grazie» Non era abituato alla simpatia.

«Il Linger giallo è spesso indicativo del dono della guarigione, ma il Linger può manifestarsi in un'ampia gamma di colori. Lo spettro blu ha spesso un alto livello di empatia e una sensibilità alla veridicità e alla motivazione degli altri»

Toman immerse la penna nel calamaio e continuò a scarabocchiare note.

«Le forme rosse a volte assomigliano al dono del

guaritore, ma si limitano a riattaccare i tessuti e a purificare il sangue. Si dice che alcune sostengano anche il battito del cuore. Molti possono percepire la morte o le infezioni. Alcuni dicono che possono effettivamente percepire il cancro all'interno del corpo» Lord Dalbonn sorseggiò ancora del tè. «Ci sono molti modi di pensare alle nostre capacità Ber'eth. Esistono intere università dedicate allo studio e all'uso del potere del Ber'eth. Ne hai mai sentito parlare?»

«No, Vostra Grazia. Non capisco come si possa studiare l'Eth. È qualcosa che si ha o non si ha. È una questione di discendenza, non è vero?»

«Sì, ma è anche molto di più. Hai detto di non aver mai visto il tuo Linger in forma solida fino a qualche mese fa. Come ha sviluppato l'abilità di cui sono stato testimone con i gemelli?»

Toman si concentrò sulla scrivania mentre rifletteva sulla domanda. La lavorazione del motivo della pietra intarsiata era superba. Ogni pezzo si inseriva con cura nel successivo. Senza soluzione di continuità. Liscio. Passo dopo passo, formando un tutt'uno. Nello stesso modo in cui l'artigiano della pietra padroneggiava questo mestiere... «Mi sono esercitato, più e più volte»

Gli occhi del nobiluomo si restrinsero e questi scosse leggermente la testa, ma un lato della bocca si arricciò in un mezzo sorriso. «Mi congratulo. Hai fatto molto bene da solo, Apprendista Foggling»

Toman non alzò lo sguardo. Era più abituato ai falsi complimenti, quelli intenti ad umiliare, ma Lord Dalbonn sembrava sincero. «Grazie, Vostra Grazia»

«Hai sentito parlare della grande città di Immen?»

«Il Geholiogarth di Edendor? Sì, Vostra Grazia. Mia madre la chiamava la Sacra Recinzione»

«Eccellente. Allora avrai probabilmente appreso che, per secoli, è stata depositaria della nostra cultura Orrenica?»

«Depositaria?»

«Qualcosa di simile a un custodia, ma di libri e di conoscenza»

«Sì, Vostra Grazia. Tutte le nostre lezioni sui libri sacri lodano i Servi di Geholiogarth per aver salvato gli antichi scritti Orrenici»

«Immen è una teocrazia complessa, governata dagli Abati e dedita allo studio della sapienza dell'Eth. Ha seminari che si suppone risalgano al periodo storico precedente le prime migrazioni da Palanth-Orron. Anche Turicum e Barrost hanno scuole dedicate al suo studio. È ironico che Barrost ospitasse il più grande gruppo di scuole di sapienza dell'Eth al di fuori di Immen»

Toman diede un'occhiata verso l'alto. «Come mai, Vostra Grazia?»

«La maggior parte dei discendenti dei Palanshen di Barrùs, o dei Barrostani, non hanno più la capacità di percepire l'Eth e la considerano un mito»

Se pensavano all'Eth come a un mito, pensavano anche a Ber'eth come a un racconto per bambini?

«Ci sono tre scuole di pensiero principali» continuò Lord Dalbonn: «All'interno di ogni scuola, i loro programmi di studio coprono molti livelli diversi di formazione o di apprendimento a seconda della loro posizione sull'Eth»

Tante possibilità e tanto da imparare.

«Una scuola di pensiero e di apprendimento si chiama Geshan al Mansh»

«Il dono al popolo» commentò Toman.

Dalbonn si adagiò sulla sedia, nascondendo la sua sorpresa che un giovane pastore di bestie cornute di Fahtu-Shan avrebbe capito la sua frase. «Apprendista Foggling, parli il vecchio Alto Orrenico? È una lingua antica»

«No, Vostra Grazia»

L'aura che portò Dalbonn a seguirlo quella prima notte risplendeva ora tutta intorno a lui.

«Quello che ha appena detto è molto vicino al dialetto che parla mio padre. La sua famiglia ha sempre vissuto sull'isola. Mia madre parlava un dialetto diverso. Veniva da un villaggio Limmano a nord di Ydassum. La sua famiglia era immigrata lì come rifugiata durante le guerre di Skyllian. Ma i loro villaggi sono stati distrutti quando è scoppiata la guerra civile a nord di questi a Welsordia e Bnornum»

«Come si chiamava il villaggio?»

«Honstan»

Honstan? Nella mente di Dalbonn balenarono delle immagini. Le fiamme fuoriuscivano dai tetti. Villaggi lasciati come casse toraciche carbonizzate di giganteschi animali morti. Qualcuno che lo sollevava nel carro con gli altri bambini e gli anziani. Portato in salvo ma mai più ritornato a casa.

«Lei è Limmano, Vostra Grazia? I suoi occhi mi ricordano quelli di mia madre. Diceva che facevano parte della sua eredità Limmana»

«In effetti, sì» Dalbonn tornò subito alla lezione. «Geshan al Mansh, il Dono al Popolo, insegna che tutte le forme di Eth sono destinate a servire le masse e non sono un segno di rango o di prestigio nella società. L'uso del Potere di Ber'eth dovrebbe essere per il bene e il benessere di tutti i discendenti dell'Orren. Poi c'è Avye-Sonther» Dalbonn si fermò per vedere se il giovane poteva tradurne anche il nome.

Gli occhi di Toman si restrinsero per un attimo. «Per essere messo a parte?» Corrucciato, aggiunse: «Capisco le parole, ma non il significato»

«Avye-Sonther è anche chiamato *Il Santificato*, ma hai ragione, significa anche "essere separati". Questi studiosi sentono che il Potere di Ber'eth è solo per quelli spiritualmente puri e per coloro che sono ampiamente addestrati negli scritti sacri, mai da usare o studiare al di fuori dell'autorità del clero. A Immen, il clero dominante è di questa scuola di pensiero e applica rigorosamente questa interpretazione. Tranne che per un membro iniziato del clero o un servitore di Immen, l'aperto esercizio dell'Eth sarebbe severamente punibile»

Toman intinse la sua penna nel calamaio. «Punibile? Intende la prigione o le frustate?»

«Entrambe le cose. O anche impiccagione, se si viene bollati come eretici. Ma abbiamo sentito parlare di fazioni opposte, anche se non sono ben note le cause del pericolo»

Toman si fermò di nuovo, lasciando vagare lo sguardo lentamente sul disegno del piano del tavolo. Scosse la testa e poi scrisse altre note.

Aspettando che finisse, Dalbonn aggiunse: «Il mondo della sapienza dell'Eth appare abbastanza complesso»

L'apprendista alzò lo sguardo, accigliato, e annuì. Aveva bisogno di imparare in fretta.

«L'ultima scuola si chiama Ous'Gweld» Dalbonn si

fermò mentre Toman strizzava gli occhi per poi rispondere: «Il Prescelto. Abbiamo una parola da dire quando si sceglie un nuovo ceppo da allevare. Si chiama Ous'Vall»

Dalbonn sorrise e si appoggiò alla sua sedia. «Esattamente, eccellente»

Le risposte di Toman stavano diventando più sicure. La sua mente sembrava afferrare questi dettagli più velocemente di quanto Dalbonn avesse sperato.

«L'Ous'Gweld insegna che la padronanza dei livelli superiori del Potere di Ber'eth mostra uno status d'élite nella società. Essi credono che sia il segno di un pedigree spiritualmente regale»

Dalbonn attese che il suo apprendista finisse di prendere appunti. «Puoi riassumere quello che ho detto finora sulle tre scuole?» Strinse le mani e si chinò in avanti, con i gomiti che venivano ad appoggiarsi sul banco.

Toman stese due fogli di appunti davanti a lui. Guardando dall'uno all'altro, parlò. «Beh, mi pare di capire che ci sono tre gruppi che la pensano in modo diverso sull'Eth e su come dovrebbe essere usato»

Alzò un dito. «Un gruppo pensa che sia per tutti e che debba essere condiviso con tutti» Alzò un secondo. «Uno pensa che significhi che si dovrebbe studiare e servire come sacerdote» Alzò il terzo. «L'ultimo pensa che significhi che hai una linea di sangue speciale e che dovresti avere dei privilegi per questo»

«Ancora una volta, eccellente, Apprendista» Dalbonn si concesse un ampio sorriso. «Presto partiremo per Barrost con i Nobilis. Come mio Apprendista, tu mi accompagnerai»

Un sorriso apparve sulle labbra di Toman. «Grazie di cuore, Vostra Grazia"

«Troverai che Barrost è un mondo a sé stante. Quindi, continuiamo. La maggior parte delle scuole di pensiero di Immen sono convinte che solo attraverso una stretta aderenza alle traduzioni tradizionali dell'Antico Orrenico Ber'eth rivelerà chi è e la natura del suo carattere»

Il suo apprendista riprese la penna e continuò a scrivere.

«D'altra parte, le scuole di pensiero riguardanti la sapienza dell'Eth nelle università di Barrost insistono sul fatto che solo le recenti traduzioni degli scritti sacri rappresentano i veri regni di Ber'eth. Lì, la maggior parte degli studiosi di sapienza dell'Eth insegna che sperimentarlo è più grande della Sua conoscenza letteraria»

Toman accigliato. «Perché dovrebbero preoccuparsi? Pensavo che i Barrostani non avessero più i lobi dell'Eth»

«Questo non è proprio vero. Essendo Palanshen di origine Palanth-Orrica, hanno anche i lobi dell'Eth. Tuttavia, quelli di pura discendenza Barrostana sembrano non poter usare l'Appendice Ber'eth. Anche se la maggior parte dei Barrostani si fa beffe dell'idea di Eth, le università attirano i figli di famiglie ricche e influenti di Ydassum, Syngordia, Vlachonia e degli altri paesi del nord del Corno. Le tasse di studio applicate alle loro capienti borse aiutano a riempire alcune casse Barrostane»

«Capisco» Toman guardava i suoi appunti. «Sembra quindi che coloro che insegnano sapienza dell'Eth a Barrost apprezzino le novità e che Immen tenga in grande considerazione i vecchi metodi»

«Sì, è vero. So che qui ci sia molto da imparare, ma è meglio iniziare oggi la tua formazione con le basi. Pensa a quello che ho detto e torna da me con le domande che potrebbero sorgerti»

«Sì, Vostra Grazia»

«Ben fatto, Apprendista. Ben fatto» Era più che soddisfatto della prima lezione di Fahtu-Shanner. «La prossima volta metteremo alla prova le tue capacità»

Gli occhi del suo apprendista si spalancarono. «Mettere alla prova?»

11

LA CASATA DI MÉNDRENSYNN

Banah tagliò un altro pezzo di nastro argentato e lo avvolse attorno alla bustina, legandolo in un fiocco attorno al velluto rosso.

Per la Nobilis Lady Banah, un regalo che si addice al futuro sovrano del nostro Paese... il ricordo dell'entusiasmo di suo fratello Druin la fece sorridere... *una regina suprema tra le orchidee Summerbird, aspetta solo di fiorire per te.*

La Regina dei Summerbird era sbocciata tre settimane prima. Magnificamente. Il suo profumo era potente, dolce e inebriante, con un accenno di muschio. Niente a che vedere con le altre orchidee Summerbird che la sua famiglia coltivava per le spezie. Le foglie larghe e spesse erano nascoste sotto gli innumerevoli fiori. Nella brezza della sera, i petali si muovevano come le dolci ali di farfalle svolazzanti.

Come aveva richiesto Banah, il capo giardiniere

Wyerson aveva tagliato e asciugato abbastanza petali da riempire una dozzina di bustine per la visita di Stato. Avrebbero fatto dei regali superbi. Nessuno dei suoi ospiti sul Corno del Continente avrebbe mai annusato un fiore più magnifico.

Selezionando un altro dei piccoli sacchetti di velluto dal mucchio e un nastro, Banah si portò la bustina al naso e la strinse delicatamente. I petali essiccati di Summerbird frusciarono, sprigionando la loro fragranza. Fece un respiro profondo. Il profumo la riempì di un senso di calma e di benessere.

Anche se gli inviti ufficiali al Summit sul Commercio non erano ancora arrivati, c'era ancora molto da fare.

Le grandi finestre del suo ufficio brillavano di un grigio freddo mentre il sole del primo mattino illuminava le nebbie persistenti. Riscaldate dal sole che sorgeva, le correnti d'aria turbinarono lentamente nella nebbia. Era quasi come se potesse raggiungere attraverso il vetro e sentirne la morbidezza.

Le prove del giorno precedente per la sua incoronazione a Immen riaffiorarono alla sua memoria.

Suo padre, Steffen Méndrensynn, le aveva sorriso calorosamente, con le lacrime agli occhi. Così tanto grigio sulle tempie? Da bambina, non aveva mai notato la sua età. Era stato una figura senza tempo e in qualche modo sarebbe vissuto per sempre. Invece, a causa della salute cagionevole degli ultimi mesi, era stata costretta ad accettarne l'età e la mortalità. Onorò il suo desiderio di iniziare i preparativi per fargli prendere il suo posto come Lanfothe di Ydassum dopo la visita di Stato.

Suo padre, un'anima assai gentile e un governatore

eccellente. Il suo attuale stato di salute premeva sul suo cuore.

La sua volontà di abdicare la riempì di tristezza. Ciò non faceva che dimostrare la sua dedizione al Paese. Alcuni governanti si tenevano tenacemente al potere fino a quando l'età rendeva debole il loro giudizio, la loro mente decrepita, o fino a quando la morte li prendeva.

Aveva deciso che per lei governare nella forza della sua giovinezza sarebbe stato vantaggioso, per lei stessa come per Ydassum. La sua guida, tuttavia, sarebbe rimasta un elemento essenziale del suo regno, finché fosse vissuto.

Sicuramente vivrà per vedere i miei figli giocare ai suoi piedi.

Le sue palpebre si erano fatte stranamente pesanti. Il sonno la chiamava mentre lasciava che i suoi occhi si chiudessero. Una dolce calma la avvolgeva come se le morbide nebbie si fossero infiltrate attraverso le pareti per accarezzarle le braccia, il viso.

Un ramoscello si spezzò. O si era rotto il ghiaccio?

Una sottile iridescenza setosa sfarfallava nella sua visione periferica.

In una radura in una foresta nebbiosa, un alce maestoso, pallido e traslucido come vetro lattiginoso, alzò la testa. I suoi occhi, sfere di zaffiro in un cranio massiccio, si muovevano lentamente avanti e indietro come se cercassero. Poi il suo sguardo si fissò su qualcosa dietro Banah. La testa abbassata come per smuovere la terra, la bestia sbiadì fino a diventare un sottile vapore grigio.

I capelli le si sollevarono sul retro del collo mentre l'aria sembrava carica di minacce.

Un uomo emerse dalla foresta e mise piede nella radura.

Guardò verso Banah, ma i suoi occhi fissavano qualcosa dietro di lei. I suoi vestiti erano costituiti da strati di tela oleata e pelle consumata dalle intemperie. Un fodero da coltello penzolava dalla sua cintura.

Strisciò verso Banah, superando con leggerezza i rami caduti. I suoi occhi si spalancarono mentre un'espressione di puro terrore gli sconvolse il viso.

Un lieve suono si levò, come un lamento. Poi svanì.

Banah si voltò, osando guardarsi alle spalle.

Un fuoco acceso alla bocca di una caverna buia. L'apertura ad arco sembrava stranamente liscia, come pietra tagliata. Sbuffi di fumo promanavano da pezzi di legno carbonizzati. Una forma femminile divenne visibile appena oltre il fuoco. La sua pelle traslucida luccicava di un blu gelido.

La figura gelò lo stomaco di Banah. Le mani le cominciarono a tremare.

«Ti aspettavo» La voce della donna era profonda e educata, quasi gentile. «È passato molto, molto tempo. Vieni da me» Sembrava sospesa in aria, poi levitò senza sforzo sotto l'arco della grotta, passando indenne sopra il fuoco. Il terreno nella sua scia si spezzò e crepitò di brina nera.

L'uomo ansimò e tirò fuori il coltello. In un istante la lama volò nell'aria, passò attraverso l'apparizione femminile, tintinnando sul pavimento di pietra della grotta.

Inciampò all'indietro.

La figura trasparente scivolò oltre Banah verso di lui. Tendini ghiacciati d'aria le sfiorarono le braccia.

La forma andò alla deriva sul corpo dell'uomo. Ebbe le convulsioni, poi il suo busto si contorse. Le sue mani si irrigidirono ad artiglio. Il suo urlo di dolore, agghiacciante per l'anima, riecheggiò, incurante delle nebbie che si accumulavano nell'alta valle.

La visione si allontanò dalla sua mente mentre il suono della sua voce si alzava acutamente in un urlo. Poi tacque.

Banah aprì gli occhi. "Ber'eth aiutalo!". Le sue nocche si sbiancarono mentre afferrava i braccioli della sua sedia. Sbatté forte gli occhi. Il bagliore scintillante sul bordo della sua visione si affievolì.

Il suo cuore correva all'impazzata mentre un brivido le pizzicò la pelle. La tensione nei fianchi la indusse ad ansimare per respirare. Rilasciò la presa sui braccioli della sua sedia.

La concentrazione. Respirare. Era solo un sogno.

Solo un sogno.

Fece un lungo e profondo respiro. «Ho molto da fare»

Prendendo un'altra bustina, se la portò di nuovo verso il viso e inalò la tonificante fragranza muschiata del suo nuovo Summerbird.

Era solo un brutto sogno.

La flebile luce del sole mattutino splendeva in tutta la stanza.

Continuò a selezionare le bustine e a firmare carte di pergamena da infilare sotto i nastri di ogni regalo.

Uno strano rumore fuori dalla porta del suo ufficio. Come un tonfo. Era caduto qualcosa? O era un bussare alla porta?

Lady Banah si interruppe, concentrandosi sulle orecchie.

Scosse la testa. Niente.

Aveva dormito bene e si era svegliata riposata, ma da quando si era vestita, quella mattina, non si sentiva più tanto bene. Forse aveva bisogno di più riposo, ma i preparativi per la visita di Stato erano troppo pressanti. Dopo il viaggio si sarebbe potuta rilassare.

Mentre continuava, la stanza diventava sempre più luminosa, illuminando le pergamene intorno a lei con una luce calda e diffusa.

Aveva quasi finito l'ultima bustina quando bussarono alla porta, distogliendola dal suo compito.

«Entra»

La pesante porta si aprì. «Buongiorno, Mia Signora!» La sua dama di compagnia, Lorann, corse nella stanza, senza fiato, gorgogliante di eccitazione. «Il pacco! Quello che aspettava. È qui! È appena arrivato al porto, Mia Signora. Sono venuto il più in fretta possibile»

Il suo entusiasmo aveva sempre divertito Banah. La gioia sfrenata di Lorann per la sua nomina a dama non era diminuita nei quattro mesi da quando era al suo servizio.

«Avevo dato istruzioni al capomastro del porto di farmela consegnare immediatamente dopo il suo arrivo nelle sue mani» In una mano teneva un'insolita scatola di legno lucido color ambra. «Sapevo che l'avreste voluta subito» Lorann allungò la mano. «Il suo pacco, Mia Signora» Fece un breve inchino.

«Grazie» Prendendo il pacco, Banah passò le dita sulla vernice lucida e sul sigillo elaborato.

La presenza di Lorann riempì la stanza di un'energia improvvisa. Portava un senso di autorità nonostante la sua giovinezza. La famiglia Illurend, prosperi mercanti, aveva una lunga storia, sia d'affari che personale con la famiglia Méndrensynn.

Banah aveva cinque anni quando nacque Lorann. Non aveva mai visto nascere a Ydassum un bambino più perfetto. Banah aveva persino chiesto alla madre se potesse tenerla.

Essere alla presenza di Lorann a diciassette anni

era ancora esaltante. I suoi lineamenti erano impressionanti, come confermano i numerosi commenti dei giovani a corte. Era certamente una bellezza insolita, con i suoi capelli ambrati e il colore della pelle dorata. I suoi grandi occhi grigio-verdi erano pieni di vita. Non avrebbe avuto problemi ad attrarre un marito ricco e altolocato. Secondo la madre di Lorann, c'erano già state indagini degne di nota.

Ma Banah voleva offrirle la possibilità di vedere più vita di quanto un matrimonio precoce le avrebbe permesso. E si considerava fortunata ad avere una compagna così bella e modesta per i tre anni del suo mandato.

«Mia Signora?» La voce di Lorann interruppe le sue fantasticherie.

«Scusa, hai detto qualcosa?» La sua mente continuava a vagare stamattina.

«Sì, Mia Signora, le ho chiesto se avesse bisogno di qualcos'altro» La fronte di Lorann era rovinata da una ruga.

«Siediti... siediti con me per un po'» Banah si mosse verso l'ottomana rosso scuro vicino alla sua scrivania. *Concentrati.* Non aveva tempo di perdersi nei sogni ad occhi aperti.

«Sedermi?» Gli occhi di Lorann si spalancarono.

«Sì. Puoi sederti» La Casata di Méndrensynn non si curava degli elaborati protocolli delle altre famiglie dominanti sul Corno. Preferivano un galateo semplice e senza pretese, che riflettesse le umili origini della loro famiglia.

«Grazie, Mia Signora» Lorann si abbassò sul sedile e poi piegò le mani sul grembo. Sebbene la ruga fosse scomparsa, il suo viso mostrava ancora preoccupazione: «Si sente male, Mia Signora?»

«Sto bene. Solo un po' stanca» Banah si fermò, sorridendo a Lorann. «Non ho dormito bene in questi ultimi giorni» Aprì la scatola. «Vediamo cos'abbiamo qui» Tre pergamene ben piegate. Una indirizzata a lei, una a suo fratello, e una terza con il solo nome di famiglia Méndrensynn. Ognuna era sigillata con un emblema di cera verde intenso, impresso con lettere dorate.

Banah scelse quella indirizzata a lei. Infilò il coltello sotto il sigillo e lo torse.

L'invito ufficiale al Summit sul Commercio Barrostano era scritto in Alto Orrenico. Banah scosse la testa. Benché sapesse leggere e scrivere l'Alto Orrenico, quella mattina la sua mente era stanca. Dopo un breve sospiro, la lesse di nuovo, questa volta ad alta voce.

L'Alto Seggio dell'Intendente di Barrostania,
insieme e in accordo con la sua autorità e il suo piacere,
in rappresentanza delle province di Norssum:
Tendumen, Fennsordia, Borinbranth, Lofwardan, Alta
Limmania e Landsend,
nominato dalla Regalità Vandriana come unica
Autorità Commerciale,
invitano cordialmente l'erede Apparente alla sede della
Casata di Méndrensynn,
la Nobilis Lady Banah Ahnya Eleor Méndrensynn,
a un incontro al vertice di tutti gli autorizzati al
commercio sul fiume Suyan Folumpor,
il giorno 13 del mese di Erved l'anno 5375

Fissò l'elaborato scritto blu profondo delineato in oro zecchino. Alzando un sopracciglio, sorrise. «I Barrostani hanno una grande passione per lo sfarzo, anche nelle lettere»

Lorann sembrò inghiottire una risatina, i suoi occhi scintillanti di divertimento.

I chiari raggi del sole sfarfallavano nella stanza mentre la sua luce mattutina risplendeva attraverso le nebbie che iniziavano a diradarsi. Banah seguì la luce ondulata dalla finestra fino alle cime degli alberi di Byr nei giardini sottostanti. Forse, più tardi, avrebbe fatto una passeggiata all'ombra dell'Anfiteatro delle Orchidee.

«Mia Signora?» La mano di Lorann toccò quella di Banah. «È certa di star bene?» La sua voce sembrava distante, echeggiando da lontano.

Banah rabbrividì.

«Ha freddo, Mia Signora?» Il tono preoccupato di Lorann riportò Banah nella stanza.

«Sto bene, cara Lorann. Una luce del mattino così gloriosa, non credi? Mi distrae molto» Riorientò la conversazione, sperando di deviare la preoccupazione di Lorann. «La Regina Summerbird è giunta alla piena fioritura, lo sapevi?»

Loran fissò senza battere ciglio. «Sì, l'avevo sentito, Mia Signora. Coloro che l'hanno visto dichiarano che è al di là di ogni descrizione. La fragranza riempie completamente l'Anfiteatro delle Orchidee" Lorann inspirava profondamente, ma la preoccupazione continuava ad attraversare i suoi occhi luminosi mentre li teneva fissi su Banah.

Banah continuò: «È davvero gloriosa. Lord Druin ritiene che sia forse la più bella dell'intero genere, una specie notevole. Sicuramente la più bella mai scoperta nelle Foreste Nuvolose di Auyana. Sono passati solo pochi mesi da quando Druin l'ha trapiantata. Né lui né io ci aspettavamo una tale fioritura così presto»

«Sì, Mia Signora » Lorann annuì, ma la sua attenzione non si distrasse.

Banah scelse un soggetto più adatto ad attirare la sua attenzione. «Abbiamo molto da preparare prima di imbarcarci per il Summit sul Commercio di Barrost. Abbiamo deciso di combinare il viaggio con la mia visita di Stato ufficiale prima dell'incoronazione. I bagagli dovrebbero iniziare immediatamente. Fallo sapere a Lady Modwynn e Lady Ehningen. Farà un po' più caldo a Barrost, quindi vorrei portare qualche vestito di seta di ragno. Saranno necessari, soprattutto quando arriveremo a Mendelon, dove immagino che il caldo possa essere davvero insopportabile»

«Oh, sì, Mia Signora. Comincio subito» Lorann si alzò e si lisciò il vestito.

«Ma prima, per favore, porta questo direttamente a Lord Druin. Digli che sarò da lui tra poco»

Lorann accettò l'invito, annuì e fece un inchino.

«E assicurati di fare le valigie come si conviene»

Lorann sbatté le palpebre. «Io, Mia Signora? Devo andare a Barrost? Un lampo del suo incantevole sorriso illuminò i suoi lineamenti, poi scomparve con la stessa rapidità con cui era apparso. «Ma lei ha detto che le serviva un solo addetto. Lady Modwynn e Lady Ehningen hanno l'anzianità di servizio»

«Sì, ma poiché Lady Modwynn è incinta, non è in

grado di fare il viaggio. E Lady Ehningen non è così... diciamo... a suo agio con le nuove situazioni e le nuove persone. Temo che i limiti della chiatta reale metterebbero a dura prova la sua delicata costituzione. E sappiamo entrambi che rende noto a tutti il suo dispiacere quando è instabile»

Lorann si coprì la bocca con una mano, ma una risatina le sfuggì comunque.

Lady Ehningen, pur essendo una cara e leale custode, aveva la reputazione di essere difficile, soprattutto in circostanze impreviste.

«Tu, mia cara, incanterai tutti da qui a Mendelon» Con un sorriso, Banah annuì verso la porta. «Ora, c'è molto da fare e noi dovremmo fare il nostro dovere»

«Con piacere!» Il sorriso di Lorann le illuminò il volto mentre faceva un inchino. Camminando verso la porta con dignitosa compostezza, si voltò e fece di nuovo un inchino. Il suo portamento calmo scomparve mentre apriva la porta massiccia. Inebriata dall'euforia, danzò praticamente nel corridoio ed esclamò: «Grazie mille, Mia Signora, grazie!»

La porta si chiudeva con un leggero scatto del chiavistello, e un grido di gioia appena smorzato rieccheggiò nei corridoi fuori dall'ufficio di Banah.

Esaminando di nuovo l'invito, Banah passeggiò per la stanza, rimuginando su quelle parole. Il messaggio non aveva nemmeno tentato di mascherare la crescente arroganza della Regalità Vandriana di Barrost.

Scosse la testa con costernazione. "*...in accordo con la sua autorità e il suo piacere...*" Dovrebbe preparare bene le sue argomentazioni contro il loro presupposto di avere il diritto di dominare completamente il fiume Suyan Folumpor. Il monopolio Barrostano sul Suyan

Folumpor era rigoroso e senza compromessi. Prelevavano tasse su tutte le merci che passavano sul grande corso d'acqua. Il Suyan Folumpor era l'unico modo possibile per i paesi senza sbocco sul mare del nord del Corno per trasportare i prodotti verso importanti mercati sulla costa occidentale. Costruire strade sarebbe stato un costo impossibile da sostenere per le regioni più povere. Anche se esistevano già alcune strade lastricate, erano antiquate e avevano bisogno di essere riparate. Il trasporto via acqua era molto meno costoso e più efficiente.

Fermandosi alla grande finestra, Banah alzò lo sguardo. Le foglie degli alberi di Byr cominciarono a svolazzare in una leggera brezza, il loro sottofondo argenteo rifletteva la luce dorata della tarda mattinata. Nei freschi giardini sottostanti, un mondo lussureggiante era ombreggiato sotto i listelli, pieno di fogliame lussureggiante, colori sorprendenti di fiori rari ovunque. I ricordi delle ore piacevoli passate a giocare con Druin durante l'infanzia. I giardini sembravano invitarla a giocare di nuovo.

Ma tante cose erano successe da quei giorni spensierati. Scrollò le spalle e tentò di soffocare le lacrime. Scosse la testa. No, si era fermata e aveva riportato alla luce ricordi che non voleva rivivere.

Attirando la sua attenzione sul presente, Banah chiuse l'invito e infilò la lettera sigillata nella sua cintura. «C'è ancora molto da fare prima della partenza e devo parlare con mio fratello e con il Signore Protettore»

Fece un respiro profondo. L'inebriante profumo della Regina Summerbird le riempì i polmoni. Il magnifico profumo le sollevava lo spirito. Se solo non fosse stata così stanca. Una passeggiata nel suo amato

Anfiteatro delle Orchidee avrebbe potuto rinfrescarla.

Tirandosi il mantello intorno alle spalle, spinse le porte del balcone e discese gli ampi gradini all'ingresso dell'Anfiteatro delle Orchidee.

Banah deplorava la necessità di una guardia nell'amato giardino di famiglia. Per generazioni avevano accumulato una collezione di inestimabili tesori botanici, rendendo necessario proteggerli dai ladri in cerca di rapida ricchezza.

All'interno dei confini delle loro tenute a Turicum, questo piccolo tratto di terra assomigliava molto all'habitat naturale unico delle orchidee Summerbird. Tuttavia, a differenza delle Foreste Nuvolose d'alta quota, gli inverni più caldi di Turicum favorivano la crescita e la fioritura durante tutto l'anno di queste ricercate orchidee speziate.

«Buongiorno» Banah salutò la guardia.

«Buongiorno, Mia Signora» Si inchinò, spostandosi rapidamente da un lato.

Si fermò, studiando le strisce parallele di ombre proiettate dalla struttura a listelli in alto. Una volta che i suoi antenati scoprirono la necessità di proteggere i Summerbirds dalla luce diretta del sole, suo nonno aveva progettato l'esteso sistema di listelli usati per ombreggiare le piantagioni della sua famiglia. Il cortile murato dell'Anfiteatro era il gioiello dei giardini privati della sua famiglia e il rifugio preferito di Banah. «Il capo giardiniere Wyerson è qui?»

«Sì, Mia Signora» La guardia indicò il sentiero. «Sta arrivando ora. Stava facendo fare un giro della collezione Summerbird allo studente ospite di Barrost»

Un uomo, sulla sessantina, apparve dall'ombra. Un ometto piccolo e un po' tarchiato zoppicò lentamente lungo il sentiero. I suoi capelli argentati sembravano brillare alla luce del mattino e un sorriso gioviale si aprì sul viso rugoso mentre si toglieva i guanti.

Qualche passo dietro di lui era un giovane allampanato. Anche se ovviamente ancora giovane, il tocco di bianco nei capelli gli dava un'impressione senza età.

«Buongiorno, Mia Signora » Il sorriso dentellato di Wyerson accentuava le profonde pieghe che si irradiavano dai suoi occhi. «Mi permetta di presentarle Mastro Dobbesser»

« Mia Signora » L'allievo si inchinò, poi si ritirò nell'ombra dell'ingresso dell'Anfiteatro. Straniero, probabilmente, si vergognava di incontrare un membro della famiglia Méndrensynn durante il suo tour con Wyerson.

«Stavo andando a chiedere se le bustine hanno incontrato la sua approvazione»

«Sì, sono eccellenti. Grazie, Mastro Wyerson»

«Hanno un odore notevole, non è vero?», canticchiò. «La mia testa è stata pesante come latte coagulato tutta la notte dopo averle raccolte. Mia moglie ha detto che avevo un odore paradisiaco. Un bel cambiamento!»

Banah si sorprese a ridacchiare.

L'uomo estrasse uno straccio morbido dal sacchetto del grembiule e se lo portò al naso. Una piccola macchia rosso vivo apparve sul panno che teneva in mano.

«Si è fatto male?»

«Non è niente, Mia Signora. Grazie»

OSCURO PRESAGIO

Banah si introdusse negli uffici privati di suo fratello con Lorann al suo fianco. La sua breve pausa in giardino non aveva aiutato molto, ma doveva continuare i preparativi. «Buongiorno, Druin»

Il lord protettore Dalbonn era in piedi vicino al fratello seduto alla sua scrivania. «Buongiorno, Vostra Grazia»

Lord Dalbonn chinò il capo. «Buongiorno, Mia Signora»

Qualcosa nella voce di Sua Grazia... più luminosa del suo normale tono piatto. Quasi l'indizio di un sorriso interiore. Molto insolito per lui.

Druin alzò lo sguardo dai fogli sparsi sulla sua scrivania. «Buongiorno, Sorella» disse infine, «Dalbonn mi stava raccontando del suo nuovo apprendista»

Un apprendista? «Non sapevo che ne cercassi uno» Non ne aveva mai avuto uno prima.

«Non l'ho fatto, Mia Signora, ma mi sono imbattuto in un giovane straordinario e abbiamo iniziato a fare un po' di pratica. Ma stamattina sono qui per esaminare la sicurezza per la prima parte della visita di Stato. I rappresentanti degli Avem arriveranno il giorno prima della partenza. E abbiamo anche appena ricevuto conferma dai Princeps dei Riddern, Harbitor Ruhand e Harbitrice Beruhn. Si imbarcheranno nella valle del Laggol Palaath, ci accompagneranno alla residenza del principe Lytwon a Lowarthen e poi a Barrost»

«Mi fa piacere sentirlo. La loro decisione è stata oggetto di molte trattative» Banah apprezzò l'attenzione di Sua Grazia per i dettagli. Molti elementi dovevano essere coordinati per questo viaggio. Come consigliere personale di suo padre per anni, Dalbonn era forse la più grande risorsa che Lanfoth Steffen avrebbe mai potuto trasmetterle.

«Sarà bello rivedere lo zio Lytwon. Ravviva qualsiasi festa» Druin sorrideva.

Banah tirò fuori il suo invito e lo esibì. «Hai letto il tuo invito, Druin?» Suo fratello la conosceva abbastanza bene da capire che si sarebbe arrabbiata per l'arroganza dei loro padroni di casa.

«Hmm? Oh, sì, l'invito» mormorò Druin, indicando la pergamena sul tavolo. «Lorann ha portato il mio poco fa. Grazie» Teneva la testa bassa, l'attenzione fissa sulle pergamene davanti a lui.

Suo fratello non era mai stato interessato a schemi politici, o a questioni con protocollo superfluo. Mentre la formulazione dell'invito provocava in lei un'intensa irritazione, probabilmente lui non se n'era nemmeno accorto.

Lei sbirciò sopra le sue spalle.

Druin indicò la pila di carte sulla sua scrivania. «Sto catalogando le voci dell'ultima spedizione nelle Foreste Nuvolose di Auyana» L'entusiasmo permeava la sua voce. «Ogni esemplare pressato, descrizione o dipinto potrebbe rivelare un'altra nuova specie» Dispiegò una mappa densa di squisiti dettagli e abilità artistica. Una delle sue ultime opere.

Banah sorrise. Le scoperte di suo fratello erano celebrate nelle università di tutto il Corno Settentrionale del Grande Continente, ma era la precisione delle sue mappe ad aver attirato la massima attenzione. Come cortesia verso di lei, aveva rinunciato a guidare la spedizione che era partita il mese precedente, e aveva assistito ai preparativi per la visita di Stato.

«Ah, cara sorella, come mi manca il fragore delle cascate nascoste nella nebbia, camminare sotto le torreggianti fronde degli alberi, sentire l'umidità gelida sul mio viso...»

«I miei più sinceri ringraziamenti, caro Fratello, per essere rimasto qui ad aiutarmi» Fin dalla sua prima visita da giovane, le descrizioni di Druin delle Foreste Nuvolose erano dense di meraviglia e di splendore. Aveva saputo creare un mondo che lei poteva quasi toccare tramite le sue parole. Attraverso di lui aveva sperimentato le magnifiche foreste. I rami degli alberi antichi ardono con i fiori delle orchidee che si aggrappano. I suoni dei Gahoin che gorgheggiavano nella notte.

«Sorella?» Druin non era più seduto alla sua scrivania, ma in piedi, di fronte a lei.

Quando si era mosso?

Lei si guardò intorno. Lord Dalbonn e Lorann la guardarono con attenzione.

«Vi prego di perdonarmi» Banah sbatté le palpebre. «Le tue descrizioni fanno sembrare la Foresta delle Nuvole come una tregua celestiale. Mi sono persa nelle tue parole» Aveva in mano l'ultimo dei documenti sigillati di Barrost. «Il documento di esenzione per i posti di blocco della Lega Rivierasca lungo il Folumpor di Suyan. Era incluso negli inviti ufficiali. Esenterà il nostro entourage dalle tasse presso le loro stazioni doganali. O almeno così dicono»

Lord Dalbonn rispose: «Stavamo giusto discutendo sulla necessità di aumentare la guardia per il viaggio. Da Barrost si dice che la Regalità Vandriana abbia istituito nuovi posti di dogana presidiati dalla Lega Rivierasca, tutto questo per far rispettare quello che chiamano il loro *diritto d'ispezione*. La crescente forza e la corruzione segnalata al loro interno causeranno parecchia discordia. I conflitti saranno inevitabili, con i pugni dei Barrostani sempre più serrati. Lungo il fiume si stanno erigendo tribunali a Borinbranth e Tothbory, oltre alla forca. È stato riferito che tutte le navi saranno fermate, se necessario, con la forza»

Banah prese il documento in pugno. «Questa è una notizia terribile!» Non riuscì a nascondere la sua indignazione.

Gli occhi di Druin si spalancarono e lui la fissò.

Dopo un respiro profondo e lento, sussurrò: «Non avevo sentito parlare dei nuovi tribunali. Questo avrà un brutto impatto su coloro che sono meno in grado di difendere i propri diritti»

«I ricchi useranno la corruzione per aggirare i

decreti del tribunale» Druin scosse la testa. «Mentre i poveri rischieranno la forca»

Raddrizzando le spalle, Banah ingoiò la rabbia ma parlò con il cuore pesante. «Aggiungerò *questo* all'ordine del giorno del Summit sul Commercio. Dovremmo essere in grado di fare qualcosa da Ydassum» Poi cambiò discorso. «E come vanno i tuoi preparativi, fratello?»

«Ho preparato degli assaggi di spezie dagli ultimi ibridi col Summerbird Rosso» Prese una piccola scatola laccata intarsiata con lo stemma di famiglia e, aprendola, la portò al naso. «Celestiale! Credo che la risposta alla nuova gamma di sapori sarà straordinariamente positiva»

Banah annusò la polvere ambrata profondamente. «Davvero»

Il terreno speziato della Scala d'Oro dal polline dei Summerbirds era molto richiesto nelle case benestanti di tutto il Corno del Grande Continente. Tanto che la vasta ricchezza della sua famiglia era stata ricavata dal commercio delle costose e preziose spezie.

«Wyerson è riuscito a raccogliere ed essiccare un certo numero di fiori della nuova Regina Summerbird. Ho appena finito di preparare le bustine come regalo per i nostri ospiti durante la visita di Stato e il Summit sul Commercio. È l'orchidea più gloriosa di tutta la nostra collezione. Grazie ancora»

Il volto di Druin si rasserenò ma, per un istante, i suoi occhi tradirono un momento di tensione. «Sento il suo profumo su di te»

Si pentì di aver portato alla luce il ricordo della spedizione della Regina Summerbird. La scoperta aveva avuto un costo personale elevato. «Onore alla tua reputazione di coltivatore, caro fratello»

Il sorriso tornò sulle labbra di Druin. «È davvero spettacolare. Sono stato nell'Anfiteatro delle Orchidee a vederla diverse volte»

Banah tornò sulla questione della Lega Rivierasca e della sua forca. «Dovremmo far conoscere al Padre le nuove stazioni doganali prima dei vespri. Fratello, Lord Dalbonn, mi accompagnereste a informarlo?»

Lorann si fece avanti. «Mia Signora, vi incontrerò ai vespri»

«No, preferirei che ci accompagnassi a vedere il Lanfoth» La situazione fu per Lorann un'occasione per capire l'intricato gioco della politica. «Questo nuovo sviluppo non è di buon auspicio per i mercanti di Ydassum»

13

IL TRAPASSO DI UNA PRINCIPESSA

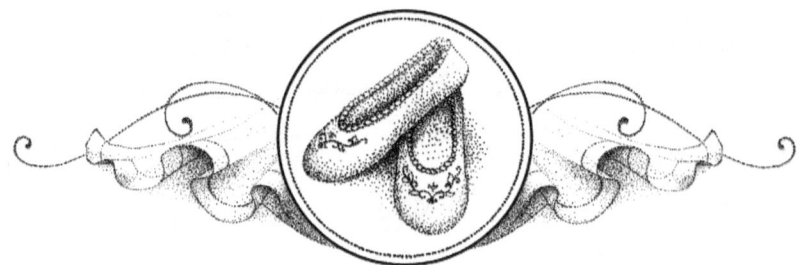

La scena familiare fluttuava nella mente di Druin mentre veniva trascinato in un mondo di visioni, a metà strada tra il sonno e la veglia. Non il mondo dei sogni normali. Più che altro, un labirinto di dolore.

Alla periferia della visione, sottili fili di luce scintillarono quando si ritrovò ancora una volta nella spaziosa camera.

Parole nascoste tessevano un sottile e intricato velo di suoni. La luce della tarda mattinata mise in evidenza le sfaccettature di un vaso di cristallo, che rifletteva macchie colorate. Minuscoli punti di luce turbinavano nell'aria mentre granelli di polvere erano distinguibili nei raggi di sole che si riversavano dalle alte finestre.

La giovinetta pallida, di appena quattro anni, si agitava su un basso divano. Ogni ciocca dei suoi lunghi capelli dorati luccicava nella luce calda mentre spostava la testa.

La gola di Druin si contrasse dall'emozione. *Per favore, no. No. Non di nuovo.* Le sue suppliche silenziose rimasero senza risposta.

In questo strano mondo di visioni, egli stava in piedi nella stanza con lei, eppure vedeva attraverso i suoi occhi. Sentiva il freddo del pavimento di pietra sotto i suoi piedi e il brivido che tremava attraverso il suo corpo. Riusciva persino a sentire i suoi pensieri. Eppure, allo stesso tempo, sentiva il suo corpo disteso sul suo letto nel palazzo, il cuscino che premeva contro la sua guancia.

La sensazione era come sentire il graffiare infinitesimale di una formica che si arrampica su un ramo di un albero e, allo stesso tempo, vedere l'intera catena montuosa su cui l'albero cresceva.

Si agitò di nuovo e aprì gli occhi.

I suoi pensieri inondarono la mente di Druin.

Le pantofoline si affrettavano sui lucidi pavimenti di pietra, le gonne che volteggiavano sopra di esse. Tanti bei colori. Rosso scuro, verde. Altri seguivano... marroni, rosa e blu. Tutti striscianti sul pavimento come ben nutriti topi di velluto.

Lottava per sorridere. Dove andavano?

Le sue bambole preferite, dipinte di blu, rosso e giallo, la circondavano, ma era troppo stanca per giocare. La stanza fluttuava fuori fuoco intorno a lei. I suoi occhi si chiusero. L'oscurità prometteva riposo.

La pietà si agitò nel petto di Druin. La disperazione lo travolse e provò un nodo alla gola. Le mani tremarono. Contro la sua volontà, i suoi occhi si riempirono di lacrime mentre veniva trascinato nei pensieri della bambina.

127

Cercò di riaprire gli occhi. Il movimento fluiva intorno a lei. Colori, tessuti, pantofole.

Pantofole con rampicanti d'argento e piccole foglie. O perle cucite come fiori, ognuna rosa pallido scintillante.

Così belle scintillanti...

La stanchezza offuscava i suoi pensieri. Così stanca. Così tanto stanca.

Mamma? Dov'era?

Era così pietosamente fragile. Druin sentiva che l'aria rantolava nel profondo del suo minuscolo petto.

Singhiozzava in silenzio. Non soffriva, ma non capiva che la morte era vicina.

Un soffice tintinnio. Un paio di pantofole blu profondo con piccole campanelle d'argento. Così lontane.

Lottava per parlare ma le parole non si formavano. Così carina.

Druin sentì le lacrime scorrere dalle guance sul cuscino. Il suo stomaco si contorceva per gli spasmi. Il cuore gli pulsava in gola e nelle tempie. Se questo si fosse fermato nel sogno, sarebbe morto anche lui?

La disperazione pervadeva l'aria come un velo di piombo. Un'atmosfera nebbiosa, di conversazioni morbide e intrecciate, si librava sopra la testa della ragazza mentre la sua coscienza scivolava via.

Morbidi suoni disordinati si avvicinavano.

Strane e basse voci volteggiavano sopra la testa come nebbie mattutine.

Gli orli dei vestiti fluenti sfioravano il pavimento.

Echi di pantofole danzanti e di abiti svolazzanti. Il Canto d'Inverno? I bei fiori, la musica, le danze, i balli, i giochi, gli indovinelli prima di aprire i regali. Una collana con una pietra azzurra. Un regalo di papà da abbinare ai miei occhi.

Voglio bene a papà.

Ha faticato ad aprire gli occhi. Mamma? Papà? L'aria... così pesante. Difficile da respirare. Qualcuno lo faccia smettere.

Druin sprofondò nella disperazione. Cadendo sul freddo pavimento di pietra della camera della ragazza, singhiozzò a bocca aperta. Ma sentiva anche che il suo corpo fisico, di nuovo sul suo letto, cominciava a tremare, mentre nuove lacrime inumidivano il cuscino.

«C'è... qualcuno... che piange?» Provò a dire.

Un uomo al suo fianco. Il suo tocco gentile le dava conforto.

La mano di una donna che stringeva la sua.

«Non essere triste, mamma»

La sua compassione era tanto forte quanto il suo corpo era debole.

«Shh, risparmia le tue energie, mia principessa» L'uomo la carezzò sulla guancia con la sua grande mano. Il suo tocco era caldo.

Le faceva male respirare, come quando le era andata l'acqua di traverso.

Una mano morbida teneva la sua mano e qualcuno le accarezzava il viso. Riuscì ad abbozzare un sorriso. Poi chiuse gli occhi.

Il suo corpo ebbe le convulsioni.

Sospiri soffocati riempivano l'aria intorno a lei, poi singhiozzò.

Emise un rantolo. L'ultimo, sottile movimento d'aria lasciava i suoi polmoni.

Se n'era andata. Di nuovo...

«Oh no, Ber'eth, non di nuovo, per favore, non di nuovo» protestò Druin tra le lacrime. «Quando finirà questo tormento?» L'angoscia lo travolse, la sua voce attraversò la stanza, inascoltata. In un mondo distante, il suo corpo tremava sul materasso mentre piangeva. Il labirinto della disperazione e della morte sembrava infinito. Lottava per respirare, mentre una pesantezza soverchiante premeva sul suo petto.

Il Mondo delle Visioni non lo avrebbe ancora liberato.

I sottili veli luminosi sfarfallarono, brillando all'improvviso di iridescenze colorate, come una dolce melodia che si alzava da oltre la sala.

Sopraffatta dall'emozione, la maestosa donna che vegliava sul divano basso si accovacciò dolcemente a terra.

Una morbida luminescenza di Eth brillava tra le dita dell'uomo più anziano che si chinava sul corpo senza vita della bambina. «Mia piccola principessa, mia piccola principessa»

Sollevò la bambina morta, accarezzando le ciocche ciondolanti sulla sua fronte, mentre una pallida luce splendeva intorno a lui. Premendola vicino al petto, le baciò la fronte. Per un istante, padre e figlia furono avvolti da un'eterea incandescenza.

La luce si dissipò, indugiando per un attimo tra le pieghe dei loro indumenti.

«Addio, mia dolce bambina»

Un ragazzo dai capelli castano sabbia corse verso la donna. La strinse tra le braccia e il suo corpo tremava mentre lei piangeva incontrollabilmente. «Se n'è andata, mamma» Si fermò, cercando di evitare che la sua voce si spezzasse. «È con Ber'eth. Lei è tra le sue braccia» La sua voce cominciò a tremare, le lacrime gli luccicavano sul viso.

Un'ora buia era scesa sulla nobile famiglia.

Druin aprì gli occhi, il suo corpo tremava ed era inzuppato di sudore.

Sentì sulla pelle il gelo del pavimento in pietra della stanza della bambina, mentre il Mondo delle Visioni ancora rifulgeva nell'oscurità. Negli angoli della sua stanza indugiavano i resti dell'ultima spaventosa scena. Ora solo un fugace miraggio, la famiglia si teneva stretta l'uno accanto all'altra, singhiozzando. La povera bambina giaceva morta tra le braccia del padre.

Druin scivolò dal letto e si inginocchiò sul tappeto. «Ber'eth, caro Maestro Celeste. Per favore, mostrami la strada. Ti prego, mostrami cosa fare in questo strano mondo di visioni. Ti prego, ti prego, rivelamelo e io obbedirò» Druin soffocava nei singhiozzi: «Che scopo hai per me perché io debba rivivere questo incubo più e più volte? Non posso fermare la sua morte. Non posso aiutarla»

Si sporse in avanti, cadendo sul tappeto. Stringendo sul petto la camicia da notte, si raggomitolò e si arrese al dolore.

Esausto, alla fine si addormentò. Ma qualcosa era diverso.

In lontananza, un bagliore giallo pallido.

Una persona inciampò. Molto malata. Non della stessa malattia che aveva preso la bambina. Il volto e i pensieri della persona erano velati, i dettagli della sua malattia nascosti alla sua mente.

Il suono lontano di una voce chiara e leggera lo raggiunse, intonando un canto gentile, calmando la sua angoscia.

Un improvviso silenzio cadde mentre la cantante ammutolì, e sussurrò: "Qualcun altro è stato attirato nel Temmerung".

Lady Arden si precipitò nell'ufficio del Professor Gwenndon, quindi fece un respiro profondo. «Professore, ieri sera ho visto un giovane nel Temmerung. Il giovane giaceva sul pavimento. Singhiozzando. Le luci tremolanti. Sono cambiate. Sono apparsi miriadi di colori scintillanti, confondendo la visione tutto intorno a lui»

«Un attimo, devo prendere altri appunti» il Professor Gwenndon prese un foglio di carta e intinse la sua penna d'oca nella boccetta di vetro dell'inchiostro. «Ora, proceda, Mia Signora»

Ella chiuse gli occhi. «Era circondato da una tristezza angosciante, un senso di totale malinconia. Riesco ancora a sentire la sua completa disperazione» La sua gola si strinse dall'emozione. Trasse un altro respiro profondo. Esalando lentamente, continuò: «La sua angoscia riempiva il tessuto della visione dell'Eth". Un'anima così tormentata, un dolore così pietoso. La sua miseria le stringeva ancora lo stomaco.

«Si può capire il perché della sua disperazione? Che cosa potrebbe averla causata?»

Lady Arden aprì gli occhi. «No, nulla» Fece un respiro profondo e continuò: «La prima visione era come la precedente. La stessa ragazzina, forse quattro o cinque anni, che cantava e ballava con l'abito azzurro pallido, con pantofole troppo grandi per i suoi piedi»

«Questa volta ha visto qualche dettaglio in più su di lei?» Il professore alzò lo sguardo mentre Lady Arden annuì e chiuse di nuovo gli occhi.

Cercò nei suoi ricordi. Come se intravedesse immagini che lampeggiavano, i suoi occhi sfrecciavano avanti e indietro sotto le palpebre. Le pantofole della giovane ragazza apparvero in vista. «Sì, professore. Le sue pantofole sono di un velluto blu profondo. E hanno piccoli campanellini d'argento cuciti lungo le cuciture. Indossa una collana con una pietra azzurra»

Il professore Gwenndon scrisse qualche nota in più. «E questo giovane, cosa vede intorno a lui? Riesce a capire chi sia?»

Arden inclinò la testa. Si accigliò leggermente, mentre esaminava di nuovo il carosello di immagini, cercando. Aspettava. «Una barriera lo circonda, una sottile cortina iridescente come un velo di vetro traslucida e lattiginosa»

L'atmosfera intorno a lui era carica di disperazione e di dolore. La sua voce riverberava ancora attraverso il suo corpo.

«Non riesco a distinguere le parole. Non vedo nient'altro nella visione» Le sue mani tremarono mentre asciugava le lacrime dagli occhi.

Il professor Gwenndon posò la penna d'oca. «In effetti c'è stato un grande cambiamento nel flusso dell'Eth e si sta manifestando in forme diverse. Molti dei miei colleghi ritengono che il cambiamento sia iniziato nell'ultimo decennio, ma in questi ultimi mesi si è registrato un notevole aumento dei rapporti. Sono sicuro che questo mondo che avete scoperto, che chiamate Temmerung, è collegato a questo cambiamento»

Lady Arden annuì. «Il nome Temmerung mi è sembrato appropriato. Il fenomeno sembrava corrispondere al regno mistico dell'Antico Orrenico, la leggendaria "Luce tra i mondi"»

«Siamo fortunati che vi siate imbattuta in questo fenomeno nei vostri studi. Le sue escursioni in quel mondo sembrano essere l'ennesima conferma dello Spostamento»

«Ma, professore, qual è secondo lei il significato di queste due persone? Sono reali? Attuali o forse passate?»

«Non ne sono ancora sicuro. Le mie impressioni al momento sono che queste persone potrebbero essere reali. Ma niente, nelle sue descrizioni, indica una linea temporale in cui avrebbero potuto vivere»

«Cosa pensa che le mie visioni riveleranno?» Niente più disperazione e dolore, sperava.

«Non posso esserne certo, Mia Signora. Ma la ringrazio di avermi confidato le sue visioni. Molti altri hanno riferito prove dello Spostamento, ma nessuno ha avuto la capacità di approfondire quanto lei» Picchiettò la bottiglia con la penna d'oca. «Ora qualche altra domanda. Riusciva a sentire un qualche accento nel suo modo di parlare? Un qualcosa che ci dica di più su di lui? O forse qualche dettaglio che lo circondava... la stanza per esempio?»

«Ho avuto l'impressione che la stanza fosse grande, come in una grande casa» Una casa permeata di disperazione. Il ricordo dei suoi singhiozzi agonizzanti... le sue grida pietose... La sua voce cominciò a spezzarsi. «Professore...» Le sue mani tremavano. «Possiamo continuare questa discussione più tardi? Mi sento abbastanza stanca» Il battito del cuore del giovane pulsava debolmente nelle sue orecchie. Le lacrime minacciavano di travolgerla.

«Oh, certo, Mia Signora!» Il professore raccolse le sue carte, le mise insieme e le impilò sulla sua scrivania. «Domani allora? Vorrei invitare il professor Yohn. Tutto ciò è stimolante, Mia Signora. E la sua ricerca è fondamentale. Devo ammettere che sono invidioso delle sue capacità. Anche se sono Palanshen, presumo di avere poco sangue Orrenico. Ma sembrerebbe che l'abilità dell'Eth sia diventata dormiente nella mia famiglia generazioni fa»

L' infanzia di lei sarebbe stata più facile se avesse potuto nascondere la sua forte fede in Ber'eth e le sue visioni di mondi nascosti, il senso di potere che si percepisce sulla sua pelle, il formicolio nel corpo. La sua famiglia era Palanshen e secondo il suo fratellastro maggiore, Caldere, l'erede del Ducato di Borinbrant, non aveva la deformità del cervello come il bastardo Orren. Egli derideva le sue pretese di sensibilità per i poteri invisibili che si muovono nel mondo: per lui era ovvio che una cagna Orrenica doveva essere scivolata tra le lenzuola di Palanshen.

Evitò di guardare il professore. Rispose con un tono attentamente controllato. «Domani andrebbe bene. Grazie» Scivolò attraverso la porta prima ch'egli potesse rispondere.

L'aria umida le sembrava fresca sul viso e le nuvole del tardo pomeriggio minacciavano la pioggia. Il ricordo del suo ultimo viaggio in questo mondo di visioni distorte era rimasto a lungo dopo averlo lasciato. All'inizio c'erano state solo impressioni, sensazioni, le luci, le voci sottili, i suoni. Finché la bambina era apparsa e aveva riempito la visione con la gioia delle sue semplici canzoni.

La sua gioia spensierata ricordava a Lady Arden la sua infanzia, i momenti passati a cantare con suo padre mentre camminavano in campagna, la sua grande mano si stringeva calorosamente intorno a lei. Era certa che gli uccelli e gli alberi avessero risposto al suo canto. Aveva spesso raccontato al padre di cose che sentiva muoversi in un mondo invisibile intorno a loro.

Papà le aveva spiegato che poteva essere Eth quello che sentiva e l'aveva segretamente incoraggiata ad andare più lontano nella sua ricerca per scoprire i suoi mondi nascosti. Nonostante le obiezioni di Caldere sul suo desiderio di studiare la Sapienza dell'Eth, le opinioni di suo figlio ed erede non avevano dissuaso il padre. Questi le aveva permesso di frequentare l'università invece di cercare un matrimonio precoce. Eppure, qualcosa nell'improvviso cambiamento d'umore di Caldere, poco prima della sua partenza, e l'insistenza con cui si allontanava rapidamente da Borinbranth, annodava lo stomaco di Lady Arden.

Scosse la testa.

Barrost e il dipartimento del professore Gwenndon le avevano offerto una possibilità che non aveva mai sognato. Anche se non aveva mai sperimentato ciò che il professore descriveva come Eth, era arrivata a credere che la sua scoperta del Temmerung fosse stata opera di Ber'eth, che lui l'avesse attirata in esso. Un brivido di euforia la travolse mentre i peli sulla pelle delle braccia si sollevarono.

Un tuono basso rimbombò mentre uno scroscio di pioggia si riversò sui giardini dell'università.

Lady Arden alzò le braccia per riparare il viso dal diluvio. Nel buio delle nubi che si addensavano qualcosa scintillò sulle sue braccia. Si strofinò la mano sulla pelle. Appena sotto la superficie brillavano le luci cangianti del Temmerung.

14

STAGIONE FUORI STAGIONE

Toman aggrottò le ciglia, chino sul libro di storia aperto davanti a lui, mentre Sua Grazia si alzò dalla scrivania.

Lord Dalbonn tirò fuori dallo scaffale un altro libro rilegato in pelle. Girando le pagine con attenzione, aprì il pesante volume verso Toman. «Queste sono mappe del Corno» Lo posò di fianco al libro di storia.

Meene Gootay, stampato a colori! Su Fahtu-Shan, Toman avrebbe giurato che i libri erano solo nero su bianco. Passò il dito su un angolo dell'immagine. La composizione liscia del blu sembrava dipinta a mano.

Sua Grazia indicò una sottile linea blu. «Questo è il Grande Fiume, il Folumpor di Suyan. E qui è dove l'entourage si fermerà a prendere i Princeps dei Riddern, Harbitor Ruhand e Harbitrice Beruhn.» Il suo dito seguì la linea. «Qui c'è il Principe Lytwon» Il suo dito attraversò regioni di cui Toman non aveva mai sentito parlare, Lowarthen, Borinbranth, Tothbory. «Poi proseguiremo verso ovest fino al Summit sul Commercio dei Barrostani sulla punta di Norssum»

Toman trovava ancora difficile capire che lui, un pastore dell'Upland, avrebbe davvero fatto parte dell'entourage reale della famiglia Méndrensynn, in visita ufficiale di Stato. Alyena sarebbe scoppiata in lacrime di orgoglio. Suo padre... L'immagine della fronte aggrottata di Brun Foggling balenò d'un tratto nella sua mente. Che cosa avrebbe pensato suo padre, dal momento che aveva scelto di rinunciare al suo modo di onorare la tradizione?

«La Regalità Vandriana di Barrost sfrutta appieno il suo punto strategico alla foce del Grande Fiume. La città si chiamava originariamente Noèsh, che si credeva avesse origine dai Yethimrod. Approfittando della posizione strategica sulla costa meridionale del Corno del Grande Continente, i coloni Orrenici si sono espansi sulle fondamenta della città originaria. La campagna intorno a Barrost è spesso chiamata Barrostania, ma il paese è Norssum»

Norssum aveva una forma particolare, sporgente verso l'oceano. Era chiaro il motivo per cui la regione era chiamata il Corno del Grande Continente. Toman seguiva la linea di costa verso l'alto. A nord di Barrost, alla fine del continente, Landsend! Ecco da dove sono venuti i gemelli. Avevano percorso una distanza molto maggiore di lui fino a Turicum, a Ydassum.

«In questo volume di Storia del Corno Settentrionale, leggevamo del passato di Barrost, dei Kahn Skylliani che misero in ginocchio la città originaria di Noèsh. Questo capitolo si intitola

"Noèsh a Barrost, il battesimo di fuoco e sangue".
Ricordi dove abbiamo lasciato?»

Toman annuì. Lo Skylle aveva usato il terrore per
mettere in ginocchio i cittadini di Noèsh. Anche se
molto tempo fa non riusciva a togliersi le immagini
dalla mente. Le teste appena impalate lungo le strade.
Non riusciva a capire che un popolo Orrenico sarebbe
stato disposto a sottomettersi a tale oppressione. «Ci
siamo fermati alla parte in cui...»

Un leggero bussare alla porta attirò l'attenzione di
Sua Grazia. «Sì?»

Toman lesse ulteriormente. Ampie pestilenze
avevano decimato Noèsh verso la fine del dominio di
Skyllian.

«La dama di compagnia Lorann con un messaggio
di Lady Banah» annunciò dalla porta il segretario
privato di Sua Grazia. «E il Mastro della Guardia
vorrebbe qualche chiarimento sulle sentinelle di
ciascuna delle chiatte»

«Per favore, fate entrare dama Lorann e dite al
Mastro della Guardia che gli parlerò tra un momento»

Toman teneva la testa bassa e continuava a leggere.

La peste spazzò via intere regioni del Corno. La
malattia fu feroce e rapida. Il sanguinamento e la
morte arrivarono poco dopo la comparsa dei primi
sintomi.

L'idea gli fece contrarre lo stomaco.

«Vostra Grazia, Lady Banah mi ha chiesto di portare
questa busta. Si è dimenticata di darvela» La voce
della giovane donna sembrava riempire la stanza.
«Contiene le esenzioni ufficiali che l'entourage avrà
sul Folumpor di Suyan»

Toman alzò lo sguardo e soffocò un sussulto. In
piedi accanto a Sua Grazia c'era la ragazza più bella

che avesse mai visto. Lunghi capelli biondo scuro incorniciavano il suo viso a forma di cuore. I suoi grandi occhi, un insolito grigio-verde chiaro, erano circondati da ciglia spesse dello stesso colore dorato dei suoi capelli. Anche la sua pelle risplendeva di un accenno di oro pallido.

La fanciulla porse a Sua Grazia una busta con un grande sigillo verde. «Sentiva che fosse meglio che l'avesse lei»

Toman si alzò, quasi a rovesciare la sedia. L'aveva davvero fissata? Chiuse la bocca con uno scatto e ingoiò.

Sua Grazia gli fece cenno. «Dama Lorann, questi è il mio nuovo apprendista, Toman Foggling»

Si voltò verso di lui e si inchinò. Teneva le mani con grazia al suo corpetto. Se le fosse stato accanto, la parte superiore del suo capo gli sarebbe arrivata perfettamente all'altezza mento.

«Apprendista?» La voce di Sua Grazia risuonava da qualche parte della mente di Toman.

Sembrava avere più o meno la sua età. Un leggero sorriso le impreziosiva gli angoli della bocca. A cosa pensava?

«Apprendista?»

«Oh!» Toman trasalì. «Vi prego di perdonarmi, Mia Signora. È un piacere conoscervi, Mia Signora» *Doof en Donder!* Speriamo di non arrossire.

La fanciulla Lorann guardò Sua Grazia, ridacchiando dietro una mano.

Che cosa aveva fatto di male adesso? Quella mattina aveva spazzolato accuratamente i suoi abiti. Si era persino pettinato i capelli. Non riusciva a farli assomigliare a quelli di Yannu, ma almeno erano ordinati. Brun avrebbe riso dell'idea che fosse così vanitoso.

Un sorriso inconfondibile apparve sul volto di Sua Grazia quando uscì nel corridoio. «Dama Lorann, mi aspetterebbe qui? Ho un messaggio per Lady Banah»

Lorann annuì. «Sì, Vostra Grazia» Si volse verso Toman e sorrise. «Apprendista Foggling, non deve rivolgersi a me come Mia Signora»

Anche i suoi denti erano perfetti. Coglieva un accenno di fragranza. Doveva trattenersi dall'inspirare più a fondo.

«Può dire Dama Lorann»

Ah, ecco fatto. Aveva sbagliato la forma corretta del titolo. Di nuovo! Toman aprì e chiuse la bocca, ma dimenticò quello che voleva dire. «P... per favore, mi perdoni» Non aveva mai balbettato prima.

«Nessuna offesa. Sono un' assistente della Nobilis Lady Banah» La sua voce aveva un senso di autorità che Toman non aveva mai sentito in una ragazza della sua età. Aveva sempre conosciuto ragazze frivole. O quelle spumeggianti. Ma mai una che parlava con tanta sicurezza.

Ma... un attimo. Il suo cuore saltò un battito. Non equivaleva a dire che lei e lui erano su un piano simile in società? Lei e lui... l'idea gli ha fatto girare la testa. «Perdonatemi, vi prego, perdonatemi. Non sono abituato a tutte le diverse forme del galateo. Mi ci vuole un po' per abituarmi a tutto questo»

«Posso capire» Lei incontrò e resse il suo sguardo con un leggero sorriso.

Riusciva a capirlo! Improvvisamente aveva bisogno di aria e di molta. «Non sapevo che ai nobili non piacesse essere chiamati Vostre Maestà finché non me l'ha detto Lord Dalbonn»

«I Méndrensynns non si considerano regnanti dinastici, anche se la loro famiglia ha regnato per generazioni. I loro antenati fondarono Turicum e più tardi furono eletti governatori della confederazione delle province che si formarono intorno alla città. Anche se sono la famiglia più importante di Ydassum, hanno un cuore umile» L'affetto e l'orgoglio nella sua voce era inconfondibile.

Toman si trovò ad agitarsi mentre il silenzio cadeva sulla stanza. Cosa dire adesso? Rischiava un altro sguardo.

Era ancora lì. Bella da togliere il fiato. La porta si aprì e Lord Dalbonn rientrò nella stanza.

«Dama Lorann, prima di partire dovrò parlarle delle specifiche misure di sicurezza che attueremo per Lady Banah. Il fiume Suyan Folumpor non è un luogo sicuro e dobbiamo essere prudenti nella protezione dei nostri nobili, specialmente dopo i recenti e dolorosi eventi»

Gli occhi della dama Lorann si restrinsero sempre più, poi annuì. «Sì, Vostra Grazia»

«Lady Banah è apparsa distratta stamattina. Sta bene?» Gli occhi d'argento di Sua Grazia rimasero fermi su di lei senza battere ciglio.

«Ha detto di essere stanca. Tuttavia...» Lorann vacillò. «Anche se la Mia Signora non ha mostrato altri sintomi, mi sono preoccupata per lei»

Sua Grazia annuì lentamente. «Se sente che qualcosa è fuori posto, qualsiasi rischio per la sua salute o per la sua persona, vi prego di informarmi»

«Naturalmente, Vostra Grazia, lo farò»

Le porse un pezzo di pergamena piegata mentre le apriva la porta. «Questa è una lista delle misure di sicurezza che impiegherò durante il nostro viaggio. Se lei volesse darlo alla sua Signora»

«Immediatamente, Vostra Grazia» Si inchinò.

La più bella ragazza che Toman avesse mai visto lasciò la stanza come la principessa di una fiaba per bambini.

Sua Grazia si rivolse a Toman. «L'ufficio del Signore Protettore ha molte responsabilità, temo che le nostre lezioni saranno interrotte più spesso con i preparativi per il viaggio»

«Vostra Grazia, se vuole posso tornare più tardi. O domani?» Non voleva diventare un peso.

«No» Lord Dalbonn si sedette. «Come mio apprendista personale, voglio che tu sia informato della faccenda in corso. Ora, torna alle tue lezioni» Incrociò le dita e si appoggiò alla sedia. «Stamattina voglio anche osservarti mentre attingi al potere. Chiama l'Eth e metti il dito qui, sopra la mia scrivania»

Toman sbattè le palpebre. Si formò un nodo in gola. E se non ci fosse riuscito? L'idea di fallire lo preoccupava. Fece un respiro profondo e si concentrò. Il calore nella parte posteriore del suo cranio si manifestò nuovamente. Chiuse gli occhi e diresse la sensazione verso le mani. Aprendo gli occhi, sorrise mentre le ossa delle sue dita brillavano. Ora si sentiva sollevato.

«Mantieni piccolo il tuo Linger» disse Sua Grazia. «Non più grande di questo libro aperto»

L'aria cominciò a luccicare mentre Toman si concentrava nello spazio sopra la scrivania. Mentre si plasmava la familiare forma a disco davanti a lui, poteva vedere un debole riflesso del suo stesso volto che aleggiava nell'aria tra lui e Sua Grazia.

Un accenno di sorriso apparve sulla bocca di Lord Dalbonn. Si avvicinò al Linger di Toman, toccandolo leggermente con le dita. Poi premette la mano contro la superficie dura, con i palmi delle mani che si appiattivano come contro un vetro di una finestra.

Toman non gli aveva detto delle percezioni che scorrevano attraverso il suo Linger quando lo toccava. Non intendeva tralasciare questo dettaglio. Invece di una raffica di immagini come per i gemelli, però, il contatto con il suo mentore gli rivelò un'inconfondibile senso di attesa. Un dolore incomprensibile e gioia allo stesso tempo. Un guscio duro che nasconde un'anima gentile.

Sua Grazia tolse la mano.

Toman non aveva mai toccato il suo stesso Linger prima d'ora. Non l'aveva mai proiettato così vicino. Allungò la mano verso la sostanza scintillante. Un brivido di sorpresa gli punse la pelle mentre le dita passavano direttamente attraverso il suo scudo. Tirò indietro la mano e guardò le sue dita luccicanti.

«Ora, appiattiscilo e allungalo fino alla dimensione della scrivania»

Il suo Linger ricominciò a modellarsi.

«Ora, alza i bordi come una tazza»

Non aveva quasi bisogno di formare l'immagine nella sua mente. La connessione con il suo Linger era diventata molto più forte negli ultimi mesi.

Immaginava le sue mani che tiravano delicatamente il bordo di un vaso di argilla che girava, come aveva sempre visto fare dai vasai. I bordi cominciarono a piegarsi verso l'alto come una ciotola.

«Eccellente. Ora forma una sfera»

Toman si è concentrò su una forma completamente arrotondata. Una palla. I bordi continuarono a scorrere su e giù fino a quando non fu come una gigantesca bolla di sapone che galleggiava tra di loro.

«Eccellente, Apprendista Foggling» Sua Grazia guardò intorno alla scrivania. «Ora, prendi il libro. Dentro il tuo Linger»

Annuì, concentrandosi.

Apri il fondo della sfera.

Porta i bordi intorno alla rilegatura e fallo scivolare sotto la copertina.

Chiudi di nuovo la sfera sotto il libro.

Funzionava!

Il libro cominciò a sollevarsi dalla scrivania.

«Superbo!»

Un forte colpo alla porta.

Toman spezzò rapidamente il legame con l'Eth. Il libro si posò sulla scrivania accanto a quello che stava leggendo. Non si sentiva a suo agio nel mostrare le sue capacità.

«Sì?» Sua Grazia gridò, accigliato.

Toman si concentrò sulla pagina aperta e continuò a leggere. Quasi a metà del foglio.

Sotto la guida di Barrùs, la razza Palanth-Orrica di Palanshen rivendicò la città decimata di Noèsh e le cambiò il nome in Barrost. La campagna intorno alla città fu ribattezzata Norssum. Arrivando alla foce del fiume Suyan Folumpor, la grande cupola centrale del castello Orrenico di Vandronbol si ergeva vuota sopra la città. Le pestilenze avevano annientato la popolazione Orrenica. Dietro le porte chiuse a chiave, mucchi di ossa ancora rivestiti di abiti macchiati erano tutto ciò che era rimasto. I piatti giacevano sui tavoli, le dispense contenevano i resti di cibo essiccato. Nei tini sigillati nelle cantine c'era ancora vino da bere.

Toman rabbrividì. Non era sicuro che Barrost fosse un posto che voleva davvero visitare.

Una voce strana. «Sì, Vostra Grazia, mandrie intere!»

Mandrie? Toman alzò lo sguardo. Un uomo in abiti modesti era in piedi sulla porta. Un contadino?

«Alcuni attraversano il fiume di tanto in tanto, ma intere mandrie si aggirano nella pianura vicino al Laggol Palaath, invadendo città e rovinando campi. Gli abitanti sono in tumulto e i contadini sono sconcertati. Si tratta di mandrie domestiche. Nessuno capisce perché si muovano così numerosi verso sud. E ci sono anche voci di animali selvatici che migrano fuori stagione»

La bocca di Toman era secca. «Vostra Grazia?»

Dalbonn fu sorpreso che il suo apprendista parlasse.

Toman si alzò dalla sua sedia. «Ho visto qualcosa di simile, Vostra Grazia»

Dalbonn annuì all'uomo. «Grazie. Per favore, mandatemi notizie di qualsiasi altro evento del genere» Aspettò che la porta si chiudesse e poi tornò alla sua scrivania. «Apprendista?» Abbassandosi sulla sua sedia, fissò gli occhi su Toman. «Che cos'hai visto?"»

Toman si accigliò e parlò con tono misurato. «Poco prima di venire a Turicum, prima di salire a bordo del Sondervay, un vasto stormo di Viaggiatori è apparso sopra Fahtu-Shan, fuori stagione. Erano migliaia. Decine di migliaia»

Dalbonn aveva ricevuto un rapporto sulla migrazione. Un enorme stormo letteralmente fermo a mezz'aria. Centinaia di uccelli morti che cadevano dal cielo. Poi lo stormo continuò il suo volo.

«Fu allora che apparve per la prima volta il mio Eth Linger»

Dalbonn afferrò i bordi della sua sedia e si piegò in avanti. Era lui. Una leggera tensione si allentava man mano che il mistero era stato risolto. Portare Toman al lavoro fu forse la decisione più importante che avesse mai preso.

Il suo apprendista continuò: «Poi ci fu la storia di Uri e Shann. Prima di lasciare casa loro, Vahlen e i branchi di Silverlings migravano con mesi di anticipo. La loro barca si è quasi rovesciata a causa di un grande branco di Vahlen»

Nessuna zona del Corno sembrava essere esente. Tutte le regioni settentrionali del Grande Continente avevano segnalato avvistamenti simili. «Quando è successo?»

«Circa quattro mesi fa. Prima che arrivassero a Turicum» La fronte di Toman si corrugò. «Vostra Grazia, i gemelli continuavano a menzionare un vecchio proverbio»

Dalbonn conosceva i vecchi testi. «Vuole dire *Stagione Fuori Stagione, il Portatore di Rovina?*»

Gli occhi di Toman si allargarono. «Sì, ma cosa significa?»

Non era la prima volta che il vecchio proverbio veniva citato in quei giorni. «Molte cose. O forse niente. Non siamo in grado di giudicare una stagione mentre siamo in mezzo a essa. Una volta che è passata e ci guardiamo indietro, ci rendiamo conto del cambiamento nel suo complesso»

Ma, in effetti, da tutto il Corno erano stati segnalati numerosi cambiamenti insoliti. Non c'era bisogno di appesantire Toman, aveva molto altro da fare. «Vedrai i gemelli questa sera?»

«Shann e Yannu dovrebbero incontrarmi per un bicchiere di idromele. E forse anche per una cena. Non credo che Uri verrà»

«Chiederesti a Shann di venire nel mio ufficio? Domani mattina»

Gli occhi del suo apprendista si allargarono, poi si strinsero nuovamente, mentre aggrottava la fronte.

Probabilmente avrebbe dovuto affrontare di nuovo Eckel per portare Shann all'appuntamento, ma questo avrebbe messo alla prova il coraggio di Toman. Dalbonn era fiducioso che ce l'avrebbe fatta. «Ora, dove sei rimasto?»

«Un nuovo capitolo, La Ristrutturazione della Limmania e il Trattato di Mendelon»

Era una parte importante della storia di Ydassum, così come la storia personale del suo apprendista. Gli avrebbe giovato conoscerla. «Conosci la nostra storia Limmana?»

«Mia madre mi raccontò delle storie. La guerra civile tra Bnornum e Welsordia si era riversata nella campagna intorno all'Honstan. Suo padre morì quando lei aveva due anni in un'incursione da Bnornum. Mia nonna morì in un altro attacco, per proteggere mia madre. Mia madre parlava spesso dei Limmani che una volta erano stati esiliati dalla loro patria e che non sarebbero scappati di nuovo. Ma ne morirono così tanti...»

Dalbonn annuì. Il conflitto lungo i confini aveva cambiato anche la sua vita. Le immagini di fiamme che ruggivano sui tetti tormentavano ancora i suoi sogni. «Durante la signoria di Skyllian, un periodo durato quasi centocinquant'anni e terminato oltre un secolo fa, molte tribù costiere si sono rifugiate a Ydassum e a Edendor. I paesi montuosi erano più facili da proteggere dall'invasione Skylliana»

Alzandosi dalla sua sedia, Dalbonn si avvicinò alla finestra. «Migliaia dei nostri antenati Limmani in esilio sono arrivati qui a Turicum. La Casata di Méndrensynn donò loro vaste distese di ricche terre coltivabili nella provincia settentrionale dell'Honstan e ben presto furono inclusi nella confederazione di Ydassum, come provincia ufficiale»

«Mia madre disse che non potevano tornare in patria dopo la partenza degli Skylle, ma non disse mai il perché»

«Nella riforma dopo le guerre di espulsione, la Limmania era stata accusata di aver costruito navi per gli Skyllian Vastan di Kalaq e Konsuul, e di aver collaborato alla loro fuga verso l'Alldai, la loro patria nel deserto dell'estremo sud. Sono stati giudicati colpevoli nel tribunale marittimo Mendeloniano. Re Wintar Elstundreth, il monarca regnante di Mendelon, all'epoca, fu l'autore del Trattato di Mendelon, punendo il paese con lo smantellamento dei cantieri navali, il raddoppio delle tasse sui beni commerciali e il sequestro di vasti tratti di terra nell'interno della Limmania. Essi proibirono anche il ritorno dei rifugiati. Il trattato è ancora in vigore. Lanfoth Steffen non è d'accordo con la continuazione del trattato e ha lavorato per eliminare le restrizioni. Lady Banah, continua il suo lavoro» Fissò le cime degli alberi del boschetto di Byr, mentre un vecchio dolore familiare gli stringeva il petto. C'erano ancora profonde ferite. Ferite che sanguinavano ancora.

L'avvicinarsi del calpestio nel corridoio attirò la sua attenzione.

«Per oggi è tutto, Apprendista» Accompagnandolo

149

al vertice commerciale e alla visita di Stato, Toman avrebbe presto capito la profondità della storia Limmana.

Toman si alzò in piedi, raccogliendo i suoi documenti.

«Apprendista Foggling, per domani ho qualcosa che, penso, ti piacerà»

Toman alzò le sopracciglia.

«Hai mai sentito parlare di Tambur?»

15

IDROMELE E VOCI

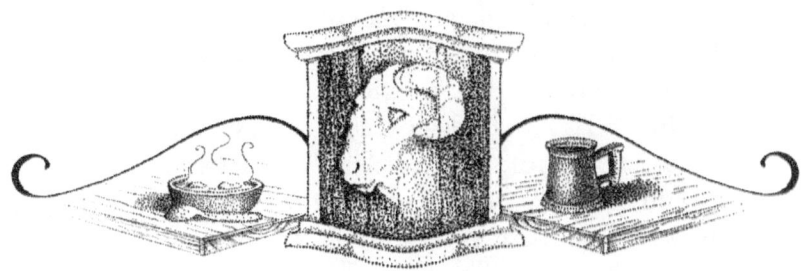

«Eccoci arrivati! l'Ariete dagli Occhi Blu. Mastro Athal, il locandiere, serve uno dei migliori idromele che abbia mai trovato a Turicum» Toman indicò l'insegna appesa sopra l'ingresso della taverna. Spinse a spalla la pesante porta e fece strada a Yannu e Shann.

Un'ondata di aromi li avvolse mentre scendevano i gradini. Dal lato opposto della stanza proveniva il dolce suono di un dulcimer e le note svolazzanti dei flauti di legno.

«Sembra che stasera abbia assunto dei musicisti» Toman annusò con forza. Stufato di montone? Se il suo naso non si sbagliava, la taverna aveva già pronto lo stufato, marinato con cipolle, Lor-beren e birra, proprio come faceva sua madre. Per quanto lui e Brun ci avessero provato da quando lei era mancata, non erano riusciti ad ottenere il medesimo risultato.

Il suo stomaco brontolò improvvisamente in attesa di un pasto davvero buono. Qualsiasi cosa era migliore di quello che i cuochi servivano in caserma.

Shann e Yannu camminarono verso un tavolo vuoto sul retro.

L'Ariete dagli Occhi Blu era simile a molte locande di Fahtu-Shan. L'atmosfera lo fece sentire stranamente a casa. Un sottile velo di fumo dei fuochi della cucina aleggiava sopra la stanza. I profumi dell'idromele e del montone si mescolavano a quelli dei dolci giunchi. Ma, a differenza delle due taverne di Mirshod, l'Ariete dagli Occhi Blu aveva una zona rialzata nell'angolo per i musicisti e gli artisti.

I musicisti, tre uomini e una giovane donna, erano sul palco a suonare. I peli gli si drizzarono sulle braccia e gli venne la pelle d'oca. Il retro del cranio gli formicolò, quasi come se gli accordi e le armonie avessero il potere di penetrare la carne. Le note danzanti del dulcimer gli ricordavano le fanciulle dai piedi leggeri del Canto d'Inverno. I bassi flauti di legno si unirono in un suono vuoto e triste. Poi la voce della giovane donna si fece strada fra le note, cantando una ballata di lord e dame, e di amor perduto.

Toman ascoltava affascinato mentre si dirigeva verso i musicisti e si appoggiava al bancone. La voce della donna. Così bella. La loro melodia penetrava nella parte posteriore del suo cranio.

«Vieni, o te ne stai lì a guardarla?» Le parole gridate da Shann lo irritarono.

Toman si accigliò, ancora trattenuto dalla musica. Non guardava nessuno. Voleva accogliere la maestria dei musicisti. «*Men-ne Gootay*, sono bravi! Non ho mai sentito niente di simile a loro»

«Mio Signore, la cantante è mia figlia. Sarò lieto di comunicare i vostri complimenti» Un ampio sorriso si aprì sul volto del locandiere, mentre puliva il bancone, e continuò a sorridere osservando i bei vestiti di Toman. «Se volete, Mio Signore, posso presentarvela?»

«Ha una voce incredibile, ma vi prego di non disturbarla» Toman ignorò le insinuazioni del locandiere. «Solo un boccale di idromele, grazie. Con un tocco di miele in più, per favore»

Non aveva mai tenuto uno strumento tra le mani, ma la musica sembrava risvegliare in lui qualcosa, qualcosa di cui non era sicuro. Come se una forza simile all'Eth fosse intrecciata in quelle armonie. Lo sentiva fino al midollo. Una tale bellezza, fatta di sole voci e strumenti. C'era un legame tra la musica e l'Eth? Sembrava proprio di sì.

Un intenso formicolio iniziò dalla nuca e si estese lungo le braccia. Una maggiore consapevolezza di tutto ciò che lo circondava si intromise nella musica, così lui impedì al suo Eth di accendersi.

«Andiamo, mastro Apprendista. Shann ha trovato un tavolo vicino al fuoco» L'improvvisa presenza di Yannu lo fece trasalire.

«Che cosa?»

Il suo amico fece l'occhiolino e si inchinò.

«Ehi! Toman, Yannu!» Il richiamo di Shann superò il chiasso.

Toman seguì il suono della sua voce. Afferrando il suo boccale, lui e Yannu si avviarono verso il tavolo.

A due tavoli a sinistra di Shann, l'incarnato pallido e i capelli di uno sconosciuto quasi brillavano, in contrasto l'ombra discreta che condivideva con due compagni. Un sottile bastone nell'incavo del suo braccio poggiava contro la sua spalla. Un altro Storryn? Ma questo era più vecchio. I suoi occhi sembravano di uno strano blu biancastro.

Un brivido fece tremare le braccia di Toman mentre lo Storryn si chinava verso uno dei suoi due compagni e parlò. Toman era sicuro di averlo guardato. E lo vide. Ma lo Storryn doveva essere completamente cieco.

L'altro uomo sparò uno sguardo fugace nella direzione di Toman.

Toman distolse subito lo sguardo. Non era sicuro di aver sentito le loro voci, ma si accorse del nome di Lord Dalbonn.

Come avrebbe potuto sentirle al di sopra dei musicisti? Quasi come se potesse sentire e vedere Brun in cucina il giorno in cui uscì di casa. Provò un senso di disagio. Focalizzò la sua consapevolezza su di loro sperando di cogliere frammenti delle loro parole sul rumore della taverna.

Shann interruppe la sua concentrazione, battendo il braccio. «Volete entrambi un po' di stufato?»

«Eh? Oh, sì, lo stufato mi va bene»

«Anche a me!» aggiunse Yannu.

Toman occupava lo sgabello di fronte a Yannu, con la schiena rivolta verso le voci. Cercò di concentrarsi di nuovo, di *sentire* quelle voci.

«Allora saranno tre le scodelle di stufato questa sera» Shann sorrise alla cameriera. Questa annuì, poi si fece strada fra i tavoli fino la cucina.

«L'idromele qui è eccellente» disse Toman prendendo un sorso dal suo boccale e cercando di non mostrare che la sua mente non era del tutto concentrata su di loro. C'era qualcosa che non andava. Come gli aveva insegnato Alyena, estese la sua coscienza ben oltre la sua naturale capacità di sentire e vedere. Aveva scoperto come rafforzare il dono con un flusso di Eth, ma scatenare la luce nelle sue mani avrebbe attirato l'attenzione. Se avesse mantenuto il potere dell'Eth a un livello molto basso, le sue ossa non lo avrebbero tradito. Si concentrò, lasciando fluire nella sua coscienza solo un lieve rivolo di Eth. Un istante dopo, alcuni frammenti di conversazione degli uomini raggiunsero la sua mente.

«Sarà a bordo della nave...»

«È sicuramente quello che stiamo cercando...»

Shann diede a Toman una spinta nelle costole. «Voi ragazzi dell'isola non sentite molta musica, vero, Toman? O la cantante ha attirato la tua attenzione?» Sorrideva e faceva l'occhiolino. «Ascolta, con il tuo bel viso, credo che direbbe di sì. Devi solo trovare il coraggio di chiederglielo»

«Eh? Cosa?» Toman balbettò imbarazzato. «Abbiamo la musica anche dalle nostre parti. Solo diversa. E sì, la cantante è una bella donna» Si accorse di essere un po' troppo sulla difensiva.

Yannu e Shann risero.

«Rilassati, amico» Shann bevve un sorso dalla sua tazza. «Sembra che sia il tipo esuberante tra le lenzuola. Forse dovrei darle io stesso una botta»

«Starei attento se fossi in te, Shann» Yannu rise. «È la figlia del custode della taverna. Guarda che braccia che ha. Non credo che tu voglia incontrarlo»

Toman era della stessa idea. Anni a sollevare pesanti fusti di birra e idromele avevano lasciato il buon barista con il torace a botte, le braccia muscolose e gli avambracci pieni di vene in rilievo. Senza dubbio avrebbe potuto spezzare Shann come un ramoscello, se avesse voluto.

«Toman...» Il tono di Shann era improvvisamente basso e serio, ma ancora malizioso come sempre.

Yannu e Toman lo fissavano.

«Ieri ho visto la nobile Lady Banah e Lady Lorann nella grande piazza. Calatemi i pantaloni e sculacciatemi! Che ragazza, quella Lorann! Mi stavo solo chiedendo. Tu, che sei gomito a gomito con i nobili e tutto il resto...»

Yannu iniziò a ridacchiare.

«...potresti organizzare un incontro per noi? Sono sicuro che ha visto la mia bella e nobile faccia» Shann alzò il mento per mostrare il suo profilo. «Ma non ha avuto il coraggio di avvicinarsi a me»

Il cuore di Toman accelerò. Shann e Dama Lorann? La sua fronte si corrugò mentre correggeva l'amico. «Quella è Dama Lorann. Non si chiama Lady» Si ricordava del loro incontro dell'altro giorno, sperando che la scarica di calore sul suo viso non fosse visibile.

«Oh! È una dama, vero?» Shann si raddrizzò sulla sua sedia, strofinandosi le mani. Si spinse i capelli grassi dietro le orecchie. «Bene, allora...»

Toman iniziò a dire qualcosa ma Yannu lo interruppe, puntando il dito contro Shann e parlando come una maestra. «Sì, beh, se provi a fare qualcosa, ti portano via la testa in un sacchetto. Essendo un membro della corte reale, probabilmente proviene da una famiglia altolocata e benestante. Quindi è oltre portata per quelli come noi!»

Toman non avrebbe potuto essere più d'accordo.

«Oh, non si sa mai!» Shann fece di nuovo l'occhiolino, alzando il mento. «Se solo mi conoscesse, saprebbe che in fondo sono un vero principe»

156

Toman non potè trattenere uno scoppio di risate. Sputò un bel getto di idromele zuccherato, facendo la doccia a Yannu.

«Toman Foggling!» Yannu si pulì il viso con un fazzoletto già macchiato.

«Scusa, amico!» Disse Toman, ancora sbuffando. Non riusciva a reprimere l'immagine ridicola di Shann, con i suoi capelli scuri e trasandati e il suo mento caparbio che si allungava per baciare la mano di Dama Lorann. Pensare che avrebbe finito per assomigliare a un pescatore ai confini del mondo... Mai!

«Forse dovresti iniziare a fare l'inchino, Shann!» Yannu gli diede corda.

Sia Toman che Yannu si misero a ridacchiare.

Le buffonate dei ragazzi avevano distratto Toman dai tre uomini nell'angolo. Qualcosa era stato fatto, qualcosa di malvagio. Proiettò la mente, tornando al punto in cui erano seduti. Il vuoto. Si guardò alle spalle. Nessuno. Se n'erano andati. Scrutò la stanza e scorse i loro mantelli mentre chiudevano la porta della taverna. Toman ebbe l'impressione che l'uomo dai capelli bianchi non fosse cieco, e nemmeno un vero Storryn.

Una barista dagli occhi luminosi mise sul tavolo delle profonde ciotole di legno, posando accanto ad esse tre cucchiai di legno. «Il vostro stufato di montone, Vostre Signorie!» Le sue guance rosee e il suo sorriso brillante e malizioso illuminavano il suo viso. Fece l'occhiolino a Shann. «Devo fare un inchino, Vostra Eccellenza?»

Tutti e tre scoppiarono a ridere.

«Qualcuno di voi ha mai sentito parlare del Tambur?» Sua Grazia aveva accennato al fatto che

Tambur era uno sport di qualche tipo, ma non gli aveva dato alcun dettaglio.

Shann scrollò le spalle mentre intingeva il cucchiaio nella sua ciotola fumante. «No, non io, amico»

«Io sì. Una volta ho visto una partita» borbottò Yannu mentre masticava un boccone di stufato. Fece un gesto nell'aria con il cucchiaio mentre ingoiava. «Devi colpire una pallina con una specie di pagaia chiamata Tambur» Fece andare il cucchiaio avanti e indietro sopra al tavolo. «Per lo più, però, è per nobili»

Toman si chinò in avanti. «Sai come si gioca?»

La bocca di Yannu era già piena del cucchiaio successivo. «Per quanto posso immaginare» masticava a bocca aperta, «si suppone che si debba colpire la palla contro un muro più forte che si può» Ingoiò. «Penso che si ottengano punti extra se si colpisce l'altro tizio» Scrollò le spalle, facendo roteare gli occhi. « I nobili fanno giochi strani»

Toman rise, scuotendo la testa. Non sembrava una cosa che i nobili si sarebbero fatti l'un l'altro, specialmente non Sua Grazia. «Non vedo l'ora di uscire dal suo ufficio e di spostarmi. Stare seduto su una sedia tutto il giorno non è una vita per me»

L'idromele, il pasto e la compagnia dei suoi migliori amici fecero passare la serata troppo in fretta. Aveva persino dimenticato i tre uomini per un po'.

«Vostra Eccellenza si ritirerà per la notte?» L'imbarazzante inchino di Yannu a Shann fece ridere Toman.

«Sua Signoria non è di guardia stasera?» Toman si inchinò come il Signore Protettore gli aveva mostrato.

«Smettetela, voi due!» Shann protestò, ma il sorriso sul suo viso diceva che si stava godendo l'attenzione.

«Dobbiamo scappare. Farai tardi per il tuo turno di guardia» Yannu si avviò verso i gradini.

«Andate allora!» disse Toman al bar, mentre tirava fuori il sacchetto delle monete. «Stasera offro io» Qualcosa gli tornò in mente, qualcosa di importante. L'aveva quasi dimenticato. «Ehi, Shann. Lord Dalbonn vuole parlarti. Domani mattina»

«Grazie, amico!» Shann si fermò. «Aspetta un attimo. Cos'hai detto?»

«Lord Dalbonn vuole parlare con te, domani mattina» Toman lo vide impallidire. «Vengo con te e lo dico a Eckel»

Shann abbassò la voce. «No. Credo che questo peggiorerebbe le cose»

I suoi due amici salirono le scale e spinsero la porta. Toman si fermò al bar.

«Tutto di suo gradimento, Mio Signore?» L'oste si pulì le mani con un asciugamano.

«Sì, eccellente. Pagherò io per tutti e tre» Toman sorrise. Doveva ancora abituarsi a essere percepito come una persona importante.

«Allora saranno tre e mezzo» Mostrò il palmo aperto.

«Signore, i due uomini con lo Storryn...» Toman non era sicuro di come porre la domanda. «Vostri clienti abituali?»

«No» Aggrottò le sopracciglia. «Sono venuti qui solo da pochi giorni»

«Un problema, signore?»

L'oste gettò un'occhiata ai vestiti di Toman. «Mio Signore, odio parlare male di chiunque... ma credo che non stiano tramando nulla di buono»

Toman era sicuro che l'oste avesse ragione.

16

SONNO CHIAMA

Il sonno reclamava Toman. Era stanco, ma di una bella stanchezza. Come sdraiarsi la sera dopo aver terminato il raccolto di Emd. L'indomani, aveva detto Sua Grazia, le sue lezioni avrebbero incluso un nuovo sport, estendendo ulteriormente il suo Eth, e l'uso delle armi.

Non era sicuro di voler imparare a usare la spada. Quando si era reso necessario la sua mole era stata sufficiente a scoraggiare la maggior parte dei conflitti e quando questo non era riuscito, la sua forza era stata più che sufficiente per difendersi. La sua forza. Se non stava attento, poteva facilmente causare dolore agli altri. Anche nei giochi, da bambino, aveva fatto male agli amici per sbaglio.

La sua mente tornò ai tre uomini della taverna. I capelli sul retro del collo si erano sollevati, e non era il suo Eth. La mattina presto avrebbe detto tutto a Sua Grazia.

Si avvicinò alla caserma e aprì la porta con cautela, non volendo svegliare nessuno. In fondo al corridoio, la luce tremolava dalla porta aperta dell'ufficio del Guardiamarina. Toman sperava di non essere stato sentito. Evitò il più possibile il Guardiamarina Eckel.

«Cosa?» Eckel urlò, la sua voce rimbombò lungo il corridoio. «Dalbonn vuole anche te?»

Toman si bloccò. Trattenne il respiro mentre la mano stringeva la maniglia della porta per evitare che facesse rumore quando si chiudeva.

«Un giocattolo non è abbastanza per lui?»

Prese un respiro profondo e lento, chiuse gli occhi ed estese la sua coscienza verso l'ufficio di Eckel.

«Andiamo!» Shann era senza fiato, sicuramente a causa della corsa dalla taverna. «Sa che non è niente del genere! Vuole solo parlare con me» L'acutezza della sua voce sembrava trattenuta. Toman sapeva di non poter contraddire troppo apertamente il Guardiamarina. Eckel avrebbe avuto la sua pelle.

«Chi si crede di essere Dalbonn? Questo è il mio equipaggio. Voi mi appartenete!»

«Io non vado da nessuna parte»

«Puoi scommettere sulle tombe dei tuoi antenati che non lo farai! Non come quell'idiota di Foggling! Il contadino pensa di essere troppo bravo per noi, ora. Eh?»

Dei mormorii sorsero da alcuni dei ragazzi che Toman aveva aiutato ad addestrare. Eckel doveva aver indetto un altro dei suoi incontri per vergognare e umiliare.

«Non sei d'accordo?» Eckel urlò di nuovo.

Seguì un debole coro di sì simili a topi.

«Lui sta bene» disse Shann.

«Cosa?» La rabbia di Eckel ribolliva attraverso il suo tono. «Comanda anche te! Chi si crede di essere? Da quando Sua Altezza Reale Dalbonn l'ha assunto, il contadinello pensa di essere migliore di noi! Qui intorno si pavoneggia come se il suo culo non puzzasse. Non è altro che un cane al guinzaglio di Dalbonn. Se non stai attento, ragazzo, te ne metterà uno anche al tuo, di collo!»

«Ehi, Toman sta facendo il suo lavoro. Ce la mette davvero tutta»

Toman si commosse per la lealtà di Shann.

«Sì, Toman è a posto» aggiunse Yannu.

Seguì un acuto ululato di dolore.

Sicuramente una ricompensa per la fedeltà del suo amico. La gola di Toman stretta al pensiero di chiunque soffrisse a causa sua.

Una volta si sarebbe aspettato una parola da Uri. Ma le cose non erano più state le stesse tra loro dalla notte in cui i sacchetti delle monete di Shann e i suoi furono tagliati.

«Ci prova troppo, quel leccaculo di un contadino!» Eckel grugnì il suo disgusto. «Ho dato a quell'ingrato ragazzo l'occasione della sua vita! Spremerebbe ancora le tette delle capre da latte su quell'isola abbandonata, se non fosse stato per me!» Un forte botto e lo schianto del legno contro il pavimento seguirono la sua sfuriata.

Timidi piagnistei da parte dei ragazzi. Eckel poteva essere imprevedibile quando era arrabbiato. Probabilmente avevano paura che ne colpisse uno dopo l'altro.

«Avrebbe dovuto essere fedele a me, e non alzare

la sua gonna sporca al primo che passa, pieno di lusinghe e di promesse!» Eckel sputò.

Il cuore di Toman gli tamburellava nelle orecchie. La vergogna e la rabbia lo fecero fremere. Che commento aveva fatto Eckel!

La sua mano cominciò a tremare sulla maniglia della porta. La ciurma avrebbe dovuto intervenire, mettersi d'accordo con lui o essere punita in qualche modo. Eckel sapeva farlo fin troppo bene.

Non gli importava che il Guardiamarina lo sentisse ora. Mise un piede avanti all'altro sul tappeto e poi sbattè la porta dietro di sè.

Un cupo silenzio scese sul corridoio. Toman si schiarì la gola prima di salire le scale della sua stanza.

Chiudendo la porta dietro di lui, si appoggiò ad essa.

Perché Eckel doveva essere così? Perché la gente non poteva andare d'accordo?

Prese un respiro profondo, espirò lentamente e poi si diresse verso il suo letto.

Calciando gli stivali, si stese sul materasso rigido. Tenendo il viso tra le mani, cercò di calmare il respiro. Seduto in silenzio, la sua mente ronzava come una vespa arrabbiata.

Di nuovo in piedi, si tolse i vestiti e li gettò sulla sedia.

Sganciando la finestra, si appoggiò in avanti sulla cornice, inspirando l'aria fresca, accogliendo la freschezza sul suo corpo. Per un attimo, nelle ore tranquille della mattina presto, stava tornando nella sua camera da letto in soffitta per iniziare la sua giornata di lavoro.

Aspirò ancora l'aria notturna. Tracce di focolari e

di pasti notturni aleggiavano nella nebbia. Il tumulto della sua mente si attenuò.

Raccolse i suoi vestiti e li appese ordinatamente nell'armadio. Gli stivali di nuovo sotto il letto, si infilò la camicia da notte. La serata era stata una piacevole pausa dagli esercizi di Sua Grazia.

Se solo Eckel non fosse stato così... L'odio aperto del Guardiamarina gli aveva intorpidito la mente.

Toman non si aspettava che mettesse i ragazzi contro di lui. La maggior parte erano troppo giovani per saperlo, e chi lo faceva avrebbe dovuto assecondare Eckel o rischiare una rappresaglia. Toman avrebbe dovuto prevederlo. Eckel non aveva mostrato alcun ritegno quando si era arrabbiato.

Scivolò sotto le coperte, grato per l'alloggio privato. La compagnia non sarebbe stata gradita in quel momento.

Allungandosi per tutta l'estensione del letto, si rilassò, lasciando che i suoi muscoli si scaricassero. Non poteva fare nulla per l'atteggiamento di Eckel, ma forse avrebbe dovuto parlarne con Sua Grazia. E poi doveva assolutamente riferire a Sua Grazia di quei tre uomini dell'Ariete dagli Occhi Blu.

Poco a poco, il torpore gli calmò la mente e lo allontanò dalle parole di Eckel.

I suoni accattivanti dei musicisti della taverna riaffiorarono. Il sonno lo vinse mentre un'altra voce si univa alla figlia del guardiano della taverna.

Una voce familiare, che cantava una vecchia rima che conosceva così bene...

Suona un campanellino, è ora di andare a letto.
Il giorno ci ha lasciato, quindi abbassa la testa.
A letto recita le tue preghiere e poi il sonno ti aspetta.
Ber'eth, Padre del Cielo, sarà con te.

Si drizzò di colpo. La parte posteriore del cranio gli pungeva. Un brivido gelido si diffuse sulla pelle mentre le ossa delle sue mani brillarono in modo incontrollato. Rilasciò la sua coscienza alla ricerca della fonte del suo allarme. Da qualche parte nel vicolo sottostante. Si alzò e si avvicinò alla finestra. La fitta nebbia prima dell'alba brillava debolmente sopra la città. Tre figure incappucciate si mossero nell'ombra nella strada sottostante.

«La sua cabina è sul ponte dell'appartamento della Solyssia. Partono per Barrost tra due settimane...» La voce si allontanò.

Il cuore di Toman pulsava con forza. La voce profonda che rimbombava era la stessa che aveva sentito alla taverna. Non riusciva a distinguere le altre parole, ma la sensazione persistente era perfettamente chiara.

Sembrava come se stessero pianificando un attacco alla chiatta reale.

Aprì il guardaroba e tirò fuori una camicia pulita. Ora non riusciva a dormire. Sarebbe stato impossibile finché non avesse potuto parlare con Sua Grazia.

17

CONFLITTO E TAMBUR

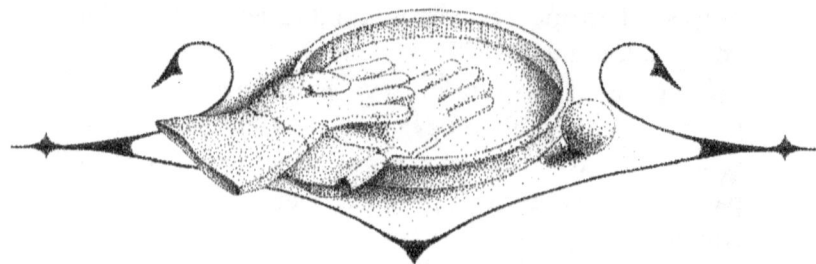

Toman fece roteare il cucchiaio nel piccolo vasetto di miele e lo immerse nel suo tè fumante. «No, Vostra Grazia, non ne ho riconosciuto nessuno, ma uno era uno Storryn» Toman fissò il vapore che saliva dalla tazza. «Ho anche chiesto al guardiano della taverna. Non sapeva chi fossero. Erano venuti solo da pochi giorni e non riconosceva lo Storryn»

«Avevano qualche accento?»

Ora che ci pensava, sì, ce l'avevano. «Parlavano in un modo particolarmente lento. Come se si godessero il suono delle parole in bocca»

«Potrebbe essere Barrostano» Sua Grazia si fermò. «Grazie per l'informazione. Le taverne sono un luogo importante per raccogliere informazioni»

Toman alzò lo sguardo. Infatti. «È lì che mi ha trovato»

Lord Dalbonn sorrise e indicò la tazza di Toman. «Ora, bevi. Il tuo tè si sta raffreddando»

«Vostra Grazia, cosa devo fare con il Guardiamarina? E i ragazzi» Non riusciva a smettere di pensare a loro. «Mi dispiace per i ragazzi più giovani. Eckel potrebbe complicar loro la vita »

«Non preoccupatevi per Eckel. Mi aspettavo che avesse difficoltà ad accettare una tale promozione tra le sue fila. Durante i suoi anni al nostro servizio, non ho mai elevato uno dei suoi subordinati come ho fatto con te» Sua Grazia gli offrì un vassoio di tartine. «Salsiccia affumicata e carne bollita questa mattina»

Non aveva molta fame. «Eckel non dovrebbe sfogare la sua rabbia su di loro»

«Non è un nostro problema in questo momento» disse lentamente Sua Grazia, studiando il volto di Toman. «Ed Eckel non ha più alcuna influenza sulla tua mansione. Solo la tua condotta l'influenzerà."

Sua Grazia scelse una tartina e ne prese un morso.

Toman ne scelse una con le salsicce. *La sua stessa condotta.* Le parole di Lord Dalbonn lo rallegrarono. Era sempre stato in grado di soddisfare i suoi datori di lavoro. Molti erano stati persino impressionati dal suo lavoro.

«Tuttavia, Apprendista, le voci che sentivi, quelle che ti passavano per la coscienza, potevano essere un problema. La sicurezza dei Nobilis è la nostra più grande responsabilità. Se senti qualcos'altro, riferiscimi immediatamente. A qualsiasi ora del giorno e della notte. Assicurati di tenere gli occhi aperti e il tuo Eth pronto ad accendersi»

Toman annuì, masticando gli ultimi bocconi della sua torta. Raccolse il suo tè e svuotò la tazza in due sorsi. Un soffice sapore di miele denso scivolò sulla sua lingua. Aveva dimenticato di mescolarlo.

Appoggiandosi, Sua Grazia sollevò una borsa sulla scrivania. «Per prendere confidenza con il nuovo contesto, dovresti conoscere alcuni dei giochi e degli sport che vengono praticati dai membri della corte»

Toman annuì. L'idea che ai Nobilis piacessero i giochi lo fece sorridere.

«Uno dei giochi più popolari tra i giovani delle diverse case reali del Corno si chiama Tambur. È uno sport antico, le cui origini sono antecedenti a qualsiasi riferimento storico»

Era sempre stato bravo nello sport. Forse a corte c'erano cose che non lo facevano sentire un agnellino appena rasato.

«Le regole sono piuttosto semplici come concetto, ma assumono complessità man mano che si comincia a padroneggiarle»

Sua Grazia estrasse tre palline dalla borsa, poi qualcosa che non riconobbe.

«I tamburelli sono palette di pelle senza manici» Lord Dalbonn gliene diede una. «Le strisce di legno vengono cotte a vapore e pressate in un anello, un processo che conferisce duttilità ai continui colpi contro la palla. Poi la pelle vi viene tesa sopra»

Toman spinse delicatamente sulla pelle lucida, testandone la flessibilità sotto il pollice. «È ben fatta»

Tornando alla borsa, Sua Grazia recuperò due camicie piegate e due paia di pantaloni. «Per consentire la libertà di movimento, la camicia viene indossata senza incastri, sciolta sul petto, ma i pantaloni sono stretti sulla gamba. Questi dovrebbero andarti bene»

Tirò fuori un paio di guanti di pelle. «Questi

vengono indossati per mantenere una presa salda sul Tambur» Li posò sul palmo di Toman.

Risultarono minuscoli per le dimensioni della sua mano, non c'era modo che gli entrassero. Una parte di lui voleva scusarsi, ma non lo fece. Le sue mani erano sempre state il suo più grande dono di Ber'eth.

Un leggero sorriso deformò la bocca di Sua Grazia. «Credo che dovremo farne fare della tua misura »

Toman chiese di slancio: «Posso iniziare senza i guanti?»

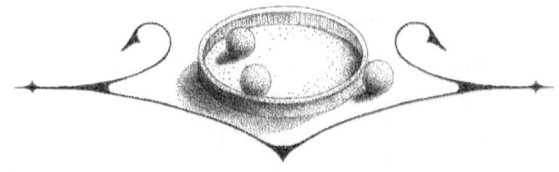

Dalbonn fece una smorfia. «Impari in fretta, Apprendista Foggling!» La palla si era mossa velocemente, sbattendo contro il suo petto con un tonfo sordo. Non se l'aspettava. Strofinando la macchia, si aspettava di vedervi sotto un livido.

«Vi prego di perdonarmi, Vostra Grazia» Toman rispose con un sorriso impaurito. «Si è stancato? Vuole fermarsi?»

«Neanche per sogno!» Dalbonn scosse la testa e rise. «Ora puoi toglierti quel sorriso dalla faccia» Lanciando la pallina in aria, la colpì con decisione, angolando verso il quadrato in basso a destra dipinto sul muro. Torse il polso mentre batteva, imprimendo alla palla una rapida rotazione. Sorrise mentre questa rimbalzò, muovendosi come se avesse volontà propria, deviando a sinistra.

Toman attraversò la sua casella di campo,

allungando il braccio teso, rispedendo la palla nello stesso punto verso la destra di Dalbonn.

Conosceva la difficoltà di quel movimento, ma il ragazzo lo faceva sembrare senza sforzo. Il suo lungo raggio d'azione gli aveva dato sicuramente un vantaggio.

Dalbonn faticò a tenere il passo mentre la palla volava avanti e indietro, rimbalzando con velocità sempre maggiore. Alla fine del pomeriggio, Toman aveva più che padroneggiato le basi del gioco.

Un sorriso trionfante illuminava il volto del suo apprendista mentre veniva colto di nuovo alla sprovvista, prendendo l'ultimo punto della partita.

«Pensavo non avessi mai giocato a Tambur prima d'ora, Apprendista» Il sudore gli colava dalla punta del naso.

«Non l'ho fatto, Vostra Grazia» rispose Toman. «Ma è molto simile a un gioco delle mie parti, a parte le racchette»

«Beh, ti stai dimostrando promettente. Ma non hai la perfezione, figliolo. Non ancora» rispose Dalbonn in una risata affannosa, asciugandosi la fronte.

La sua segretaria personale si avvicinò al campo di Tambur con fare serio, con i libri mastro in mano.

«Perdonami, Apprendista. Ma sembra che io abbia degli affari da sbrigare»

18

FARE UN PASSO

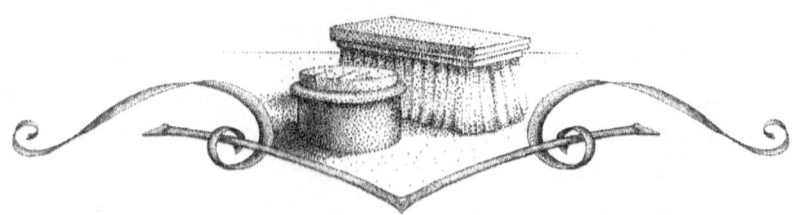

Toman stese i pantaloni sul letto e fece scivolare la giacca sull'appendiabiti, poi diede a entrambi una vigorosa spazzolata. Guardando i suoi stivali, prese il vaso di cera e il panno morbido.

Alla sua porta bussò qualcuno.

«Entrate!» fece Toman. Shann aveva detto che sarebbe passato dopo la mensa.

«Sua Altezza sta bene?» Yannu entrò, con il viso illuminato da un ampio sorriso.

«Sparisci!»

Yannu era una piacevole sorpresa. «Com'è andata la giornata? Sei stato adeguatamente addestrato?» domandò ridendo.

«Hanno dato un guinzaglio anche a te?» Shann era arrivato dietro a Yannu. «Uri ha detto che tutti gli animali reali adeguatamente addestrati sono tenuti al guinzaglio»

Toman soffocò un sospiro. Era ovvio che le parole

di Shann non erano farina del suo sacco. «Togliti gli stivali alla porta»

«Oggi eri alla corte di Tambur, vero? Hai avuto modo di colpire qualche nobile sederino?» L'alito di Shann puzzava di birra. «L'adorabile Lorann ha chiesto di me?»

«È la *Dama* Lorann. E no» Toman sbuffò. Non si sarebbe mai innamorata di uno come lui, anche se i suoi capelli neri e gli occhi azzurri attiravano l'attenzione di molte ragazze.

«Hai vinto?» Il sorriso di Yannu era contagioso.

Toman sorrise a sua volta. «Sì, avreste dovuto vedere come sudava Sua Grazia!» Appioppò a Yannu una pacca sulla spalla.

Tutti e tre risero.

«Ma è un grand'uomo. Non ho mai saputo cosa facesse il Signore Protettore. Ha molto da fare. Tutto il giorno» Sperava che il tempo di Sua Grazia non fosse sprecato a causa sua.

«Devo scappare, amici miei» Shann stava alla finestra, guardando la strada. «Ho promesso a qualcuno che l'avrei incontrato»

«Come si chiama questa volta?» disse Yannu con un tono di rimprovero.

Shann esibì una faccia che probabilmente doveva sembrare sorpresa e offesa, ma non fu così. Fece l'occhiolino. «Io non racconto chi bacio» Il sorriso di Shann gli deformò il viso mentre si inchinava a Toman. «Vostra Altezza» Poi si voltò verso Yannu. «Amico mio. Buonasera»

«Aspetta» Toman alzò una mano. «Com'è andata con Lord Dalbonn oggi?»

«Bene, credo» Entrò nel corridoio, si voltò e rispose.

«Ma quei suoi occhi. Sembra che possano attraversarti il cranio, vero?»

Toman annuì. Conosceva bene lo sguardo. «E?»

«Aveva un sacco di domande a proposito del tempo di Landsend, ed era molto interessato a quel gruppo di Vahlen che Uri ed io abbiamo visto, e agli Argelici. Nient'altro» Scrollò le spalle entrando nel corridoio.

Toman chiuse la porta a chiave. «È di buon umore»

Yannu si mise a cavalcioni su una sedia e incrociò le braccia sulla schiena. «Ho sentito in caserma che in realtà vede una ragazza più di altre. Una ragazza di servizio» Aggrottò la fronte e aggiunse: «Penso che sia stata quella che gli ha tagliato il portamonete!»

Toman scosse la testa. Cominciò a dire qualcosa su un ariete selvatico fra le pecore, ma si morse la lingua.

«Insegue qualsiasi cosa indossi un corpetto» Yannu si chinò all'indietro, ridendo.

Anche Toman si mise a ridere.

«Ora, raccontami di più della tua giornata» Il tono di Yannu si fece serio.

Toman scrollò le spalle mentre appendeva la giacca spazzolata nell'armadio. Qui non c'erano pioli. Non si era mai reso conto di come i chiodini stropicciassero i vestiti e allungassero i colletti.

«Andiamo. Dammi qualche notizia. Come va il tuo apprendistato?»

Allineò i suoi nuovi stivali accanto a quelli vecchi, sotto il letto. «Sai, Yannu. Sua Grazia mi ha detto qualcosa...» Toman tirò su la seconda sedia e si sedette di fronte all'amico. Poteva dirlo a Yannu? L'avrebbe considerato vanitoso?

«E?» I capelli color sabbia di Yannu ricadevano lisci proprio sopra i suoi occhi curiosi.

«Ha detto che sto mostrando grandi potenzialità...

che la mia capacità è eccezionale» Toman finì velocemente le parole e poi studiò l'espressione di Yannu.

Ciò che Sua Grazia aveva detto lo seguiva come un pensiero costante. Toman era abituato all'eco di vecchie critiche, dei suoi maestri di scuola, di suo padre. Non riusciva mai a fare le cose come loro si aspettavano. Avere qualcuno come il Signore Protettore che dicesse parole incoraggianti era molto strano.

Yannu battè le mani con un forte schiocco. «Te l'avevo detto!»

«Non lo so. Mi sento esposto in qualche modo. Vulnerabile. E non riesco a scrollarmi di dosso la sensazione che un giorno ci sarà un prezzo da pagare. Un prezzo che probabilmente non potrò permettermi»

Eppure, mentre Toman esaminava ogni dettaglio dei modi e dei discorsi di Sua Grazia, non riusciva a trovare intenzioni nascoste né parole smielate. Altri avevano cercato così spesso di convincerlo a usare la sua forza a loro favore. Anche recentemente, come Eckel. L'unica richiesta di Sua Grazia era che facesse del suo meglio.

«Che tipo di vantaggio potrebbe ottenere Sua Grazia da te?» Yannu era accigliato. «I tuoi stivali puzzolenti? Non è tutto quello che hanno lasciato prima di toglierti i vecchi vestiti?» Rise mentre si alzava dalla sedia e si dirigeva verso la porta.

Le viscere di Toman si attorcigliarono quando una voce risuonò al piano di sotto. Eckel. Sembrava infuriato. C'erano le luci spente sotto la caserma. Toman si preoccupava che Yannu rischiasse l'ira del Guardiamarina con queste brevi visite.

Yannu si infilò le scarpe. «Non ti rendi conto, amico mio. Il destino ti sta aprendo le porte. Fai il passo»

19

GEBAYT BITHEN

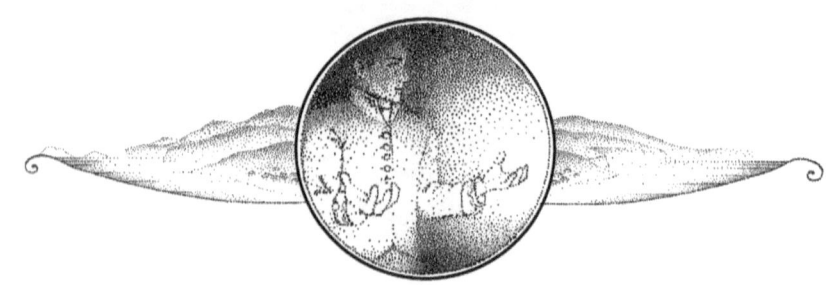

Toman diede l'ultimo morso al proprio pasto e poi si passò il tovagliolo sulla bocca. La selezione di carni in gelatina e uova sode di quella mattina era eccellente.

«Apprendista, quando eri piccolo, i maestri di scuola di Fahtu-Shan ti hanno insegnato a pregare?»

Toman balbettava, guardando le sue mani. «Uh...» La preghiera doveva essere una questione privata. «Mi dispiace, Vostra Grazia, io... io...»

«La domanda è sincera, Apprendista. Non troverò difetti nella tua risposta» Gli occhi d'argento del Signore Protettore non mostrarono alcuna emozione.

«Sì, Vostra Grazia. Come tutti gli altri alunni, ci è stato insegnato a pregare al mattino, prima delle lezioni» Toman si accigliò. Non gli sembrava giusto parlare di discorsi privati a Ber'eth.

«Definisci la preghiera. Il modo in cui la capisci. Il modo in cui la vivi»

Toman guardò di sorpresa. Definire la preghiera? Cercava sul volto di Sua Grazia lo sguardo che spesso riceveva da ragazzo dai suoi maestri di scuola. Un'espressione di dispiacere. Uno sguardo di disprezzo. Non era mai stato sicuro di come volevano che reagisse.

«Una preghiera sarebbe stata un desiderio o una richiesta a Ber'eth. Qualcosa che vogliamo o chiediamo»

Sua Grazia si alzò dalla scrivania e annuì, senza espressione. «Ti è stato insegnato il significato delle parole per pregare, *Gebayt Bithen*, dal Vecchio Orrenico? Il nostro concetto di preghiera si basa sul linguaggio antico» In piedi presso gli scaffali dietro la scrivania, Sua Grazia mise la mano su un grosso libro rilegato in pelle.

«Sì, Vostra Grazia » Toman strinse le mani e poi abbassò la voce. «Gebayt Bithen significa chiedere o supplicare per sé o per conto di qualcun altro»

Sua Grazia tolse la mano dal dorso del libro, uno sguardo di sorpresa sul suo volto. «Sì. Eccellente, Apprendista» Ritornò al suo posto davanti a Toman. «Ora, la prossima domanda. Chiudevi gli occhi?»

Toman si sforzò di non agitarsi. Dove andava a parare Sua Grazia con queste domande? «Chiudere gli occhi?»

«Mentre pregavi?»

«Non chiudiamo tutti gli occhi in segno di rispetto a Ber'eth, Vostra Grazia?»

«Lo facciamo tutti?» La voce di Lord Dalbonn era piatta. Il suo volto non tradiva alcun accenno a ciò che voleva. Stava in piedi, indicando un punto sul pavimento due passi davanti a lui. «Mettiti qui, di fronte a me»

Alzandosi, Toman fece un respiro profondo. Piantò i piedi con fermezza, facendosi forza, perché non si sentiva sicuro.

«Ora guardami negli occhi e dì la tua preghiera, ma ricorda: non interrompere il contatto visivo»

Un momento di pesante silenzio passò mentre Toman esalava, combattendo l'impulso dello scolaro di distogliere lo sguardo. Strinse i pugni per nascondere il tremore delle mani.

«Apprendista, non voglio disonorarti, ma fai come ti chiedo»

Un senso di totale nudità travolse Toman. Voleva chiudere gli occhi, vestirsi. Perché la gente pregava con gli occhi chiusi? Ricordava le preghiere notturne con Alyena accanto al suo letto. Non ha mai notato i suoi occhi aperti quando pregava con lui. Poi di nuovo, i suoi erano sempre stati chiusi.

«Caro Ber'eth, che la Tua protezione e le Tue provvidenze ci siano concesse» Era attento a scegliere le parole che sua madre aveva usato, parole degne delle orecchie di Ber'eth. «Ti prego, veglia sulla mia casa, la nostra casa, le nostre greggi... mio padre»

«Cosa vedi?» Sua Grazia lo interruppe, la sua voce appena al di sopra di un sussurro.

Inclinando la testa con sgomento, Toman si accigliò. «Che cosa vedo, Vostra Grazia?»

Di nuovo, l'impulso di nascondersi dallo sguardo penetrante del Signore Protettore lo travolse. Ma nonostante l'intensità del suo sguardo, la presenza di Sua Grazia infondeva un senso di calma e sicurezza.

«Continua, e dimmi quando cominci a vedere la tua preghiera. Continua a guardarmi negli occhi. Un battito di ciglia non interromperà la connessione, ma per ora, per la tua formazione, non distogliere lo sguardo»

Toman guardò dall'occhio sinistro di Sua Grazia all'occhio destro, alla ricerca di eventuali irritazioni. Lo faceva bene? «Sì, Vostra Grazia» Toman calmò la mente, cercando le parole corrette che avrebbe detto a Ber'eth.

All'inizio provò solo una vaga sensazione, come di acqua: onde che si muovevano verso la riva.

Toman alzò le braccia e aprì le mani a Ber'eth. «Caro Padre, ti prego di proteggere Odilia e Rueddan, e il bambino che presto arriverà» Toman si fermò, strizzando gli occhi. «E che le pecore accettino i nuovi montoni e partoriscano sani agnellini. E che siano protette dalle malattie»

Onde lambite sulle rive di Fahtu-Shan. Gabbiani volteggiavano in alto, in un cielo cupo. Le brezze del primo pomeriggio si riversavano sui campi.

«Cosa vedi?» Il tono di Sua Grazia era basso e fermo.

«Vedere, Vostra Grazia?» Toman sbatté le palpebre mentre scuoteva la testa.

«La tua preghiera. Riesci a vedere la tua preghiera?»

Qualcosa, sì. «Solo pochi ricordi di casa»

«Sei sicuro che siano ricordi?» La voce di Lord Dalbonn si alzò con improvvisa intensità. «Guarda oltre me, oltre i miei occhi, oltre questa stanza. Lascia che l'occhio della tua mente viaggi dove la tua preghiera ti conduce e vedi la tua preghiera»

Un brivido gli corse lungo la schiena. Oltre questa stanza?

Toman annuì lentamente, concentrandosi ancora sugli occhi d'argento di Sua Grazia.

Fahtu-Shan.

Mirshod.

Fattoria dell'Upland, casa.

«Aspetti...» Qualcosa stava venendo fuori. «Vedo i tetti di paglia della casa, il capanno degli attrezzi, i nuovi montoni» Sorrideva. «Se la passano bene» «Il muro di pietra che circonda il vecchio giardino di Alyena» File ordinate di piantine. «Il giardino è stato appena lavorato e ripiantato» Brun non lavorava più il giardino dalla morte di Alyena.

«Continua a pregare e rimani concentrato su ciò che vedi»

«Ber'eth, che la tua protezione vada alle greggi, ai nuovi agnelli, ai campi» Toman respirò a pieni polmoni.

«Che cosa vedi?»

«Vedo la fattoria dell'Upland» Le ossa dei suoi polpastrelli cominciarono a brillare mentre un calore familiare si insinuava alla base del cranio e si diffondeva sulle spalle.

«Bene!» rispose Sua Grazia. Sorrideva mentre il bagliore si intensificava nelle mani di Toman. «Cosa sta succedendo?»

Toman espirò lentamente. «Pace. Calore. Nuova crescita. Riesco a sentire le sottili radici dell'erba che cercano l'acqua nel terreno» Si fermò, e una fitta di nostalgia lo colpì. «Ma c'è anche tristezza nell'aria. E il cambiamento. Non vedo...» Un vuoto senso di terrore lo colse d'improvviso.

Dopo un momento, Sua Grazia parlò. «Cosa non hai visto?»

«Brun, mio padre»

Perché Brun non fosse nella visione non significava che ... Ma l'ultima lettera di Odilia diceva che a Upland tutto andava bene.

«Quello che hai visto, quello che non hai visto, come ti ha fatto sentire?»

«Paura» Toman faticò a mantenere la voce ferma.

«Allora concentrati su quella paura. Manda il tuo potere direttamente nel suo cuore»

Sottili ragnatele di luce tremolante fluttuavano negli angoli della stanza. Toman sbatté forte gli occhi.

«Focalizza lì la tua richiesta, verso la cosa che temi di più. Dichiara il tuo Gebayt Bithen e lascia che la tua preghiera scorra intorno ad esso» Sua Grazia si mosse da dietro la sua scrivania. «Concentrati. Tieni gli occhi sui miei»

Una fresca brezza cominciò a soffiare attraverso la stanza, ma non c'erano finestre aperte. Un suono dolce, come un accordo arpeggiato su uno strumento a corda, risuonava da qualche parte sopra di loro.

Toman annuì, ma pregare cosa? Era successo qualcosa a Brun? L'Upland aveva un aspetto diverso. Strano. Un vuoto gli raggelò l'anima. Sarebbe mai tornato a casa?

L'aria fresca cominciò a turbinare intorno a loro. Fredda, come il vento dell'altopiano che soffia verso casa.

La luce del suo Eth cominciò ad allungarsi negli avambracci, luminosa sotto le maniche. I fogli frusciarono, sollevandosi dalla scrivania di Sua Grazia. Le mani di Toman tremarono quando un senso di euforia si fece strada nel suo petto.

«Non interrompere il contatto visivo e non fermare il tuo Gebayt Bithen» La voce di Sua Grazia era ferma.

Alyena gli aveva insegnato che parole semplici e oneste aprivano il cuore a Ber'eth, e il suo cuore verso di te. «Padre del cielo, veglia su di me, sul padre mio, sulla mia famiglia»

Dalbonn reagì con un sussulto, il suo respiro si accelerò. Il suo apprendista era dotato, addirittura eccezionale, ma questo? L'aria vorticosa della stanza si trasformò in innumerevoli fili di seta di luce iridescente, poi si trasformò dolcemente in una forma sottile, simile a una lastra di vetro fuso. Richiamava il Linger di Toman, ma con sfumature di diversi colori.

«Vostra Grazia, non capisco!» La voce di Toman tremolava. Anche le sue mani tremavano come se stessero reggendo un grande peso. Gli occhi si allargarono, ma non distolse lo sguardo.

«La tua preghiera. Non fermarti, Apprendista. Pazienza» Dalbonn controllò la propria espressione per evitare di riflettere l'eccitazione e la paura sul volto di Toman. Non aveva mai visto un'esibizione così fisica intorno a un Gebayt Bithen. «Resta nel momento»

Il velo di vetro fuso li circondava, scintillando come olio sull'acqua increspata. L'aria divenne pesante, densa. Quasi come metallo fuso. Pesava sul corpo di Dalbonn come un mantello di lana bagnata.

Anche Toman ondeggiava come se lottasse per non cadere.

Il respiro di Dalbonn si fece profondo mentre i suoi polmoni si riempivano della dolce pesantezza che cresceva nell'aria. Una sensazione di formicolio si diffuse in tutto il corpo. Le ginocchia si indebolirono, minacciando di cedere mentre il suono si modulava. Una sola nota chiara riempì la stanza.

Le braccia dell'apprendista tremarono, ma lui tenne le mani in alto. Un brivido scosse Dalbonn mentre il giovane lottava sotto il peso che gli premeva addosso.

La forza di Toman era forse molto più grande di quanto avesse immaginato.

Si guardò intorno nel suo ufficio. Lui e Toman stavano in piedi al centro di un vortice di scintillante brillantezza simile all'acqua. L'aria si riempiva del suono del vento impetuoso intrecciato con una chiara nota musicale.

«Ora. Libera la tua preghiera» ordinò Dalbonn in un sibilo.

Annuendo, Toman chiuse gli occhi.

Il velo scintillante di luci si levigò, divenne trasparente e poi scomparve. Il bagliore emanato dalle ossa delle braccia di Toman si affievolì. La brezza si dissipò. I fogli svolazzarono sul pavimento e la penna d'oca di Toman si posò sul tavolo davanti a lui.

Toman aprì gli occhi, gli angoli della bocca si abbassarono. «Vostra Grazia? Che cosa è successo...»

Dalbonn rabbrividì, mentre l'aria conservava ancora tracce della precedente pesantezza. Si abbandonò sulla sedia, afferrando i braccioli. Aveva bisogno di tempo per riflettere sul significato di ciò che era appena accaduto. Poteva almeno dare una risposta al giovane?

«Che cosa è successo?» insistette Toman.

«Non ne sono sicuro» Poteva essere che avesse attinto all'*Invito*? Il Richiamo di Ber'eth? Era certamente così, e quel giovane straordinario non ne aveva la minima idea.

«Sembrava il mio Eth Linger, ma più liquido, come una ragnatela di luci colorate sotto la superficie dell'acqua. Riesco a sentire le cose attraverso il mio Linger, ma questo era diverso»

«Cosa vuoi dire?»

«Attraverso il mio Linger posso percepire

l'ambiente che mi circonda, e anche le emozioni e i pensieri di qualsiasi cosa o di chiunque lo tocchi»

Quanto aveva raccolto Toman dal tocco di Dalbonn?

«Ma queste luci colorate, questa cortina d'acqua, qualunque cosa fosse, non era il mio Linger» Toman aprì e chiuse le mani. «La luce si è estesa dalle mie mani fino agli avambracci» Toman guardò i palmi delle mani, poi spinse le maniche della giacca. «Che cos'era, Vostra Grazia?»

Non poteva che essere la modulazione ad aver aggiunto potere alla semplice preghiera del giovane. Stordito, Dalbonn piegò le mani. Il suo giovane apprendista potrebbe essere il più potente Orren mai conosciuto. Per trovarlo, si era imbattuto letteralmente in lui, in una taverna. Non poteva essere una semplice coincidenza.

Dalbonn soppresse le emozioni che lo animavano. Sceglieva le sue parole con cura, parlando con un tono basso per nascondere la sua euforia. «Sento che la tua richiesta a Ber'eth ti abbia permesso l'accesso al potere dell'Invito»

«L'Invito?» Gli occhi di Toman sfrecciavano avanti e indietro.

«Sì» Era abbastanza maturo da sopportare il peso del suo potere? Quando Dalbonn lo trovò, aveva immaginato anni di allenamento perché padroneggiasse il suo Linger. Ma se era già in grado di accedere all'Invito, forse sarebbe successo prima di quanto avesse supposto.

Toman si sedette pesantemente, appoggiando le mani aperte sulla scrivania di pietra intarsiata, facendo respiri profondi.

«I Servi di Immen e gli studiosi delle scuole di Lore

Eth si riferiscono da anni a un cambiamento di Eth. Avrai sentito i resoconti dei contadini sui loro animali. Hai visto le migrazioni fuori stagione e i cambiamenti del tempo. La stagione fuori stagione. I servi di Immen lo chiamano l'Invito» Toman avrebbe capito l'importanza di questo evento?

«Cosa significa tutto questo, Vostra Grazia?» Il discorso lento del suo apprendista gli fece capire l'agitazione che il povero ragazzo doveva provare. La paura nella voce del suo apprendista era palpabile.

«Non ne sono sicuro, Toman. Ma sento che sei intimamente legato all'Invito. Sta succedendo qualcosa e potremmo essere costretti ad affrontarlo prima di quanto ci saremmo mai aspettati»

20

BUONO ABBASTANZA PER LUI

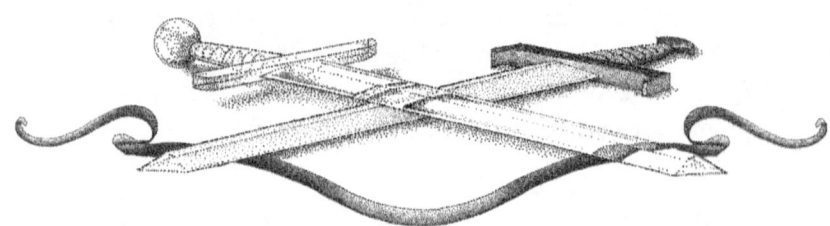

Toman seguì Sua Grazia nel cortile di pratica, dove lo scontro e lo sferragliare della spada riecheggiavano sulle alte mura del palazzo.

Mezza dozzina di uomini erano impegnati ad affinare le loro abilità in battaglia.

Il suo stomaco si ribellò. Questo non era un posto per i contadini.

Sua Grazia si fermò a un tavolo dove due spade giacevano scintillanti alla luce del sole della tarda mattinata. Ne fece scivolare una dal tavolo e poi inclinò la testa verso la seconda. «Raccoglila e tienila davanti a te. A distanza di un braccio»

Raggiungendo l'elsa elaborata, l'intarsio d'oro fine di ghirigori e fiori luccicò. Afferrò la spada e la sollevò. Splendidamente realizzata. L'arma era molto più leggera di quanto sembrasse. E ben equilibrata, soprattutto considerando la lunghezza della lama.

Con un peso sul petto. Domandò: «Ma, Vostra Grazia... perché, il mio scudo di Linger non è sufficiente?»

«La velocità» La spada nella mano di Sua Grazia lampeggiava nel sole. «Un aggressore potrebbe infilare un coltello tra le tue costole prima che tu possa accendere il tuo Eth ed estendere il tuo Linger. Con l'addestramento, estrarrai l'arma automaticamente, prima ancora che la tua mente comprenda appieno ciò che sta accadendo»

«Ma, Vostra Grazia, preferirei non portare un'arma» Toman rabbrividì, immaginando la lama nella sua mano che affettava qualcuno. Come lo sventramento della carcassa di un bue.

«Ricordi le voci che hai sentito l'altra sera? Potresti non avere il lusso di questa scelta» La tensione nella voce di Sua Grazia era evidente. «Quando percorreremo il fiume Suyan Folumpor, passeremo attraverso una porta d'accesso a mondi diversi, con una diversa comprensione del bene e del male. Il nostro obbligo è quello di difendere i Nobilis da chiunque voglia far loro del male»

«Danneggiare i Nobilis?» Perché? Non aveva senso.

«La loro grande ricchezza. La prosperità di Turicum. La stabilità del governo di Ydassum. L'invidia spinge certe persone a mutilare e distruggere ciò che gli altri amano. Alcuni traggono un vile piacere infliggendo sofferenze ad altri che considerano di successo» Il riflesso della lama scintillante lampeggiava sul volto del Signore Protettore.

La tristezza riempì il cuore di Toman. L'idea che le persone potessero essere così crudeli. «Non c'è altro modo?» La sua taglia aveva sempre tenuto lontano la maggior parte dei problemi, ma doveva ammettere che nemmeno la sua forza poteva difenderlo dall'acciaio duro e affilato.

Il suo Mastro lo studiava, senza battere ciglio per quella che sembrò un'eternità.

Toman esaminò l'espressione di Sua Grazia per individuare un qualche segno di disprezzo. Non l'aveva mai contraddetto prima.

«Devi padroneggiare la spada, Apprendista»

La lama sembrò diventare pesante nelle sue mani. Toman la abbassò mentre un nodo andava formandosi nel suo stomaco. Non voleva deludere Sua Grazia. L'idea di deluderlo...

«Benché usarla in battaglia sia tutta un'altra questione» Il tono di Lord Dalbonn si era ammorbidito.

Toman fissò la lama.

«L'uso della spada è duplice. Per difendersi, o se costretti, per attaccare» Lord Dalbonn chiese a Toman di alzare di nuovo la spada. Essa si illuminò mentre la girava nella sua mano. «La difesa è migliore, ma ti potresti trovare a dover prendere misure preventive, per colpire per primi nel fermare un assalto» O per salvare una vita.

«Come per il tuo Linger, cominceremo con vari esercizi per ottenere il controllo. Imparerai molti movimenti specifici, le loro ragioni e come possono intrecciarsi in un confronto»

«Sì, Vostra Grazia» Toman rinunciò al suo disprezzo per l'arma che aveva in mano. Se era importante per Sua Grazia, questo dovrebbe essergli sufficiente, anche se nel suo intimo non gli piaceva ancora l'idea.

«Mastro Foggling, come reagiresti se attaccassi tuo padre o uno dei tuoi fratelli?»

Toman strinse la presa sull'elsa. «La fermerei» L'idea

che qualcuno facesse del male alla sua famiglia gli faceva scorrere il sangue nelle vene. Gli squadrò le spalle, l'attenzione fissa su Sua Grazia.

«Imparare a usare un'arma, una spada, ti dà un vantaggio nel difendere chi ami»

Questo poteva capirlo.

Il Signore Protettore alzò la sua spada. «Il primo è un colpo in alto, chiamato il Morso della Bestia»

Ingoiando forte, Toman alzò anche la spada. Lo sferragliare del metallo contro il metallo fece tremare il suo corpo fino alle gambe.

Il sudore colava dal naso di Dalbonn mentre abbassava l'arma. «Ora inguaina la spada e mettila sul tavolo»

Un tuono risuonò sulla città mentre le piogge del tardo pomeriggio minacciavano di cadere.

Potente e agile, il suo apprendista aveva imparato in fretta negli ultimi tre giorni. Ma era giunto il momento di spingerlo ancora più oltre.

La simpatia per il giovane riempiva il cuore di Dalbonn. Ma mancava così poco tempo. Il suo apprendista avrebbe dovuto semplicemente padroneggiare la lezione successiva con la stessa velocità.

Il corpo di Toman si irrigidì quando Dalbonn non inguainò la spada. «Vostra Grazia?» Si asciugò la fronte con il dorso della mano. «Dobbiamo continuare?»

«Sì» Indicò il tavolo. «Posa pure la spada»

Toman fece come gli era stato ordinato.

Poteva essere ancora più difficile per il suo apprendista, ma era necessario. «Ora, accendi il tuo Eth e forma una lama con il tuo Linger»

I suoi occhi si spalancarono, ma non disse nulla.

Dalbonn alzò la spada. «Ripeteremo tutti i movimenti che hai imparato, a cominciare dall'ultimo. Il Colpo della Vipera»

Il potere brillava nelle mani di Toman. Pochi secondi dopo, una sottile sostanza vetrosa si proiettò ancora una volta dalla punta delle dita.

Era il più talentuoso Orren che Dalbonn avesse mai visto, ma non credeva in se stesso. Aveva bisogno di più tempo per maturare, tempo che loro non avevano.

21

IL CIGNO NERO

Toman si portò alla bocca il boccale di idromele zuccherato.

Il Cigno Nero era di nuovo affollato, e gli ultimi pettegolezzi venivano serviti densi e piccanti come i loro famosi stufati. Questa volta qualcosa su un cadavere trovato sul lungomare.

Lui scosse la testa e prese un lungo sorso, poi lo posò sul tavolo e continuò a raccontare a Yannu degli ultimi giorni di addestramento con le armi.

«Non posso credere che tu abbia detto a Lord Dalbonn che avresti preferito non fare quello che ti ha detto» sibilò il suo amico. «Eckel ti avrebbe fatto la pelle se non fossi stato d'accordo con lui»

Toman fissò la schiuma del suo idromele. Il fragore del Cigno Nero lo disturbava. Abbassò la voce. «La mia taglia ha avuto i suoi vantaggi. Sono sempre stato in grado di badare a me stesso» Prese un altro sorso del suo idromele, ricordando le botte che Eckel dava ai ragazzi che rispondevano o si lamentavano. Che diritto aveva di interrogare Sua Grazia dopo tutto quello che il Signore Protettore aveva fatto per lui? «Quando si uniranno a noi Uri e Shann?»

Yannu scrollò le spalle.

Una barista con accenni di grigio tra i capelli, che portava un piatto carico di boccali vuoti, ripulì davanti a Toman. Allontanandosi si voltò leggermente e gli fece l'occhiolino.

Lui si accigliò.

«Se Shann avesse dalle donne la metà delle attenzioni che attiri tu...»

Toman ignorò il commento. L'unica attenzione femminile che avrebbe voluto era quella di qualcuna a palazzo. Si appoggiò alla sua sedia, guardando l'ingresso. Le piogge della sera erano cessate. Da un po' di tempo non era entrato nessun nuovo cliente. «Mi chiedo quando arriverà Shann? Spero che porti Uri. Dovrebbero riuscire a trovare questo posto. L'idromele è particolarmente buono» E questo locandiere non aveva una figlia non sposata.

«Toman...» Yannu esitò, incerto. «Non credo che Uri...» La voce del suo amico si affievolì mentre si mordeva il labbro.

«Che cosa c'è?»

Yannu di solito non esitava a dire quello che pensava. «Uri è sempre occupato a fare cose per Eckel. Non aspettarlo qui» Sospirò lentamente. «Tomi, non lo so. Ma ho l'impressione che non alzerà mai più una coppa in amicizia con noi»

Toman si incupì, scuotendo la testa. Che cosa poteva aver causato il cambiamento dei suoi sentimenti? Era consapevole che Uri era cambiato verso di lui da quella notte con la moneta. Non vedevano le cose allo stesso modo. Ma per evitarlo per sempre? Eckel doveva essere arrivato a lui come ai ragazzi. «È un peccato. In fondo è un brav'uomo»

Yannu si spostò sulla sua sedia. «Non credo proprio» La tensione traspariva dalla voce. «Non più, Tomi. Sta cambiando. E non in meglio» Il suo amico fece un respiro profondo mentre il suo sorriso sfacciato ritornava a farsi vedere. «E Shann, beh... Il nostro amico ha detto che aveva qualcosa da fare, ma sappiamo entrambi che si tratta di qualcuno»

Annuendo e sorridendo, Toman tornò al suo idromele. Lo sorseggiò lentamente. Addolcito alla perfezione.

Yannu si chinò in avanti sulla sua sedia mentre la cameriera gli passava accanto e mise tre boccali di birra sul tavolo dietro di loro.

Ancora una volta, guardò Toman e fece l'occhiolino.

«Non mi sento ancora a mio agio con un'arma. Che sia d'acciaio o di energia»

«Amico mio, non capisco il problema. Ognuno dovrebbe proteggersi, se necessario. Spada, pugnale, bastone o pugno. Sono tutti uguali, no?»

«Credo di sì» Toman sorrise. Il suo amico aveva la notevole capacità di semplificare e ridurre le situazioni complicate con poche parole. «Da bambino non mi ero reso conto di poter ferire le persone così facilmente. Non l'ho mai voluto fare, ma sono stato punito comunque»

«Perché, è stata colpa tua? Tu eri dotato di una grande forza. Ci vuole tempo per imparare la misura delle nostre forze, per usare i nostri doni nel modo in cui Ber'eth li ha concepiti»

Sorrise. Yannu lo faceva sempre sentire meglio. «Ma se è importante per Sua Grazia, dovrebbe essere abbastanza buono per me» Toman parlava più per le proprie orecchie che per quelle di chiunque altro.

La barista salutò con la mano e poi indicò i loro boccali come per chiedere se avevano bisogno di altro idromele.

Yannu scosse la testa, sghignazzando. «Se non altro è tenace, Toman. Non potresti almeno salutarla?»

«Nemmeno per idea» Ancora una volta, arrossì. Sperò che non si accorgesse del colore che gli stava imporporando le guance.

La familiare sensazione di formicolio nella parte posteriore del cranio prese improvvisamente vita, diffondendosi sulle spalle. Di nuovo la voce profonda. Si sforzò di sentirne ancora.

Tremava.

Aveva appena sentito il suo nome?

22

SOMNIUM

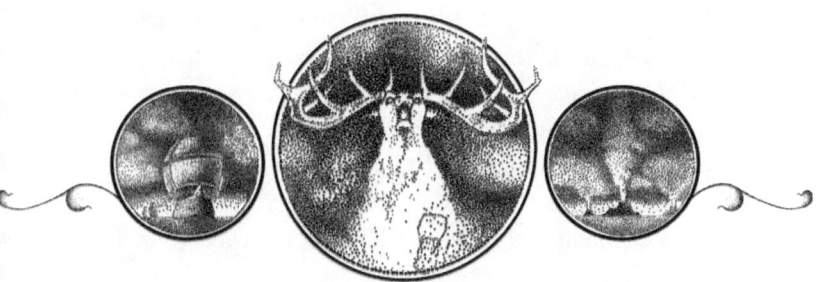

Mannu si incamminò sul sentiero illuminato dalla luna che portava giù dal loro casolare di Biancomuro.

Sonna era al suo fianco.

Sotto un cielo senza stelle, la brezza del mare frustava le loro camicie da notte sulle gambe. L'acqua che zampillava nel Canale di Myrnish attirò la sua attenzione. *Vahlen?*

«Sonna, li vedi? ...Sonna?» La confusione gli annebbiò la mente. Si girò. I suoi occhi incontrarono quelli di lei.

La donna alzò la testa. Un sorriso malinconico apparve sulle sue labbra. Nelle sue mani portava un cesto di vimini. La brezza si fece più forte, spingendo la treccia di Sonna sulle spalle.

«Sonna, li vedi?» Si voltò e indicò il mare.

Fuori, sopra le acque scure, un fulmine ruggì in quel cielo senza nuvole. Dietro di lui, il tetto del loro cottage esplose con un lampo accecante di fuoco blu.

La paura raggelò Mannu. Gridava, balzando davanti a Sonna per proteggerla dalle schegge e dalle macerie che volavano nell'aria. Fumo denso e fiamme eruttarono da uno squarcio nelle tegole di scisto.

Mannu si voltò, cercando di raggiungere sua moglie.

La sua mano attraversò l'aria vuota.

Sonna!

L'angoscia gli annebbiò la mente. Il terrore lo scuoteva.

Mannu inciampò. Le rovine fumanti della loro casa scomparvero.

Rimase solo sulle scogliere all'estremità settentrionale delle Isole Bianche. Le profondità acquose dell'Olmish Aved si stendevano davanti a lui. Le stelle cominciarono a punteggiare la nera vastità sopra di lui.

A est, macchie dorate di luce da Landsend scintillarono, riflesse dalle onde.

Un movimento sotto di lui. Nell'acqua scura al di là delle scogliere l'acqua cominciò a bollire.

Una montagna di ghiaccio grigio scuro ruggì attraverso la superficie bollente dell'acqua. Salendo dalle profondità, svettò sopra le scogliere. L'acqua del mare scendeva a cascata lungo la sua parete a strapiombo.

Al di là dell'incombente lastra di ghiaccio grigio-azzurro, emerse un picco dopo l'altro. Verso l'orizzonte, montagne di ghiaccio si estendevano a perdita d'occhio.

Mannu barcollò all'indietro dal bordo della scogliera, le ginocchia si indebolirono per la paura.

Vele bianche apparvero davanti alle formazioni ghiacciate. Un disperato grido di terrore riverberava nella sua gola, ma dalla sua bocca non usciva alcun suono.

Un forte schianto, seguito da un'esplosione fragorosa riecheggiò nell'aria, gettando Mannu a terra. Uno dopo l'altro, le cime esplosero, sputando fuoco liquido e fumo nero nell'aria. Fiamme arancioni scure riempirono il cielo.

Lampi di luce accecante scaturivano dalle enormi colonne di cenere e fumo. La terra sussultò intorno a lui.

Mannu si sedette al letto, ansimando. Il sudore gli colava sulla fronte.

«Cosa c'è, giovanotto?» borbottò Sonna sul suo cuscino.

Scuotendo la testa, Mannu chiuse e aprì gli occhi. La visione continuò attraverso le pareti della sua camera da letto, diffondendosi nell'oscuro orizzonte. Le navi rimasero sulla loro rotta. Dagli alberi apparve una spettrale nebbia blu.

Il cielo ruggiva di fuoco, crepitava di fulmini.

«Sonna. Un Somnium!» ansimò, cercando di riprendere fiato. «La visione è qui, la vedo attraverso i muri. Sono intrappolato in un Somnium!»

«Giovanotto! Santiddio!» Sonna spinse via le coperte aggrovigliate mentre lottava per sedersi.

Lo sguardo di lui andava avanti e indietro sulle pareti della loro stanza. Gemeva, stringeva le lenzuola nei pugni e portandosele al petto.

Sonna gli afferrò le spalle, stringendole forte. «Santo cielo, giovanotto. Non mi morire! Non andartene via da me proprio ora. Non sono pronta!»

Accese una piccola lampada ad olio e la tenne puntata sul viso di Mannu. «Cosa vedi?»

Le sue labbra tremavano. Ansimando, si sforzò di parlare: «Un terribile esercito si avvicina... Un terribile, terribile esercito»

«Oh, per Ber'eth!» La sua voce tremava di emozione. «Oh, cielo, cielo. Cosa possiamo fare, Mannu?»

Non poteva rispondere. L'avvicinarsi di una flotta, montagne di ghiaccio galleggianti, cieli ardenti.

«Navi... che si avvicinano a Landsend. Uomini pallidi e snelli, con lunghi capelli bianchi, in piedi sui ponti superiori. I loro occhi sono lattiginosi, come pesci morti. Un fumo blu incandescente esce dalle loro mani alzate, come i fumi del legno verde che brucia. Ma non ci sono fiamme. Agitano le braccia. Colonne di fumo, che si attorcigliano, che volteggiano... Sembra, come... un animale di qualche tipo» Mannu rabbrividì. «Riesco a percepire la sua mente. Non significa niente di buono per noi»

Lei gridò ancora: «Cosa dobbiamo fare?»

La visione continuò. L'animale si alzò tra le nuvole formando una terrificante bestia di cenere e fumo blu incandescente. Dalla testa gigantesca della creatura spuntavano corna che si ramificavano come ruscelli di vetro attraverso le nuvole.

«No, no, no»

«Cosa c'è, marito? Cosa vedi?»

«L'Irrshen»

«Ber'eth proteggici!»

«Si sta formando sopra le navi. Le sue corna stanno riempiendo i cieli»

Le pareti della stanza si scurirono. Il corpo di Mannu cominciò a tremare. Chiudendo gli occhi, abbassò la testa sudata nelle mani. La camicia da notte era appiccicata sul suo corpo. Tremava nell'aria fredda della notte.

«Giovanotto? Giovanotto?» La sua voce divenne un gemito quando lui non rispose. Lei gli toccò la spalla. «Cosa facciamo?»

Il terrore crescente nella sua voce lo aiutò a dominare un crescente panico. Gli anziani del villaggio devono sapere del Somnium. «Vestiti, Sonna. Dobbiamo andare»

23

SHANTAB DI LANDSEND

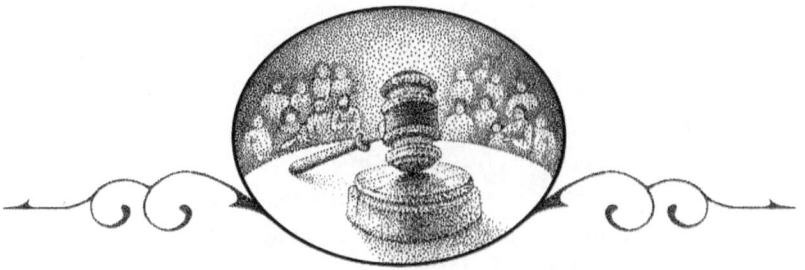

Mannu chiuse le porte del municipio, facendo risuonare i campanellini d'avviso.

Battendo il martelletto contro un blocco di legno, Ornden si schiarì la gola, segno che, come sindaco, era pronto a rivolgersi agli abitanti del villaggio.

Ornden sarebbe stato in grado di guidare Landsend attraverso il pericolo che si avvicinava? Finora aveva avuto a che fare solo con battibecchi tra pescatori e commercianti di guano.

«Silenzio! Silenzio, per favore. È ora di parlare!» Il sindaco corrugò la fronte alzando la mano.

Le voci ansiose in municipio divennero silenziose quando coloro che stavano in piedi trovarono infine un posto dove sedersi. La gente aveva risposto alla chiamata per uno Shantab d'emergenza con una velocità che sorprese Mannu. La maggior parte della gente riunita era in disordine, indossando una combinazione di abiti da notte e di giorno. Alcuni avevano il berretto da notte storto sulla testa. Lunghe chiome spettinate ricadevano sulle spalle delle fanciulle. Alcuni avevano protetto le camicie da notte con coperte intorno alle spalle. Ma erano tutti svegli.

«Abbiamo una lunga notte davanti a noi e abbiamo molto da fare» Il sindaco fece un respiro profondo. «Conosciamo tutti il proverbio. Ma questo non significa che sia la fine, non finché abbiamo braccia forti e la testa sulle spalle! Siamo tutti consapevoli del cambiamento delle stagioni. Prima le piogge, poi i Vahlen e gli Argelici. Le nuove notizie hanno già fatto migrare le oche nere. Sembra che Ber'eth stia voltando le pagine verso un nuovo capitolo del mondo»

Un'ondata di voci interruppe il discorso del sindaco. Si accigliò mentre batteva il blocco, ma la sua espressione irritata sparì in fretta. «Dobbiamo organizzarci in fretta, cittadini. Per questo abbiamo chiesto questo Shantab»

Voci preoccupate rimbombarono con crescente panico in tutta la stanza.

«Ordine, ordine!» Il sindaco batté di nuovo il martelletto.

Le voci si stabilizzarono e lo strisciare delle scarpe sulle assi di legno si fermò mentre tutti ascoltavano.

«I nostri antenati dicevano sempre di essere pronti a un attacco di Palanth-Orron. Si prepararono per quel giorno, ma quel giorno è arrivato adesso e non allora»

Ornden si accigliò mentre la gente bisbigliava. Alzò la mano e un silenzio inquieto ricadde sulla sala. Il sindaco fece un cenno a Mannu, seduto accanto a lui sul podio. «Ora, per favore, racconta a tutti del tuo Somnium»

Mannu si alzò lentamente. Mise la mano sulla spalla di Sonna. «Ho visto centinaia di montagne di ghiaccio come quelle che a volte vediamo galleggiare al largo delle Isole Bianche. Ma queste si innalzavano dal profondo, esplodendo con il fuoco»

«Montagne di ghiaccio in fiamme?» Andur Burrli sbucò dal retro della stanza. «Sicuro di non aver bevuto un po' troppo dell'idromele di Shorann questa sera?»

Qualche improvviso scoppio di risate sembrò alleggerire l'atmosfera.

Mannu colse l'occhiata di Gor Shorann mentre la fronte dell'oste si corrugava.

Sonna si alzò in piedi accanto a lui, con i pugni sui fianchi, ma non disse nulla. Sotto il suo sguardo, un silenzio inquieto cadde nella sala.

Mannu le fece un cenno di ringraziamento. Dovevano capire quanto fosse grave la situazione. «Era un Somnium! Quando mi svegliai dal sogno, era ancora su di me. Lo vedevo attraverso le pareti della mia stanza!»

«E me l'ha descritto mentre stava succedendo» Sonna si accigliò di fronte ad Andur Burrli.

Nuovi mormorii irrequieti.

Mannu alzò la voce. «Un'orda di navi bianche si avvicinava all'Olmish Aved. Vi dico che sta arrivando un esercito da Palanth-Orron! Gli stregoni bianchi erano sui ponti superiori. E sopra di loro, in alto nel cielo, c'era il messaggero della morte e della distruzione, l'Irrshen»

Improvvisi sussulti e sibili scioccati riempirono l'aria. Alcune donne cominciarono a piangere. Altre strinsero le mani sopra le orecchie dei loro figli, accompagnandoli rapidamente fuori dalla sala riunioni.

«Ora, cittadini, dobbiamo mantenere il sangue freddo» Mannu respirava profondamente. «Sopra le navi, notai che le prime stelle dello Scorpione d'Inverno erano basse all'orizzonte. Questo non accadrà prima di un mese. Abbiamo poco tempo per prepararci»

«Sindaco?» Un uomo dalle spalle larghe, con braccia massicce, si alzò in piedi e alzò la mano per parlare.

Ornden sbatté di nuovo il martelletto per ristabilire l'ordine. Mentre la gente del paese si calmava, indicò il fabbro. «Sì, Greggor Boatan»

Tutti gli occhi si volsero verso Boatan.

«Che cosa intendete fare? Quali sono i piani per la città?»

Il sindaco rispose: «I nostri antenati si aspettavano sempre un attacco dal mare, per questo costruirono camere nascoste sulle scogliere con passaggi dalle case sul lungomare. Dopo generazioni, la maggior parte delle nostre famiglie ha trasformato le vecchie vie di fuga in cantine. Più di cento anni fa il consiglio comunale ne fece sigillare molte perché ritenute poco sicure»

Ornden indicò un'altra mano sollevata nella parte posteriore. «Jos Sundermun, a te la parola» Il sindaco chiamò il figlio maggiore di Mannu.

«Io e i miei figli guideremo una squadra per riaprirli, rinforzarli. Portate tutti il cibo e le provviste di cui avete bisogno per farne scorta»

L'orgoglio riempì il petto di Mannu, suo fratello maggiore era sempre pronto per una sfida. Sonna vorrà uno Shantab di famiglia dopo l'incontro. La famiglia ha bisogno di stare insieme, soprattutto in momenti come questi.

«Speriamo che questo ci dia modo di avere abbastanza provviste per qualche mese, se necessario» aggiunse Jos.

Mannu si sedette ancora con un piccolo sospiro di sollievo. Gli avevano creduto e si erano messi all'opera. Ma dovevano fare in fretta. Non era rimasto molto tempo.

«Due mesi non sono molti, ma possiamo farcela» Mannu cercò di sembrare incoraggiante. Avevano bisogno di speranza e lui non voleva privarli di un barlume di speranza. «Si aspettano di piombarci addosso senza preavviso. Ora non avranno più questo privilegio!»

«Le donne e i bambini dovranno ritirarsi sugli altipiani sopra Biancomuro, la casa di Sundermun» Il sindaco scese dal podio. «Un tempo c'erano molti sentieri nascosti, lassù, presso le ginestre. Vie di fuga che i nostri bisnonni usarono quando i Palanshen invasero il Corno. Molti dovranno essere sgomberati o tagliati. Le caverne dell'Hohn Fennsor hanno spazio a sufficienza per tutti. Domani manderemo degli uomini lassù per iniziare a lavorare»

Con l'ultima nata stretta al seno con una coperta da allattamento, Marta Gressing parlò. La sua voce era tesa. «Non dovremmo mandare a chiedere aiuto? Barrost non dovrebbe saperlo?»

Le voci si abbassarono a un mormorio. Le sue parole riaccesero vecchi rancori marcianti. Barrost non ha mai fatto nulla per Landsend. Nessun favore, nessuna protezione. I suoi abitanti non avevano valore, ma la loro moneta sì. Tutte le merci in entrata e in uscita da Barrost erano pesantemente tassate. Il prezzo delle ossa di Vahlen raddoppiava quando passava attraverso la corruzione e l'avidità di Barrost. Quello degli Argelici secchi triplicava!

«In onore di Ber'eth non abbiamo il diritto di trattenere i Somni a nessuno, anche se non abbiamo una grande amicizia con loro» Il sindaco Ornden si fece avanti. «La notizia dev'essere diffusa»

Voci incuriosite riempirono di nuovo la sala, mentre si discuteva di Barrost. Pochi in città volevano avere a che fare con la città prepotente o con le quattro famiglie al potere. Erano troppo occupati a complottare costantemente l'uno contro l'altro per preoccuparsi di qualcun altro. La maggior parte, a Landsend, fingeva che non esistessero.

«Chi porterà il messaggio?» Questa volta parlò il figlio di Rus Raykmut.

Un pesante silenzio scese sulla stanza.

«Lo farò io!» La voce di Malric Boatan, il figlio del fabbro, tagliò il silenzio.

Spaventati, molti guardarono il corpulento ragazzo dai capelli rossi. Appena diciassettenne.

Mannu vide molti fare un cenno con la testa in accordo.

«Porterò la notizia a Barrost. Lì abbiamo una famiglia lontana, anche loro devono saperlo. Vedremo se riuscirò a far arrivare il messaggio alla Regalità Vandriana» Guardò Mannu e Sonna. «Potrei riuscire a vedere anche Uri e Shann. Uri mi ha scritto che stanno lavorando alle chiatte dei Nobilis di Ydassum. C'è una grande riunione a Barrost. Forse possono aiutarci con qualche idea»

Gli occhi di Sonna scintillarono di lacrime.

Mannu le prese la mano e gliela strinse dolcemente. Si chinò in avanti verso il leggio di Ornden, e tirò fuori un pezzo di carta e uno stilo a carboncino. Chinando la testa, cominciò a scrivere mentre sussurrava. «Malric può portare questo ai nostri ragazzi»

Il sindaco parlò di nuovo: «Grazie, Malric Boatan. Abbiamo bisogno dell'aiuto di tutti. Tutti! Per le prossime settimane, tutti i cittadini capaci si presenteranno all'alba nella piazza del paese. I compiti saranno divisi tra uomini e donne, fanciulle e padroni. Tutti devono portare il loro peso se vogliamo salvare Landsend!»

Per qualche minuto vi furono alcune conversazioni spontanee, quindi il sindaco si rivolse a Mannu: «Può darmi qualche dettaglio in più del suo sogno? C'era qualcosa che ha tralasciato?»

Mannu scosse la testa. «Ma credo che sia importante che io abbia visto la flotta Atloni avvicinarsi di notte»

Ornden batté di nuovo il martelletto, alzando una mano per rivolgersi allo Shantab. «Cittadini, Mannu ha visto le navi avvicinarsi di notte. Questo significa che dobbiamo costruire dei falsi fari. Avremo bisogno di quante più placche d'argento possibile»

«Argento?» Mannu capì dal tono della voce di Heidl Hanster che il sindaco aveva avuto un'idea che non le piaceva. «Il mio argento apparteneva a mia nonna!»

Regula Mutig parlò: «Anch'io ho dell'argento, ma non capisco a cosa vi serva»

«Creeremo dei fari per attirare le loro navi nei punti peggiori della costa. Martellato e lucidato nella forma di una grande ciotola, l'argento rifletterà la luce dei fuochi di legna e sembreranno fari»

«Martellato? Non sulla tomba della nonna!» urlò Heidl Hanster.

«Credo che la tua nonna capirebbe» Le nocche di Ornden si sbiancarono mentre stringeva un po' di più il leggìo.

Nei momenti migliori, Heidl era come un amo nel pollice.

«Funzionerà?» chiese qualcuno verso il fondo della sala.

Il sindaco Ornden si concentrò sull'uomo. «Ha funzionato per i nostri antenati e funzionerà anche adesso. Costruiremo torri sul Picco della Vedova sull'Isola del Nord e su l'Ago del Naufrago sulla South Head. Entrambe sono vicine a secche che squarceranno lo scafo appena sotto l'acqua. I malfattori non sapranno di non arrivare in un porto sicuro finché non respireranno con i pesci»

Un altro uomo alzò la mano.

«Frinden Imner ha la parola ora» Il sindaco gli fece un cenno col capo.

«Possiamo fondere ganci e arpioni Vahlener in armi per difendere il lungomare»

Altri tre uomini si unirono a lui nelle discussioni per raccogliere tutto il vecchio metallo della città.

Il vecchio Davies Farthering parlò dal centro della stanza. La sua voce tremava per l'età, non per la paura. «Ogni contadino qui, porti tutte le sue oche in città. Allestiremo delle recinzioni lungo tutto il lungomare. Se qualche intruso cercherà di entrare in segreto, farà scattare un allarme talmente rumoroso da far risvegliare i morti»

Ulteriori suggerimenti arrivarono man mano che le discussioni si protrassero fino a notte fonda.

Sonna tenne il suo biglietto in grembo, poi sussurrò a Mannu: «Vedi Malric?»

«No» Non riusciva a vederlo da nessuna parte. Un

certo numero di persone si erano divise in gruppi ed erano già uscite. Mentre lui si girava, lei si alzò e si diresse verso la porta.

La seguì fuori nell'oscurità.

Sonna si spinse fra la gente del paese fino al punto dove trovò Malric e suo padre sotto un lampione.

«È stato bello da parte tua, figliolo» Greggor fece cenno a Sonna e Mannu di unirsi a loro. «Hai un grande compito davanti a te. I Barrostani non si chiamano le Vespe del Corno per niente. Dovremo farti fare i bagagli» Il fabbro mise una mano segnata dal fuoco sulla spalla del suo unico figlio.

«Grazie, papà. Dovrò partire alle prime luci dell'alba. Il viaggio durerà un paio di giorni e ogni giorno conta»

«Lo apprezzerei molto, Malric...» La voce di Sonna era fitta di emozione quando gli porse il foglio piegato. «...se non ti dispiace, consegnalo ai miei ragazzi da parte mia» La sua mano tremava mentre le lacrime le scorrevano lungo le guance. «E di' loro che è ora di tornare a casa»

Mannu mise il braccio attorno a Sonna. «Ah, mamma. Andrà tutto bene. I ragazzi saranno al sicuro» Lei appoggiò la testa sul suo petto.

Mentre si allontanavano, Mannu riusciva ancora a sentire la sobria conversazione di Greggor e Malric.

«Hai paura, papà?» aveva chiesto il giovane.

«Sì»

«Anch'io, ma è strano. Non è come la paura che ho provato prima»

«Questo è lo spirito, figliolo. Ce la faremo. I nostri antenati ce l'hanno fatta, e ce la faremo anche noi»

Mannu annuì silenziosamente, con una convinzione che non sentiva.

Spero che tu abbia ragione. Per Ber'eth, spero che tu abbia ragione...

24

GLITTER E INDUMENTI

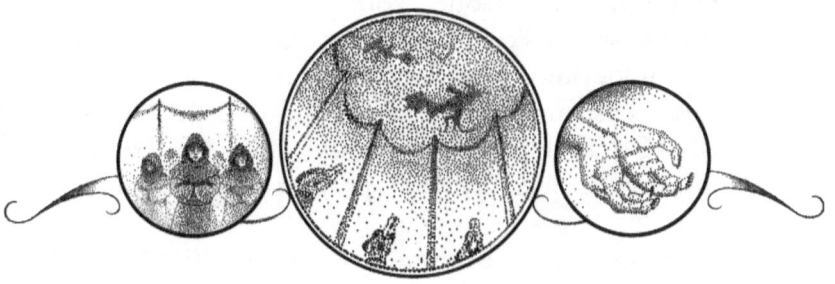

Scendendo gli ampi gradini del palazzo fino alla piattaforma di pietra vicino al corso d'acqua, Toman si fermò a metà strada e controllò l'area. L'evento di quella mattina sarebbe stato una piacevole pausa dal rigoroso allenamento delle ultime settimane. Ma non era il momento di essere pigri. Sua Grazia aveva detto di mantenere l'Eth sempre attivo, come se la sera avesse dovuto curare la brace nel caminetto, pronta per accenderla la mattina. E di esercitarsi a estendere la sua coscienza, sostenendola con l'Eth senza far accendere il suo Lobo o la luce nelle mani.

Non era impossibile, ma ci voleva un po' di concentrazione.

Da bambino, Alyena lo aveva aiutato a scoprire la capacità di estendere la coscienza, a percepire il movimento, il suono e, a volte, anche il tempo atmosferico. Con l'Eth poteva rafforzare questa capacità. Sarebbe stata orgogliosa di vedere a che punto fosse arrivato.

Mandò la sua coscienza al di sopra delle persistenti nebbie notturne. Il banco di vapore si alzava lentamente dal lungomare di Turicum. Sopra la nebbia tutto era calmo. Solo qualche gabbiano errante planava in lenti e pigri cerchi.

Il Signore Protettore gli aveva anche raccomandato di tenere gli occhi aperti su tutto ciò che lo circondava. Le persone. Volti incappucciati. Carri fermi per strada. Porte in ombra, porte che si aprivano e si chiudevano. Qualsiasi cosa fuori posto o che potesse nascondere un pericolo. Le voci dell'Ariete dagli Occhi Blu avevano risvegliato in lui la consapevolezza dei pericoli proprio sulla soglia di casa.

Si trovò a calcolare mosse di spada, blocchi, affondi. Quanti passi all'angolo di una strada buia. Quante braccia fino alla persona mascherata davanti a lui.

Proteggeva i Nobilis, proteggeva Lorann. Anche lei sarebbe stata lì stamattina. I bagliori dei suoi grandi occhi grigio-verdi, i suoi capelli dorati, il suo sorriso perfetto, le sue labbra. Poteva immaginare di mettersi tra lei e un aggressore, sacrificando la vita per salvare la sua.

Diede un'occhiata al suo nuovo vestito. Lei l'avrebbe notato?

Passò un dito sul motivo argentato delle maniche. Il sarto, pignolo, conosceva bene il suo mestiere. I punti erano intricati, perfettamente distanziati e stretti. Il disegno a foglia era lo stesso del motivo dorato dei capi di Sua Grazia. Un profondo senso di orgoglio

210

gli riempiva il petto. Lui, Toman Foggling da Upland, con abiti così eleganti e con una spada!

Guardò giù per i gradini verso il grande semicerchio rialzato sul bordo del corso d'acqua sottostante. Sul retro della piattaforma, dieci pali di legno rosso si ergevano come colonne sottili. Il loro colore rosso intenso luccicava alla luce del mattino. Dalla cima di ogni palo, ghirlande di fiori dorati e luminosi ondeggiavano nella brezza.

I servi gli passarono accanto portando cesti di fiori bianchi profumati. Ponevano mazzi di fiori alla base dei pali, poi si affrettano a risalire i gradini.

Decorazioni piuttosto semplici per quello che Lord Dalbonn disse che sarebbe stata un'occasione memorabile, la prima volta nella storia di Ydassum.

Due piccole barche apparvero dalla nebbia e attraccarono sulla riva. Dieci monaci sbarcarono, ognuno dei quali avvolto in una pesante veste marrone legata in vita. Si allinearono davanti ai pali sul retro della piattaforma e si infilarono le braccia nelle maniche.

Con il costante bisogno di sicurezza che Lord Dalbonn gli instillava, scrutava le barche vuote alla ricerca di qualsiasi copertura o coperta che potesse nascondere qualcuno.

Sperava che Yannu e Shann avessero ricevuto il suo messaggio. Eckel forse non li avrebbe lasciati venire, ma voleva davvero che vedessero tutto questo.

Sopra Toman, sui gradini del palazzo, i Nobilis e il Signore Protettore iniziarono la loro discesa. La dama Lorann camminava dietro di loro. Tre servitori li seguivano con i pacchi appoggiati sulle braccia tese.

Toman aspettò. Non avrebbe dovuto parlare fino a quando non gli avessero rivolto la parola.

211

«Mia Signora, Mio Signore» fece cenno a Toman, «permettetemi di presentarvi il mio apprendista, Toman Foggling di Upland, dall'isola di Fahtu-Shan»

«Buongiorno, Apprendista Foggling» Lady Banah accennò un inchino col capo.

«Buongiorno, Mia Signora» Toman si inchinò, come gli aveva mostrato Sua Grazia.

«Apprendista Foggling, è un piacere conoscerla finalmente» Lord Druin tese la mano.

«Buongiorno, Mio Signore» Toman non era sicuro che dovesse essere il primo a lasciare la mano del Nobilis e poi inchinarsi. Fece entrambe le cose, con una vampata di calore improvvisa sulle guance. Toman li aveva immaginati diversi. Più distanti. Intoccabili. Eppure la stretta di mano di Lord Druin era gioviale, la voce di Lady Banah gentile.

«E conosci già Dama Lorann»

Toman si inchinò, lottando per evitare che si vedesse un sorriso nervoso. Ma sapeva che i suoi occhi stavano sorridendo. «Buongiorno, Dama Lorann» Il suo vestito le stava proprio bene. Aveva i capelli intrecciati e decorati con nastri verdi.

«Buongiorno, Mastro Foggling» Lo guardò e poi abbassò la testa.

I Nobilis continuarono a passargli davanti.

«Apprendista» Sua Grazia attirò la sua attenzione. «Ecco i pacchi che tu e Dama Lorann porterete durante la cerimonia» Prese uno dei doni avvolti in carta pregiata da un servo e lo depose sulle braccia tese di Lorann.

Il secondo lo appoggiò su quelle di Toman. Era morbido, come un tessuto piegato. Un terzo fu consegnato a un servo dietro a Toman.

«Ora seguiamo i Nobilis» Una luce di buonumore

brillava negli occhi di Sua Grazia, mentre si girava e scendeva le scale.

Toman sbirciò attraverso il corso d'acqua fino al molo. C'erano Yannu o Shann? O forse entrambi? Se volevano vedere questo evento, avrebbero dovuto essere lì molto presto.

La sua speranza fu delusa. Il molo era vuoto.

I Nobilis si diressero verso la piattaforma, fermandosi di fronte ai monaci.

Lord Dalbonn si mosse dietro di loro e Toman prese la posizione assegnata alla destra del suo padrone.

La Dama Lorann si fermò con grazia alla sinistra di lord Dalbonn.

Peculiare, Toman avrebbe messo tutti in fila lungo il bordo per salutare i nuovi arrivati al momento dello sbarco. E quelle due barche... qualcuno avrebbe dovuto spostarle presto.

Un formicolio familiare nella sua testa. Qualcosa si muoveva sopra di loro. Alzò lo sguardo, scrutando nella nebbia. La densa foschia gli fece lacrimare gli occhi. Trattenne il respiro, sondando l'aria.

Niente.

Si accigliò. L'impressione se ne andò in fretta.

Sua Grazia poteva percepire qualche pericolo? Toman cercò di intercettare lo sguardo di Lord Dalbonn, ma non vi riuscì.

I monaci intorno alla piattaforma tenevano le mani tese, a coppa, come per prendere l'acqua piovana.

Lady Banah annuì a Lord Druin e aprì le mani, alzandole appena sopra la testa. Alzò lo sguardo. Lord Druin seguì l'esempio, alzando le braccia come aveva fatto lei. Si unì a lei nel guardare verso l'alto.

Anche loro sentivano qualcosa?

Toman attinse al suo lobo Eth. Il familiare bagliore delle sue mani si accese, nascosto sotto il pacco. Focalizzò il suo potere Eth, lanciandolo verso l'alto attraverso la nebbia. Percepì una grande presenza invisibile. Più di una? I suoi occhi sfrecciarono avanti e indietro dalla nebbia all'incontro.

Non voleva interrompere la cerimonia, ma doveva fare qualcosa. Formò il suo Linger sopra la nebbia, espandendolo rapidamente sulla piattaforma. Lo tenne al suo posto, nascosto nella nebbia.

Le voci dei Nobilis si alzarono in un canto senza parole. I monaci alzarono la testa e si unirono al canto, le loro voci profonde e ricche che si fondevano con quelle dei Nobilis.

Una forza si inserì di colpo nella sua connessione con l'Eth. Tremò. Respinse un sussulto mentre l'immagine di grandi creature alate gli balenò nella mente. Vaste e antiche foreste ai piedi di monti ammantati di bianco. Nello stesso istante, un'intensa vibrazione perforò il suo Linger. Una presenza lo attraversava. Il suo scudo si dissolse, la luce nelle sue mani si spense e la nuca si raffreddò.

Cosa poteva spegnere il suo Linger così facilmente?

Si spostò e sentì la carta si accartocciarsi nei pugni. Se avesse avuto bisogno della sua spada, avrebbe dovuto far cadere il pacco.

Lorann arretrò. Un'espressione preoccupata le sgualcì la fronte. Dopo avergli rivolto un rapido sguardo e un leggero cenno di rifiuto, restituì la sua attenzione ai Nobilis.

Il suo stomaco rantolò. Non riusciva a percepire ciò che lui sentiva. O cosa sapeva qualcosa che lui ignorava?

Strizzò gli occhi verso l'alto nel grigio. Come aveva

fatto il suo Linger a scomparire? Si era spento come la fiamma di una candela.

La dolce melodia dei Nobilis riempiva l'aria. La bellezza delle loro voci era inaspettata, eccezionale.

Poi la sentì. Una frustata d'aria. Grandi ombre ondulate apparirono nella nebbia direttamente sopra di loro. La nebbia fluttuava in grandi vortici. Il suono ricordava a Toman lo sbattere delle ali del grande cigno nero.

Forti raffiche di vento agitavano mantelli e vestiti. Le lunghe ghirlande di fiori ondeggiarono avanti e indietro sui loro pali.

Tre enormi creature alate discesero nella nebbia.

Gli Avem! Erano reali. Davvero reali, non solo storie.

I loro massicci piedi artigliati si posarono sulla piattaforma di pietra nello spazio aperto davanti al gruppo. Il sottile suono di quei loro grandi artigli che raschiavano sulla pietra mentre ripiegavano le ali contro i loro corpi eretti. Gli Avem erano davvero strani. Avevano ali potenti, ma anche braccia spesse con le dita artigliate. Le loro zampe massicce assomigliavano a quelle dell'Orren, ma erano ricoperte di pelle dura e ruvida.

Fece un respiro profondo. Non c'era alcun pericolo. Le sue orecchie si scaldarono per l'imbarazzo. Guardando verso Sua Grazia, il suo padrone annuì con un sorriso consapevole.

Allora questa fu l'occasione memorabile: l'arrivo degli Avem a Turicum?

Lady Banah chinò il capo verso gli Avem e poi abbassò le braccia.

Lord Druin fece la stessa cosa che fecero loro quando si avvicinarono alle tre creature.

Queste avevano un aspetto strano, potente, e un po' goffo in piedi, nonostante le loro grandi ali e le gambe tozze.

«Benvenuti a Turicum, Miei Lords» La voce di Lady Banah aveva autorità e dolcezza allo stesso tempo.

La fiducia della Nobildonna ricordò a Toman di Lorann. O meglio, egli poté intuire da dove la sua Dama aveva appreso quel tipo di sicurezza.

«Benvenuto, primogenito di Ber'eth» disse Lord Druin.

L'Avem in piedi al centro stese le braccia, le sue mani artigliate si strinsero a coppa come le altre sulla piattaforma.

«Benvenuto, Mio Lord G'nallun» Lady Banah abbassò la testa, toccando con la fronte l'imbottitura proprio dietro gli artigli di Lord G'nallun.

Lord Druin fece lo stesso gesto.

Lady Banah allungò le mani, formando la stessa forma a coppa.

Lord G'nallun le toccò la testa con la punta delle dita.

Una luce la circondava, il più puro dei gialli, come polline fresco e brillante. Il suo corpo si tese mentre il suo viso impallidì. Il bagliore intorno a lei si affievolì mentre il Lord Avem sollevava la sua testa spigolosa.

Toman aveva visto per tutta la vita accenni di colori di Linger, ma mai un giallo così brillante. Anche il Linger di sua madre era pallido in confronto a quello di Lady Banah.

Lord G'nallun si fece avanti e abbassò la testa verso le mani alzate di Lord Druin. Una vivida luce blu apparve intorno a lui, una tonalità scintillante più ricca e chiara del cielo prima delle piogge pomeridiane.

Toman trovò strano che le spalle del Nobilis si irrigidissero mentre faceva cadere le braccia, con i pugni stretti.

Il Lord Avem cominciò a parlare. Le sue parole risuonarono nel profondo della sua gola come se due voci cantassero contemporaneamente. «G'nallun esprime gratitudine»

Toman riusciva a malapena a capirlo.

Il Lord Avem si muoveva verso i suoi compagni, puntando un grosso artiglio prima verso l'uno e poi verso l'altro. La spessa pelle delle sue ali si aprì mentre stendeva le braccia. «G'nallun presenta B'noru, e introduce Bh'rants»

Lady Banah, Lord Druin e Lord Dalbonn, si inchinarono ai Lords Avem.

Dopo pochi secondi, Lady Banah fece un semplice gesto con la mano.

Lorann fece un passo avanti con il suo pacco.

La Nobilis cominciò a scartare il foglio mentre il sole iniziò a filtrare attraverso le grigie nebbie. La chiara luce del mattino diede vita ai colori. Scintillando al sole, un panno dorato luccicò ad ogni angolo, riflettendo un morbido riflesso giallo sul viso e sulle mani di Lady Banah.

Toman non riuscì a trattenere la meraviglia.

Lana scintillante, il tessuto brillava come fili di vetro filato!

Due monaci si fecero avanti e dispiegarono una forma stranamente tagliata.

Indumenti fatti interamente di lana scintillante! Nulla di ciò che aveva mai visto aveva eguagliato la sua brillantezza, nemmeno alla corte di Méndrensynn. Già sopraffatto dal privilegio di essere lì, quella stoffa non faceva che aumentare il suo stupore. Un pezzo da sogno! La piccola treccia di lana scintillante nella tasca della camicia, un piccolo frammento di un misterioso arazzo.

Studiò gli occhi del suo Maestro. La sua mente inondata da decine di domande sui panni.

Il volto di Lord Dalbonn mostrava un accenno di sorriso.

Forse Yannu aveva ragione. Sua Grazia non poteva avere motivazioni nascoste. Questo era l'onore.

Lady Banah si fece avanti verso Lord G'nallun. I due monaci la affiancarono, aiutando a drappeggiare il telo sulle sue spalle angolari. «Queste vesti gloriose sono per onorarti come tu hai onorato noi con la tua presenza in questo viaggio»

Il taglio strano delle stoffe ora aveva un senso, perché i due monaci lavoravano un'ampia striscia lungo la schiena della creatura. Lady Banah usò un cordone di seta intrecciato per allacciare la veste.

I signori Druin e Dalbonn aprirono i loro pacchi, ciascuno assistito da altri monaci, e sistemarono i mantelli per i Lords B'noru e Bh'rants. Il tessuto di seta scivolava sulla mano di Toman come l'acqua sulle pietre del fiume.

I Nobilis condussero i signori alati verso la scalinata del palazzo, passando vicino a Toman.

Dovevano essere di due teste più alti di lui. Le loro ali erano affascinanti. Tese e strette contro i loro corpi, sembravano tende piegate con i pali lasciati dentro.

Quando il Lord G'nallun raggiunse Toman si fermò e guardò dritto verso di lui, poi si voltò a guardare gli altri due Lords.

Gli occhi degli Avem erano terrificanti.

Un brivido freddo percorse la colonna vertebrale di Toman mentre il suo corpo si teneva teso.

I suoi occhi giallo intenso sembravano incastonati in un grugno permanente, che sbirciavano da sotto le sopracciglia ossute. La sua testa ricordava a Toman la metà superiore del cranio di un falco, ma sotto quello che sembrava un becco poteva vedere una bocca, un po' come quelle delle razze Orreniche.

Tutti e tre gli Avem si inchinano a Toman come un suono melodico che sale dal profondo della loro gola. La pelle di Toman si raffreddò.

«Figlio di Orren, sei stato messo da parte» Lord G'nallun strinse gli artigli e li abbassò verso Toman.

Il lieve sussulto di Lady Banah indusse Toman a distogliere lo sguardo. Altri mormorii di stupore si unirono ai suoi.

Tremando, ripeté le azioni dei Nobilis e si inchinò, toccando la fronte all'imbottitura dei palmi delle mani del Lord degli Avem. Il suo Lobo si riempì di un calore improvviso mentre la luce nelle sue dita si accendeva. Una vastità sembrò aprirsi davanti a lui, un potere smisurato, non come il suo legame con l'Eth. Era più grande di qualsiasi cosa avesse mai sperimentato prima, eppure si sentiva stranamente al sicuro.

Il Lord Avem alzò la testa e si fermò, come in attesa.

Doof en Donder, la seconda parte! Toman strinse le mani, alzandole verso Lord G'nallun.

Mentre la fronte ossuta dell'Avem lo toccava, il suo dito apparve intorno a loro, scintillando come vetro liquido.

Nuove immagini gli inondarono la mente. Grandi stormi di Avem su vaste foreste e catene montuose. Poi il fragore dei cannoni che sparavano reti in aria. I corpi di innumerevoli Avem precipitavano a terra, lottando contro i legacci. Uomini dalla pelle scura che saltavano sui loro corpi caduti, gridando di vittoria, trafiggendoli con lance. Fiumi di sangue.

L'angoscia e l'intenso dolore lo schiacciarono, mentre lacrime non trattenute gli offuscarono gli occhi. Tutto il suo corpo tremò. Scosse la testa. La visione svanì.

Mentre guardava il Lord Avem direttamente in faccia, delle finestre sembrarono spalancarsi negli occhi gialli e profondi di Lord G'nallun. Dietro ad essi c'era un'immensa perdita.

Toman guardò velocemente verso gli altri.

La mascella si strinse, Lord Druin fece un cenno.

Il volto di Lady Banah era pallido, le sue mani tremanti strette insieme. I suoi occhi brillavano di lacrime.

I Nobilis dovevano aver provato la stessa cosa che aveva provato lui...

25

IMBARCHI E INCONTRI

I moli erano in piena attività quando Toman si diresse verso le banchine e le chiatte reali in attesa. La stanchezza lo opprimeva, rendendo i suoi bagagli particolarmente pesanti quella mattina. Aveva a malapena chiuso occhio.

I sogni erano stati pieni della visione portata dal tocco degli Avem. Aveva già visto gli uomini dalla pelle scura, nei suoi sogni, tanti mesi fa, nella sua camera da letto in soffitta a Upland.

Anche gli occhi penetranti degli Avem, sfere di un giallo intenso, lo avevano inseguito nel sogno. Fluttuavano, come soli ardenti, su un mare infuocato di sangue degli Avem. Una tristezza opprimente riempiva l'aria. Come portare il peso di tale conoscenza?

Le domande brulicavano ancora nella mente di

Toman. La sera precedente non c'era stato il tempo di parlare con Sua Grazia. Il suo padrone aveva dovuto partecipare a un banchetto privato con i Nobilis, i Lanfoths Lord Steffen e Lady Ahnya, anche Lady Banah e Lord Druin.

Le familiari nebbie mattutine si alzarono sulla costa di Turicum. Barche e navi costeggiavano il lungomare, ma le chiatte reali si distinguevano. La Solyssia e la Boaddan erano addobbate con stendardi e ghirlande di fiori. Una brezza pigra accarezzava lo stendardo della Casata di Méndrensynn sul pennone del Solyssia.

L'eccitazione prese lentamente il posto dell'ansia assillante nella sua mente. Oggi era prevista la grande partenza per la Visita di Stato, il viaggio verso la punta del Corno e lungo la costa occidentale. Luoghi che non aveva mai visto prima, alcuni dei quali non aveva mai sentito nominare, ma che aveva iniziato a sognare.

Sulla strada verso Barrost per la riunione, si sarebbero fermati a prendere il mitici Riddern e poi qualcuno a Lowarthen. Anche Brun sapeva delle vaste praterie di Lowarthen. Le razze più grandi di bestie cornute erano allevate esclusivamente per la carne ricca invece che per la lana. La loro carne doveva essere tenera e deliziosa.

Poi le chiatte sarebbero scese lungo il Suyan Folumpor, il Grande Fiume, fino a Barrost sul Grande Oceano Occidentale. L'Olmish Mechen, ricordava la vasta area blu sulla mappa che Sua Grazia gli aveva mostrato. Si diceva che Barrost fosse la città più ricca del Corno Settentrionale, ma con una reputazione piuttosto squallida. Sua Grazia l'aveva definita un nido di vespe incastonato in un gioiello.

Due giorni di viaggio a sud di Barrost e si

fermavano nell'antica patria di sua madre, Limmania. Poteva avere ancora lì una famiglia lontana? Non sapeva quale fosse il nome della sua famiglia. Era stato cambiato quando era stata adottata.

Poi a Mendelon e Geholiogarth. Sua Grazia gli aveva anche detto che sarebbe rimasto colpito da queste due città, forse le più antiche del Grande Continente.

Lungo il molo e su per la passerella fino al ponte principale della Solyssia fu steso un tappeto blu profondo, perfettamente spazzolato. Guardie e musicisti erano già in fila.

La realtà del viaggio lo colpiva. Stava davvero partendo per il viaggio. Il suo entusiasmo aumentò quando tre figure emersero dalla nebbia che si alzava.

«Shann, Yannu, Uri!» Toman accelerò il passo. «È bello vedervi tutti! Eckel vi fa lavorare su una nave nelle vicinanze?»

«Cosa?» Shann scosse la testa, perplesso.

Yannu salutò con un gesto stravagante e poi si inchinò. «Vostra Grazia, è davvero un piacere!» Il volto del suo amico si illuminò mentre guardava Toman, cominciando dai suoi nuovi stivali nuovi e lucenti e finendo con la piuma nel cappello.

«Smettila» Toman non poté fare a meno di sorridere alle sciocchezze del suo amico.

«Il lusso deve averti rimbambito, vecchio mio. Devi lavorare sulla tua memoria» Shann colpì Toman sul petto con il pugno, sorridendo.

Ovvio! Aveva completamente dimenticato che Eckel aveva menzionato il fatto che il suo equipaggio sarebbe andato a Barrost. Tante cose erano cambiate negli ultimi due mesi. Tante cose aveva dovuto imparare, e così poco tempo per tutto il resto.

«Comunque, avremmo potuto non farcela. Il tuo Lord Dalbonn e Eckel hanno avuto un litigio un po' di tempo fa e ci hanno cacciato via. Ma poi, improvvisamente ci hanno chiesto di tornare, solo un paio di giorni fa»

«Non lo sapevo» Sua Grazia non ne aveva parlato, ma Toman poteva immaginare che le maniere sgradevoli di Eckel lo avrebbero messo nei guai.

«Ma ti sei ripulito per bene, amico. Proprio bene» Shann gli posò un dito sulla spalla come se avesse visto un granello di qualche tipo sulla sua giacca.

Non che fosse necessario. Toman era stato molto attento a spazzolare i suoi vestiti.

Un ghigno comparve sul volto di Uri mentre guardava Toman, poi svanì.

Toman quasi non lo riconosceva.

Sembrava invecchiato di cinque anni negli ultimi due mesi. E quelle ciocche di capelli erano grigie?

«Devi nuotare nell'oro, straniero» La voce di Uri risultò aspra mentre guardava gli stivali di Toman e poi su per le maniche ricamate.

«Non badare a lui» disse Shann a Toman mentre dava una spinta a suo fratello.

«Ti abbiamo visto, ieri» Yannu si fece avanti. Si intravedeva una zona di pelle viola scuro vicino al retro del colletto. «Siamo arrivati un po' in ritardo, ma... per Ber'eth! Quelle creature si sono inchinate davanti a te!» Prese la mano di Toman e la strinse.

«Si chiamano Avem» Toman inclinò la testa per vedere meglio il collo del suo amico.

Abbandonando la stretta di mano di Yannu, prese il bordo del colletto dell'amico e lo piegò all'indietro per vedere meglio la sua spalla. La rabbia ribollì nel sangue di Toman. «Eckel non la passerà liscia» Parlava a denti stretti.

Yannu tirò su il colletto. «Non fare niente, amico. Lascia perdere. Posso occuparmene io»

Fissando Toman, Uri si avvicinò al gruppo di amici, con le narici dilatate. «Che autorità hai qui, fattore? Il tuo guinzaglio non è così lungo»

Uno strano luccichio negli occhi di Uri diede a Toman la pelle d'oca.

Uri si allontanò.

Toman si accigliò. «Che gli succede?» Le parole avvelenate di Eckel?

«Non lo so. Non mi parla più molto» Shann afferrò il braccio di Toman e lo strinse. «Lascialo stare»

«Vorrei poterti aiutare, Shann» Toman guardò dietro di lui, scrutando il molo. Uri se n'era già andato.

«Non l'accetterebbe» Yannu guardò Toman con un'espressione triste. «La moneta che gli hai dato quella notte? Ha pensato che tu volessi vantarti del fatto che tu hai l'argento e lui no»

Shann evitò gli occhi di Toman. «Gli pesa di aver perso tutte le monete quella notte alla taverna. Vedi, c'è questa ragazza al suo paese. Suo padre gli ha scritto che deve trovare presto la somma per la dote. O non se ne fa niente. Non ce l'ha. Da quella sera è diventato più freddo, ma il suo temperamento è diventato più caldo. E, beh, sei diventato proprio un damerino, non è vero?» Shann guardò i vestiti di Toman, soffermandosi sul cappello. «E quella stupida piuma non aiuta molto, amico»

Toman si tolse il cappello e lo infilò sotto il braccio, attento a non rompere l'asta della piuma. Capiva il locandiere Athal che lo prendeva per un signore, ma gli dava fastidio che i suoi amici guardassero i suoi vestiti prima di lui. Un'ondata di tristezza lo colse mentre studiava gli intricati e scintillanti ricami sulle maniche. Poteva la sua fortuna avergli alienato un amico?

Toman cambiò argomento. «Quando mi sono alzato stamattina non pensavo che ci saremmo visti prima della partenza»

«Salite sulla nave, ragazzi, subito!» Una voce burbera li fece sobbalzare tutti.

Trasalendo, Yannu alzò le mani come a proteggersi il viso.

Toman si stupì della reazione dell'amico, quando si girò verso l'altoparlante. «Guardiamarina Eckel» Si rimise il cappello, ma non fece alcuno sforzo per nascondere la sua rabbia.

Eckel sputò per terra proprio davanti agli stivali di Toman. Il Guardiamarina sogghignava, la sua voce sibilava quasi fosse una vipera. «Allora... bel contadino, vedo che stai ancora mostrando la sottoveste ai pretendenti che vengono con moneta sonante»

Un gelido imbarazzo lo attraversò all'accusa di Eckel. Toman afferrò l'elsa della sua spada mentre la sua prima emozione andò trasformandosi in rabbia cocente. L'altra mano si strinse in un pugno, le nocche si sbiancarono. Un solo colpo forte a quel naso rosso di birra gli avrebbe fatto chiudere il becco.

«Tomi...» Un'espressione dolorosa apparve sul viso di Yannu. Aprì la bocca come per dire qualcos'altro, ma tacque.

Shann tirò la manica di Yannu, tirandolo verso le barche. «Andiamo, amico»

«Cosa vuoi fare, vagabondo? Colpirmi?» Eckel lo schernì, i suoi occhi iniettati di sangue lo sfidavano.

226

«Guardiamarina Eckel!» Il tono acuto di Lord Dalbonn tagliò l'aria.

Eckel si voltò verso Sua Grazia.

«Ti rivolgerai al mio apprendista come "Apprendista al Signore Protettore" o "Apprendista Foggling". Sono stato chiaro?»

Eckel sussultò. Le vene degli occhi e delle guance sembrarono gonfiarsi. Il suo sguardo feroce rese Toman felice di essere armato.

«Mi sono spiegato bene, Guardiamarina?» Sua Grazia ringhiava. «O vuole rischiare di nuovo la sua posizione con noi?»

Toman non aveva mai sentito Lord Dalbonn alzare la voce prima di allora.

Il Guardiamarina arretrò. «Sì, Vostra Grazia» La sua voce scura, tesa. Si rivolse a Toman con un'aria tutt'altro che arrendevole: «Apprendista Foggling»

Toman aspettò che l'ufficiale si allontanasse, poi si voltò verso Lord Dalbonn e disse a bassa voce: «Vostra Grazia, ho appena saputo di Eckel e...» Deglutì per non far tremare la sua voce. Non era sicuro se fosse rabbia o dolore. «Ha picchiato Yannu, Vostra Grazia. E non riesco a scrollarmi di dosso la sensazione di aver causato tutto questo. Di averlo iniziato in qualche modo»

Le rughe intorno agli occhi di Lord Dalbonn si strinsero, poi si ammorbidirono come per simpatia. «I Nobilis stanno arrivando. Dobbiamo prendere posto» Chiamò con la mano un facchino per prendere le valigie di Toman.

Toman seguì Sua Grazia mentre Eckel si volse verso il Boaddan.

Il Guardiamarina aveva origliato?

Il suo stomaco si contorse. Non sarebbe andata a

finire bene, ne era sicuro. «Vostra Grazia, crede che... Potrebbero esserci dei problemi?»

Sua Grazia guardò verso il Boaddan dietro di loro e poi di nuovo verso Toman. «Il Guardiamarina dell'altro equipaggio, quello assegnato all'entourage, è stato trovato morto vicino al lungomare un paio di settimane fa. Il suo era l'unico equipaggio che potevo assumere con così poco preavviso. L'unità di Eckel è stata assegnata solo come la successiva disponibile. Avere una squadra minima di riparazione è una precauzione importante per un viaggio di questo tipo. E, nonostante il suo temperamento, il suo equipaggio è noto per il lavoro di qualità»

Toman annuì. L'acqua si mosse dolcemente contro gli ormeggi di pietra chiara. «Vostra Grazia, prima di tutto questo, Eckel mi aveva chiesto di far parte di quell'equipaggio. Avevo detto di sì»

Gli occhi di Lord Dalbonn si restrinsero per un istante mentre studiava il volto di Toman. «Capisco»

Un senso di vergogna lo colse. Non aveva mantenuto la promessa. «Era più o meno il periodo in cui mi ha reclutato»

«Eckel imparerà ad accettare la tua promozione» L'espressione di Sua Grazia si indurì mentre camminavano verso la Solyssia. Chiese ai portatori di salire a bordo della nave. «La stanza dell'apprendista Foggling è quella adiacente alla mia»

I tre facchini si recarono da un ufficiale alla base della passerella. Marinai dall'uniforme immacolata stavano sul ponte principale, pronti a salpare. Diversi guardiani aspettavano sul cassero di poppa i Nobilis. Un basso mormorio di voci eccitate raggiunse le orecchie di Toman.

Aveva avuto il grande piacere di lavorare alla

Solyssia. I pannelli dorati di Byr e di legno di sangue erano intarsiati con foglie vorticose di legni di diversi colori. Di tutte le navi su cui l'equipaggio di Eckel aveva lavorato, non aveva mai visto appartamenti così ricchi e un artigianato così dettagliato. Anche la sala da pranzo era stravagante.

Il viaggio sarebbe stato un'esperienza meravigliosa, ma gli eventi di ieri lo preoccupavano ancora. «Vostra Grazia, non abbiamo avuto tempo di parlare degli Avem. Ho così tante domande»

«Sì, lo immaginavo. Ne ho qualcuna anch'io» Sua Grazia si voltò verso di lui, il suo volto si illuminò di quello che sembrava orgoglio. «L'onore che ti hanno concesso non ha precedenti al di fuori di una famiglia di Nobilis»

La combinazione del riconoscimento degli Avem e l'approvazione di qualcuno come il Signore Protettore quasi lo soprafecero. Un crescente senso di meraviglia lo riempì. Perché lo avevano scelto? Perché gli avevano rivelato il loro passato? «Vostra Grazia... cosa significa, cosa hanno fatto?»

«Non lo so» La voce di Lord Dalbonn si abbassò. «Nemmeno i Nobilis. Ma ne parleremo più tardi»

Toman seguì Sua Grazia mentre prendeva posizione vicino a un ufficiale di stanza alla base della passerella verso la chiatta reale.

L'ufficiale aveva un libro mastro legato su uno stand e una borsa di cuoio consumata ai suoi piedi. Due soldati stavano di guardia, uno per ogni suo lato. Batterono i tacchi e si misero sull'attenti.

«Buongiorno» Toman alzò il cappello.

I soldati balbettarono una risposta rapida, apparentemente sorpresi dal suo saluto. Sembravano all'incirca dell'età di Toman. «Buongiorno, Vostre Grazie»

Lord Dalbonn annuì alle guardie. «Buongiorno, signori» Si girò verso Toman con un sorriso accennato, abbassando la voce. «Apprendista, questi è il capitano Vachter»

Il capitano rispose. «Buongiorno, Vostra Grazia» Era più vecchio di Lord Dalbonn, con accenni di grigio tra i capelli e la barba. «Buongiorno, Apprendista Foggling»

«È tutto in ordine?» domandò Sua Grazia.

«Sì, Vostra Grazia. In orario e pronto per la partenza. Mancano solo i Nobilis"

Un giovane arruffato si incamminò verso l'ingresso, con le borse che gli sbattevano sul corpo. La sua corporatura ricordò a Toman Lord Druin, ma senza la dignità del Nobilis. I suoi occhi erano di una diversa tonalità di blu, ma aveva la stessa mascella forte. I suoi capelli scuri erano di un'insolita tonalità di marrone, come se fossero stati colorati. La vanità non deve avere limiti a Barrost. Il ragazzo era anche un po' magro, ma sembrava che potesse fare una giornata di lavoro decente.

«Buongiorno, Signori, Vostra Grazia» Ansimando, il giovane fece cadere una delle borse. Alcuni fogli sciolti caddero a terra. Allungò la mano nella giacca, tirò fuori una busta sgualcita e la consegnò al capitano. «Io sono Dobbesser, Trend Dobbesser. Studente di dialetti Orrenici antichi dell'Università di Barrost. Potreste aver sentito parlare di me» Il suo accento era peculiare, stridulo.

La busta. Toman aveva dimenticato di nuovo di scrivere a Odilia della sua nuova promozione ad apprendista. Avrebbe dovuto trovare il tempo durante il viaggio, ma non era sicuro di come spedire una lettera dalle chiatte. Forse Dama Lorann lo sapeva.

Il capitano Vachter aprì il libro mastro e fece una smorfia quando girò una pagina del libro. Scosse la testa, guardò di nuovo le carte del giovane, poi voltò un'altra pagina. Si irrigidì. «Mastro Dobbesser, non trovo il suo nome sulla lista passeggeri. Dovrà andarsene» Restituì i documenti al giovane.

«Non capisco. Mi è stato detto che mi sarebbe stato permesso di viaggiare con l'entourage fino alla mia università a Barrost» La voce del giovane vacillava tra l'irritazione e la paura. «Devo presentare le mie ricerche prima della chiusura dell'anno scolastico. Poco dopo inizia il Summit sul Commercio. Questa è la mia unica possibilità di tornare indietro in tempo» Le spalle gli si erano abbassate mentre faceva cadere il resto delle borse ai suoi piedi.

«Mi dispiace, giovane Mastro, ma nessun privato è stato autorizzato a salire a bordo delle navi. Sono ammessi solo dignitari o funzionari registrati. È necessario che si metta in viaggio»

Uno dei soldati si fece avanti e si diresse verso l'altra estremità della banchina.

Il giovane gemette, i suoi occhi imploranti si posarono su Toman, come se potesse in qualche modo aiutarlo.

Lo studente spinse indietro i suoi capelli scuri, lunghi fino alle spalle, dalla fronte sudata, con gli occhi che si allargavano. «Non capisce. Stavo facendo delle ricerche negli archivi nazionali, nella Biblioteca Méndrensynn. Il mio lavoro sui documenti dell'Antico Orrenico e le diverse varianti dialettiche

di Ydassum hanno rivelato informazioni importanti»
La sua voce si è incrinata.

Toman guardò Sua Grazia. Nessuna espressione.
Questi uomini stavano facendo il loro lavoro e Sua
Grazia non avrebbe interferito.

Cadde un silenzio imbarazzante mentre lo studente
guardava, un'espressione supplichevole che si
formava intorno alla bocca. Ma il soldato indicò di
nuovo il molo, questa volta con la mano sull'elsa della
spada.

Con un profondo sospiro, l'allievo si chinò e fece
scivolare le mani tra le varie tracolle delle sue borse
mentre raccoglieva le sue cose. Mormorò, si raddrizzò
la schiena e cominciò ad allontanarsi. «Oh, fantastico.
Ho già restituito la chiave della stanza. Non so dove
andrò a stare ora. Avrei comunque avuto il mal di
mare per tutto il tempo»

Il suo bagaglio gli battè sulle gambe. L'immagine
ricordò a Toman le borse da sella troppo piene, legate
sul retro di una vecchia e stanca Bestia Cornuta.

«E devo portare questo al professor Gwenndon»

Il capitano alzò la voce: «Gwenndon? Aspetta,
figliolo» Sporgendosi aprì la borsa di pelle ai suoi piedi
e sfogliò diverse pergamene sigillate. *All'Università di
Barrost, professor Gwenndon* era scritto con inchiostro
blu scuro su una delle buste. «Ho qui una missiva di
Lord Druin riguardante un certo professor
Gwenndon» Rompendo il sigillo, esaminò la scritta
all'interno. «Il suo nome completo è Trend Amron
Dobbesser?»

«Sì!» Lo studente balbettò, girando sui tacchi.

«I suoi documenti d'identità di nuovo, allora, se non
le dispiace, signor Dobbesser»

Toman soppresse una risatina. I passi dell'allievo,

impaziente di tornare verso di loro, sembravano quelli di un'oca che dondolava.

Lasciando cadere le borse, Trend sfogliò una di esse e tirò fuori i suoi documenti. «Ecco a lei, signore»

Il capitano Vachter esaminò ancora una volta i suoi documenti personali. Il suo lento accennare col capo procurò un sospiro di sollievo a Trend. «Sulla Solyssia, ci sono le camere della servitù accanto alle cucine sul ponte inferiore di poppa. Dividerà la stanza a sinistra con altri due assistenti maschi» Restituì i documenti.

«Grazie, grazie» sbuffò Trend mentre saliva a bordo.

Toman si oppose all'impulso di aiutare lo studente straniero con il suo imbarazzante carico, ma non sarebbe stato opportuno lasciare il suo posto.

Il capitano scosse la testa, borbottando tra sé e sé. «Topi di biblioteca. Lord Druin ne ha sempre uno o due che vanno o vengono sulle nostre navi»

Lungo il molo, i trombettieri si radunarono, alzando gli strumenti. I tamburini si alzarono e incrociarono le bacchette, appoggiandole sui cerchi.

Due file di guardie in livrea marciarono verso di loro e scattarono in posizione. «Attenzione!» Batterono i tacchi all'unisono. «Sguainate le spade!» Alzarono le spade come rami d'albero intrecciati in un frutteto.

Iniziò la musica che annunciava l'arrivo dei Nobilis. Il chiaro suono delle trombe penetrava il soffitto di nebbia che si sollevava lentamente.

Lady Banah e i genitori di Lord Druin, Lanfoth Steffen e la sua consorte, Lady Ahnya, li accompagnavano. Ognuno di loro posò una mano sulle spalle di Lady Banah dicendo: «Possa Ber'eth vegliare su di te, proteggerti e guidarti nel tuo viaggio.

Siate ricolmi della sua saggezza. Onoratelo e lui onorerà voi»

I Lanfoth baciarono Lady Banah su entrambe le guance.

L'emozione si agitò nel petto di Toman. Toccò la foglia nella sua tasca e si baciò i polpastrelli.

I Lanfoth misero le mani sulle spalle del figlio e ripeterono la benedizione su Lord Druin. Poi gli baciarono la fronte.

Lady Banah e Lord Druin attraversarono l'arco di spade della guardia d'onore e si diressero verso la rampa. Un vivace rullo di tamburi si unì al saluto ovattato delle trombe.

Lorann apparve sul molo. Si voltò a guardare e sorrise. Il cuore di Toman saltò un battito. La sua presenza poteva fargli dimenticare tutto ciò che lo circondava. Tirò l'orlo della giacca e sorrise a sua volta.

Mentre Lord Druin e Lady Banah si avvicinavano alla passerella, il capo della guardia d'onore emise un comando acuto: «Inguainate le spade!» Muovendosi all'unisono, i soldati infilarono di nuovo le spade nei loro foderi.

«Buongiorno, Vostra Grazia. Buongiorno Apprendista» I Nobilis accennarono un inchino col capo.

«Buongiorno, Mia Signora, Mio Signore» Toman si inchinò come comandava l'etichetta.

«Non vediamo l'ora di parlare con voi degli eventi di ieri. Vi unite a noi per il tè questo pomeriggio?» Lady Banah sembrava stanca. I suoi occhi sembravano disorientati mentre parlava.

«Sarebbe un piacere, Milady» Toman provò un brivido di eccitazione.

Lord Dalbonn e Toman seguirono Lady Banah, Lord Druin e Dama Lorann sulla rampa e sulla Solyssia.

Quando l'ultimo dell'entourage salì a bordo, Toman esaminò il ponte principale, usando sia gli occhi che la sua coscienza, che stava mantenendo accesa. Un brivido gli percorse la colonna vertebrale, un allarme pizzicava il lobo dell'Eth.

Movimento.

Riusciva a percepire gli Avem, le loro enormi ali che battevano nel cielo sopra di loro, dirette a ovest verso il fiume Suyan Folumpor.

Sospirò, ma il suo sollievo fu di breve durata. Qualcos'altro si muoveva nel cielo.

«Vostra Grazia. C'è qualcosa che viene verso di noi dal nord» Indicò i tetti nebbiosi di Turicum.

Sua Grazia strinse gli occhi, seguendo la direzione indicata da Toman.

Sopra il palazzo, una bruma scura e ondulata svolazzava come una macchia fumosa sul puro granito bianco.

Toman estese la sua coscienza verso il movimento che si avvicinava. Scosse la testa. Troppo lontano. «Il mio dito potrebbe funzionare»

«Fallo»

Toman si fece forza e spinse il suo potere verso la bruma. Il ricordo dei Viaggiatori su Mirshod lo tormentava ancora. Invece di un impatto violento, un leggero battito di ciglia sfiorò il suo scudo. «Da questa distanza non riesco a capire cosa sia, ma è quasi come una sensazione di solletico»

La nuvola scura sfarfallava con diverse sfumature di blu.

Lord Dalbonn strizzò gli occhi e poi alzò le

sopracciglia. «Farfalle degli Altipiani? Sembrano Cobalt Summerbirds, ma non le ho mai viste così numerose»

Con un sospiro di sollievo Toman ritirò il suo Linger.

Avvicinandosi al lungomare, migliaia di piccole ali battono in un'armonia caotica. L'aria sopra la città bassa cominciò a riempirsi di lampi blu intenso come una vasta scia di fumo vivente. Ombre delicate caddero sulla chiatta mentre lo sciame brillante svolazzò intorno a loro.

Sopra i sussulti di gioia dell'entourage reale, le parole eccitate di Lorann lo raggiunsero. «Un così bel presagio per la nostra partenza»

Presagio, sì. Buono? Non ne era così sicuro. La gioia di Lorann, in condizioni normali, lo avrebbe entusiasmato, ma le parole di Shann e Uri riecheggiarono nella sua mente.

Stagione Fuori Stagione, il Portatore di Rovina.

26

TÈ E BISCOTTI

Le montagne a nord di Turicum erano ancora nascoste dalla nebbia del tardo mattino. Ma l'ampia valle del Laggol Palaath sarebbe stata presto visibile, aprendosi davanti alle chiatte. Le vaste foreste lungo la riva nord si estendevano verso gli altipiani di Ydassum e Bnornum. A sud del fiume, le dolci colline si estendevano verso i ricchi pascoli. Non lontano da qui i contadini avevano segnalato le loro mandrie domestiche che attraversavano il fiume in preda al panico. Ora tutto sembrava normale.

Dalbonn si guardò intorno alla ricerca del suo apprendista. Dall'altra parte del ponte, Lorann guidava i servi che portavano vassoi carichi di oggetti per il tè formale.

Il suo apprendista attraversò la porta bifora che conduceva ai loro alloggi. Toman appariva sempre più naturale nel mondo dei Nobilis, più a suo agio con le regole e il galateo. Stava andando molto bene.

«Buon pomeriggio, Vostra Grazia» Toman si inchinò anche mentre i suoi occhi sfrecciarono verso la dama Lorann.

«Buon pomeriggio, Apprendista. Oggi hai un onore eccezionale» Dalbonn poggiò la mano sulla spalla di Toman. «Mai nessuno del suo rango è mai stato invitato prima d'ora a un tè formale con la nobiltà»

«Sì, Vostra Grazia! Sono nervoso» Gli occhi di Toman avevano uno sguardo di umile gratitudine. «Ho continuato con il mio Gebayt Bithen come avevate suggerito»

«Eccellente. E?»

«Ieri sera la mia preghiera sembrava attingere a qualcosa di più potente che mai. Come se una forza si stesse scatenando come le onde che si infrangono sulla riva prima di una tempesta. E poi ho sentito un crepitio, come una scheggia di legno sopra di me. L'aria fredda turbinava con gli stessi colori scintillanti intorno al mio Gebayt Bithen. Il gelo si è formato sui miei capelli e sulle mie ciglia»

Dalbonn poteva quasi sentire il brivido sulla sua stessa spina dorsale. La Mutazione nel Flusso Eth. Sicuramente Toman attingeva al potere insito nella creazione. «Apprendista, dobbiamo parlarne di nuovo quando saremo da soli» Guidò Toman verso il tavolo. «Ma continua nella preghiera e tienimi informato»

Toman annuì lentamente, poi guardò verso tutti i preparativi e fece un respiro profondo.

«Andrà tutto bene. I Nobilis fanno sentire la maggior parte delle persone a proprio agio e non vedono l'ora di conoscerti»

I servitori si affaccendavano intorno a Lorann

mentre lei supervisionava il posizionamento delle posate e dei tovaglioli. Aveva cominciato a rispecchiare molti dei modi di Lady Banah. In pochi mesi era maturata ben oltre i suoi compagni della stessa età. Anche la postura e il suo tono, sicuro di sé, riflettevano la grazia elegante di una Nobilis.

Alzò lo sguardo quando lui e l'apprendista Toman si avvicinarono e si inchinò. «Buon pomeriggio, Vostra Grazia, Apprendista Foggling» Indicò il loro posto.

L'apprendista aveva l'aspetto di uno scolaro ansioso. Abbassò la voce. «Andrà tutto bene»

La schiena di Toman si irrigidì mentre il suo sguardo si fissava su qualcosa sopra la spalla di Dalbonn.

Dalbonn si voltò.

Lady Banah sembrava scivolare attraverso i ciuffi diafani della nebbia sottile, con Lord Druin che la seguiva accanto. Sussurrò al suo apprendista: «Ricordati, parla dopo che ti è stata rivolta la parola non prima, e la cerimonia del tè inizia in silenzio in onore di Ber'eth»

Toman annuì, mordendosi il labbro inferiore.

«Buon pomeriggio, Vostra Grazia. Apprendista Foggling» Lady Banah si avvicinò al capo tavola. Un servo estrasse la sedia. Si sedette e fece cenno a tutti di sedersi.

Dalbonn li salutò con un inchino. E Toman lo seguì.

«Buon pomeriggio, signori» Un sorriso si accese sul volto di Lord Druin, un'eccitazione fanciullesca nei suoi occhi. Aveva sempre avuto un atteggiamento giovanile, un'innocenza senza macchia. Dalbonn, in qualità di consigliere del padre dei Nobilis, aveva ricevuto l'incarico di mentore per Druin. Si era affezionato a questo membro della famiglia Méndrensynn.

Il tavolo sedeva in silenzio mentre Lady Banah si preparava per la cerimonia del tè.

Un servo si avvicinò, portando un vassoio con una pentola di acqua bollente, un vaso di porcellana bianca e una teiera verde pallido. Un rilievo finemente intagliato con la fonte di ricchezza della famiglia, le orchidee Summerbird, era decorato sulla teiera.

La dama Lorann pose la teiera davanti alla Sua Signora, poi il vaso di porcellana bianca. Ritagliata in blu intenso e oro, portava all'interno l'emblema del tè, il viticcio ambrato.

Lady Banah aprì il contenitore e, con un lungo paio di pinze, tirò fuori gli steli d'oro scuro e li mise nella teiera. Prese il recipiente con l'acqua calda da Lorann e lo versò sui viticci del tè. Il vapore aromatico aleggiò nell'aria mentre chinava la testa.

Dalbonn guardò il suo apprendista per assicurarsi che capisse questa parte della cerimonia. La sua testa era già china, gli occhi chiusi.

Passarono alcuni istanti. L'aroma dolce e speziato del tè si diffondeva nell'aria umida del mattino.

«Siamo onorati di averla con noi, Apprendista Foggling» La voce di Lady Banah ruppe il silenzio.

Toman alzò lo sguardo, una combinazione di apprensione e desiderio nei suoi occhi. «Grazie, Mia Signora» Toman si rivolse allora a Lord Druin. «Grazie, Mio Signore. Sinceramente. Non sono mai stato a un tè così speciale»

Dalbonn nascose la sua sorpresa. Il suo apprendista non mostrava la timidezza che si aspettava.

La fanciulla Lorann cominciò a versare il tè,

cominciando dai Nobilis e poi procedendo verso di lui. Il suo ricco profumo ricordò a Dalbonn i passaggi dell'Anfiteatro delle Orchidee. Una delle ultime scoperte di Lord Druin, l'orchidea Regina Summerbird, era sbocciata poco prima che lasciassero Turicum. Come regalo per i suoi vari ospiti durante il viaggio, Lady Banah aveva preparato delle bustine di petali inebrianti e profumati.

Aveva finito di riempire la sua tazza. «Grazie, dama Lorann»

Gli occhi dell'apprendista si illuminarono quando la bella giovane gli si avvicinò. Respirava profondamente, con le narici che si dilatavano. Mentre lei si girava verso di lui, Toman prese la sua tazza e gliela porse, sorridendo. La sottile porcellana blu sembrava pericolosamente fragile nella grande mano del giovane.

Lei sorrise mentre versava l'aromatico liquido ambrato.

«Grazie, dama Lorann. Grazie mille. Molto gentile» balbettò Toman. Non soppresse il sorriso.

Dalbonn alzò un sopracciglio, cercando di non sorridere. Il suo apprendista sembrava innamorato di Lorann. Sperava che Toman non si fosse fissato su qualcosa che non poteva ottenere. Venivano da due mondi molto diversi.

«Prego, Mastro Foggling» Lorann rimise la teiera sul tavolo.

Dalbonn colse il sottile sorriso sulle labbra di Lady Banah, ma Toman era troppo preso da Lorann per notarlo. Non vedeva un sorriso sul suo volto da settimane. Le ombre sotto i suoi occhi rivelavano la sua stanchezza. I preparativi per il viaggio l'avevano fortemente stressata.

Lord Druin si chinò in avanti e prese la sua tazza fumante. «Mastro Foggling, abbiamo sentito eccellenti resoconti da Lord Dalbonn sulle tue crescenti capacità nell' Eth» Si chinò sulla sua sedia, inzuppando un biscotto nel tè. «Il Signore Protettore vi tiene in grande stima»

Un timido rossore si accese sulle guance del suo apprendista. «Grazie»

«Una volta credevamo» disse Lady Banah, «che la capacità di produrre un chiaro Linger corporeo si fosse estinta molto tempo fa, con la morte di tanti Limmani» Lentamente il suo sguardo si spostò verso la coppa, ma sembrò fissare il vuoto.

Come consigliere di suo padre, Dalbonn aveva assistito alle sue lacrime di dolore e di frustrazione per la difficile situazione dei Limmani. Il leggero increspamento della fronte e le linee che le si formavano intorno agli occhi gli fecero capire che il dolore era in realtà ancora vivo. Lo stomaco di Dalbonn si contorse per la compassione. La tragedia dei Limmani faceva parte anche della sua storia.

«Il dono che Ber'eth le ha dato è estremamente raro» Lady Banah alzò lo sguardo, i suoi occhi grigio-azzurri fermi su Toman. «Apprendista Foggling, siamo molto lieti di averla a corte» La fugace tristezza era già scomparsa.

Toman sbatté le palpebre e borbottò un semplice grazie, ma non distolse lo sguardo. Stava reggendo bene la situazione. «Sua Grazia mi sta aiutando a disciplinare il mio Eth».

«Sappiamo che anche lei è di origini Limmani» fece Druin.

«Sì, Mio Signore. Alyena, mia madre, era di origine Limmana. Veniva da un villaggio vicino al confine con l'Honstan. Era in un orfanotrofio a Balbrun prima di essere adottata e di venire a Fahtu-Shan»

Un orfanotrofio a Balbrun? Dalbonn strinse forte la fragile tazza da tè. Con uno schiocco la tazza si separò dal manico, tintinnando nel piattino.

Immagini di soldati Welsordiani alla ricerca di simpatizzanti di Bnornum. Fiamme che si levano dal tetto della casa dei suoi genitori. Persone che scappano per salvarsi la vita. Urla. Paula che piange per strada vicino al cadavere della madre.

Druin guardò Dalbonn, versandosi un'altra tazza di tè. «Non è lì che viveva la sua famiglia?»

«Sì, Mio Signore. Molto tempo fa» Il cuore di Dalbonn accelerò.

«Mia Signora, Mio Signore. Ieri...» Toman si schiarì la voce.

Dalbonn fu grato per il cambio di argomento.

«Ieri, mentre il Lord degli Avem vi toccava, mi è sembrato di vedervi reagire» Toman si pizzicò i polsini della giacca come uno scolaro distratto. «Ha... ha visto qualcosa? Ho visto...» La sua voce si spense.

«Il massacro degli Avem» Lady Banah guardò Dalbonn. Un accenno di lacrime le deve brillare gli occhi. «Sì, siamo consapevoli della loro storia, della terribile ingiustizia che è stata loro fatta» La sua espressione non rivelò l'empatia che lui sapeva esservi. «Si chiama *Il tocco del primogenito*. Nel loro sangue, ogni generazione degli Avem porta con sé i ricordi cumulativi di tutta la loro razza. Torna alla loro creazione. Il loro passato è vivo nel loro presente, come se rivivessero tutta la storia della loro razza in ogni momento della loro vita. È un grande onore per loro trasmettere la loro storia a qualcuno. Pochi sono selezionati per il loro tocco»

L'espressione del suo apprendista rimase calma, indecifrabile. «Mia Signora, chi erano le persone dalla pelle scura? E perché avrebbero dovuto massacrare gli Avem?»

Lady Banah si tamponò le labbra con un tovagliolo. «Mastro Foggling, gli uomini che vediamo attaccare gli Avem sono gli Skylle. Il massacro a cui assistiamo nella visione è avvenuto più di mille anni fa, quando il vasto regno degli Avem era concentrato nell'estremo sud. Molti fuggirono, volando a nord verso le montagne più alte di Ydassum. Testi antichi degli Yethimrod estinti raccontano dei Primi Nati feriti e dei moribondi che soccorsero»

Toman annuì, poi chiuse gli occhi. «Vedo ancora i loro corpi alati che si dimenano nelle reti. Uomini dalla pelle scura che saltano, uccidono, li trafiggono con le lance. Sangue rosso vivo che scorre nella sabbia marrone chiaro» Strinse gli occhi chiusi. «Lo vedo ancora come se stesse accadendo davanti a me e non posso fare nulla per aiutarli» Aprì gli occhi e un brivido lo attraversò, il tè e debordava dalla tazza inclinata e scorreva dall'orlo sulle dita.

Le spalle di Druin si abbassarono leggermente. Guardò oltre il fiume. «Sarebbe una tortura avere il tuo incubo che si ripete all'infinito»

Dalbonn guardò Druin. Il giovane Nobilis sembrava stranamente pensieroso.

Toman si pulì le mani con il tovagliolo e fece un respiro profondo. «Vostra Grazia, avete visto anche voi le immagini?»

«Non ho mai ricevuto il tocco del primogenito»

Druin alzò la sua coppa perché il servo la riempisse. «Mastro Foggling, sentiamo che la sua formazione stia avvenendo bene e che i suoi poteri siano eccezionali.

Sentiamo che la sua venuta fra noi è per una ragione ancora non rivelata»

Toman rispose: «Grazie, Mio Signore. È molto gentile» La sua voce era affannosa, nervosa, le mani gli tremavano leggermente. «Posso fare un'altra domanda?» Toman guardò Dalbonn come in cerca di approvazione.

Dalbonn annuì leggermente. Sapeva che molti si sarebbero rannicchiati o si sarebbero inchinati in presenza di nobili, ma Toman... La sua schiettezza, il suo approccio disinvolto alle persone, persino la sua ingenuità, lo rendevano apprezzabile.

«Sì, certo» Lord Druin sorrise mentre si appoggiò alla sedia.

«I vestiti, quelli fatti per i Lords degli Avem? Sono di lana scintillante?»

«Sì» entrambi i Nobilis si sporsero in avanti.

Lady Banah continuò: «Conoscete questa caratteristica della lana?»

«Sì, Milady» Infilò due dita nella tasca della camicia e tirò fuori il piccolo ciuffo. La lana color crema pallido scintillò mentre toccava le fibre intrecciate. «Prima di lasciare la mia casa, ho investito tutti i miei risparmi in due arieti di Balbrun. Il contadino non voleva vendermi pecore. Disse che avrei dovuto lavorare con la linea di sangue per sistemare il tratto»

Lady Banah passò il piccolo pezzo di lana a suo fratello.

Lui sorrise. «Sì, sappiamo della mutazione genetica sopra Balbrun. È stata scoperta lì in una delle nostre tenute»

«Le terre di Méndrensynn confinano anche con l'Upland, la fattoria della mia famiglia a Fahtu-Shan»

«Conosco bene l'Upland. Una terra bellissima»

Lord Druin allungò la mano e rimise la lana nel palmo aperto di Toman. «Ma, Mastro Foggling, crede di poter lavorare con due soli montoni?» Il Nobilis gli offrì un dolce saporito.

«Grazie, Mio Signore. Sì, è vero, ma dovrò lavorare con la generazione successiva. Poi dovrò allevare i loro parenti più stretti per ottenere di nuovo il tratto di sangue puro» Toman diede un morso al dolce e fu sorpreso dal ripieno verde. «Ci vorrà qualche generazione, ma mio fratello veglia sul mio gregge di pecore buone e forti fino al mio ritorno e può mettere in atto i miei piani di allevamento»

«Sembra un buon approccio» Lord Druin si appassionò all'argomento. «È importante sviluppare una linea senza aggiungere troppo materiale d'allevamento straniero, se si vuole fissare un tratto specifico»

«Come un ceppo naturale senza corna» Toman annuì. «Questo tipo di tratto sembrava essere difficile da ottenere per la riproduzione pura all'inizio. Ma abbiamo scoperto che se la madre era di razza pura e veniva allevata con esemplari dalle corna normali, sia gli arieti che le pecore nasceva senza corna. E se un maschio è stato usato dallo stesso ceppo ed è stato allevato con le femmine con le corna, le figlie sono senza corna e i figli hanno piccole corna piccole e contorte strette sul cranio. Le generazioni successive danno ancora gli arieti con le corna. Ci vogliono alcune generazioni per avere il tratto completo nel sangue e poi si riproducono di nuovo puri»

Dalbonn nascose un sorriso interiore di fronte all'inaspettato grado di conoscenza di Toman.

Lord Druin si sedette in avanti, gli occhi si spalancarono con un sorriso. «Lo stesso principio vale per i tipi di polline. Il polline bianco duro è un tratto nascosto fino a quando non viene combinato con altri portatori di questo tipo di polline. Il polline bianco è insapore e rovinerebbe rapidamente generazioni di allevamenti per il sapore che ci aspettiamo dalle orchidee Summerbird»

Lady Banah piegò il suo tovagliolo e lo appoggiò vicino alla tazza. «Sembra che voi due condividiate la passione per i pedigree. Mio fratello ha lavorato con le orchidee speziate della nostra famiglia e ha creato molte nuove varietà. Sono sicuro che lei e Lord Druin avrete cose di cui parlare per ore. Conversazioni magari per un altro giorno. Il Signore e la Signora del Riddern si imbarcheranno presto»

«Mia Signora, i Riddern...» Toman abbassò il pasticcino, preoccupato. «Ho sentito dire che possono uccidere con uno sguardo. È vero?»

«Non esattamente...» Lady Banah indicò ai servi di sparecchiare la tavola.

Dalbonn non aveva ancora trattato con Toman la storia del Riddern. Tanti altri argomenti avevano avuto la priorità.

Lady Banah continuò. «I Riddern sono misteriosi cittadini della Confederazione di Ydassum. Lontani discendenti degli Cavalieri dei Cervi, una razza un tempo violenta del continente meridionale di Urborn, sono guerrieri per natura. Gli attuali Skylle hanno origine dalla stessa razza. Ora pacifici abitanti delle foreste pluviali, le usanze di Riddern sono molto diverse dalle nostre tradizioni Orreniche. Un popolo profondamente legato alla terra, sono a disagio nelle aree popolate. Ho personalmente convinto i Signori e le Signore a partecipare al Summit di Barrost, in qualità di co-rappresentanti delle varie razze della nostra nazione. Gli Avem sono stati invitati per lo stesso motivo»

Druin diede uno sguardo alla sorella, poi a Toman. «Secondo le buone maniere sarebbe stato meglio un invito diretto da Barrost»

Lady Banah sospirò. «I nostri ospiti Barrostani non sono noti per quello che noi consideriamo un protocollo appropriato, caro Fratello. Ma sono cittadini di Ydassum e dovrebbero intervenire al vertice»

«E invece loro considerano selvaggi i Riddern e animali i primogeniti, e nessuno di essi meritevole della loro attenzione» Il tono disgustato di Druin corrispondeva ai sentimenti di Dalbonn.

Dalbonn cominciò a spiegare. «I Riddern si convertirono da tribù di cercatori d'oro che avevano perfezionato l'arte di uccidere: veri assassini di professione. La loro conoscenza dei veleni, la Venomica, divenne la base della medicina del Riddern, e gli assassini divennero guaritori» Aveva ancora bisogno di affrontare alcune cose che Toman doveva sapere. «Tornando alla tua domanda, Apprendista, un avvertimento: non guardare le loro femmine negli occhi»

Gli occhi di Toman si spalancarono. «Le femmine? Vostra Grazia, non è scortese chiamare una donna "femmina"? E non guardare qualcuno negli occhi? Non capisco»

«Non sono di discendenza Orrenica e insistono nel riferirsi a maschi e femmine, non a uomini e donne» Il giovane aveva bisogno di capire alcuni dei pericoli insiti nell'essere a stretto contatto con un Riddern. «Per un uomo guardare negli occhi una delle loro femmine potrebbe costargli la vita»

Gli occhi di Toman si restrinsero mentre si rabbuiò.

Druin aggiunse: «Le loro femmine possiedono una bellezza che si può trovare mozzafiato, ma guardarle negli occhi significa voler forzare l'ingresso nelle loro anime. Se offendi una donna Riddern, questa non esiterà a tagliarti la gola»

«Questa?» Toman emise un forte respiro attraverso i denti stretti.

Lady Banah si intromise: «Anche le femmine sono guerriere nella loro razza e possono essere pericolose come i maschi, se non di più. Molto diverse dalle nostre donne di Ydassum. A causa delle differenze nelle nostre razze, prestiamo molta attenzione alle loro abitudini e dimostriamo loro che intendiamo onorare le loro consuetudini»

«Ma... Vostra Grazia...» La voce di Toman tremò, così come le sue mani. «Saranno pericolosi per i ragazzi del Boaddan?»

Dalbonn non aveva mai visto Toman così agitato.

«Eckel è stato informato. Se qualcuno sceglie di violare le regole del galateo dei Riddern, potrebbero esserci delle conseguenze»

27

L'IMBARCAZIONE DEI RIDDERN

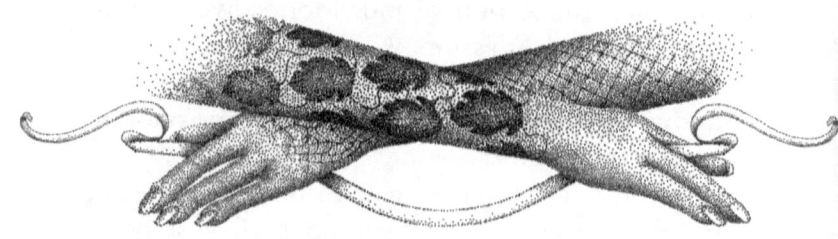

L'ansia si fece strada nel cuore di Toman. I Riddern, un tempo assassini, ma ora Mastri Guaritori, sarebbero presto saliti a bordo.

Gli alti canneti che fiancheggiano l'ormeggio quasi nascondevano il molo alla vista, mentre la Solyssia si fermava. Intanto che la rampa veniva abbassata, il pesante rumore del legno sulla pietra rompeva il silenzio ovattato.

La nebbia sul fiume si era dispersa. Ma una lieve foschia filtrava dal fitto del bosco, scorrendo attraverso il sottobosco e sopra la radura come uno spesso strato di panna. Toman strizzò gli occhi nella foschia luccicante mentre scendeva la passerella.

Il comitato di benvenuto prese posto sull'ampia banchina e si allineò. La conversazione, ora ridotta a un sussurro con un sottofondo di inquietudine, era a malapena percettibile nell'aria umida.

Toman si mise in fila con gli altri giovani, seguendo

la guida, raddrizzando le spalle e mettendo il mento nella stessa angolazione. Il capitano Vachter intimò un breve ordine di silenzio e i sussurri scomparvero nella nebbia vorticosa. Almeno i suoi occhi erano liberi di esplorare.

Più selvaggia e con un fitto sottobosco, la foresta era molto diversa da tutte quelle di Fahtu-Shan. Generazioni di bestie cornute avevano a lungo pascolato nel sottobosco dei pochi cedri rimasti sull'isola. Non tutto era strano. Sul bordo del prato, la piccola pianta blu fiorita, era una Tickory? Qualche siepe di pescatrice e di Prezzemolo Ovino in riva al mare.

Di fronte agli uomini c'erano le donne della casa. Lorann sembrava composta come al solito, le sue belle mani erano ordinatamente intrecciate sotto il corpetto.

Lady Banah, Lord Druin e Sua Grazia stavano in piedi a un capo del molo.

A malapena si muovevano, i Nobili aspettavano in silenzio.

Lady Banah disse che ai Riddern non piacevano le aree popolate, ma questo posto era in mezzo al nulla. Nient'altro che foreste a perdita d'occhio, e il fiume. Poi, considerando alcune delle dure usanze del Riddern, forse qui era meglio. Al contrario, i solitari Avem erano arrivati direttamente nel cuore di Turicum.

Toman chiuse gli occhi per un attimo, visualizzando il suo Gebayt Bithen come uno scudo, come il suo Linger, spalmato sull'entourage. Un scintillante muro di protezione. Caro Ber'eth, che nessuno si faccia male.

I canti lussuriosi dei galletti interruppero

improvvisamente il silenzio. In competizione per l'attenzione di una gallina invisibile nei campi vicini, le loro voci sfrenate riempirono l'aria.

Il silenzio ricadde sulla scena mentre una leggera brezza fluviale agitò le nebbie a valle.

Il dolce suono dei flauti e delle arpe danzava nella foresta. Il pizzicare delle corde gli ricordò le prime gocce di pioggia che colpivano le foglie prima di un nubifragio. Il suo cuore correva mentre il delicato suono della musica si avvicinava. Il soffice tonfo degli zoccoli attirò l'attenzione di tutti.

Seduti sui loro alti destrieri rosici, i Riddern cavalcavano lentamente. Da questa distanza di sicurezza, Toman si sentiva libero di guardare con attenzione.

Lunghe piume blu scuro, rosse e verdi ondeggiavano dal copricapo del maschio e della femmina più importanti. Gli altri che seguivano erano solo leggermente meno colorati. La maggior parte di loro indossava lunghi mantelli di piume lucenti.

Il maschio e la femmina che conducevano il corteo erano seguiti da musicisti che suonavano musica dolce. Dovevano essere i Princeps, loro capi.

Le loro cavalcature entrarono nel prato ad un ritmo lento e fiero. Alfieri armati camminavano dietro la coppia reale, con lance in posizione eretta.

Mentre la festa si avvicinava, Toman abbassò la testa finché non passò la donna in testa.

La bestia che cavalcava era magnifica. Tutte le loro cavalcature erano stupefacenti. Avevano corna scure che partivano dalla sommità a pelo raso e andavano incurvandosi dall'alto degli occhi sulle guance con un disegno a semicerchio. I potenti muscoli dei fianchi e dei lunghi colli sottili guizzavano sotto la pelle. I disegni leggeri sulle zampe inferiori delle bestie gli ricordarono le ombre mutevoli del suolo della foresta. Tra i colori e le forme delle fitte foreste, sarebbero state praticamente invisibili

I mantelli dei Princeps dei Riddern luccicavano come metallo. Strato su strato di piume brillanti e riflettenti. Le pelli di Gahoin degli Altopiani erano state cucite in mantelli interi. Durante il suo viaggio a Balbrun per selezionare i suoi arieti scintillanti, Toman si era meravigliato di un Gahoin imbalsamato in una taverna, ma non potevano competere con la brillantezza dei Princeps del Riddern.

Menne Gootay! Sono stati incredibili! I famosi maestri guaritori, con le loro tinture medicinali e le loro pozioni. L'idea che la guarigione era derivata dalla conoscenza dei veleni stupiva ancora Toman.

Seguirono due assistenti. A differenza del resto dei Riddern, i loro indumenti erano umili. Due riquadri di sottile pelle scura, lunghi fino alle cosce, erano cuciti insieme nella foggia di tuniche senza maniche.

I famosi maestri guaritori, con le loro tinture medicinali e le loro pozioni.

Sul garrese dei loro destrieri erano drappeggiate delle borse ornate di emblemi. Il centro di ogni disegno mostrava fasci di erbe e foglie legate.

Ognuno dei Riddern indossava gioielli di pietra lucida. Non brillavano come le gemme tagliate che aveva visto a corte. I gioielli del Riddern erano sassolini lisci del colore dell'acqua lattiginosa. Ogni gemma era piena di macchie che luccicavano come piccoli frammenti, che sembravano muoversi come se fossero vivi.

La fila di cavalieri e camerieri passò proprio davanti a lui. Ognuno dei Riddern era alto almeno quanto lui

Toman colse uno sguardo fugace da Lorann. Un sottile sorriso apparve sulle sue labbra. L'aveva guardato? L'ultima delle guardie camminava tra loro, nascondendola alla vista.

Erano tutte di corporatura alta e slanciata, con i piedi e le mani lunghe. Tre dita su alcune, quattro su altre. La maggior parte dei Riddern indossava scarpe di pelle sottile, ma molte delle guardie erano scalze. Come le loro mani, alcune avevano tre dita dei piedi, altre quattro.

I tatuaggi blu scuro e verdi sulla loro pelle marrone chiaro erano visibili alla fine delle maniche strette e delle gambe dei pantaloni. Alcuni avevano persino dei disegni che salivano sul collo, come se i tatuaggi coprissero la maggior parte dei loro corpi. I colori andavano più in profondità di qualsiasi altro che avesse mai visto, quasi come se fossero una parte della loro pelle.

Delle voglie?

La femmina guida smontò dalla sua montura, il mantello le scorreva intorno come acqua scura e splendente. Un secondo dopo il maschio la seguì. E, in un batter d'occhio, le guardie dietro di loro. Erano sull'attenti accanto alle loro cavalcature, il viso era serio.

Toman soppresse un sorriso. Il loro tempismo era più che perfetto, quasi teatrale. Il suo divertimento svanì quando colse il luccichio di un coltello legato alla gamba del capo. La Harbitrice ne aveva due, una su ogni gamba, ed era più alta di lui!

Due assistenti dei Riddern si avvicinarono alla coppia reale. Mentre giravano le redini, la luce catturava gli schemi sulle loro mani. Quelli di lei erano come le foglie frastagliate di un albero di Byr, quelle di lui come le squame di un serpente.

I loro movimenti aggraziati ricordarono a Toman la vipera variopinta. Agile, muscolosa, elastica, ma pronto a colpire in un batter d'occhio.

Ad Alyena piaceva tenere delle specie nel suo giardino. Diceva sempre che i serpenti erano degli ottimi topicidi e proteggevano le sue radici dolci. A differenza di altre vipere, questa non aveva veleno nel suo morso. Toman sospettava che il Riddern lo avesse. Combattè l'impulso di cercare le zanne.

Lady Banah si inchinò alla femmina nella tradizione di Ydassum. «Benvenuta, Harbitrice» Incontrò lo sguardo feroce della Riddern senza lasciare traccia di paura. Naturalmente, le donne non dovevano distogliere lo sguardo dalle loro femmine.

«Benvenuto, o Re» Si inchinò di nuovo.

Lord Druin ripeté il saluto di Ydassum, ma tenne gli occhi bassi quando si inchinò alla Harbitrice.

I Princeps dei Riddern inclinarono la testa ma non si inchinarono.

«Grazie per la vostra presenza» Simile nel rango, la grazia gentile di Lady Banah era in netto contrasto con il pericoloso portamento della donna dei Riddern.

«I vostri appartamenti sono stati preparati, e le stalle attendono i vostri destrieri sul Boaddan» Lady Banah indicò la seconda chiatta ormeggiata appena dietro la Solyssia.

«Vi prego, se volete, Harbitrice Beruhn, Harbitor Ruhand, seguitemi» Lady Banah e Lord Druin si voltarono verso la rampa d'imbarco.

Le guardie e i servitori del Harbitor e della Harbitrice camminarono in silenzio dietro di loro. I loro volti, il modo in cui stavano in piedi, il modo in cui camminavano, tutti dicevano: *attenzione*. Tutto ciò che li riguardava urlava: *pericolo*. Nessun membro del loro gruppo mostrò alcuna espressione facciale. Nessun sorriso, nessun cipiglio, nessun piacere o dispiacere.

Le due file di assistenti di Ydassum si misero in fila dietro i Riddern.

Toman andò dalla parte opposta. Voleva vedere più da vicino i destrieri.

Questi erano più alti di Toman di un braccio, i loro zoccoli aguzzi e chiodati scalpitavano per terra, le loro grandi narici sbuffavano nervose. Assomigliavano a una razza dell'altopiano che aveva già visto in precedenza. Ma le loro gambe e il loro collo erano più lunghi, più fini. I disegni sulle loro gambe erano più pronunciati. Le loro corna più strette sul cranio.

Un guardiano di Riddern maschio raccolse le redini delle bestie. Le sue mani marrone pallido erano coperte da disegni di foglie blu scuro.

Forse Toman avrebbe potuto studiare il progetto in un secondo momento. Era naturale, un tratto di sangue?

Sua Grazia si rivolse a Toman. «Apprendista, mostreresti agli assistenti le stalle del Boaddan?»

«Con piacere, Vostra Grazia» Toman osò gettare un rapido sguardo e fu sollevato nel vedere che i due stallieri erano uomini, maschi. Si avvicinò alle bestie nervose. I muscoli dei loro fianchi e delle loro gambe guizzavano con vivacità. «Da questa parte, miei Signori»

«Non sono un Signore della nostra razza» rispose con irritazione uno degli addetti. «Sono un ussaro del Harbitrice Beruhn. Io servo in suo onore» Il disegno delle foglie sulle sue mani assomigliava a quello della femmina di Riddern.

«Ussaro della Harbitrice Beruhn, è un piacere conoscerla» I grandi occhi a fessura del giovane cavaliere presero Toman alla sprovvista. Erano del colore delle gemme blu-verde. «Secondo la nostra usanza, dovrei essere chiamato Apprendista del Signore Protettore. Ma il mio nome è Toman. Potete chiamarmi così anche voi» Toman formulò attentamente la sua risposta. Il giovane maschio gli ricordava uno dei ragazzi di Eckel, ma molto più alto.

«Come vuoi che ti chiami, ussaro di Harbitrice Beruhn?»

Il giovane cavaliere sbatté le palpebre. Sembrava confuso dalla domanda di Toman. Dopo un attimo, il giovane Riddern rispose: «Ussaro Fadron»

«Ussaro Fadron, le stalle per le tue magnifiche bestie sono da questa parte, sull'altro vascello. Tu e il tuo compagno volete seguirmi, per favore?» Toman prese una delle redini. L'animale si allontanò da lui con un piagnisteo stridulo, inarcando il collo e appiattendo le orecchie. Queste bestie erano inclini all'aggressione?

Il destriero cornuto scalpitò sul terreno umido, il limo scuro del fiume appena sotto l'erba.

«Non hanno fiducia in te. Stai lontano dalle loro zampe» L'ussaro Fadron gesticolò verso Toman con la mano pesantemente tatuata. «I loro zoccoli sono armi affilate. Li usano contro i nemici»

«Sì, signore» Toman fece un passo indietro. «Non ho mai sentito parlare di bestie cornute pericolose »

Il giovane Riddern accarezzò la bestia e parlò nella sua lingua madre. Le sue parole assomigliavano a qualcosa tra un ringhio e il canto di un uccello. I lamenti del destriero si attenuarono in un suono gorgheggiante, niente di simile a qualsiasi Bestia Cornuta che Toman avesse mai sentito.

La mano del giovane poggiava sul collo del destriero. Toman sbatté forte gli occhi. I disegni a foglia sulla sua mano sembravano muoversi. Mentre fissava, in realtà tremolavano, come soffiati da una brezza nascosta. Scendendo con lo sguardo verso le gambe dell'ussaro Fadron, un brivido corse lungo le braccia di Toman. Le foglie sui suoi polpacci si alzarono e caddero.

Toman indicò che Fadron e il suo compagno di servizio dovevano seguirlo. Si spostarono verso il Boaddan mentre le sue ampie tavole d'imbarco venivano calate sulla riva del fiume. Fermandosi presso Prezzemolo Ovino che aveva visto prima, staccò un piccolo ramo dal verde arbusto con molte fronde. Schiacciando alcune foglie tra le dita, le portò al naso. L'odore pungente gli riempì le narici. Il Prezzemolo Ovino non cresceva sulla sua isola natale, aveva bisogno di un terreno dolce e paludoso. Alyena e Brun avevano spesso comprato dei mazzi dal venditore ambulante, al momento di cucinare l'agnello.

Quando raggiunsero la rampa, una voce allegra chiamò dal ponte principale. «Ehi, Tomi!»

«Yannu!» Toman salutò con la mano. Fece cenno agli ussari di seguirlo sulla chiatta. Le stalle erano in fondo.

Gli ussari cominciarono a cantare una canzone ai destrieri. Con un po' di esitazione, le bestie si lasciarono condurre sul ponte.

Yannu corse verso Toman, poi si fermò brevemente. «Wow, quelle bestie...»

Toman gli fece cenno di avvicinarsi. «Stai lontano

dai loro zoccoli» Tenendo un dito sulle labbra, Toman abbassò la voce. «Chiunque guardi negli occhi una delle donne Riddern verrà ucciso. Passa parola. Non lasciate fuori nessuno, specialmente non Shann. Sai com'è con le donne. Potrebbe considerarla una sfida»

«Ho sentito» Gli occhi di Yannu si allargarono. «Non pensavo che facessero sul serio»

«Sono mortalmente seri» Toman si accigliò quando udì una voce familiare strepitare arrabbiata.

«Tornate al lavoro! Ora!» Eckel ringhiava. «Cosa vuoi qui, Apprendista Foggling?» Pronunciò il nome di Toman così a lungo da storpiarlo. Ma non poteva essere ubriaco.

Toman si girò sui tacchi e fu di fronte al Guardiamarina. «Per sua informazione, Guardiamarina Eckel, i miei affari qui sono miei e non la riguardano»

Eckel aprì la bocca e poi la chiuse. Le vene delle sue tempie si gonfiarono mentre il suo viso si arrossava. La sua rabbia era tutt'altro che nascosta.

Un impeto di piacere riempì Toman mentre guardava l'effetto che le sue parole avevano sull'uomo. Restituì lo sguardo a Eckel, senza batter ciglio. La soddisfazione alimentava la determinazione di Toman. Non intendeva distogliere lo sguardo per primo.

Con un moto di disgusto, Eckel si voltò, borbottando qualcosa sul fatto di fare un grugnito da cane e che aveva del lavoro da fare anche se Toman non lo faceva.

Un impeto di euforia misto a orgoglio riempì Toman. Non solo aveva tenuto testa a Eckel, ma aveva vinto la battaglia. Almeno per ora.

Si incamminò verso le stalle, con il Prezzemolo

Ovino ancora in mano. Le bestie cornute si rialzarono, calpestando i profumati trucioli di legno sul ponte. Toman strofinò con forza le foglie dell'erba e poi le tenne sospese sulle briglie di uno dei destrieri. I due ussari gettarono le braccia davanti a lui, gesticolandogli di fare un altro passo indietro, ma l'animale improvvisamente tacque.

Lasciarono cadere le braccia e lo guardarono con stupore.

Gli altri destrieri allungarono il muso verso il ramo, annusando le foglie.

«Proprio così, belle creature. Respirate, vi farà sentire meglio» Toman spostò il ramo tra le bestie.

«Cos'è questa pianta?» Fadron strofinava il collo di un destriero mentre le bestie rosicchiavano la pianta. Il ragazzo ne strappò una foglia, schiacciandola tra le dita. La portò al naso.

«Da dove vengo io, si chiama Prezzemolo Ovino Ha lo stesso effetto sulle nostre bestie. Lo usiamo per calmare le nostre pecore durante il loro primo agnello. Ce ne sono altri lungo le rive del fiume. Ve ne farò portare un po' da qualcuno»

I due ussari annuirono, i loro grandi occhi spalancati.

«Senza offesa, ma posso farvi una domanda?»

Entrambi gli ussari guardavano come se non capissero le sue parole.

«I vostri tatuaggi: ci siete nati?»

L'ussaro Fadron annuì. «Quando il nostro destino si rivela, i nostri segni di nascita si ingrandiscono con più dettagli»

«Grazie» Toman stava per fare un cenno di saluto, come avrebbe fatto con i suoi amici, ma invece seguì l'esempio di Lady Banah e si inchinò.

Si voltò e chiamò a un volto familiare: «Shann, puoi venire un attimo con me? Porta una falce»

Il sorriso luminoso di Shann si spense in un istante. «Per favore, non mettermi nei guai»

Sopra la spalla di Shann, Toman intravide Eckel che si avvicina. Le sue narici si stavano dilatando e il suo sguardo accigliato si era accentuato, sembrava stranamente un ariete alla carica. Toman gli squadrò le spalle. «Guardiamarina Eckel, ho bisogno dell'aiuto di Shann. Le sarà presto restituito»

Per un momento Eckel sembrò perplesso. La sua espressione severa risultava smorzata dalle sopracciglia arcuate.

Toman poteva quasi vederlo calcolare le rappresaglie. «Se vengo a sapere di qualche problema o punizione che gli è stata inflitta per avermi aiutato, il Signore Protettore ne sarà informato»

Eckel ringhiò di disgusto.

«Per favore vieni con me, Shann» Toman lo condusse fuori dalla nave. Alla base della rampa sussurrò: «Come stai? Ti sta maltrattando a causa della nostra amicizia?»

Il sorriso di Shann sembrò forzato. «Non proprio»

«Ha colpito anche te?»

Shann strinse un pugno, la sua voce si incupì. «Non io. Non ci ha provato» Esaminò l'elenco degli organi interni di Eckel infilzati, legati o tagliati a pezzettini.

Toman fece una smorfia. «Basta, basta. Ho capito» Toman si fermò davanti al Prezzemolo Ovino. «La mia nuova posizione può aiutare anche i miei amici. Per favore, fatemi sapere se vi fa qualcosa, o Yannu o Uri»

Shann si tirò indietro all'accenno al nome di suo fratello.

Toman prese la falce e tagliò alcuni altri rami del

Prezzemolo Ovino e li consegnò a Shann. «Per favore, portali agli assistenti del Riddern. Sono nelle prime stalle. Li vedrai facilmente» Un movimento molto più in alto di loro innescò il suo lobo dell'Eth. Guardò in alto. «È per calmare le loro bestie cornute. Hanno paura. Gli animali che hanno paura possono diventare aggressivi...» disse Toman quasi a sé stesso.

Gli Avem stavano arrivando.

«Hai ricevuto il mio messaggio? Sulle femmine del Riddern?»

Il sorriso malizioso di Shann rispose alla domanda. «Non preoccuparti. Non sono il mio tipo»

«Ci risentiremo presto, amico mio. Stammi bene» Toman appioppò a Shann una sonora pacca sulla schiena.

«Anche lei, Mio Signore»

Toman si voltò per correggerlo, ma colse il sorriso e l'occhiolino del suo amico. «Smettila»

Ridendo, si fece strada verso la Solyssia, scendendo la rampa in tre lunghi passi. Sopra il ponte principale il vento soffiava sotto i potenti colpi delle ali dei Lords Avem.

Toman rimase immobile, ammirandoli. Erano entrambi terrificanti e magnifici.

Lo stupore e la meraviglia lo riempivano mentre si guardava intorno.

Gli Avem rimasero immobili nei loro mantelli scintillanti di un giallo intenso. L'intero gruppo dei Riddern si inchinò davanti a loro!

28

IL PRINCIPE DI WARNINGEN HOUSE

Banah scese dal molo e si diresse sul tappeto dorato mentre le due carrozze nere della Casa Warningen si fermavano davanti a loro.

Su ogni porta era dipinto l'emblema della famiglia dello zio Lytwon, una lettera "F" d'oro piuttosto piccola. Preferiva abbellimenti semplici e ben ordinati, poche sottili linee dorate decoravano le ruote e incorniciavano le porte. La pompa e l'esibizione erano riservate al tavolo da pranzo.

Una porta si aprì e una voce alta e festosa esclamò: «Banah! Druin! Miei amati figli!» Il principe Lytwon Fathringen aveva condiviso con il padre dei due giovani un'amicizia lunga una vita. Anche se solo lontanamente imparentati, era sempre stato come uno zio per loro.

Le ricordava suo padre con i suoi occhi grigio pallido, i capelli castani scuri e la barba. Anche se suo padre li aveva più grigi. Lo zio aveva promesso di perdere un po' di peso, ma la sua figura robusta dimostrava che non aveva esattamente raggiunto questo obiettivo.

«Oh, figlia mia amata! È passato troppo tempo. Quanto, tre anni ormai?» L'abbracciò e la sollevò fino alla punta dei piedi. «Che gioia vederti, mia cara. Tutta cresciuta e che affronti i Barrostani!»

«Qualcuno deve farlo» ridacchiò Druin.

«Zio...» Banah sussurrò: «Per favore, mettimi giù»

L'omone obbedì, i suoi occhi si illuminarono con uno sguardo pieno di orgoglio.

Banah si sistemò il vestito e gli baciò le guance. «Che tu sia benedetto, zio»

Soffiandosi il naso e asciugandosi gli occhi riacquistò un po' di compostezza. Si pizzicò e rigirò le punte dei baffi in riccioli immacolati. «Sarà meraviglioso passare di nuovo del tempo con voi due! Non ho pensato ad altro da quando è stato indetto il vertice e re Richarr ha insistito perché partecipassi, come governatore di Lowarthen. La vostra presenza è l'unica cosa che rende questo viaggio fastidioso degno di nota»

Il cugino più giovane dello zio, Richarr, il re della Doppia Corona di Syngordia, esercitava ancora il controllo della regione di Lowarthen e, in sostanza, di Lytwon. Lo zio era stato erede al trono della Doppia Corona prima della nascita di Richarr. E anche se Gordyn, figlio di Richarr e Isabella, era ora il prossimo in linea di successione al trono, i consiglieri del re ritenevano ancora necessario tenerlo a distanza.

Banah non pensava di poter mai governare in tali condizioni. Il sistema dello Shantab di Ydassum era molto più semplice e, secondo lei, più efficiente.

Lo zio Lytwon si rivolse a suo nipote e alzò le mani. «Druin, ragazzo mio!» Druin inalò bruscamente e irrigidì la schiena come grandi braccia si avvolsero intorno a lui in un abbraccio stretto.

«Anche per me è meraviglioso vederti, zio» Suo fratello espirò mentre veniva rilasciato. Guardò Banah, sorridendo. «Vi portiamo anche i saluti del Padre e della Madre»

«Grazie» Lo zio Lytwon tirò fuori un fazzoletto ricamato e si soffiò il naso. «Ora, ora, guardami. Non abbiamo molto tempo prima di partire per Barrost, quindi dobbiamo andare a casa. Tutto è stato preparato» Un servo aprì la porta della carrozza mentre vi si dirigeva.

«Ma aspettate» Battè le mani. «Dove sono le mie buone maniere?» Si rivolse a Lord Dalbonn. «Mischul Dalbonn! Che bello rivederti, mio vecchio amico. Sono davvero contento che tu sia venuto» I suoi occhi si restrinsero mentre esaminava il Signore Protettore. «Ma sai, Mischul, dovresti mangiare di più, sembri un po' denutrito» Aggrottò la fronte e continuò, abbassando la voce: «Abbiamo davvero bisogno di un po' di sostanza sulle ossa quando invecchiamo, amico mio. Le persone magre muoiono più velocemente, non lo sai?»

Lord Dalbonn scosse la testa, sorridendo. «Anche per me è un piacere vederti, Lytwon» Si avvicinò alla porta della seconda carrozza mentre si accumulavano nuvole scure che minacciavano pioggia.

Lo zio Lytwon salì a bordo e le chiese di sedersi di fronte a lui. Guardò fuori dalla finestra. «Immagino che i Riddern non siano interessati al mio invito?»

Banah annuì. «Non mangiano con gli altri. È la loro tradizione» Sicuramente non si era offeso.

«Qualcosa sull'essere vulnerabili a tavola. Una precauzione del loro passato» Druin si sistemò nel sedile accanto a lei. «Una volta un guerriero nel cuore...»

«Warningen è bellissima, zio» Banah sbirciò fuori dalle finestre. La maestosa casa di campagna si ergeva sulla collina che li sovrastava, uno spettacolo gradito e pieno di bei ricordi.

«Grazie» Lo zio rispose. «Mi è molto cara»

Aveva cominciato a riferirsi alla sua grande residenza come a una donna dopo la morte di zia Verana. I suoi ricordi abitavano lì, tra le mura di Warningen, e sembrava che lo zio si sentisse più vicino a lei. Banah aveva solo vaghi ricordi di loro insieme, ma sapeva che lui piangeva la sua perdita anche adesso.

Fissava fuori dalla finestra mentre parlava. «Mi affascina ancora. Troppe scale, sì. Forse un po' troppo pieno di correnti d'aria a volte. Ah, ma la vista. I giardini. I bei ricordi» Lo zio Lytwon si interruppe, sorridendo. «Quell'architetto Crethingan sapeva quello che faceva, capisci cosa intendo? Più di centocinquant'anni fa, ma la sua attenzione per i dettagli è ancora così intramontabile. Non troppo ornato, non troppo sobrio. Intimo, ma grandioso. Un vero visionario, quell'uomo» Si tamponò la fronte con il fazzoletto.

Banah sorrise. Il grande amore di suo zio per l'architettura era d'ispirazione.

«Conosci il Giardino Infossato? Certo che sì. Da bambina amavi giocarci» Guardandola di nuovo, il suo viso si illuminò, gli occhi scintillanti di affetto. «Sai, i capelli ti rimbalzavano in quei riccioli che la tua dolce mamma ti faceva con le sue mani. E i nastrini blu. Il suono delle tue risate in giardino, attraverso i corridoi...» Chiuse gli occhi, sorridendo come se ascoltasse echi lontani.

Un uomo così caro. Non aveva mai dimenticato i regali a Canto d'inverno o i festeggiamenti per l'onomastico. Era stato anche particolarmente premuroso nei tempi tristi...

La carrozza dondolava dolcemente, l'unico suono era lo scalpiccio degli zoccoli dei destrieri sui sassi mentre trotterellavano verso la casa. Dopo un attimo il volto dello zio Lytwon si angustiò.

«Zio...? Stavi per dire qualcosa sul Giardino Sommerso» Druin la guardò, un leggero sorriso sulle labbra. «Forse è svenuto in tua presenza. È così infatuato di te»

Banah si accigliò, tenendo un dito sulle labbra. A volte l'umorismo irriverente di Druin era più per il cortile della scuola. Toccò la manica di Lytwon. «Zio?» I suoi occhi si riaprirono.

«Mi dispiace tanto. Devo essermi appisolato» Sbattè le palpebre, gli occhi fissi su Banah mentre sorrideva. «C'era così tanto da fare la settimana scorsa, e poi tutti i bagagli. Il cuoco era furioso. Odia qualsiasi inconveniente» Si fermò, studiando il suo viso. «Sai, Banah, sei pallida. Stai bene?»

«Sto bene. Abbiamo avuto anche noi settimane di preparazione prima della partenza» Si sarebbe rimessa in pari col sonno una volta finito il Summit.

«Dicevi del Giardino Sommerso?» Druin riportò la conversazione all'argomento in questione.

«Oh, sì» Lytwon rise, battendo le mani sulle ginocchia. «Non sai che il vecchio giardino ha ancora dei segreti? Vedete, stamattina Jonatan, il mio capo giardiniere, si occupava della pulizia dei vecchi muri.

Una pietra è scivolata fuori, e sembra che abbia trovato una camera nascosta dietro di essa» Si appoggiò all'indietro con un sorriso soddisfatto. «Dimostreremo che quei professori Barrostani si sbagliano ancora. Le fondamenta di Casa Warningen sono molto, molto più vecchie di quanto vogliano credere»

Banah ricordava la sua continua ostilità verso l'Università di Barrost. I loro storici avevano pubblicato un articolo che diffamava l'antichità da tempo accettata della fondazione di Casa Warningen. Lo definirono un "ridicolo e nostalgico tentativo di abbellire in modo fantastico le vere origini e il valore della residenza". Lo zio aveva preso la loro opposizione piuttosto personalmente, anche se l'articolo era stato pubblicato prima di trasferirsi a Lowarthen.

Le carrozze si arrestarono sotto il grande ingresso del portico. Situata su una collina in una dolce ansa del Grande Fiume, la magnifica residenza sembrava guardarle dall'alto, sorridendo attraverso le sue numerose finestre. A est e a ovest, ampie file di giardini murati fiancheggiavano la sua casa signorile come gigantesche braccia di una madre che culla un bambino.

Qui aveva tanti piacevoli ricordi d'infanzia.

«Vi prego» Lytwon li accompagnò verso la porta aperta, mentre un basso fragore di tuoni rimbombava in lontananza. Due servitori, vestiti di nero e ornati di bianco, si inchinarono.

Il foyer non era cambiato. Spalancata da ampie finestre, la stanza era piena di luce soffusa del nord. Due immensi ritratti di zia Verana fiancheggiavano le ampie scale d'ingresso. Lo zio li condusse al solarium sul terrazzo sul retro della casa. Mentre si avanzavano, la servitù apriva loro le porte. Attraverso le finestre ad arco, il cielo plumbeo si estendeva sulle dolci colline orientali.

La tavola era apparecchiata per i re. Il cristallo scintillò dappertutto. Le posate d'oro sporgevano dai bordi dei piatti e dei vassoi di porcellana. I servitori stavano in piedi vicino ad ogni sedia. I posti erano ovviamente preparati per i Princeps dei Riddern. Dopo alcune rapide parole sottovoce, la governante fece cenno ai servitori di togliere i posti in più.

«Ora, miei cari, mangiamo qualcosa» Il sorriso ampio dello zio Lytwon spingeva i riccioli dei baffi sul viso. Prese posto a capotavola. I servitori estrassero le sedie per lei, Druin e Lord Dalbonn.

Suonò una piccola campana d'argento e altri servi apparvero dalla stanza adiacente portando dei vassoi. Piccoli centrotavola ornavano i vassoi, sculture di animali saltellanti scolpiti in tuberi e radici dai colori vivaci.

L'aroma di cipolle arrostite, tuberi dolci e agnello da latte arrostito, condito con spezie Scaglie d'Oro, si diffuse attraverso le porte ma, improvviso e inaspettato, un suono profondo rimbombò sul pavimento. I vetri delle finestre tintinnarono nelle loro cornici.

Per un istante, la mano dello zio rimase congelata, il suo bicchiere di vino vicino alle labbra.

Lord Dalbonn saltò in piedi. «Quello non era un tuono!» Scorse il retro della casa. La servitù teneva le postazioni ai tavoli, ma alzava il collo per sbirciare verso il giardino, dove si alzava una piccola nuvola di polvere. «Qualcuno sta correndo su per le scale»

Lo zio si alzò da tavola, guardando l'agnello alla griglia.

L'uomo spalancò le porte, ansimando. Si inchinò. «Vostra Altezza, il muro. Nel Giardino Sommerso. Una parte è caduta dentro» Si fermò, cercando di riprendere fiato. «Nessuno si è fatto male, ma il capo giardiniere pensa che dovreste venire. Ha aperto la camera dietro il muro»

«Ma nessuno si è fatto male?» Lo zio fece una smorfia, la sua attenzione si soffermava sulla distesa davanti a lui.

Il suo amore per il cibo poteva forse essere messo da parte dalla sua curiosità.

«No, Altezza, nessuno si è fatto male»

«Grazie, buon uomo. Saremo da voi a breve» Il suo cipiglio scomparve quando l'uomo lasciò la sala da pranzo. Si rivolse a Banah. «Non si dovrebbe mai affrettare un buon pasto»

«Il rinfresco era eccellente, zio. In ogni dettaglio» Lo è stato, nonostante la crescente curiosità che li fece mangiare tutti più velocemente del solito. Banah e lo zio erano usciti dal solarium a braccetto, diretti al Giardino Sommerso.

«Grazie. La cuoca sarà lieta di sapere che le sue capacità abbiano incontrato il tuo favore» Si fermò al principio della scalinata con un sospiro.

Lord Dalbonn e Druin stavano già scendendo a tutta velocità.

Le diede un buffetto sul braccio. «Dovete avere pazienza con me. Sono lento sulle scale»

«È un piacere stare con te, zio".

«Devo farti i complimenti. Sai, mia cara bambina,

che nessuno nella storia del Corno ha mai riunito le tre razze? Il Primogenito, il Palanth-Orric e l'Urbonnic»

«Le alleanze del nonno e del papà con il Riddern hanno fornito una solida base. La fiducia che gli Harbitor mi stanno dimostrando è il frutto di tre generazioni di sforzi» Non le piaceva prendersi il merito per il lavoro degli altri.

«Sei davvero una straordinaria statista. Tanto simile a tuo padre»

«Dobbiamo ringraziare Druin per aver riacceso l'attuale rapporto con gli Avem. Come sapete, dopo il primo contatto iniziale del nonno, non sono stati sentiti o visti finché non li ha incontrati durante le sue spedizioni nella Foresta delle Nuvole» Suo fratello non solo aveva ristabilito i contatti con i Primogeniti, ma aveva istituito l'attuale relazione amichevole con i loro capi.

«Sì, me lo ricordo bene. Anche se il suo libro trattava soprattutto di botanica, Druin vi fece diversi riferimenti descrittivi» Si fermò sulle scale, riprendendo fiato. «Siete entrambi così speciali, così dotati. Così preziosi» La sua voce era di nuovo ricca di emozioni. Non avendo mai avuto figli, aveva sempre trattato lei e suo fratello come una figlia e un figlio surrogati.

Lei distolse lo sguardo mentre lui si stropicciò gli occhi.

Colonne, palline e coni fatti di piante fiancheggiavano il sentiero. La sua grande passione per le siepi era cresciuta ed erano sempre tagliate perfettamente secondo una foggia simmetrica e stretta. «Anche in questa luce tempestosa, i suoi giardini sono bellissimi» Da bambino, i suoi labirinti di siepi erano stati magici portali verso luoghi immaginari lontani. Alle mitiche dune nere dell'estremo sud ai vaporosi mercati delle spezie di Mendelon.

«Grazie, cara» Si soffiò il naso.

«Zio, volevo anche ringraziarti per la promozione che hai dato alla ricerca di Druin. La timidezza di mio fratello non gli avrebbe mai permesso di fare quel passo. Lo sapevi che il suo lavoro viene ora pubblicato anche su Barrost? L'università lo ha inserito nel suo programma di lettura per la botanica»

Suo zio ne fu sbalordito: «L'Università di Barrost!»

La sua espressione le ricordò il suo risentimento verso il dipartimento di storia. Lei riportò la conversazione lontano da quell'argomento scomodo. «Ora ha molti inviti a parlare delle sue spedizioni, grazie a te, caro zio»

«Aveva solo bisogno di una leggera spinta. Il suo successo è tutto suo. In *Escursioni botaniche nelle foreste pluviali*, descrive le cose con una tale eloquenza. Il lettore si sente come se fosse stato trascinato nella Foresta delle Nuvole. In piedi sotto i rami gocciolanti di felci giganti. Nuove specie di orchidee che fioriscono sui rami soprastanti. Oppure scoprendo le rovine di un'antica città.

Voci si levarono dal livello più basso del giardino. Un piccolo esercito di operai si stava formando intorno alla piscina rettangolare al centro del Giardino Sommerso.

Lo zio brontolò: «Quanti passi. Cosa pensava Crethingan? Sicuramente non ai residenti anziani di Casa Warningen»

«Non mi ero reso conto che Crethingan progettò anche giardini»

Si fermò di nuovo, ansimando. «Casa Warningen è la sua unica residenza completa. È meglio conosciuto per la sua passione per le cappelle e meravigliose stanze intime per meditazione e preghiera» Si asciugò di nuovo la fronte. «Ma ha progettato una serie di... elementi del Giardino Sommerso... sul Corno Settentrionale. Gli storici parlano spesso del suo lavoro come se avesse qualcosa della sua anima in ogni suo progetto» Respirava profondamente. «Ma onestamente, penso che quell'uomo abbia lanciato una maledizione su di me con tutte queste scale infernali!» Strinse il braccio di Banah un po' più forte mentre scendevano l'ultima rampa.

Il capo giardiniere li incontrò in fondo alle scale. «Vostra Altezza, Mia Signora» Si inchinò, poi li accompagnò verso il buco spalancato tra due dei pilastri del muro del giardino sul retro. Le pietre che un tempo avevano riempito lo spazio erano cadute verso l'interno. «Fino a questa mattina, abbiamo sempre pensato che gli archi fossero solo decorativi. Ma dietro di essi c'è una camera poco profonda. Quando il muro è crollato, abbiamo potuto vedere un'iscrizione sulle pareti interne»

Lord Dalbonn e Druin attraversarono l'arco, scavalcando le macerie.

Il Signore Protettore indicò un muro proprio all'interno dell'apertura. «Qui c'è un messaggio, ma non lo capisco. Assomiglia all'Antico Orrenico, forse all'antico Yethrodiano. Ma avremmo bisogno di un esperto per interpretarlo»

Druin si guardò intorno. «Il mio vecchio professore, Gwenndon, all'Università di Barrost ora lo saprebbe. Il suo lavoro in Conoscenza dell'Eth e sulle lingue antiche erano alcuni dei miei corsi preferiti all'università di Immen»

Lo zio Lytwon si asciugava il sudore dal labbro superiore. «Prendi un po' di pergamena e del carbone! Jonatan, copia ogni segno e simbolo» Si raddrizzò la schiena, il mento si alzò leggermente. «La stampa universitaria ha fatto dei miei predecessori lo zimbello e l'oggetto delle barzellette in tutte le case reali. Vedremo chi ride adesso» Gli occhi gli brillavano.

Facendo un passo indietro sulle pietre cadute, Lord Dalbonn si unì a Banah e allo zio Lytwon. «Devi ascoltare il racconto del tuo giardiniere su quanto è successo» Agitò uno di loro per avvicinarsi.

Anche Druin si avvicinò, fermandosi al suo fianco.

Lord Dalbonn affrontò il giovane. «Dica a Sua Altezza cos'ha visto»

Il giovane strinse il cappello di stoffa tra le mani. «Altezza, ho sentito l'esplosione e poi le pietre cadere. Corsi a vedere cosa fosse. Ma...» Si schiarì la voce. «Vostra Altezza, sono apparse delle luci colorate nell'arcata... e mi è sembrato di vedere un uomo in piedi» Indicava l'oscura apertura nel muro.

«Un uomo?» Chiese lo zio Lytwon.

«Ma non era come noi. Era molto alto. E magro. Il suo corpo era tutto illuminato da sottili luci colorate, come delle tende luccicanti»

Druin trattenne il fiato.

Gli occhi del giovane si spalancarono. «Guardò verso di me, poi scomparve»

Jonatan uscì dalla camera e allungò la pergamena verso lo zio Lytwon.

«Posso?» Lord Dalbonn allungò la mano.

«Certo» disse lo zio.

Dopo un momento di studio, il Signore Protettore

scosse la testa e disse: «Alcuni dei cifrari assomigliano alle parole dell'Antico Orrenico per *luce* e *in mezzo*» Consegnò la pergamena allo zio. «Ma non ne sono sicuro. Forse c'è dell'altro, ma purtroppo non abbiamo tempo di indagare. Suggerirei di sigillarla senza malta fino al vostro ritorno da Barrost»

«Tre settimane non dovrebbero fare differenza» Lo zio scrollò le spalle. «Forse l'interpretazione del vostro professor Gwenndon confermerà quello che ho sempre detto»

Druin prese la pergamena, scuotendo la testa. Fissava le linee fluide e ornate abbozzate a carboncino. «Sono certo che questi cifrari siano più importanti che stabilire l'antichità di Casa Warningen»

29

CUOCHI E CARROZZE

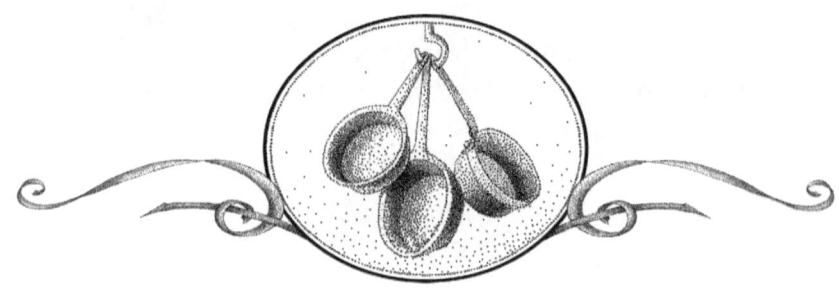

Druin fissò fuori dalla finestra della carrozza, nel cielo tempestoso della sera, mentre meditava sulla descrizione delle luci fatta dal giovane giardiniere. Fili dai colori luminosi che fluttuavano. Come veli sottili. Potevano avere una qualche correlazione?

Ancora una volta, la notte prima, le visioni tormentose lo avevano trascinato attraverso una pulsante iridescenza, nella scena della sua morte. A differenza del servo dello zio Lytwon, Druin non aveva mai visto accenni al Mondo delle Visioni da sveglio. Nascondere il suo persistente dolore a Banah era diventato sempre più difficile, ma necessario. Non doveva saperlo. Non ancora.

Le carrozze rallentavano vicino al molo.

Lo zio si tamponò di nuovo la fronte. «C'è stato un

tale trambusto questo pomeriggio, non era il modo in cui volevo salutarvi, miei cari»

«Non pensarci, zio» Banah gli batté con dolcezza sul ginocchio. «Le mie scuse per non aver potuto restare più a lungo. Forse un'altra volta»

Il viso dello zio era ancora arrossato per tutta l'eccitazione. Ma sottili ombre erano apparse sotto i suoi occhi.

«Caro zio, dopo una giornata così estenuante, vorrei ritirarmi presto. Mi perdoneresti se organizzassi la cena nelle nostre stanze?»

Era ovvio per Druin che l'improvvisa ammissione della sorella al bisogno di riposo era per il bene dello zio.

«Mi dispiace che la giornata si sia rivelata così lunga, ma penso che cenare in camera mia questa sera sia la cosa migliore» Il tono dello zio era pieno di sollievo. «Ma non disturbate il vostro personale. La mia cuoca, Marta, si occuperà del mio pasto»

Banah guardò la pergamena che teneva in mano.

Né Dalbonn né Banah avevano riconosciuto niente di diverso dai glifi per *luce* e *in mezzo*.

Degli altri cifrari che il capo giardiniere di Lytwon aveva abbozzato, un paio di lettere sembrarono familiari a Druin. Ma non avevano alcun senso.

Banah piegò il pezzo di carta. «Non posso fare a meno di pensare che una storia simile, che di recente abbiamo ascoltato da qualcuno a bordo, possa essere collegata all'incidente. Non vedo l'ora di presentarvi un giovane di Fahtu-Shan, di origini Limmane. Possiede l'Eth più potente mai riscontrato, forse che sia mai esistito. E il suo Gebayt Bithen ha attinto a qualcosa di meraviglioso»

Sì, tutto questo sembrava essere collegato alla storia di Foggling.

Le carrozze si arrestarono. I cocchieri saltarono giù e aprirono le porte, inchinandosi. Il vento soffiava sul lungofiume. Gocce di pioggia solitarie colpirono i finestrini. La tempesta si sarebbe presto abbattuta su di loro e dovevano affrettarsi.

Lo zio si alzò, afferrando il telaio della porta per tenersi in equilibrio. «Quelle insopportabili scale. Non so se le mie gambe saranno mai più le stesse. E la mia schiena. Crethingan deve avercela avuta con me» Lamentandosi, percorse la stretta porta della carrozza. La sua giacca di pelliccia si impigliò nella maniglia.

Banah si liberò l'indumento prima che si lacerasse.

Druin si avvicinò alla sorella e sussurrò: «Scommetto che si è portato dietro anche mezza cucina» La sua cuoca aveva ritardato la partenza con un controllo incessante degli utensili. Era certa che il suo armamentario per brasare e arrostire era stato dimenticato. Finché ogni scatola e cassa non fosse stata aperta e ispezionata, non si riposò. E neanche i suoi aiutanti.

Prima che Banah scendesse, gli rivolse un'occhiataccia, uno sguardo che lui conosceva fin troppo bene.

Druin le restituì quello che lei chiamava il suo sorriso fraterno.

«Più inclinati!» Brontolò lo zio. I servi gli tenevano degli ombrelli sulla testa mentre saliva sulla rampa.

Un gruppo di servitori lo seguì, il cuoco faceva da guida.

Toman e la Dama Lorann erano in cima alla passerella. L'Harbitor dei Riddern apparve dietro di loro. Le lanterne si allinearono alle ringhiere, le loro fiamme lottavano per rimanere accese al vento.

Banah si mosse verso Toman. «Zio, questo è il giovane che vorrei che incontrassi come si deve quando ti sarai sistemato»

Toman si inchinò profondamente.

«Posso accompagnarvi nelle vostre stanze?» Dama Lorann si inchinò.

«Prima fado a federe kucine!» La voce stridula della cuoca gracchiava come quella di un gabbiano arrabbiato mentre fece cadere le valigie ai suoi piedi.

«Sì, bambina, sarebbe bello» Il tono grato della risposta dello zio Lytwon alla Dama Lorann era calmo a contrasto con quello della cuoca Marta.

Dalbonn sussurrò qualcosa al suo apprendista, mentre indicava la cuoca che aveva le braccia conserte.

«Stanze dopo. Laforo ora!» Il suo sguardo avrebbe potuto trafiggere le pentole di ferro che aveva caricato.

Foggling si inchinò. «Posso presentarvi il Mastro Trend Dobbesser?» Si voltò verso lo studente Barrostano che gli stava accanto. «È nei quartieri vicino alla cucina. Possiamo portare le sue valigie?»

«Fate attenzion con scatola di spezie! Fale più di foi due!» Osservando la statura di Toman un ampio sorriso dissipò la sua espressione acida. «Hmm, forse no. Krazie»

Il gabbiano lamentoso improvvisamente gorgheggiava come un pettirosso. «Finalmente, uno fero gentiluomo ke aiuta una signora» Il suo vestito grigio, lungo fino alla caviglia, le frustò le gambe mentre se ne andavano.

l'Harbitor Ruhand si fece avanti, le piume iridescenti di cobalto e verde smeraldo del suo mantello svolazzavano al vento. Il suo sguardo inespressivo cadde sullo zio.

Gli occhi di questi si spalancarono alla vista del capo dei Riddern. Alzando un dito, sembrò che si rialzasse con rinnovata energia. «Mio buon signore» salutò, ma il capo tribù si allontanò e si rivolse a Banah.

«È questo l'abitante del palazzo che chiamate Warningen?» Le lunghe piume erette del suo copricapo si agitavano nel vento crescente. Incrociò le braccia. I tatuaggi sulle mani e sugli avambracci sembrarono muoversi e luccicare. Aveva quattro dita, a differenza della sua femmina che ne aveva tre.

«Casa Warningen. Sì, Mio Signore. Il Principe Lytwon è...» Banah salutò lo zio per avvicinarsi, ma il capo dei Riddern aveva già iniziato a salire le scale, scomparendo nell'oscurità del cassero.

Druin strinse i denti, accigliato verso la sorella.

Le punte dei baffi dello zio si attorcigliarono mentre il vento gli soffiò i capelli lunghi fino al collo, contro le guance. «Che maleducato!»

Gli angoli delle labbra di Banah si piegarono all'ingiù mentre lei alzava una mano. «Per favore, non arrabbiarti con loro. È il loro modo di fare. Ha fatto una domanda. Ho risposto. Questo pone fine alle conversazioni per lui»

Il padre l'aveva istruita bene sulle abitudini dei cittadini di Ydassum. Era sempre stata la migliore allieva nel campo del galateo e della legge. Eccelleva nella diplomazia.

Druin non le invidiava il ruolo di loro prossimo sovrano. Fin dall'infanzia, il suo cuore anelava alle foreste d'alta quota, ben oltre i confini della civiltà.

«Sono sinceri. E onesti. Le loro pratiche sono

semplicemente diverse dalle nostre» Tipico di Banah, aveva spostato l'argomento verso qualcosa di più benevolo. «Riposiamoci tutti un po'. Ci vediamo domattina»

Lo zio annuì.

Un lampo improvviso esplose nel cielo notturno. Lo scoppio di luce bianca si riversò su Casa Warningen e sulle colline circostanti. Una pioggia battente travolse la casa, lungo il viale circolare e verso il fiume.

«Per favore, entriamo tutti dentro» Banah salì i gradini del cassero, afferrando la ringhiera mentre il vento faceva dondolare la barca.

La pioggia li investì mentre Druin apriva le porte per sua sorella.

L'Harbitrice apparve sul ponte accanto al suo maschio. A braccia larghe, i loro mantelli si aprirono nella brezza. Alzarono la testa nella pioggia che si cadeva su di loro.

30

MAYLIN

«Se n'è andata, mamma»

Tacque un istante, cercando di controllare la voce.

«È con Ber'eth. Lei è tra le sue braccia»

Poi la sua voce cominciò a tremare, le lacrime gli scintillarono sul viso.

Druin avvolse le braccia attorno al cuscino e lo premette sulla testa, dondolando avanti e indietro. Il suo corpo ebbe le convulsioni dei singhiozzi. Lo sfinimento gli riempiva le membra.

Intorno alla visione, le luci scintillanti ormai familiari luccicavano come ragnatele di minuscoli diamanti filettati.

Ma qualcosa era diverso.

Una presenza che andava avanti e indietro

nell'ombra come un leone nero in gabbia. Poteva quasi sentirne il brontolio.

Sottili scricchiolii di legno gemettero ai margini della sua coscienza. Il suo letto dondolava dolcemente. Dov'era? Aprendo gli occhi, la luce inquietante della luna si riversò attraverso le finestre di una strana stanza.

Un leggero bussare alla porta. Si ricordò della cabina.

La Solyssia, la visita di Stato.

«Druin?» Banah chiamò, la preoccupazione le riempiva la voce. «Fratello?»

Il basso brontolio si allontanò mentre scuoteva le immagini della ragazza morta dalla sua mente.

«Fratello, sei malato?»

Se fosse così semplice... Aveva bisogno di dire qualcosa, di spiegare qualcosa.

Sospirò. «Entra»

La porta della sua cabina scricchiolò. La luce dorata di una candela, tenuta in alto dalla sorella, tremolava dolcemente. Il suo viso era pieno di preoccupazione. «Non stai bene? Mi sembrava di averti sentito...»

La luce delle candele proiettava ombre angolari sulle carte sparse sul pavimento. Aveva bisogno di dirglielo, di dirlo a qualcuno. Non era sicuro di come.

«Posso?» Lei indicò un angolo del letto.

«Sì, prego» Sarebbe stato difficile, ma era il momento.

Mise la candela sul comodino e diede un'occhiata alla stanza. Un leggero cruccio le sgualcì la fronte. Si sedette sul bordo del materasso, poi piegò le mani sulle ginocchia. Il ricco profumo muschiato della Regina Summerbird riempì l'aria intorno a lei. La sua presenza calma sembrava tranquillizzare la sua mente.

Tirò le gambe fino al petto e piegò le braccia sulle ginocchia. Appoggiando la testa sugli avambracci, fece un respiro profondo. L'immagine della bambina morente sul suo lettino gli inondò la mente. Un groppo gli bloccava la gola. Da dove doveva iniziare? «Banah, da mesi, ormai, faccio sogni... di Maylin»

Gli strinse il braccio e sospirò. «Mi dispiace tanto, caro fratello»

Si asciugò gli occhi ma non alzò lo sguardo.

«La scena si ripete identica in continuazione» Un sudore freddo gli coprì la pelle. Una volta iniziato a parlare, non riusciva più a smettere. «All'inizio i sogni venivano solo occasionalmente, ma, con l'avvicinarsi della nostra partenza, mi hanno tormentato sempre più spesso. Sono sempre gli stessi» L'emozione lo soffocava e la sua voce si incrinò. «Sono di nuovo nella sala con Maylin. Muore più e più volte»

Le dita di Banah si strinsero sul suo braccio.

«Nella visione, sono nella sua mente. Sento i suoi ultimi respiri nella mia stessa gola. Sento la malattia intorpidire i suoi pensieri»

La mano di Banah cominciò a tremare.

Druin alzò la testa.

Lo sguardo di orrore sul volto di Banah gli trafisse il petto. Le lacrime gli si versarono negli occhi. Il suo labbro inferiore tremava mentre chinava la testa.

«Banah...» Abbassò la voce a un sussurro a malapena udibile. «Sento i suoi pensieri. Non capiva cosa le stesse succedendo»

«Avrei dovuto essere lì» Banah si allontanò da lui.

Le afferrò la mano. «Cara sorella, non hai alcuna colpa»

Si era incolpata della morte della loro sorellina, ma

si era rifiutata di parlarne. Forse era giunto il momento che anche lei parlasse.

«Devo credere che Ber'eth abbia uno scopo in questa visione. Non avrebbe permesso questa tortura senza motivo. Ci deve essere qualcosa che non vedo»

Banah si asciugò le lacrime dagli occhi. «Avrei potuto... fare qualcosa»

«Banah, la malattia l'aveva aggredita così rapidamente. Nessuno avrebbe potuto aiutarla. Persino i medici non riuscivano a trovare una spiegazione. Non avevano mai visto un morbo affliggere un bambino così rapidamente»

«Se non fossi stata così fissata su questo viaggio» La sua voce prese forza. «Se non fossi andata dai Riddern per implorarli di partecipare... avrei potuto aiutarla»

«Il progresso della malattia fu così rapido che i medici non pensavano che nemmeno il tuo Eth avrebbe potuto aiutare»

Fece un respiro profondo.

La fiamma della candela fuse la sua tonalità dorata con quella fredda luminosità proveniente dalla luna.

«Era troppo giovane per patire in quel modo» La sua voce si ammorbidì.

«Non ha sofferto. Era confusa, ma non provava dolore»

«Come puoi esserne sicuro?» Il tono dubbioso di Banah conteneva tracce di speranza.

«Rivivo la sua morte più e più volte nella visione. E l'unica costante è che non soffriva. Tutti i suoi pensieri erano bei ricordi: Canto d'Inverno, una collana di papà, le sue bambole, le tue pantofole con le campanelle d'argento che amava indossare»

Le lacrime scivolarono ancora una volta sul viso di Banah. «Amava giocare con i miei vestiti, ballare con le mie pantofole... soprattutto quelle blu. Si aggrovigliò i piedi nei miei vecchi vestiti così spesso» Singhiozzò. «Beata, piccola sorellina. Come mi manchi»

Druin l'accarezzò sulla guancia.

Banah fece un respiro profondo e si sedette più dritta. «Poveri mamma e papà. Maylin era la gioia della loro vita. La mamma non mostra tanto il dolore, ma entrambi sono invecchiati così rapidamente dalla sua morte» Banah si asciugò gli occhi. «Hai visto il grigio nei capelli di papà, la stanchezza nei suoi occhi?»

«Sì, l'ho visto» Druin cercò di nuovo la sua mano. «Vuoi pregare con me?»

Annuì e si fermò.

Druin si alzò e allungò i palmi delle mani, rivolto verso l'alto. Ella posò le mani sulle sue, i palmi verso il basso. Guardò in alto e nei suoi occhi. Il conforto familiare della sua presenza nella preghiera alleviava l'angoscia residua del suo sogno. Tutte le volte prima aveva dovuto pregare da solo.

«Ber'eth, caro Maestro Celeste, mostrami il suo significato in questo mondo di visioni. Non posso salvare Maylin. Rivela quale scopo hai per me. Ripristina ciò che questo passaggio ha rubato a mamma e papà... e a Banah»

Per un attimo i suoi occhi furono stretti, poi la sua espressione si alleggerì. Sospirava dolcemente. «Così sia» Sembrava molto stanca.

«Così sia» Chiuse la preghiera. Stringendole entrambe le mani nelle sue, le baciò la guancia. «Ti prego, resta ancora un po'. C'è dell'altro nel sogno»

«Cosa vuoi dire?» Si sedette di nuovo sul copriletto di seta.

«Non è solo un sogno. A volte, quando apro gli

occhi, una brezza mi gira intorno. Muore in fretta, ma le cose sono spostate nella stanza. Documenti, libri per terra, le tende» Indicò pergamene sciolte sparse sul pavimento vicino al suo letto e le sue lenzuola accanto ai suoi libri mastri.

Sollevò la sua candela dal comodino e scrutò la stanza. «Mi domandavo» Guardò la finestra chiusa. «Sei sicuro di non averle buttate giù tu stesso?»

«Assolutamente. Erano tutti impilati con i miei libri contabili sulla scrivania. E, Banah...»

«Sì, fratello?»

«Ci sono sempre luci scintillanti nell'oscurità, all'inizio erano come ragnatele incandescenti nei recessi della sala. Ma, qualche settimana fa, ho sentito una voce. Qualcuno che cantava. Poi le luci hanno cominciato a brillare di iridescenze colorate» Abbassò la voce e aspettò per vedere se la sorella avrebbe fatto lo stesso collegamento.

Il corpo di Banah si tese, il suo sguardo fisso nel suo, i suoi occhi grigio-azzurri non battevano ciglio. «Come il giardino dello zio Lytwon e Gebayt Bithen di Toman»

Annuì. «Credo che dovremmo informare il Signore Protettore. Non credo che sia una coincidenza»

31

LA GREINEN

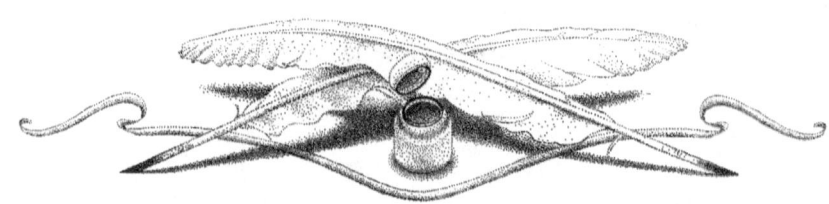

«Buonasera, professori» Lady Arden salutò i professori Gwenndon e Yohn mentre chiudeva la porta alle sue spalle. «Ieri sera era ancora lì, ma qualcosa è cambiato»

«Prego, si sieda, Mia Signora » Dissero insieme gli istruttori.

Il professor Gwenndon intinse la penna nel calamaio. «La prego, Mia Signora, può descrivere ciò che ha percepito?»

«La sua sofferenza è grande. Forse più grande di prima. E quando ritorno dal Temmerung, la sua angoscia mi segue per ore. È come se qualcosa di lui e del Mondo delle Visioni rimanesse dentro di me»

Si accomodò nei profondi cuscini della sedia imbottita verde scuro davanti alla sua ampia scrivania.

«Ora è presente qualcos'altro, qualcosa di potente e oscuro»

Il professor Yohn si accigliò. «Mia Signora, è in pericolo?»

«No, non credo. Non mi sento in pericolo anche se c'è qualcosa che si muove» Ogni volta che era entrata nel Temmerung, solo la sua coscienza era stata presente. «Prima, il giovane era dall'altra parte di un sottile velo di luci iridescenti e tremolanti. Ora sembra circondato da una parete di spesse lastre di vetro opalescente. Lo vedo solo di sfuggita. Lampi, come immagini rifratte attraverso i prismi» Rabbrividì al ricordo della fredda presenza che era calata sulla scena. «Sembra che ci sia qualcosa nel Temmerung che cerca di raggiungerlo»

Entrambi gli uomini annotarono qualcosa sui rispettivi taccuini.

Gwenndon alzò lo sguardo per prima. L'espressione tesa nei suoi occhi trasmetteva preoccupazione. «Mia Signora Arden, è sicura di non essere in pericolo? Lei è l'unica che conosciamo ad aver sperimentato questo fenomeno. E la sua ricerca personale sta aprendo il nostro campo di studio oltre le nostre più rosee aspettative...»

Yohn annuì. «La nostra convinzione sul cambiamento è stata confermata da molti studenti di Eth, ma nessuno capisce quale influenza abbia, se ce ne sia, e su cosa. O sul perché»

Gwenndon guardò il suo collega, posando la penna d'oca sui suoi fogli e si sporse verso la Arden. «Tuttavia, Milady, la sua sicurezza è più importante di qualsiasi ricerca. È sicura del suo benessere?»

Arden apprezzò profondamente la preoccupazione di Gwenndon per la sua salute. «Grazie, ma non mi sono mai sentita minacciata» Anche se lo strano brivido la innervosì.

Yohn alzò lo sguardo dai suoi appunti e guardò fuori dalla finestra. «Per quanto riguarda lo spostamento ipotizzato nell'Eth, il professor Gwenndon ed io stiamo anche concentrando la ricerca etimologica sui testi Yethrodiani appena scoperti. I Servi di Immen hanno sempre nascosto quelle che ritenevano pergamene troppo sacre per altri studiosi e studenti dell'Eth. Ma la nostra ricerca sta rivelando frammenti di pergamene mai viste prima in altri archivi sul Corno. Sono tempi entusiasmanti nel nostro campo di studio. Potrebbero esserci riferimenti all'attuale cambiamento nell'Antico Orrenico»

Gwenndon scosse leggermente la testa. «Tuttavia, finora nulla ci ha aiutato a capire il fenomeno che state vivendo»

«Né la completa scomparsa della razza Yethrodiana dalla storia» Yohn continuò a guardare fuori dalla finestra.

La leggendaria estinzione degli Yethimrod, i fondatori del vecchio Noèsh e di Geholiogarth, era sempre stata un argomento intrigante. Sia il moderno Barrost che Immen affondavano le proprie radici nella storia di Palanth-Orric. La loro civiltà doveva essere vasta, eppure c'erano così poche prove su quanto si estendesse.

«Come avrete sentito, abbiamo mandato uno dei vostri compagni di studi, Trend Dobbesser, alla biblioteca privata Méndrensynn Library di Ydassum per vedere se potevamo ottenere di più dai loro archivi nazionali» Gwenndon diede un'occhiata ai libri che ricoprivano gli scaffali delle pareti del suo ufficio.

Arden non aveva sentito dove Trend fosse andato. «Turicum in Ydassum? Perché Turicum? E sì, conosco bene il Mastro Trend. Abbiamo frequentato molte delle stesse lezioni» Molto intelligente, un dialettico dotato, ma lo aveva trovato piuttosto arrogante. «Non ho mai sentito parlare dei testi del Vecchio Orrenico di Ydassum»

«Tempi davvero emozionanti nel nostro campo di studio» Yohn ripeté ciò che aveva detto prima con un tono un po' distante. «Una scoperta molto inaspettata in un archivio della Limmania...» Sbatté le palpebre come se si fosse svegliato, poi guardò la Arden. «...abbiamo trovato un testo dell'Antico Orrenico che menziona una setta precedentemente sconosciuta di monaci Yethrodiani chiamati Scribbners. La scoperta ci porta a credere che essi portassero copie di scritti sacri dal Geholiogarth fino ai confini del Corno» Yohn parlava con sempre maggiore velocità. «La nostra impressione è che la loro fratellanza fosse profondamente convinta di dover trasmettere con precisione gli antichi testi di Ber'eth, per portarli agli estremi confini del Grande Continente. Alcuni frammenti più recenti scoperti in altri archivi hanno suggerito che le versioni moderne sono state alterate, pezzi perduti, o ci sono stati nascosti dagli Abati di Immen in carica»

Gwenndon annuì. «Se la Biblioteca Nazionale di Turicum possiede una di queste pergamene, le scoperte di Trend possono aiutare a dimostrare la nostra teoria. Il professor Yohn ed io siamo anche certi che alcune nuove rovine Yethrodiane, scoperte nella parte orientale di Norssum, riveleranno ulteriori prove per scuotere la posizione di Immen su molte questioni diverse. Gli Abati di Immen non vogliono che i laici o il non clero continuino, ma questo non ha mai fermato gli studiosi prima d'ora. Frammenti dell'Antico Orrenico sono emersi da oscuri archivi per anni. Ma i Servi di Immen li hanno tenuti lontani dal controllo degli studiosi, confiscandoli secondo le leggi del vecchio Scripturis Sanctis, *tutti gli scritti sacri appartengono ad Immen*»

Un sorriso malizioso apparve sul volto di Yohn mentre borbottava: «Come ha detto il mio collega, questo non ci ha mai fermato prima»

Gwenndon sorrise. «Ma, Lady Arden, tornando a rispondere alla sua domanda su Turicum. È la patria della famosa famiglia Méndrensynn. Il signore Nobilis Druin Méndrensynn era uno dei miei migliori studenti quando insegnavo ad Immen. Quando mi sono chiesto se poteva aiutarci nelle nostre ricerche, si è accontentato di aprirci gli archivi della sua famiglia»

Lady Arden aveva sentito solo buone notizie sulla ricca famiglia regnante di Ydassum. «L'accesso alla biblioteca privata di Méndrensynn? Molto generoso»

«Tempi così eccitanti. C'è ancora molto da imparare. Così tante cose tutte in una volta. Questo riscriverà i libri di storia, ne sono sicuro» Il professor Yohn tracciò una linea attraverso qualcosa che aveva scritto, poi immerse di nuovo la sua penna nel calamaio di Gwenndon e guardò in alto.

«Tornando al soggetto in questione...» Un cipiglio increspò brevemente la fronte di Gwenndon mentre guardava il professor Yohn. «Mia Signora, c'era qualcos'altro che ha notato questa volta?»

Grato che la conversazione tornasse al Temmerung, lady Arden sorrise e raccolse i suoi pensieri. «La presenza sembra antica e inquieta, come se avesse aspettato a lungo»

«Lei? Aspettava?» Gwenndon ansimò e poi trattenne il respiro.

Yohn si fermò, la sua penna d'oca volteggiava sopra i suoi appunti.

«Sì, sento che la presenza è femminile. Si sentiva più vecchia del tempo e decadente, ma si muoveva anche come affamata e in cerca di sostentamento. Potevo quasi sentire la sua voce sulla mia pelle, pungente, che tentava di attirare la mia mente nella sua. Ma le luci sembravano farmi da scudo»

Gwenndon posò la penna. «Non mi piace come suona, Milady. Non credo che dovreste tornare» Aggrottò la fronte.

«Mi sento al sicuro» Fissò la luce del sole che filtrava dalle finestre. «In un certo senso, mi sentivo come se fossi protetta in una camera dentro una camera. Come se stessi guardando attraverso una finestra verso un altro mondo»

Un silenzio teso cadde sulla stanza mentre Yohn prese altri appunti e Gwenndon la fissava.

«Grazie per la sua preoccupazione, ma mi sento davvero al sicuro. Temo che lei si preoccupi troppo dell'uomo nella visione. Il suo dolore è grande»

Gwenndon sospirò. «Devo ammettere che abbiamo avuto i nostri dubbi sulle sue visioni all'inizio, che fossero o meno legate ai nostri studi di Eth qui a Barrost. Ma i suoi racconti sono troppo intriganti per essere ignorati»

Sapeva che all'inizio erano stati scettici. Il sollievo la riempì. L'ascoltavano!

«Mia Signora, ci sono stati riferimenti a un fiume dentro un fiume, un luogo profondo all'interno del flusso dell'Eth. È sempre stato interpretato come un riferimento metaforico all'intimità con Ber'eth. Ma sento che le sue esperienze stanno facendo luce su testi a lungo incompresi» Gwenndon guardò attraverso le finestre, scuotendo leggermente la testa. Dopo un attimo chiese: «Ha altri dettagli sulla presenza? Qualcosa di particolare?»

«La sua voce...» Si fermò, chiudendo gli occhi per concentrarsi. «La sua voce...» Lady Arden rabbrividì. «Avete mai sentito le storie della Greinen?»

« La Greinen?» Gwenndon scosse la testa. «No, non credo proprio»

«Un racconto per bambini della mia provincia di Borinbranth, tramandato dalla gente di mia madre. Le tate lo raccontavano per spaventare i bambini e farsi ubbidire. La voce della Greinen è dolce, gentile, allettante. Ma la sua canzone attira i bambini cattivi fuori dai loro letti, poi li porta via. Il lamento delle sue vittime la nutre»

«I modi in cui terrorizziamo i nostri figli» Yohn scosse la testa.

«Lo so» Lei si accigliò. «È stato così ieri sera. La sua voce echeggiava intorno ai bordi delle luci, chiamando dolcemente come la Greinen delle favole per bambini»

Yohn si alzò e raccolse i suoi documenti. «Vi prego di perdonarmi, ma la mia classe necessita di me. Grazie, Mia Signora, è davvero affascinante. Gwenndon, possiamo confrontare gli appunti più tardi»

«Buona giornata, professore. Grazie per il suo tempo» Lady Arden si alzò e chinò il capo.

«Sì, certo, Yohn, forse domani?» Gwenndon si voltò verso lady Arden mentre Yohn lasciava la stanza.

Anche lei era a disagio per il cambiamento del Temmerung, ma non voleva attirare l'attenzione di Gwenndon. «Sento che è importante indagare su questa nuova presenza. Ieri sera, quando il giovane ha lasciato la visione, mi sono ritirato» Soppresse un brivido. Era sempre stato un luogo di pace. Ma ora... «Le dispiacerebbe essere presente la prossima volta che entro nel Temmerung?» Era sollevata dal fatto che Yohn avesse altri obblighi per poter fare questa richiesta in privato.

Gwenndon annuì. «Ma ancora una volta, devo sottolineare la sua sicurezza. Non sappiamo abbastanza su ciò a cui è esposta all'interno della visione» Tirò fuori la sua agenda e intinse la sua penna d'oca nella boccetta d'inchiostro. «Quando vorrebbe prenotare un'altra fascia oraria?»

Arden si schiarì la gola. «Adesso, signore?»

«Adesso?» Le sopracciglia di Gwenndon si inarcano.

«Sì, se possiamo. Se avete tempo. Mi sentirei meglio ad esplorarlo con qualcuno nella stanza» Non si era mai addentrata nel Mondo delle Visioni con qualcuno che la guardava. Forse la presenza di un'altra persona l'avrebbe distratta. Oppure ostacolata. Ma questa volta voleva un po' di sostegno.

Gwenndon si sporse in avanti. «Capisco. Procediamo allora»

«Grazie»

Si allungò per prendere un foglio di carta. «Se ci riesce, mantenga un flusso costante di descrizione man mano che viene a conoscenza dei dettagli»

Annuì, alzando le braccia e aprendo le mani. «Ingresso alla *Luce tra i Mondi*» Aveva bisogno di concentrarsi sulla sostanza e sulla realtà delle parole. Aprirono i portali a questo mondo mistico.

La calma familiare ritornò. Davanti a lei scorreva l'iridescenza, un portale nebbioso che si formava come un sottile velo scintillante.

Gli occhi del professore si spalancarono e la sua bocca si aprì. Anche lui doveva aver visto la manifestazione. Bene. Non era solo nella sua mente.

Gwenndon prese altri appunti affrettati. «Cosa vede?» Il timbro della sua voce si alzò, teso. Ciuffi dei suoi capelli grigi cominciarono a soffiargli sulla fronte. Il bordo della sua carta si sollevò come in una brezza che non poteva sentire.

«Le luci mi circondano ora e si fanno sempre più dense, più ricche di colore»

La guardò e annuì. «Le vedo anch'io»

«Sono circondata dalla quiete. Nessun suono. Nessun movimento»

La paura le formicolò dentro. Avvertì un brivido. Avvolse le braccia sul petto mentre scrutava la stanza attraverso i fogli scintillanti di luci colorate. «Il giovane non è qui. Ma credo di sentire qualcosa. Scricchiolii. Lamenti»

Con una mano che teneva i suoi appunti sulla scrivania, la penna del professore si muoveva con febbrile velocità.

«Il suono si sposta, diventando più simile a una voce. Delicato ma freddo. Suggestivo. Quasi seducente, una canzone senza parole»

«C'è qualcosa che le fa paura in quanto sta sperimentando?» Il professore agitò la mano per attirare la sua attenzione. Sembrava che urlasse.

Lei scosse la testa.

Un particolare crepitio fragile e poi un lamento

basso e pesante. L'aria intorno a lei era carica di minaccia. La voce della Greinen fluttuava intorno a lei, appena oltre la comprensione. Poi parole coerenti scivolarono attraverso la barriera delle luci, trafiggendola improvvisamente, trapassandola, pugnalandola alla mente.

Arden si coprì le orecchie con le mani. Il ricordo del giovane le inondò la coscienza come un'onda di tristezza e, come angoscia paralizzante, la travolse. Il suo dolore, la sua disperazione.

Si piegò in due, incrociando le braccia sulla pancia.

Le luci colorate sbiadirono. Fogli di carta scivolarono intorno a lei, depositandosi sul pavimento.

Il professor Gwenndon era al suo fianco. Il timore trapelava dalla sua espressione normalmente austera, mentre parlava rapidamente. «Mia Signora, sta bene? Sta bene?»

«Sto bene» Il cuore le batteva nelle orecchie. Le sue gambe tremavano. Gli afferrò il braccio mentre si raddrizzava.

«Guardi il suo vestito!» gli indicò. Le sue mani tremarono.

L'orlo verde pallido scintillò di brina nera.

«L'ho sentita, la Greinen»

«Che cos'ha detto?»

«*È mio per sempre*»

32

LO SGUARDO DEI RIDDERN

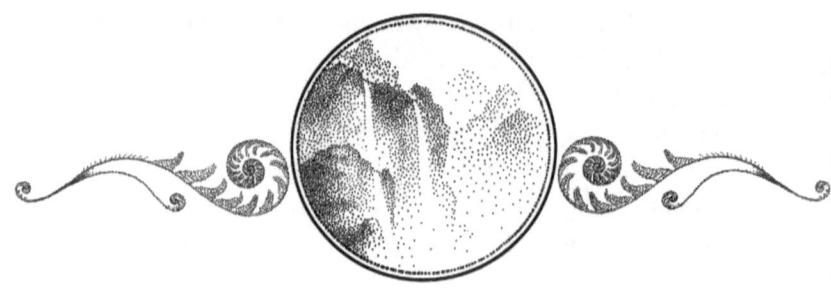

Il gradino di legno scricchiolava come un topo di campagna arrabbiato sotto lo stivale di Toman mentre scendeva dalla sua cabina sul cassero più piccolo fino all'ampio ponte principale.

L'incredibile brezza mattutina gli riempì i sensi. Alzò le braccia come per abbracciare l'aria.

Che spettacolo mozzafiato!

Così presto, non sembrava possibile. L'intensità della luce, la luminosità del cielo azzurro. Anche i canneti sulla riva sembravano brillare come schegge di vetro verde, retroilluminati dal caldo sole del mattino.

A Fahtu-Shan e a Turicum, tale luce del giorno arrivava solo nel pomeriggio, dopo che il sole aveva riscaldato il terreno e sollevato le nebbie. La mattina a casa era fresca e umida, illuminata solo con il bagliore della nebbia filtrata.

Lord Dalbonn lo raggiunse alla ringhiera, mentre osservava il paesaggio. Le dolci brezze premevano contro la prateria in onde di un verde brillante.

«Non ho mai visto una mattina come questa, Vostra Grazia!»

«Questo è un clima diverso, molto influenzato dalle brezze oceaniche dell'Olmish Aved a nord»

La differenza affascinava Toman. Fin dall'infanzia era sempre stato in qualche modo legato al tempo, in grado di percepire le tempeste e i venti in avvicinamento.

«Qui nella regione di Lowarthen, nella regione di Syngordia» continuò Sua Grazia «ci sono mesi in cui l'aria è limpida e il sole è splendente dal mattino fino al tramonto»

«Qui gli animali hanno la pelle più scura?» Toman si riparò gli occhi dalla luce abbagliante. «Ho letto una volta che gli animali sviluppano una pelle spessa o più scura dove il sole è molto forte. I contadini qui scelgono la pelle più scura o cambia naturalmente?»

Ridendo, lord Dalbonn gli diede una pacca sulla spalla. «Non puoi proprio farne a meno, vero, Apprendista?»

Toman sbatté le palpebre. Non era sicuro di ciò che non poteva evitare di fare.

«Pensando sempre in termini di linee di sangue, giusto?»

Toman scrollò le spalle e sorrise. Guardò le vaste praterie mentre passavano lentamente.

«Apprendista...» Sua Grazia gli batté nuovamente sulla spalla.

Toman si voltò mentre Lord Druin e il Principe

della Casa di Warningen camminavano verso di loro. La dama Lorann e Lady Banah non erano con loro, e nemmeno i Princeps dei Riddern.

«Zio, ti ricordi l'apprendista di Lord Dalbonn, Mastro Toman Foggling» Lord Druin si mosse verso Toman.

«Ah, sì, il giovane di Fahtu-Shan»

I capelli ricci e la barba del Principe erano perfettamente curati. I suoi baffi erano cerati in un ricciolo di fantasia che sembrava rigido, come i suoi stessi capelli quando Rueddan li aveva spalmati di linfa d'albero.

Alto fino al mento di Toman, il Principe lo guardò mentre porgeva la mano. «Piacere di conoscerla» Il suo ampio sorriso e il suo tono luminoso gli ricordavano Lord Druin.

Toman gli strinse la mano con fermezza. «Grazie, Altezza. È un onore conoscerla»

Gli abiti del Principe erano rifiniti con una liscia pelliccia marrone. Il suo cappello e la sua giacca avevano ricami d'oro fino ai bordi. «Mastro Foggling, non vedo l'ora di conoscere lei e la sua storia personale. Ho sentito cose affascinanti»

Il suo sorriso amichevole e il suo modo gioviale misero Toman a suo agio.

Lorann apparve alla base dei gradini del cassero e, facendo un elegante movimento col braccio, «Lady Banah chiede l'onore della sua presenza sul ponte superiore»

Lord Druin annuì. «Per favore, ditele che stiamo arrivando»

Lorann si inchinò e salì le scale.

Toman la guardò finché non scomparve oltre la balaustra.

I capi dei Riddern si spostarono sul ponte superiore, con il mantello che luccicava alla luce del sole. Toman riusciva a distinguere i tanti colori all'interno delle piume.

I tre Lords Avem stavano immobili, come statue, sul tetto degli appartamenti reali, indossando i profondi abiti dorati fatti per loro. Le fibre riflettenti della lana scintillante sembravano aver preso bene la tintura gialla.

«Apprendista Toman, il principe Lytwon vive in una terra meravigliosa» disse Lord Druin mentre raggiungevano la cima dei gradini. «Lowarthen è tanto ricco quanto vario» Indicò con la mano verso le colline lontane e le fitte foreste che lentamente sostituivano le praterie aperte lungo il fiume.

«È all'altezza del suo antico nome, la Terra dei Pani» disse il principe Lytwon inciampando leggermente. Afferrò il braccio di Toman. «Perdoni, Apprendista. Ma i pavimenti dovrebbero stare fermi, e non tremare come una ciotola di gelatina»

Toman annuì. «Durante il mio viaggio a Turicum, mi ci è voluto un po' per abituarmi a stare sull'acqua»

«Terra dei pani? Non ho sentito questa traduzione, zio»

«Ho letto più a fondo la storia di Lowarthen. Sembra che un Lowarth, una pagnotta di pane, fosse un simbolo di ricchezza, di prosperità, se volete. Prima delle guerre di Skyllian, il profondo e ricco suolo produceva i cereali che alimentavano la maggior parte degli insediamenti Orrenici del Corno» Il Principe si appoggiò alla ringhiera in cima alle scale e prese fiato. «Lowarthen è ancora oggi chiamato il Granaio del Nord»

301

Toman sorrise. Cosa c'era di più bello di un buon terreno e di un buon raccolto?

La Harbitrice dei Riddern si avvicinò alla ringhiera. Un gelido brivido d'ansia attraversò Toman mentre faceva qualche passo indietro.

«Lowarthen era un tempo il centro di due antiche culture» La sua voce era profonda, ma non come quella di un uomo. «I nostri antenati parlavano dei Grandi Costruttori che lavoravano fianco a fianco con il Santo Uran-Draigana»

Gli occhi del Principe Lytwon si spalancarono e il suo volto si illuminò.

Lei si voltò dal fiume e guardò direttamente verso il Principe Lytwon.

Abbassò rapidamente gli occhi, stringendo le mani. «Allora, Harbitrice, se sono stato informato correttamente, le sue storie risalgono a dieci delle sue generazioni, o a circa mille anni fa?»

L'eccitazione nella voce del Principe suscitò l'interesse di Toman.

«E lei dice che i suoi archivi hanno gli Avem» guardava in direzione dei Signori alati, «che popolavano questa zona ai tempi dei Grandi Costruttori Yethrodiani?»

I lunghi pennacchi del suo copricapo ondeggiarono mentre annuiva.

«Affascinante!» La sua barba riccia e i suoi baffi si aprirono, rivelando un ampio sorriso. Annuì a se stesso.

Lord Druin indicò un tratto di foresta in un'ansa del fiume, con un atteggiamento leggermente accigliato. «Zio, hai mai notato questo?»

Toman guardò nella direzione che il nobile stava indicando, ma non vide nulla di insolito.

«Sembra che qualcuno abbia piantato file di alberi in questa zona» Lord Druin si rivolse al Principe.

«Eh?» borbottò il Principe Lytwon.

«Vedete le diverse tonalità di verde, come ampie fasce attraverso la foresta. Quasi come se fossero in linea retta?»

«Diverse sfumature di verde? Non capisco cosa intendi» Il Principe sembrava preoccupato.

«Oh» Il tono di Lord Druin si appiattì leggermente. «Purtroppo, abbiamo superato il punto in cui si poteva vederli chiaramente»

Il Principe Lytwon si voltò verso la Harbitrice, osservando il ponte. «Ora, per quanto riguarda Casa Warningen...»

Tutti gli occhi si voltarono verso il suono delle sue potenti ali che sbattevano, mentre il Lord G'nallun degli Avem si alzava dal tetto degli appartamenti di cassero. I suoi abiti scintillarono alla luce del sole mentre atterrava davanti a loro.

Toman non riusciva a staccare gli occhi dal meraviglioso indumento, immaginando un giorno in cui il suo gregge avrebbe prodotto le fibre per realizzare un tessuto così magnifico.

«Principe Fathringen» la voce di Lord G'nallun rimbombava e risuonava nella sua gola, «questa terra era un tempo il cuore di un vasto impero»

Secondo Lord Dalbonn, raramente emettevano un suono, e tanto meno parlavano con parole comprensibili.

Il capo tribù si voltò e si inchinò profondamente agli Avem. Poi la Harbitrice si inginocchiò, le piume del suo copricapo che rasentavano le assi del ponte.

Il principe spalancò la bocca. Afferrò la ringhiera come se avesse bisogno di stabilizzarsi.

Gli occhi gialli e feroci degli Avem rimasero fissi sul fiume davanti alle chiatte, come se osservassero qualcosa.

Lord G'nallun si voltò e saltò di nuovo sul tetto del cassero dove si trovavano gli altri due Lords degli Avem.

La Harbitrice dei Riddern levò il capo e si alzò rigidamente, guardando ancora verso l'alto il Signore degli Avem.

Si accigliò, scuotendo la testa. La situazione si stava complicando. Il Riddern si inchinò agli Avem. Gli Avem non si inchinano davanti a nessuno. Le donne possono guardare le femmine dei Riddern negli occhi, ma gli uomini no. I Nobilis si inchinano a tutti. Tutte queste razze diverse, i loro costumi, i loro indirizzi... Come si può tenerli in ordine?

Un'idea delle responsabilità di Lady Banah lo colpì. Il suo ruolo di erede del governo di Ydassum era molto più complicato di quanto lui avesse mai immaginato.

La Harbitrice appoggiò la mano sulla ringhiera. I disegni nella sua pelle ondulata. «Gli antichi Costruttori reindirizzarono il fiume. Le vaste pianure di Lowarthen erano un tempo foreste prima che i Costruttori coltivassero la terra. Il corso d'acqua che percorriamo ora scorreva a sud-ovest attraverso la regione di Mardoènia, attraverso gli Altopiani Limmani fino all'oceano occidentale. I filari di alberi verdi più profondi che avete notato crescevano in quelli che un tempo erano profondi canali per le chiatte. Ma i Costruttori non esistono più»

Toman osservò la foresta alla ricerca di altri segni della coltivazione di cui aveva parlato.

Lo sguardo sul volto del Principe Lytwon ricordò a Toman Yannu che gongolava per aver vinto la mano di Schellen contro Shann. «Quindi, sta dicendo che le terre qui intorno una volta erano popolate dalla razza Yethrodiana?»

«È anche cantato nelle nostre storie che i Costruttori Antichi hanno convertito i nostri antenati, i Cavalieri dei Cervi di Urborn, dal loro uso della Venomica» Gli occhi del Harbitor Ruhand si restrinsero mentre parlava. «I nostri antenati usavano l'arte delle tinture, delle tisane e dei veleni per la morte. Noi, i Cavalieri del Grande Continente, ora usiamo l'antica tradizione dei veleni per la guarigione e la vita» La Harbitrice girò la testa verso Toman.

Un brivido pungente gli percorse la spina dorsale mentre evitava il suo sguardo. L'aveva guardata per caso negli occhi? Concentrandosi nel tirare l'aria nei polmoni, premette le mani contro le cosce per non farle tremare. Il suo coltello sarebbe stato immerso nel veleno? Quanto ci avrebbe messo a morire?

Incrociò le braccia.

La tensione si allentò nelle spalle di Toman. Se si fosse offesa, sicuramente avrebbe già fatto qualcosa.

«Il vostro Mastro, il comandante Dalbonn, era uno dei nostri migliori allievi» La voce della Harbitrice era profonda e ricca.

Che cosa? Toman non era sicuro di aver sentito bene. Sua Grazia, un Re? E uno studente della Venomica?

Si mise davanti a Toman.

Non osò alzare lo sguardo. Cosa voleva? Reagì con un brivido mentre il silenzio cadeva sul gruppo.

«Guardami negli occhi» Un sussulto sommesso riempiva l'aria mentre le sue parole avevano un impatto immediato.

Guardarla negli occhi?

La paura lo attraversò con un brivido. Non riusciva più a trattenere le mani dal tremare. Il suo stomaco si agitava.

La testa ancora chinata, Toman guardò verso il suo padrone.

Il corpo di Sua Grazia irradiava tensione. I pugni si strinsero forte, le nocche diventarono bianche.

Lorann si coprì la bocca aperta con le mani tremanti.

«Non temere» La Harbitrice mise una mano sulla spalla destra.

Toman tremava e continuava a guardare gli svolazzanti disegni delle foglie e gli intricati rampicanti sul polso e sull'avambraccio. Riusciva quasi a sentire gli occhi di lei che gli scottavano la pelle.

La mano della Harbitrice si scaldava sempre più. Il calore si diffondeva attraverso i suoi vestiti nella sua carne, penetrando rapidamente in ogni osso del suo corpo.

«Non temere» ripeté. «Guardami negli occhi»

Lentamente alzò gli occhi, seguendo i tatuaggi contorti sugli avambracci, che scomparvero nel suo mantello e poi riapparvero sul suo lungo collo. Le foglie inchiostrate e le viti sulle guance e sul mento tremolavano. I suoi occhi blu-verde marmorizzati avevano una delicatezza sorprendente, ma le sue pupille sottili, simili a serpenti, gli ricordavano il pericolo.

La sua mente si aprì a strane scene. Percorsi nascosti che si addentrano nei maestosi regni del Riddern. Foreste dense. Giganteschi alberi di felce, le loro foglie che si dispiegano. La luce maculata che sfarfallava intorno a lui da alte chiome di foglie. Lo splendore di imponenti cascate che scorrono a picco tra le nebbie. Interi fianchi delle montagne ardono di fiori appesi ad antichi rami.

«Tu hai un dono. Un dono per il popolo» La sua voce era profonda, calma.

Batté le palpebre più volte, schiarendo la visione. La sua insolita bellezza gli ricordava una vipera, magnifica e potente, ma mortale e pronta a colpire al secondo.

«Un dono?» La sua mente esplodeva di domande. Dov'era Sua Grazia? Non osava distogliere lo sguardo, non voleva offenderla.

L' Harbitor Ruhand si mise accanto alla sua compagna. Scambiò con lei parole attente.

Toman non capiva nulla di ciò che dicevano, né poteva leggere le loro espressioni in bianco.

La Harbitrice piegò le braccia e fece un passo indietro.

Il suo uomo guardò negli occhi di Toman. Le fessure delle sue pupille si restrinsero ancora di più. Mise entrambe le mani sulle spalle di Toman. Gli intricati tatuaggi a squame sulla sua pelle si alzarono e caddero dolcemente come il respiro di un serpente.

Un sudore freddo inumidì la schiena di Toman. Guardò Sua Grazia. Il sorriso del suo padrone era sottile ma crescente. Aprì i pugni e la tensione cominciò a lasciare il suo corpo mentre l'espressione di approvazione di Lord Dalbonn si lavava su di lui.

«Anche il suo Mastro era un dono al popolo» L' Harbitor Ruhand lasciò cadere le braccia ai suoi fianchi.

Un brivido si diffuse sulla pelle di Toman. Il suo padrone, anche lui un Dono al Popolo?

All'orizzonte, una massa grigio scuro ondeggiante

cominciò a riempire il cielo. Filo di luce intensa e brillante crepitava al loro interno. Era in arrivo una tempesta.

Nulla cambiava nelle loro espressioni, ma uno spostamento delle linee intorno ai loro grandi occhi gli fece pensare a un sorriso.

La Harbitrice emise una risata rauca, spaventando Toman e spezzando la tensione persistente nell'aria come un ramoscello secco.

«Le mosse di Ber'eth sono antiche nella pianificazione. I suoi modi vanno oltre la nostra comprensione»

33

LUCI VITALI E VITE PASSATE

Toman era immobile, la bocca socchiusa, la sua pelle ancora pungente. *Le mosse di Ber'eth sono antiche...* Le parole del Riddern risuonavano nella sua mente. Un brivido lo attraversò mentre la fresca brezza di una pioggia che si avvicinava soffiò sul fiume.

La Harbitrice si inchinò in basso verso gli Avem sul tetto degli appartamenti reali e poi scese le scale, con il suo mantello multicolore che svolazzava dietro di lei.

L'Harbitor la seguì nella sua scia.

Toman aveva così tante domande.

Gli occhi grigio-verdi di Lorann erano spalancati. «Non ho mai sentito parlare della Harbitrice che permette a un uomo di incontrare il suo sguardo. È un grande onore»

L'accenno di stupore nella sua voce fece correre il

suo cuore, forse anche più veloce che nella terrificante presenza della Harbitrice Riddern.

«Grazie» Ancora una volta, la sua mente si trasformò in una ciotola colma di bruchi senza cervello. Aveva bisogno di qualche consiglio da Shann per parlare con le ragazze. Beh, forse no. Forse Yannu.

«Vostra Grazia» Lorann si inchinò a Lord Dalbonn e poi a Toman. «Apprendista Foggling. Buona giornata a tutti e due»

«Buongiorno, dama Lorann» Sua Grazia le restituì l'inchino.

Toman si inchinò troppo velocemente, quasi perdendo l'equilibrio. Se solo avesse avuto un po' della naturale eleganza del suo Maestro.

«Apprendista» la voce di Lord Dalbonn richiamò la sua attenzione. «Sono certo che ha delle domande»

«Sì, Vostra Grazia» Toman distolse lo sguardo da Lorann. «L'Harbitrice Beruhn... perché mi ha costretto a guardarla?»

Il suo Maestro studiò il suo volto mentre un tuono basso rimbombava nel paesaggio aperto.

«Credo che volesse osservare più da vicino la tua aura»

«La mia cosa? Mi perdoni, Vostra Grazia»

«Ogni essere vivente ha una Luce Vitale, un potere, per così dire, in ognuno di noi che conferisce una particolare ma spesso invisibile luminosità. La grande forza innata dell'Eth emana un'aura particolare»

Toman annuì. «Come i colori che vedo, i colori dei Linger»

«Le luci della vita non sono la stessa cosa della risonanza dell'Eth. Ogni essere vivente ha una Luce Vitale, ma solo quelli di origine Palanth-Orrica possono possedere un Eth Linger. La sera che Eckel ti ha presentato, ti avevo seguito dalla taverna. La tua aura mi aveva messo in guardia sul tuo livello di forza. Le femmine di Riddern sono particolarmente sensibili alle luci della vita degli altri. Cosa hai visto quando l'hai guardata negli occhi?»

Toman attinse alle immagini nella sua mente. «Vie nascoste attraverso foreste profonde. Cascate. Fiori appesi a rami muschiosi di vecchi alberi»

«E cos'hai provato quando hai visto queste cose?»

«È stato come aprire la porta di una camera nascosta e trovare un intero mondo all'interno»

«Hai incontrato un pericolo, o magari ti sei sentito minacciato?»

«Niente del genere, Vostra Grazia. Ho provato un senso di pace. Una pace molto antica e profonda. Ma perché mostrarmi queste cose?»

«Raramente i Riddern rivelano le loro motivazioni»

Qualcos'altro infastidiva Toman. «Diceva che ero un dono al popolo. Voleva dire che devo andare alla scuola di Geshan al Mansh? È questo che intendeva?» Il cuore di Toman era pesante. Preferiva pulire le stalle per Rueddan piuttosto che andare in una scuola di Immen.

Sua Grazia scosse la testa, un ghigno ironico sulle labbra. «No. Non ti sarà richiesto di frequentare qualcosa di così formale. E preferirei che completassi la tua formazione con me prima di essere introdotto alle complessità di Immen. Sarebbe meglio per noi approfondire le varie convinzioni degli ordini sacerdotali senza la retorica delle loro scuole di pensiero»

Ogni risposta che Lord Dalbonn aveva dato accese il desiderio di altre risposte. «La Harbitrice ha detto che lei ha studiato sotto il Riddern?» L'idea di essere istruiti da esseri così pericolosi era al tempo stesso terrificante e affascinante.

Sua Grazia annuì mentre faceva cenno a Toman di seguirlo. Salendo sulla balaustra, fissò il ponte inferiore con la sua tipica espressione indecifrabile. Chiuse gli occhi, con le linee sottili che gli apparivano sulla fronte come se fosse turbato. «La mia formazione è iniziata da ragazzo, ma sotto il programma dei Cavalieri dei Cervi»

Toman rabbrividì. «Ma i Cavalieri dei Cervi non erano sicari? Assassini?»

Il suo Mastro abbassò la voce: «Forse è meglio che ora tu conosca meglio il mio passato, alcune cose che ho scelto di raccontare solo a pochi»

Un senso di gratitudine travolse Toman; quest'uomo che tanto rispettava gli stava raccontando la sua storia personale.

«Come orfani Limmani, siamo stati trasportati di campo in campo. Alcuni vennero inviati a degli orfanotrofi, dove sono stati adottati in famiglie in diverse parti di Ydassum e Edendor»

Come sua madre. A Toman venne la pelle d'oca.

«I supervisori senza scrupoli permettevano ai reclutatori di entrare nei campi. Le guerre civili di Welsordia e Bnornum avevano creato un bisogno di soldati di ogni età. A dieci anni, fui indotto al loro servizio. Sospetto che dei soldi siano passati di mano. All'inizio ci allenavamo con le armi tradizionali: spade, lance, asce. Solo quelli che hanno imparato a capire la guerra hanno finito il corso. Di questi, pochissimi furono scelti per la tutela sotto la segreta guida dei Maestri di Venomica»

Lord Dalbonn afferrò la balaustra, le nocche

bianche. «Più tardi ci rendemmo conto che i nostri tutori provenivano da una setta di Cavalieri dei Cervi. Fui istruito nell'arte dell'uccidere con veleni e tossine. Ho visto molte vite finire in quel modo» Drizzò le spalle e fece un respiro profondo.

Il cuore di Toman cominciò a rimbombare nelle orecchie. Quante vite aveva preso il suo padrone? «Vostra Grazia? Posso chiedere... cosa vi ha spinto a lasciarle?»

Le raffiche di vento schiacciarono le erbe in fasce, mentre le prime gocce di pioggia cadevano sul ponte.

«Molte cose, figliolo» Lord Dalbonn fissò il cielo che si oscurava. «Il ricordo di una giovane donna saggia oltre la sua età mi ha fatto capire che stavo seguendo una strada che non era la mia. Sono scappato via. Il Riddern mi trovò a vagare per le loro fitte foreste» Sua Grazia si voltò a guardare Toman. «Comprendevano la severità della dottrina dei Cavalieri dei Cervi e il pesante tributo che ne derivava. Mi accolsero e mi offrirono un apprendistato dove mi fu insegnato a convertire quelle conoscenze dalla morte alla guarigione, dall'omicidio alla conservazione della vita»

Toman voleva in qualche modo tornare indietro nel tempo e confortare il bambino tormentato che era stato il suo mentore.

«Apprendista» Fissò gli occhi su Toman.

«Sì, Vostra Grazia?» Tirò su il colletto quando iniziò a piovigginare.

«Domani vorrei che l'equipaggio di Eckel salisse a bordo per una semplice manutenzione e pulizia, prima di raggiungere Barrost»

Un senso di gioia spazzò via l'oscuro umore

dell'infanzia di Sua Grazia. Sarebbe bello rivedere Yannu e Shann. Forse anche Uri.

«Devi mandare il messaggio prima di ritirarti questa sera. Mi aspetto che tu sovrintenda al lavoro. Incontrali in alta uniforme»

Oh no, non il cappello. I suoi compagni non gliel'avrebbero perdonato. Toman fissò il cielo mentre la pioggia si intensificava.

«Sembra che stasera ci aspetti una notte di tempesta» Sua Grazia sembrò sorridere mentre si girava verso il ponte principale. «Oh, ed Eckel risponderà a te»

Toman si sentiva come se una pietra ghiacciata fosse caduta da qualche parte sotto la sua cassa toracica.

34

IDROMELE E MESSAGGI

Sistematosi nella sua cuccetta, Toman si tirò le coperte su di sé. La pioggia scuoteva i vetri delle finestre in un continuo ritmo conciliante per il sonno.

Le parole di Sua Grazia continuavano a riecheggiare nella sua mente. *Anche Eckel risponderà a te.*

Toman vedeva se il Guardiamarina Eckel avrebbe obbedito alla nota e se avrebbe avuto Yannu, Shann e Uri nella squadra di manutenzione. Oltre a voler vedere i suoi amici, aveva bisogno di sapere se stavano bene.

Desiderava avere di nuovo l'anello con il sigillo di Sua Grazia come prova della sua autorità. Sembrava pesante, solido, in qualche modo antico e immutabile. Avrebbe presto visto se Eckel si sarebbe conformato.

Non poteva perdere di vista il fatto che ora aveva superato in rango il Guardiamarina. Lord Dalbonn si aspettava che trattasse Eckel con rispetto. Forse un rispetto che non meritava.

La cabina cominciò a ondeggiare dolcemente mentre il vento si alzava all'esterno. Non suonò alcun allarme, quindi si sperò che non ci fossero danni.

Il vento cominciò a ululare nell'oscurità.

Chiuse gli occhi e scivolò in un sonno inquieto.

Una bella ragazza si strinse un bambino al seno. Il suo mugolare si trasformò in un dolce suono di allattamento.

La conosceva? Toman si concentrò sulla giovane madre.

La scena cambiò.

Si sedette alla scrivania, con la penna d'oca e la pergamena fresca in mano. Si sforzò di ascoltare la maestra. Aveva bisogno di prendere appunti. Ma le parole della signorina Barsch non avevano senso.

Brandr Nemming lo sfiorò mentre tornava indietro dal davanti della classe e si sedette dietro di lui.

Guardò Sara Minder, ma lei non lo guardò. Scarabocchiava su un pezzo di pergamena al suo tipico ritmo frenetico.

Lui si chinò leggermente verso di lei e ansimò.

Niente sulla carta era leggibile. Niente aveva senso.

La signorina Barsch lo chiamò per nome. La durezza della sua voce faceva eco alla disapprovazione di Brun.

La risatina di Sarah Minder lo prese in giro.

Da dietro di lui, una risatina sghignazzante: sembrava Brandr.

Un blocco di ghiaccio sembrava essersi formato nello stomaco di Toman e lui stava in piedi con in mano il suo lenzuolo bianco.

Mentre iniziava a camminare verso la lavagna, un tuono rotolò da qualche parte oltre le mura della scuola.

L'aula si sbiadì alla vista come un'ampia spiaggia sabbiosa che si estendeva in lontananza.

La bella ragazza, ora una giovane donna, si inginocchiò, piangendo. I suoi pugni premevano sulla sabbia bagnata.

Il petto di Toman si strinse mentre sbirciava verso il basso.

I segni lasciati dai suoi pugni erano le impronte di un bambino.

Aprì gli occhi alla pace e al dolce dondolio ormai familiare della chiatta sul fiume. La tempesta deve essere passata da un po' di tempo, perché il sole del primo mattino già brillava attraverso la sua finestra.

Il suo stomaco brontolò mentre si vestiva velocemente. Il tè del mattino e i pasticcini lo aspettavano al piano di sotto. Il suo sorriso si attenuò all'idea che la cuoca Marta entrasse con un vassoio, sbattendogli le ciglia come una scolaretta. Doveva essere abbastanza grande per essere sua madre, o quasi.

Il sollievo lo riempì mentre apriva la porta della sala da pranzo della servitù, nessuna Marta in vista. Trend Dobbesser, così come il valletto del principe Lytwon Bardur e il servo di Druin, Daeruma, gli rivolsero un saluto dal lungo tavolo. Una fumante teiera e un vassoio di pasticcini erano sistemati vicino a loro.

Restituendo loro il saluto, Toman si tolse il cappello e lo mise sul tavolo, girandolo in modo che la fastidiosa piuma puntasse lontano da lui.

Si versò una tazza di tè e mangiò in grato silenzio mentre gli altri uomini riprendevano la loro conversazione.

Il volto di Trend sembrava stanco e sofferente, come se non fosse stato bene.

Le immagini del sogno della notte prima gli

riapparvero davanti. I ricordi della classe della signorina Barsch gli facevano ancora venire un nodo allo stomaco. Dove sono finiti Sara Minder e Brandr? Aveva sentito che Sara aveva sposato Yeral della vecchia fattoria Fayris. Brandr era sceso con lui a firmare per un lavoro a Turicum, ma non era sulla nave quando è partita.

Finendo in fretta, piegò il tovagliolo accanto al piatto e prese il cappello.

Uscendo sul ponte superiore, l'intensità di un cielo azzurro così limpido al mattino presto abbagliò ancora Toman. La brillantezza metteva in risalto colori mai visti prima. Sfumature di ogni tipo di verde, fiori di campo gialli che sembravano risplendere, i candidi pennacchi di canne fluviali in fiore.

Anche il calore in questo momento della giornata era strano, pieno di odori di mezza estate che si diffondevano dai campi di passaggio. Respirava profondamente. La fragranza terrosa della terra appena lavorata gli riempiva i sensi. La brezza mattutina sul Fahtu-Shan era fredda, nebbiosa e priva di odori.

Toman si riscosse quando due skiff si avvicinarono alla Solyssia.

«Ueilà, Tomi!» La voce di Yannu risuonò dal fondo della prima barca.

Toman sorrise, il suo amico era a bordo e, come aveva chiesto nel suo biglietto, c'era anche Shann. Era contento di vedere anche Uri sulla barca.

Il fratello gemello di Shann lo guardò, si acciglò, poi guardò il suo remo.

Forse si sarebbe presentata l'opportunità di scoprire perché l'antipatia di Uri sembrava peggiorare. Toman odiava l'incomprensione tra loro.

L'equipaggio cominciò a salire la scala.

«Buongiorno, Guardiamarina» Toman chinò il capo.

Lo sguardo di Eckel sembrava irradiare calore. Grugnì qualcosa e passò avanti.

Il fratello di Shann seguì Eckel a ruota.

«Uri! È bello vederti» Toman tese la mano. «Se avessi un po' di tempo, sarebbe bello parlare»

Il Landsender ignorò il suo gesto e si inchinò con movimenti esagerati e a scatti.

«Tomi!» La voce di Yannu scaldava il gelo nell'aria. Raggiungendolo, salì la scala di corda, saltò sul ponte e afferrò Toman, abbracciandolo.

Yannu fece un passo indietro e guardò la sua uniforme. Fissò il suo cappello e la ridicola piuma, e sorrise. Parlò a bassa voce. «Te l'avevo detto. Te l'avevo detto. Sei un grande uomo»

Shann si inchinò e disse a bassa voce: «Vostra Altezza. È un piacere, Mio Signore»

«E smettila» Toman afferrò la mano di Shann e le diede una forte stretta. «È un piacere vederti, amico»

Ando e Villi passarono borse di tela e pentole di pece e colla a Shann e Uri prima di salire la scala.

«Guardiamarina, lei sarà nel primo equipaggio con Uri, Ando e Villi, a oliare i pannelli sul ponte centrale e lavando il ponte inferiore. Voglio anche un'ispezione dello scafo»

I pugni si alzarono, il Guardiamarina rimase immobile mentre Ando e Villi sollevavano le borse degli attrezzi. Il suo respiro affannoso sibilava tra i denti macchiati. Le sue palpebre carnose e coriacee gli avevano trasformato gli occhi in strette fessure.

«Ha bisogno di qualcos'altro, signore?» Toman mantenne la voce ferma.

Eckel scosse la testa e sputò non lontano dai piedi di Toman, il viso arrossato.

Toman ignorò il gesto disgustoso. Il Guardiamarina avrebbe comunque lavato quell'asse. «Yannu e Shann staranno con me. Dopo la tempesta di ieri sera, ispezioneremo il tetto, l'asta della bandiera e l'albero. Se avete bisogno di me, sarò sopra il cassero con loro»

I suoi due amici lo guardavano con occhi spalancati. Probabilmente sapevano bene quanto lui che il vento e la pioggia di ieri sera non avrebbero potuto causare danni. Non ci sarebbe stato bisogno di riparazioni. Voleva solo l'opportunità di stare da solo con loro.

Toman mantenne seria la faccia e si girò per salire le scale. «Ora, uomini, se volete seguirmi» Per la prima volta che riuscì a ricordare, Yannu e Shann sorridevano entrambi.

Forse avrebbe potuto parlare con Uri qualche volta durante il giorno, ma con il suo atteggiamento ostile quando era salito a bordo, lavorare al suo fianco sarebbe stato forse un po' troppo presto.

Percorsero la scala fino al tetto degli appartamenti dei nobili.

Yannu si tolse lo zaino degli attrezzi e disse a bassa voce: «Tomi, ho sentito che la Harbitrice ti ha guardato negli occhi! Che cosa è successo?»

Le notizie viaggiano veloci, anche su due barche diverse!

«Ti ho visto dal Boaddan» La voce di Shann, di solito, ad alto volume, corrispondeva a quella di Yannu. «Vuoi dire che ti ha guardato e non sei morto?»

Yannu si incupì. «Certo che non l'ha fatto, idiota. È qui in piedi, non è vero?»

«Ma avrebbe potuto. Voglio dire, avrebbe potuto

inghiottirlo intero, come i serpenti fanno coi topi. Potrebbe essere uno dei non morti, che cammina e respira»

Yannu gli assestò un pugno sulla spalla. «Shann!»

Shann gli strofinò il braccio e fece una smorfia a Yannu. «Che ti succede? Hai una pannocchia nel tuo buco per grugnire così stamattina?»

Le immagini del Riddern attraversarono la mente di Toman. Vaste foreste, sentieri segreti nelle valli di alta montagna. Cascate scroscianti, nascoste nella nebbia. Interi alberi infiammati di fiori.

Cosa avrebbe potuto raccontargli? La storia di Lord Dalbonn era troppo personale da raccontare, ma del resto... Questi erano i suoi amici. Poteva raccontare loro qualsiasi cosa.

«Tomi?» La voce di Yannu richiamò Toman sul tetto.

«Cosa ti prende, amico?» Chiese Shann.

Scuotendo la testa per schiarirsi le idee, Toman guardò i suoi amici. «Hai mai sentito parlare di Geshan al Mansh?»

«No, mi sembra solo un'assurdità» Shann scrollò le spalle.

«Sì» Yannu studiò il suo volto. «Significa il Dono al Popolo»

«La Harbitrice Riddern mi ha chiamato così. Poi mi ha mostrato una visione della loro patria, i luoghi più sacri che custodiscono. Sembravano le Foreste Nuvolose che descrive il Signore Druin »

«Budella di Pock e Pesce! Di sicuro non vorrei il tuo lavoro!» Shann armeggiò con la fibbia della sua cintura.

L'esperienza lasciava ancora perplesso Toman. Forse non era pronto a parlarne. «Tu e tuo fratello vi arrampicate come ragni su uno stelo di grano» Mise la mano sulla spalla di Shann e batté sul pennone accanto a loro. «Ho bisogno che tu ti arrampichi su questo. Porta con te la cera e un panno morbido. Solo una volta su qualsiasi punto che sembri opaco»

«Certo, capo»

Toman ridacchiò, ma prima che potesse correggerlo, Shann infilò la corda intorno al palo e si arrampicò con la sua solita disinvoltura.

Toman si voltò verso Yannu. «Come ti tratta Eckel? Come stanno i ragazzi più giovani?»

«Abbastanza bene» Yannu studiava la piuma sul suo cappello, il suo sorriso da spia che riaffiorava. «Sembri... sembri così...»

«Stupido. Lo so!»

Yannu ridacchiò. «Non volevo dirlo, ma ora che ne parli tu...»

«Risponderesti alla mia domanda?»

La bocca del suo amico si contorse in una serie di smorfie. Sembrava che avesse difficoltà a controllare il suo sorriso compiaciuto. «Beh» si morse il labbro, «sembra che il vostro ultimo incontro possa avergli fatto bagnare i pantaloni. Credo che ora abbia paura di colpirci. Ringhia ancora come un cane rabbioso e minaccia, soprattutto me. Non tanto con Shann. Mai con Uri»

«Questo è strano. Perché mai con lui?»

Il suo amico scrollò le spalle.

«Come sta, Uri voglio dire?»

L'espressione di Yannu si inasprì. «Non meglio, se è questo che intendi. Ora lo evito»

Se solo Uri permettesse a Toman di mostrare cosa volesse dire dandogli la moneta. Non aveva mai avuto intenzione di essere arrogante. Solo per onorare la loro amicizia. E per quanto riguarda la sua posizione con il Signore Protettore Dalbonn, quello era un dono di Ber'eth. Niente di cui essere snob.

Se potesse raggiungerlo in qualche modo... ma Toman avrebbe mantenuto le distanze, se questo era ciò che voleva Uri.

Shann scivolò giù dal palo atterrando rumorosamente. «Sembra buono, capo»

«Yoohoo, messer Toman!»

Toman trasalì mentre riconosceva la voce della cuoca Marta. Si sporse sul bordo del tetto. «Ehm, buona giornata, Milady»

La cuoca del Principe Lytwon era in piedi sul cassero di sotto, con un vassoio di pasticcini e uova sottaceto. «Vi porto un po' di *coze* da cucina. È molto importante per di fostra forza»

Non aveva fame. Aveva appena preso il tè del mattino.

Shann sghignazzava, facendo pochissimo sforzo per nascondere il suo ghigno perfido.

«Grazie, signora cuoca»

«Mio nome essere Marta, Messer Foggling. E prego»

Yannu scivolò giù per la scala fino al ponte, i suoi tacchi rimbombavano sulle tavole mentre atterrava. «Grazie» Si inchinò quindi accettò il vassoio, dando a Toman un'occhiata di sbieco mentre tornava su.

«Grazie. Molto gentile da parte sua... uh... Marta» Toman sperava che il suo viso non fosse così rosso come sembrava.

«Prego. Prego» Annuì e si voltò verso i gradini del ponte inferiore. «Che gentiluomo. Non come i laforatori di Casa Varningen»

Shann si chinò sul bordo del tetto e alzò la mano. «Mi scusi, Milady Marta»

Toman si lamentò interiormente. Cosa stava facendo ora il Landsender?

La cuoca si girò sui tacchi, la sua espressione granitica si irrigidì come se stesse affrontando un duello. «Sì?» Sollevando il mento, si pizzicò le sopracciglia sottili.

«Sarebbe possibile, Milady» Shann esibì il suo sorriso più affascinante. «Se non vi dispiace. Voglio dire, se non ci sono problemi... per messer Toman e i suoi compagni di avere un po' di idromele? È un lavoro molto assetante»

Il suo cipiglio si ammorbidì, trasformandosi rapidamente in un sorriso mentre annuiva. «Sì, per messerr Toman e suoi amici»

«Toman e i suoi amici vi sono molto grati, Mia Signora» Shann si inchinò verso di lei con un ampio gesto della mano.

Toman fissò a bocca aperta. Ringhiò a bassa voce, perché solo il suo amico potesse sentirlo: «Mi metterai nei guai. Smettila di usare il mio nome per ottenere cose»

Non appena la cuoca si fece da parte, Shann batté sulla schiena di Toman. «Ma, amico, se posso» Le sue sopracciglia si alzarono. Fissò la piuma nel suo cappello. «Non è un po' troppo vecchia per te? Anche se c'è qualcosa da dire su una donna con esperienza»

Il viso di Toman avvampò. Scosse forte la testa. «Shh! Abbassa la voce. E no, non è così»

«Come vuoi tu» Shann fece l'occhiolino, agitando una mano.

Le parole di Toman erano sprecate per lui.

«I pasticcini sono davvero buoni. Lascio le uova a voi due» Yannu si leccò le dita. «Volete provarne una?

324

È molto importante per costruzione di tua forza» Mimò alla perfezione l'accento della cuoca.

Toman ridacchiò, non poteva farne a meno.

Lo scoppio di risate di Shann attirò l'attenzione di due assistenti sui ponti sottostanti.

«Shh! Mi metterete entrambi nei guai» Toman riusciva a malapena a controllare la voglia di ridacchiare. Gli spiriti spensierati dei suoi amici erano contagiosi.

Yannu passò il vassoio in giro, ma non prima di aver preso un secondo dolce. O era il terzo? Il vassoio sembrava sospettosamente scarso.

Sotto, Eckel gridava ordini ai ragazzi che lavavano il ponte.

«Bene» Shann finì le uova, «questo palo mi sembra buono. Cos'altro vorrebbe far ispezionare a sua Signoria? L'albero maestro?»

Toman grugnì la sua disapprovazione, ma a cosa serviva correggerlo un'altra volta? Non si sarebbe mai fermato. «Sì, quello sarebbe stato il prossimo lavoro»

«Lo aiuterò» Yannu si alzò velocemente.

«Aspetta. Resta qui con me un momento»

«Certo, cosa c'è?» Le sopracciglia di Yannu si alzarono.

«Volevo chiedere...» Toman inventò qualcosa in fretta. Voleva parlare con il suo amico in privato ancora per un po'. «Come stanno gli altri ragazzi? Rand e Malmo?» Erano così giovani per essere lontani da casa. «Nessun bambino dovrebbe lasciare la madre e il padre prima dei dodici anni»

«Alcuni di noi non hanno scelta» Yannu scrollò le spalle. «Stanno bene, suppongo. La vita va come al solito»

Il suo amico non parlava mai di sua madre e di suo

padre, ma solo della nonna. Cosa può essere loro successo?

«L'ussaro Fadron manda i suoi saluti. Gli hai fatto una grande impressione»

«Cosa?» Toman scosse la testa. «Io?»

«Sì. Quel trucco che hai fatto sulle loro bestie che calpestano i piedi. *Menne-Gootay!* Cercano di tagliarti i piedi dalle gambe se ti avvicini troppo. Sai, hanno quasi tagliato le dita dei piedi a Villi con i loro zoccoli affilati. Voleva solo dare un'occhiata più da vicino» Diede a Toman un pezzo di pergamena ben piegato.

«Salutami anche l'ussaro Fadron, quando lo rivedrai» Toman spiegò il foglio.

Yannu annuì. «Sarà fatto» Si avvicinò e sussurrò. «Ma sai una cosa, Tomi? C'è qualcosa che non va nel Boaddan. Ho sentito per caso i due ussari che si agitavano per qualcosa di terribile, sembravano piuttosto sconvolti»

«Puoi dirmi di cosa si trattava?» Il Riddern non aveva mai mostrato alcuna emozione evidente, per non parlare dell'agitazione. Non che riuscisse a capirlo.

«No, ma ho beccato Fadron rimbeccare aspramente Uri. Non credo che a Fadron piaccia. Per niente»

Di nuovo Uri? Toman scosse la testa. Le cattive maniere si accompagnano al malumore... speriamo che non abbia offeso gli ospiti del Riddern.

Guardando il biglietto, Toman si accigliò mentre leggeva.

Poteri oscuri camminano tra i suoi lavoratori. Le bestie
percepiscono il male.
– Ussaro Fadron.

«Tutto è buono quassù!» Shann chiamò dalla cima

dell'albero Maestro. Scivolò silenziosamente verso il ponte.

«Yoohoo, yoohoo»

Toman alzò gli occhi al cielo.

La cuoca Marta si avvicinò con le tazze. «Yoohoo, Messer Toman! Ho suo idromele!»

ACQUA CHE SCORRE

Lytwon si appoggiò alla balaustra per guadare controcorrente mentre l'equipaggio di manutenzione di Banah remava verso la loro nave. Impressionante. Oggigiorno è difficile trovare lavoratori efficienti.

Fissò il movimento pacifico del fiume. Nero come l'inchiostro in profondità, in superficie risultava trasparente con riflessi verde blu e sembrava uno strato di vetro increspato che si muoveva su una tempesta lontana. Sbatté gli occhi e guardò di nuovo. C'erano forse deboli luci colorate nelle profondità dell'acqua? Alzò lo sguardo. Aveva visto lampi di luce nel cielo? No, probabilmente era stato l'effetto del sole del tardo pomeriggio sulle onde.

In un'ansa del Suyan Folumpor, dove il fiume si è stretto, le navi mercantili congestionavano il corso d'acqua. Sulla riva nord c'era uno di quei nidi marcescenti di costruzione Barrostana, una stazione della Lega Rivierasca.

Voci arrabbiate si levarono avanti.

Una chiatta mercantile con la bandiera bianca e blu di Ydassum sembrava essere ancorata nel mezzo del fiume. Sul ponte della nave tre ufficiali Rivieraschi in uniforme camminavano con due delle loro guardie. Un piccolo equipaggio di compatrioti di Banah alzò la voce. A giudicare dai gesti concitati, si stava svolgendo una disputa.

Lytwon salutò con la mano uno degli assistenti di Banah. «La Nobilis Lady Banah dovrebbe esserne testimone, se sarete così gentili da informarla»

«Sì, Vostra Altezza» Si inchinò e si voltò.

Poteva trattarsi di qualcosa di scarsa importanza, ma qualcosa non quadrava. Se questo fosse stato un problema con la nuova tassazione Barrostana, lei, come futura Lanfothe, avrebbe voluto saperlo. La consapevolezza che queste stazioni riparie servivano anche come tribunali di diritto Barrostano e che le sentenze venivano emesse, e anche le esecuzioni compiute, gli facevano accapponare la pelle. Le terre Orreniche erano più civilizzate di questi barbari ritrovi dei discendenti di Palanshen.

Le voci arrabbiate della nave mercantile si facevano sempre più forti, echeggiando sulla superficie dell'acqua.

Banah apparve al suo fianco. «Zio?» Guardando a valle del fiume, i suoi occhi si restrinsero.

«Mi dispiace tanto disturbarti, cara, ma ho pensato che avresti voluto saperlo» Indicò il confronto chiassoso. «Sembra che alcuni dei vostri paesani abbiano un problema con le lumache d'acqua del ventre del fiume»

«Dov'è il Signore Protettore?»

«Dovrebbe essere già a riva con il vostro documento di esonero. Ha detto qualcosa a proposito della consegna, in modo da poter procedere senza rallentare il traffico» Lytwon scosse la testa. L'idea che la Regalità Vandriana avrebbe creato un ufficio in grado di comandare i nobili come se fossero dei comuni mortali, lo faceva infuriare.

Apparve l'apprendista di Mischul, un pezzo di pergamena piegato in mano. Si avvicinò a Banah, si inchinò e aspettò. Il suo leggero cipiglio e gli occhi abbassati accennarono a qualche altra preoccupazione.

«Sì, Apprendista Foggling?» La voce gentile di Banah era rassicurante, ma il suo viso non mostrava alcuna emozione.

«Vostra Altezza» Si inchinò a Lytwon, poi guardò le chiatte più avanti nel fiume. «Mia Signora, sembra che ci sia un problema sul Boaddan. Yannu Elden mi ha dato questo» Le passò la pergamena.

Lei la aprì. Con labbra ferme cominciò a leggere.

Piegandosi leggermente verso di lei, Lytwon permise ai suoi occhi di curiosare. Riusciva a distinguere parole scritte in un insolito copione serpentino, qualcosa su poteri oscuri e lavoratori. E bestie che percepiscono il male.

«Ussaro Fadron?» Banah piegò il foglio e glielo restituì.

«È uno degli attendenti del Riddern, Mia Signora, che si occupa dei loro destrieri»

«E lo conoscete?» Lytwon trovò sia dubbio che affascinante che un membro del partito del Riddern facesse rapporto al giovane di Fahtu-Shann. I Riddern erano una razza insulare e raramente comunicavano al di fuori delle loro tribù.

«Abbiamo parlato quando gli ho indicato dove sistemare le loro bestie sul Boaddan»

Gli occhi di Banah si allargarono leggermente. «È molto insolito che i Riddern siano così disponibili con qualsiasi estraneo»

Sbatté le palpebre. Il colore si accese sulle guance. «Sembravano impressionati, Mia Signora, quando ho calmato i loro animali con un po' di Prezzemolo Ovino»

«Ben fatto, Mastro Foggling. Qualsiasi alleanza con il Riddern rafforza i nostri giuramenti di confederazione. Siamo molto orgogliosi dei vostri risultati»

«Grazie» La sua voce si tese e abbassò la testa.

Lytwon sorrise. Era strano che un giovane così imponente fisicamente potesse così facilmente imbarazzarsi.

Le voci a valle si alzarono a gridare.

Le guardie ripariane avevano bloccato il braccio a uno degli uomini di Ydassum dietro la schiena.

«Dovremmo occuparci della situazione che ci aspetta. Guardie, preparate uno skiff» Banah si affrettò a scendere le scale per il ponte principale, con Foggling proprio dietro di lei.

«Mia Signora, dovrei accompagnarla. Lord Dalbonn lo esigerebbe da me»

Annuì mentre raggiungeva il gradino più basso.

Lytwon li seguì.

Banah apparve scossa dal suo recente letargo.

In questo viaggio era stata abbastanza debole e sembrava distante. Fu felice di vederla tornare a essere se stessa. Parlava con un tono d'acciaio. Decisiva e strategica, la Banah che conosceva.

Sorrideva al ricordo di lei e di Druin da bambini alla Casa Warningen. Aveva sempre la tattica migliore, sia nascondendosi nel Giardino segreto durante le partite di Steckees, sia usando la sua abilità per vincere quasi tutte le mani alle partite di carte di Yassen.

Foggling si arrampicò su una delle piccole barche prima di Banah. Il potente apprendista di Mischul l'aiutò a sedersi e poi allungò la mano a Lytwon perché si unisse a loro.

Lytwon rabbrividì ed esitò. Non era adatto alle barche, soprattutto a quelle piccole. Ma proprio mentre stava per declinare con grazia, qualcosa gli suggerì di salire a bordo.

«Vostra Altezza» Ogni accenno di imbarazzo era sparito.

Il moto dello skiff non era adatto a Lytwon. La solida presa del ragazzo che lo sosteneva sull'avambraccio, lo mantenne in piedi.

Lytwon fece una smorfia. «Grazie» Soppresse un gemito. Le sue mani erano di ferro?

Le due guardie lo aiutarono a sedersi.

Si massaggiò il braccio. Il dolore si placò, e stare con Banah era una ricompensa sufficiente per il disagio. «Sei sicuro di volerti mettere in mezzo? Sembra che stia peggiorando»

Lei lo guardò, ma non rispose. Pensava di aver colto un accenno di sorriso e un cenno del capo. Il luccichio nei suoi occhi gli fece venire voglia di ridacchiare.

Le guardie calarono i remi nell'acqua scura e si spostarono silenziosamente in avanti.

Afferrò il suo sedile. Oh, come odiava il movimento

delle barche. Il dondolio gli faceva venire le vertigini, oltre a disturbare la sua digestione.

L'apprendista di Mischul si tolse di nuovo la pergamena dalla tasca, con la fronte che si piegava in avanti sui gomiti. Scosse la testa. «Mia Signora, mi chiedo di chi stia parlando Fadron. Il Guardiamarina Eckel, forse? Il Guardiamarina è un uomo severo, ma malvagio?»

Banah guardò il biglietto. «Lord Dalbonn lo osserva da mesi. È sicuro che sia collegato ai recenti furti nella guarnigione e nelle case sul lungomare»

La bocca di Foggling si spalancò, così come i suoi occhi. «Mia Signora, ha fatto riferimento ad altri lavori, dopo l'orario di lavoro. Modi per guadagnare un salario extra. Ho accettato di andare con lui, per guadagnare soldi per la fattoria a casa. Ma non ne ho mai avuto la possibilità perché Sua Grazia mi ha arruolato. Non posso credere di essermi fidato di lui» Sembrava quasi ferito.

Anche se sembrava confessare la sua colpa, era tutt'altro che colpevole.

Banah annuì. L'atmosfera intorno a lei era carica del suo dispiacere. «Buono a sapersi, Apprendista Foggling. Indagherò su questo»

Lytwon sorrise a se stesso. Quel Guardiamarina era nei guai.

Scivolarono tranquillamente accanto al vascello del mercante.

Sul ponte principale sopra di loro c'erano le guardie della stazione e i tre ufficiali vestiti con le divise di velluto verde intenso della Lega Rivierasca ornate d'oro. Uno di loro teneva in mano una pergamena. «La vostra nave sarà sequestrata dall'autorità della Lega Rivierasca, sotto gli auspici della Regalità Vandriana»

Parlò come se annunciasse un verdetto in tribunale. Le voci di un superamento dei confini della Regalità erano state evidentemente accurate.

Gli uomini di Banah stavano in piedi, facendo dondolare la barca.

Toman peggiorò la situazione, quando prese il bordo di una scala di corda che penzolava dal lato della chiatta del mercante. «Scusatemi, Mia Signora. Sembra che lassù si stiano creando dei problemi. Credo che Lord Dalbonn vorrebbe che andassi per primo»

«Grazie, Mastro Foggling» Annuì.

Il giovane si arrampicò sulla scala. Tenendo d'occhio gli uomini che litigavano, aiutò Banah a salire sul ponte. L'elsa della sua spada stridette contro le rifiniture metalliche della ringhiera.

Una delle guardie di Banah offrì poi una mano a Lytwon.

Si aggrappò alla scala, ma scosse la testa. «No, grazie» Se le cose si fossero messe male non avrebbe voluto essere d'intralcio. «Penso che dovrei restare qui»

«Vostra Altezza» La guardia annuì mentre saliva sulla chiatta, sconvolgendo di nuovo l'equilibrio di Lytwon.

Fissò l'acqua scura mentre la fragile barchetta dondolava avanti e indietro. Stare in piedi gli avrebbe dato una visuale migliore ma, se fosse caduto, essere pescato fuori dal fiume non sarebbe stato molto piacevole. Per fortuna la chiatta mercantile non pescava molto in basso nell'acqua, così poteva osservare ciò che accadeva sul ponte rimanendo seduto al suo posto.

Banah aveva morso più di quanto potesse

masticare? Era lontana da casa. Questo non era educato a Ydassum.

Foggling fece un passo avanti, torreggiando sopra ai Barrostani, molto più bassi. La sua taglia da sola era già di per sé abbastanza scoraggiante. Ma, mentre parlava, la sua voce rimbombava sul ponte con una sicurezza sorprendente. «Annunciamo l'erede al seggio di Lanfoth di Ydassum, Lady Banah della Casata di Méndrensynn»

Sorpresi, i funzionari Barrostani lo guardarono dall'alto in basso, poi assunsero un'espressione d'incredulità.

Lytwon sorrise. Un ragazzo di campagna che annunciava una futura regina. Il giovane di Fahtu-Shann aveva presentato Banah con il corretto protocollo dell'alta corte. Lytwon non riusciva a immaginare che a un popolano venisse data quella posizione d'onore a Syngordia, figuriamoci a Barrost.

L'intero equipaggio della nave Ydassum si inchinò.

I tre ufficiali della Lega Rivierasca si misero sull'attenti.

L'ufficiale con la pergamena stava davanti. Dietro di lui, un altro aveva quello che sembrava un salvadanaio.

«Per favore, buon signore, posso vedere il certificato di ispezione?» Banah allungò la mano.

Seccato, costui consegnò il documento.

Banah esaminò il foglio, nessun accenno di emozione sul viso.

L'ufficiale che teneva il salvadanaio si battè il petto e urlò: «Non avete giurisdizione qui!» La fissò mentre il suo ampio volto si oscurava.

«Stia attento al suo tono, signore» Foggling non

aveva bisogno di alzare la voce per sembrare minaccioso.

L'uomo impallidì e fece un passo indietro, fissando le spalle larghe e poi il volto dell'apprendista di Mischul che era più alto di lui.

Il giovane imponente continuò: «Faccia attenzione alle buone maniere. Sta parlando con un Nobilis di Ydassum. Stiamo andando al Summit sul Commercio a Barrost per la visita di Stato»

Lytwon ridacchiò. Ragazzo di campagna? Non più.

«Siamo autorizzati a fermare e ispezionare qualsiasi imbarcazione» Le narici dell'ufficiale si allargarono, ma la sua voce rimase sommessa.

Banah si rivolse al capitano della chiatta. «Qual è il problema, mio buon signore?»

Il capitano indicò il documento nelle sue mani. «Dicono che c'è una discrepanza tra il mio documento di carico e il certificato di ispezione. Mi accusano di aver falsificato il nostro documento di carico e di aver venduto merci tra l'ultima stazione e qui, e che sono debitore di tariffe e sanzioni. Non mi è stato permesso di vedere i documenti nell'ultima stazione, Mia Signora»

Banah gli sporse il certificato di ispezione, ma il terzo ufficiale le strappò la pergamena dalla mano.

«Non importa quale sia la sua scusa!» Le urlò contro.

Lei si tirò indietro, ma rimase con la schiena ben dritta.

Foggling fece cadere una grossa mano sulla spalla dell'ufficiale. «Mantenga le distanze, signore» Il gesto del Fahtu-Shanner trasmetteva una minaccia implicita.

Qualcuno addestrato da militare come Mischul

sarebbe stato sicuramente più incline a estrarre la sua arma, ma a Lytwon piaceva la sottigliezza del ragazzo.

L'uomo, tuttavia, si rannicchiava come un topo in un angolo, come se Foggling avesse effettivamente brandito la sua lama.

Banah procedeva come se nulla fosse accaduto. «Capitano, sono stati venduti oggetti dalla sua nave dopo l'ultima ispezione? Se sì, è giusto che paghiate le tariffe» Aveva imparato ad essere giusta al ginocchio di suo padre. Non avrebbe tentato di proteggere il suo connazionale se avesse infranto la legge in terra straniera.

Le guardie ripariane si sorridevano a vicenda.

«No! Mia Signora, per Ber'eth, no» Il capitano balbettava, il suo tono umile.

«Quindi, la loro supposizione che lei debba delle tariffe alla Regalità Vandriana è infondata?»

«Sì, Mia Signora » La voce del capitano era a malapena udibile, i suoi occhi sfrecciano dal suo futuro sovrano ai luccicanti ufficiali. Il pover'uomo sembrava disperato.

«Vi prego, andate avanti, mio buon signore» Il suo tono gentile sembrava calmarlo.

Fece un respiro profondo e continuò: «All'ultima sosta della Lega Rivierasca, gli ufficiali ci salirono a bordo e fecero l'inventario del nostro carico. Hanno confrontato il nostro documento di carico con i loro risultati. Hanno anche controllato e misurato gli scompartimenti nascosti. Tutto era in ordine. Ho autorizzato il pagamento delle tariffe adeguate. Il certificato di ispezione sigillato mi è stato poi presentato in seguito. Non mi è stato permesso di vedere cosa c'era nel documento. Solo i funzionari della stazione successiva possono aprirlo»

«Sono a conoscenza del protocollo» Banah era seccata. «Mi è stato anche fatto notare che possono essere inflitte severe sanzioni, incluse punizioni corporali, se la Lega ritiene che i sigilli di tali documenti siano stati manomessi. Se le mie fonti sono corrette la pena può anche essere la morte» Il suo sguardo penetrante verso gli ufficiali trasmetteva un'inconfondibile censura.

Raramente Banah si era espressa con tanta forza. La severità del suo sguardo implacabile mandava un'ondata di gioia a Lytwon. Non aveva dubbi che sarebbe stata una leader perfetta.

«Il nostro certificato d'ispezione dimostra che questo mercante ha meno carico di quando il documento è stato sigillato» ringhiò il terzo ufficiale Rivierasco mentre si rialzava. Ma evitò di guardarla negli occhi.

«Miei cari ufficiali» il suo tono didattico suonava come quello di un Mastro di scuola che tiene una lezione, «i documenti in vostro possesso violano gli accordi internazionali volti a prevenire la corruzione nel sistema mercantile del Corno e quindi non sono validi. Qualsiasi documento di trasporto è nullo se non è firmato da entrambe le parti e testimoniato da un terzo firmatario prima del sigillo. In questo caso, il documento non può provare la vendita della merce, poiché questo brav'uomo qui...» indicò il capitano, «...non ha firmato il modulo in presenza di un testimone»

Ancora belligerante, gli occhi dell'ufficiale mandavano fulmini. «Qui non si fa la legge!»

La massiccia mano di Foggling scese di nuovo, rapidamente, sulla sua spalla.

L'uomo piagnucolò come un cane disobbediente.

Lytwon poteva immaginare il suo dolore. Strofinò il punto in cui Toman gli aveva afferrato il braccio aiutandolo a raggiungere la scialuppa.

Banah disapprovò il suo giovane difensore. Al leggero scuotimento della testa di lei, liberò l'uomo. Tuttavia, tenne una mano sull'elsa della spada e l'altra stretta in un pugno al suo fianco.

Lytwon sorrise mentre un profondo senso di orgoglio lo riempiva. Banah si reggeva molto bene in questa fossa di tori calpestanti vestiti di velluto verde.

«Sono leggi Orreniche! Noi siamo Palanshen! Le vostre regole non si applicano qui, Vostra Altezza» L'ufficiale sputò per terra davanti a lei. «Quando si trova nel nostro territorio, anche lei non è esente dall'autorità della Regalità Vandriana»

Foggling fece scivolare la lama fuori dalla larghezza di un dito.

L'insulto non ebbe alcun effetto visibile su Banah.

Il giovane sembrò studiarla, poi seguì il suo esempio, espirò profondamente e spinse la spada nella guaina.

La voce di Banah rimase calma: «Sotto l'Alleanza Orrenica, che precede di almeno quattrocento anni Barrùs e l'immigrazione Palanshen, il passaggio sui corsi d'acqua a scorrimento libero è un dono di Ber'eth. Non può essere proprietà o possesso di una nazione in particolare. Rifiuta le ordinanze basate sulla volontà di Ber'eth?»

«Cosa?» L'uomo contrasse la faccia come se avesse sentito l'odore di qualcosa di putrido.

Geniale, Banah. Semplicemente geniale. La sua conoscenza delle leggi, sia antiche che moderne, era vasta. Lytwon non avrebbe potuto sentirsi più orgoglioso.

«L'acqua che scorre libera appartiene a tutti e a nessuno. La legge pre-Barrostana stabilisce che, laddove sono state erette strutture per facilitare il commercio o la navigazione di queste acque, tali costruzioni, come chiuse, canali e vie d'acqua interne, possono imporre tariffe o diritti di estrazione per l'uso di tali strutture. Ma l'acqua stessa ci fu data da un potere molto più grande delle nostre civiltà»

L'ufficiale della Lega Rivierasca scosse la testa, guardando da Banah a Foggling, poi gli altri due ufficiali.

«Dunque,» continuò Banah, «secondo l'antica legge Orrenica che non è mai stata revocata, mi trovo sulla proprietà di Ydassum a galleggiare su una corrente d'acqua neutra. La Regalità Vandriana può possedere le rive e persino rivendicare il letto del fiume, ma non l'acqua del fiume. Finché non attracca e la sua merce non viene portata sulle vostre rive, questa barca rimane sotto la giurisdizione esclusiva del governo di Ydassum. Se il mio connazionale non è sbarcato dalla sua nave e non ha presentato merci da vendere qui nel vostro porto, non avete il diritto legale di fermarlo o di impedirglielo» Banah scandì con cura le parole. «Né di tentare un'estorsione di tariffe sulle merci che si presume siano sparite dalle sue stive. Ha qualche domanda?»

Lytwon ridacchiava dietro la mano. «Scusate, ragazzi, siete fuori dalla vostra portata con la mia Banah»

Il volto dell'uomo era pieno di rabbia. «Non mi parli come se fossi uno scolaretto!» Infilò la mano dentro il mantello.

Lytwon colse il sottile riflesso del metallo lucido.

Toman balzò davanti a Banah, la sua spada sguainata orizzontalmente di fronte al suo petto.

Improvvisamente le sue mani brillarono di luce, mentre guardava velocemente il cielo crepuscolare. Poi un riflesso simile a un vetro luccicò intorno a loro, chiudendosi su di lui, Banah, e le sue due guardie.

Il secondo ufficiale tirò fuori un coltello, ma lo tenne vicino al corpo, fissando la spada immobile di Foggling.

Dietro di lei, l'apprendista di Mischul, non vide le spalle di Banah cominciare ad abbassarsi.

Lei oscillava da un piede all'altro.

L'angoscia corse attraverso Lytwon. Per qualche tempo si era chiesto se non stesse male. Cominciò a chiedere aiuto a Foggling.

Un pianto penetrante sopra di loro, poi possenti ali frustanti l'aria. I Lords degli Avem apparvero dal nulla, scendendo rapidamente.

Lo stridore degli Avem gli trapassò il cranio. Lytwon si strinse le mani contro le orecchie. Un altro grido come quello e gli avrebbero sicuramente frantumato i timpani!

Atterrarono proprio dietro lo scudo di Foggling e stesero le loro enormi ali.

Una raffica di attività sulla riva. Mischul correva verso il porto, con la spada in mano.

Lytwon gridò in preda allo shock, mentre qualcosa colpiva il fianco della sciabola. Si voltò, distogliendo rapidamente lo sguardo. "Oddio. Santo cielo, santo cielo".

I Princeps Riddern erano arrivati, accompagnati da due dei loro assistenti. Un attimo dopo erano sul ponte della nave mercantile con movimenti così rapidi che Lytwon non era sicuro se avessero usato la scala di corda.

I Riddern affiancarono Banah. Due alla sua sinistra, due alla sua destra. Le loro sottili lame ricurve catturavano la luce della prima sera.

Gli ufficiali Barrostani si ritirarono. Affrettandosi verso una piccola barca legata a fianco della nave, cominciarono a remare affannosamente per la breve distanza fino alla loro postazione.

Tremando, Banah si voltò verso il capitano. «Perdonatemi, vi prego, perdonatemi. Non era mia intenzione che si verificasse questa recrudescenza» Il suo piede sinistro scivolò come sul ghiaccio. Si stabilizzò. «Ma, mio buon signore, se la Lega Rivierasca dovesse esigere la sua presenza davanti a un magistrato, la prego di rivolgersi alla mia Casa»

Toman le offrì il suo braccio. Bravo ragazzo. Aveva bisogno di tornare alla Solyssia.

Il capitano la ringraziò e si inchinò.

Voci infuriate riecheggiarono oltre il fiume. «Non la passerai liscia! Ci saranno ripercussioni»

Potenti raffiche di vento travolsero il ponte mentre la forza delle ali degli Avem frustava l'aria. Si alzarono nel cielo oscuro.

Toman liberò Banah per stabilizzarle la scala.

Il suo corpo ondeggiò. La sua testa si reclinò come a una delle bambole della sua infanzia. Le usciva sangue dalle narici.

Una fitta di paura lo pugnalò. Il figlio di Mischul non riusciva a vedere cosa stava succedendo.

Prima che Lytwon potesse gridare un avvertimento, Banah si accasciò sul ponte.

Un grido agonizzante di Mischul risuonò da qualche parte a metà del fiume.

36

L'OPINIONE DI UN PRINCIPE

Toman aveva girato in tondo. «Lady Banah!» Aprendo un braccio verso la nobildonna, mise male il piede sulla scala e cadde. Il dolore gli esplose attraverso la spalla.

Con la velocità di una vipera che attacca, l'Harbitor Riddern l'accolse tra le braccia come se non pesasse più di una bambina.

Il volto della sua Signora luccicava di sangue.

Toman! Che cosa hai fatto?

Sbatté il pugno sul ponte e si spinse in piedi. Se solo si fosse mosso più velocemente!

Con il corpo rantolante di Lady Banah disteso tra le braccia, l'Harbitor saltò nella sua barca a vela. I suoi attendenti affondarono i remi in profondità nell'acqua, allontanandosi con una velocità inquietante.

Toman scese dalla chiatta, schiacciato dal peso del suo fallimento. Evitò di incontrare gli occhi del principe Lytwon e l'accusa che sapeva che vi avrebbe trovato.

Le guardie presero i remi e si diressero verso la Solyssia.

Lo skiff di Sua Grazia emerse rapidamente dall'altro lato della chiatta dei mercanti. Gli occhi chiari e pallidi di Lord Dalbonn non trasmettevano nulla, mentre si dirigeva in avanti verso le chiatte e Lady Banah.

L'idea di deludere il suo padrone trafisse Toman come uno dei pugnali dei Riddern. Toman abbassò gli occhi mentre le sue viscere si contorcevano. Si chinò in avanti, stringendo il viso tra le mani e appoggiando i gomiti sulle ginocchia. «Ho fallito. Di nuovo» Il suo sussurro era forte nelle orecchie.

Cosa avrebbe detto il suo padrone?

Lady Banah era ferita mentre lui doveva proteggerla.

Toman si sentiva male fin dentro allo stomaco. Cosa avrebbe pensato Lorann? «Li ho delusi» Il solo dirlo ad alta voce lo faceva pesare di più sul suo cuore.

«Che cos'è questa storia del fallimento? Mio buon uomo, chi ha fallito?» Il tono del principe Lytwon era secco, quasi irritato.

Il dispiacere espresso in modo così chiaro da qualcuno come il Principe avrebbe normalmente attirato una risposta immediata, ma proprio allora non aveva la forza di preoccuparsi. A cosa serviva? Il suo mondo stava cadendo a pezzi. Fissava le sue mani. «Lady Banah è stata ferita perché non prestavo attenzione. L'ho delusa»

«Mi permetto di dissentire»

Toman rischiò di essere scortese e non rispose. Il sudore gli colò giù per il viso, gocciolando dal naso.

Il principe gli diede un colpetto sul ginocchio.

Questa volta alzò la testa.

Uno sguardo leggermente crucciato sgualcì la fronte del Principe Lytwon.

«Mi scusi, Sua Altezza?»

«Mi permetto di non essere d'accordo con te, giovanotto» I suoi occhi erano intensi, ma il suo sorriso era caldo. In quel momento, ricordò a Toman uno Yannu molto più vecchio.

Cosa non avrebbe dato per tornare nel Cigno Nero con il suo amico e un boccale di idromele.

«Tu, mio caro giovane uomo, sei davvero notevole»

Toman sbatté le palpebre e scosse la testa. Ripeté: «Mi scusi, Sua Altezza?» Sebbene Toman non avesse idea di cosa stesse parlando, le sue parole contenevano un barlume di speranza. Ma il Principe non capiva.

«Poco fa» indicò il Principe alla nave del mercante, «hai mantenuto la tua posizione di fronte a tre uomini armati» Le sue guance arrossate. Fece un pugno e batté la coscia. «Che stupidi!»

A Toman sembrava che il principe Lytwon fosse davvero deluso da lui. Aveva fallito miseramente.

I baffi ricci del Principe si contorcevano dalla rabbia. «Sono solo ufficiali di campagna senza cervello, ma cosa credevano di fare minacciando un Nobilis di Ydassum? Il modo in cui hai gestito la situazione con una minaccia educatamente implicita di violenza. Sublime!»

Un accenno di sollievo toccò di nuovo Toman. Il Principe avrebbe fatto bene a chiamare lui stupido invece di quegli ufficiali della Lega Rivierasca. La sua arroganza nei loro confronti aveva peggiorato le cose. Il sangue di Toman ribolliva al ricordo di come avevano trattato Lady Banah. Come osano? «Nemmeno il più volgare marinaio di Ydassum le parlerebbe così. Volevo solo zittirlo. Ci è voluta tutta la mia forza per non dargli un pugno in bocca»

«Ah, ma eccolo lì» Le parole del Principe si fecero strada nel tumulto della mente di Toman.

«Mi dispiace, Vostra Altezza, non capisco cosa intende»

«Eccolo qui. Non l'hai colpito. E poi hai estratto la spada solo quando era necessario. Questo dimostra una grande forza di carattere»

Toman scosse la testa. Trasse un lento respiro e poi lo esalò. «Sono qui, con queste persone straordinarie, i governanti della mia nazione... perché posso fare delle cose» Aprì i palmi delle mani davanti a sé. «Io esercito un potere. Ho una forza speciale. Ma a cosa servo se commetto errori stupidi?»

Lo scoppio di risate rauco del Principe spaventò Toman. «Mio caro ragazzo» La pancia del Principe Lytwon tremava come un sacchetto di formaggio fresco di Alyena.

La frustrazione si scatenò in Toman. Come poteva far capire al Principe? Gli balenò in mente un'immagine, quella di fare i bagagli, di tornare a casa, di tornare a Fahtu-Shan trascinando un bagaglio troppo pesante da trasportare. Lasciandosi alle spalle una vita che aveva imparato ad amare.

«Per alcuni la forza arriva dalla sfrontatezza. La tua viene da una profonda umiltà. Lord Dalbonn parla molto bene di te e delle tue capacità. E non sei onorato dalla Casata di Méndrensynn e dal Signore Protettore solo per le tue forze. Sei molto stimato per il tuo carattere, per il tuo cuore»

Toman si sedette mentre un formicolio gli percorse la spina dorsale.

Il Principe lo guardò gentilmente. «Non mi fraintenda. Ho sentito dire che la forza del suo Eth è stupefacente. E quelle tue mani potrebbero essere armi pericolose. Come ha dimostrato il tuo esuberante salvataggio di prima, quando sono salito sulla barca» il Principe si massaggiò l'avambraccio, «era come se avessi fatto scivolare il braccio in una morsa»

Toman era inorridito. Non solo aveva lasciato che Lady Banah si facesse male, ma aveva anche ferito il Principe! «Mio Signore, la prego, mi perdoni»

Il Principe agitò una mano sprezzante. «Non avevo voglia di un tuffo nelle fredde acque scure e ho accolto con favore la presa salda. Per non parlare del fatto che noi anziani abbiamo la pelle più delicata» Allargò le braccia e ridacchiò. «Tutto sommato, l'età mi va bene, non crede?»

«Mi dispiace tanto» Toman si appoggiò al sedile. Sentiva gli occhi delle guardie su di lui. Gli cadde di nuovo la testa tra le mani. «La prego di perdonarmi»

«Non c'è niente da perdonare»

«Ma le ho fatto del male...»

Il Principe lo interruppe prima che potesse finire la frase. «Ora puoi smettere di ripeterti»

«Mi... dispiace» Non riusciva a fare niente di giusto.

«Smettila!» Il tono del principe era tagliente.

Il viso di Toman si scaldò.

«Ho detto che non è stato fatto alcun male. Stavi solo aiutando un vecchio» Il Principe Lytwon si accarezzò la barba, i suoi occhi luminosi sorridevano.

«La mia preziosa Banah e Druin ti vogliono molto bene»

Toman non poteva ignorare le parole del Principe questa volta. Sentiva il suo battito cardiaco rallentare.

Volergli bene? «Ma ho lasciato che Lady Banah si facesse male. Ha battuto la testa. È stata colpa mia»

«Banah non ha battuto la testa» Il principe Lytwon era contrariato. «È svenuta»

Lo skiff urtò lo scafo della Solyssia e una scala di corda cadde davanti a Toman. Mentre aiutava attentamente il Principe Lytwon a salire sul ponte principale, egli si sforzava di accettare la speranza di non essere così colpevole come si sentiva.

37

BUIO E PORTE

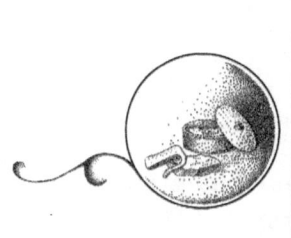

Toman aiutò il principe a scendere dalla barca e a salire le scale.

Sul ponte della scialuppa c'era una delle piccole borse di velluto di Lady Banah. Doveva esserle caduta prima che salissero a bordo. La raccolse e si fermò un attimo mentre il Principe Lytwon si dirigeva verso gli appartamenti reali.

Toman fissò la porta.

Nonostante le parole del principe, per lui essa era un portale verso un futuro incerto.

Avrebbe dovuto accettare le conseguenze del suo errore. Solo ora era chiaro quanto gli piacesse la sua nuova vita e quanto gli sarebbe mancata. La sua mente brulicava di ricordi d'infanzia di molte voci critiche, che parlavano tutte insieme.

Fece un respiro profondo. Forse il Principe Lytwon

non aveva visto tutto. Era caduta al fianco di Toman. Il suo viso era stato coperto di sangue.

Quanto erano gravi le sue ferite?

Perché sarebbe svenuta?

Espirando, si avvicinò lentamente alla porta.

I marinai avevano dato l'ordine di alzare le ancore. Le lanterne intorno ai ponti gettavano chiazze di luce dorata sulle tavole lucide. Con un dolce dondolio, la Solyssia riprese il suo lento ritmo lungo il fiume.

Afferrò la maniglia della porta. Il metallo era freddo nella sua mano. Non sapeva se avesse potuto sopportare l'affrontare il dispiacere di Lord Dalbonn. Ma, dopo un attimo di esitazione, aprì la porta ed entrò nel corridoio.

Il corridoio era pieno di servitori. Toman si sedette su una delle sedie imbottite di fronte alla porta del salotto dei Nobilis. Una lanterna, non ancora accesa, era su un tavolino accanto a lui. Una pietra focaia e una miccia erano nelle vicinanze ma, nonostante l'oscurità della sera, non l'accese. Preferiva rimanere nascosto nell'oscurità.

Gli assistenti del Riddern entravano e uscivano dalla stanza, fiale di vetro che tintinnavano nelle loro borse di pelle ornate.

La dama Lorann apparve all'ingresso del corridoio, con i panni sul braccio e una brocca d'acqua fumante in mano.

Toman si alzò in piedi mentre il suo cuore correva. «Uh... questo deve essere caduto dalla cintura di Lady Banah mentre si dirigeva verso lo skiff con me» Le aprì la porta.

«Grazie, Apprendista Foggling» Prendendo la borsa, oltrepassò la soglia e chiuse la porta.

La fatica raggiunse Toman ed egli si sedette di

nuovo. Le sue braccia e le sue gambe erano diventate pesanti. La morbidezza dell'imbottitura era invitante. Chiudendo gli occhi, gli sembrò quasi di sentire il cuscino che gli premeva contro il viso.

La porta si aprì.

Toman si svegliò e ritrasse i piedi per far passare gli inservienti.

Sua Grazia stava a pochi passi di distanza da lui, proprio all'interno della porta con la Harbitrice.

La sua voce era bassa, ma intensa. Deve aver raccontato i dettagli dell'incidente sulla nave mercantile.

La dama Lorann si avvicinò alla porta, bloccando la vista di Toman sul suo maestro e sulla Harbitrice, poi la chiuse delicatamente.

Lo odiava, ora, per quello che aveva fatto alla sua Signora?

Un pallido bagliore d'ambra apparve in fondo al corridoio mentre un servo appendeva una piccola lampada ad olio sulla parete lontana, poi si avvicinò con il suo accendino tremolante. Camminando in silenzio lungo il corridoio, si avvicinò alla lampada vicino a Toman.

Toman scosse la testa. Non era pronto per la luce.

Annuendo, il servo gli passò accanto e accese un'altra lampada vicino all'ingresso. Spense lo stoppino sulla punta dell'accendino e scomparve all'esterno.

Il caldo barlume delle lampade non raggiunse il buio dove era seduto. Abbassò la testa e sospirò. Il verdetto di Sua Grazia poteva essere emesso in qualsiasi momento. Aveva solo bisogno di smettere di pensare. I pensieri fanno male. Probabilmente sarebbe stato mandato a casa.

Quando la stanchezza lo sopraffece, chiuse gli occhi e appoggiò la testa contro i braccioli. Nonostante i suoi sforzi per resistere, gli eventi del pomeriggio avevano infranto le barriere e inondato la sua mente. La scena si svolse di nuovo davanti a lui.

L'arroganza tagliente degli ufficiali... la conoscenza di Lady Banah delle leggi complicate... l'apparizione a sorpresa degli Avem... l'arrivo del Riddern... la caduta della Nobilis... il sangue sul viso e sul collo... Poi, al loro ritorno, gli occhi penetranti di Sua Grazia si fissarono su di lui...

Il suono dell'apertura della porta lo distolse di nuovo dal suo mezzo sogno.

Il medico Arzat uscì dalla stanza.

Gli assistenti del Riddern lo seguirono.

Toman si alzò, le gambe della sedia raschiarono contro il pavimento.

La Harbitrice apparve dietro di loro. «Mastro Foggling» Si fermò e inclinò la testa verso di lui.

Il gesto d'onore gli ha fatto venire un brivido. Non aveva mai visto la Riddern inchinarsi a nessuno se non agli Avem.

Toman si inchinò a sua volta. «Harbitrice Beruhn»

L'Harbitor entrò nel corridoio dopo la sua femmina, chiudendo la porta del salotto dei Nobilis dietro di lui. Guardando Toman, gli apparve un sottile sorriso sulla bocca. «Mastro Foggling» Chinò leggermente la testa verso Toman, poi seguì la sua compagna fino all'uscita.

Sbalordito dai loro gesti, Toman affondò di nuovo per aspettare che il passaggio tornasse a tacere. Non poteva andare a letto finché non avesse affrontato Lord Dalbonn e ciò che stava per accadere.

Dopo pochi istanti, Sua Grazia apparve sulla porta.

La luce di una piccola lampada nella sua mano sembrava quasi accecante.

Ancora una volta Toman rimase in piedi. Era pronto a confessare la sua colpa. La caduta di Lady Banah è stata colpa sua. Una volta ammesso di averlo fatto, avrebbe fatto le valigie per tornare a casa.

Sua Grazia gli ordinò di tornare a sedersi, guardando la lanterna spenta vicino alla sedia di Toman. «Lady Banah è cosciente ma molto affaticata. I preparativi per questo viaggio sono stati duri per lei e l'incidente sulla nave del mercante sembra aver aggravato la sua stanchezza. Non si sta riprendendo come sperava il medico Arzat. Nemmeno i Riddern capiscono il perché» Sua Grazia aprì la piccola scatola di selce e accese la lampada accanto a Toman.

«Vostra Grazia...» Le parole non gli venivano. Ingoiò con forza. Ma aveva bisogno di farla finita. «Io...»

«Lei parla molto bene di te» Sua Grazia gli batté sulla spalla. «Ti sei comportato bene, figliolo»

«Ma, Signore...»

«La tua veglia qui non è necessaria, Apprendista. Saranno predisposte doppie guardie per la notte» La dolcezza del suo tono lo faceva sembrare stanco. «Puoi ritirarti per la serata. Cerca di dormire un po'»

Un leggero refolo di vento soffiò lungo il corridoio mentre il suo padrone lo lasciava seduto lì.

Aveva fatto bene? Sua Grazia ovviamente non sapeva tutta la storia. Toman aveva bisogno di confessare la sua colpa, di essere sollevato dal peso che gravava sul suo petto.

La porta dei Nobilis scricchiolò di nuovo.

Il calore del sorriso della dama Lorann lo incoraggiò a credere che Lady Banah stesse meglio.

«Sì, Mia Signora, è ancora qui» gli sussurrò sopra la spalla.

Toman si alzò rapidamente. Le gambe gli tremavano.

«Vorrebbe vederla ora»

Vederlo? Gli tremava lo stomaco.

Non era stato in grado di confessare la sua colpa a Lord Dalbonn, e ora era chiamato a rendere conto del suo fallimento al futuro sovrano della sua nazione. Premette le mani contro le gambe per farle smettere di tremare.

La dama Lorann si spostò di lato, chiedendogli di entrare. Il bagliore dorato della lampada metteva in risalto il verde dei suoi occhi e la tonalità del bronzo dei suoi capelli. «Mia Signora, l'Apprendista Foggling»

Mentre Toman sfiorava il passato, la ricca fragranza del suo profumo riempiva i suoi sensi.

Appoggiata su un lettino, con Lord Druin al suo fianco, Lady Banah alzò il mento e sorrise. Una bustina rossa giaceva nel suo palmo aperto. Nessuna traccia degli strazianti e luminosi strisci di sangue che le avevano rovinato il viso pallido. «Apprendista Foggling, volevo ringraziarla personalmente e scusarmi»

Stordito, gli si aprì la mascella. Perché si stava scusando con lui?

«L'ipotesi era ridicola: la mia autorità come Nobilis di Ydassum sarebbe stata sufficiente a risolvere il conflitto» Lei teneva gli occhi su di lui. «È stato piuttosto stupido da parte mia. Senza di te, Apprendista Foggling, sento che la mia arroganza avrebbe potuto costare delle vite»

Il respiro si impigliò nella sua gola. Non capiva. Se non fosse stato così aggressivo, la situazione non sarebbe andata fuori controllo. Ma come poteva correggere un Nobilis? «I miei più sinceri ringraziamenti, Milady, ma io, io...» Il ricordo delle osservazioni del principe Lytwon lo costrinse a reprimere il potente impulso a chiedere perdono.

Lord Druin annuì. «Voglio aggiungere il mio ringraziamento, Apprendista Foggling, per essersi preso cura della mia amata sorella»

«Il tuo servizio a Ydassum non resterà senza ricompensa» La sua gratitudine gli fece venire la pelle d'oca.

Aprì la bocca, ma l'incredulità gli tolse la favella. Continuare a servirla sarebbe il più grande degli onori.

L'ascesa e la caduta pacifica della chiatta lo tranquillizzò.

Abbassò la testa in segno di gratitudine. L'aria intorno a lui sembrava farsi densa, formicolandogli il viso e le mani. Fece un respiro profondo e i suoi polmoni si riempirono di una strana ma confortante pesantezza. D'impulso, chiese: «Posso pregare per lei, Signora?»

Gli occhi di Lorann si spalancarono quando Lady Banah sorrise: «Sì, grazie, Apprendista Foggling. Accoglierei volentieri le tue preghiere» Raggiungendo il braccio di Lord Druin, si sedette più dritta.

I Nobilis e la fanciulla Lorann girarono le mani verso l'alto, poi lo guardarono in attesa.

Lottando per trovare le cose giuste da pronunciare su di loro, gli si formò un groppo in gola. Non parlava come un nobile. Il suo dialetto era grossolano. Le sue parole erano semplici. L'ansia minacciava di travolgerlo, ma il Principe aveva detto che era il suo cuore a cui si erano affezionati.

«Padre del cielo, chiedo tempra e forza nel corpo... protezione... e guida per i dirigenti del mio Paese»

Il potere del legame con Ber'eth emerse attraverso il suo corpo. La luce iridescente che apparve con il suo Gebayt Bithen si formò intorno a loro. Una gioia intensa lo inondò. La lotta per trovare le parole finì. «Dichiaro guarigione, ripristino del sangue e del corpo»

Scintillando come l'olio sull'acqua ondulata, un sottile velo di luci si agitava nella stanza. Una leggera brezza cominciò a muovere le tende e i copriletti.

Intorno a Lady Banah, il bagliore giallo della sua risonanza Eth si espandeva, circondandola.

Il blu più puro di Lord Druin risplendeva.

Lady Banah diede un'occhiata alla stanza. Uno sguardo di euforia la avvolse. Il suo viso mostrava più emozione, il suo sorriso più grande, di quanto Toman potesse mai ricordare.

Il velo che li circondava si spostava, le luci si increspavano come un panno che galleggiava appena sotto la superficie dell'acqua. La brezza cominciò a riempire la stanza.

«La protezione di Ber'eth sia presente intorno a te e ai tuoi compiti a Barrost, Limmania e Mendelon. Che la vostra incoronazione a Immen sia da Lui benedetta» Il formicolio aumentò e il suo Lobo Eth, non più trattenuto, si scatenò. Le ossa delle sue dita brillavano di una familiare luce arancione, che si diffondeva dentro di lui come una tempesta. Il suo collo e il suo viso si riflettevano nei vetri scuri delle finestre. Il suono del vento si fece più forte.

«Senti questa voce?» Le parole senza fiato di Lady Banah mandarono un brivido a Toman. «La sentite?»

La voce? Non sentiva altro che il fruscio delle tende.

Come gli aveva insegnato Sua Grazia, tenne gli occhi aperti e spinse in avanti la sua coscienza. Una scena si aprì davanti a lui. Cercò di concentrarsi meglio sull'immagine. Questa volta non era l'Upland. «Mia Signora, Mio Signore, vedo una città possente, bianca e scintillante, sulle rive di un grande mare. Ma non è Turicum. Il lungomare è molto diverso»

Lady Banah strinse il braccio di Lord Druin.

Egli deglutì con forza. «Una nuvola rossa scura si sta formando sopra la città, come una nuvola di tempesta, ma contenuta» Questa parte della visione gli sembrava familiare. Aveva fatto uno strano sogno con una nuvola rossa la notte prima di uscire di casa.

«Ora vedo una città diversa... Lady Banah, sta conducendo una processione di migliaia di persone. Molte corone sono sulla sua testa. Le strade sono piene di gente che applaude»

Una sola nota chiara si alzò, una voce triste e piena di desiderio.

«Ora la sento» La pelle di Toman rabbrividì mentre il suono divenne quasi sensuale. Un brivido gli corse sulla pelle come un lieve rumore simile al ghiaccio che si rompe o di schegge di legno che vengono da qualche parte sopra di loro.

La paura apparve negli occhi di Lady Banah.

La fanciulla Lorann ansimò.

Toman abbassò le braccia e la melodia scura si affievolì. La stanza cadde in silenzio, la visione scomparve e la brezza morì.

Il suono stridulo dei campanelli d'allarme penetrava nelle pareti.

Alla porta qualcuno bussò.

Entrò Lord Dalbonn. «Vi prego, perdonatemi, Mia Signora, Mio Signore. Temo che ci sia un attacco contro di noi. Apprendista, dobbiamo prendere le armi»

Toman seguì il suo padrone nel corridoio e uscì sul ponte.

Le minacce arrabbiate dell'ufficiale Ripariano attraversarono la mente di Toman, mentre una freccia con la punta di fuoco fischiò davanti a Sua Grazia, impattando sul ponte.

38

LA MORTE SUL FIUME

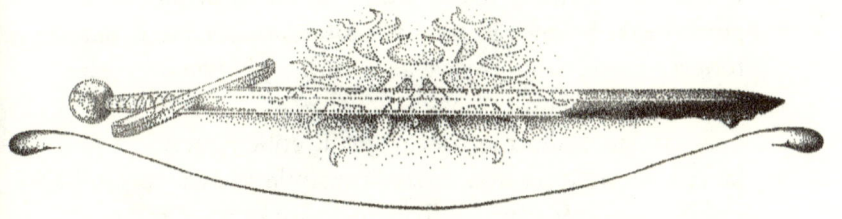

Accendendo l'Eth, Toman si concentrò su più punti di luce ardente mentre si inarcavano verso le chiatte. Il suo cuore corse mentre schivava un'altra freccia in fiamme.

La sostanza del suo Gebayt Bithen premeva ancora su di lui, formicolando nei pori della

sua pelle. Alzando le braccia, rilasciò il suo Linger per formare uno scudo. La parte posteriore della sua testa bruciava come il potere di Eth che fuoriusciva dalle sue dita.

Il chiaro di luna opaco brillava da dietro raccogliendo le nuvole. Riusciva a percepire i contorni dei mucchi di paglia lungo la riva. Ma qualcosa non andava bene. L'intero lungofiume era buio. Non una sola lanterna brillava. Di solito qualcuno da qualche parte in un villaggio aveva delle lampade accese di notte.

Pungendo sulla pelle come moscerini di palude, le frecce infuocate cominciarono a rimbalzare sulla barriera invisibile del suo Linger, cadendo, sibilando nel Folumpor di Suyan.

Scricchiolò attraverso l'acqua color inchiostro.

Dov'erano i loro aggressori?

«Là! Toman!» Sua Grazia indicò un'oscura distesa d'acqua che prese vita con piccole fiamme.

Toman saltò giù per le scale verso il ponte principale e si voltò verso il fiume, spingendo il suo Linger nell'acqua. Un'onda dell'altezza di un uomo si gonfiò e si sollevò in avanti. Allargando i piedi per tenersi forte, una fresca sensazione di bagnato gli affluì tra le braccia.

Sorpresa e allarme toccarono il collegamento con la sua mente. La sua forza invisibile aveva colpito assalitori invisibili. Toman sussultò mentre l'impressione dei corpi gli rimbombava contro la mente, poi le ossa si spezzarono, i crani si ruppero.

L'aria della notte si animava di grida di paura.

Tremava mentre lottava per tenere lontani dalla sua mente il panico e il terrore.

La Harbitrice si materializzò dall'oscurità alla sua destra, esili pugnali nelle sue strette. Guardò le sue mani incandescenti. I suoi occhi-gioiello sembravano animati da un intento mortale. Cacciò un urlo stridulo e gorgheggiante, in bilico come se fosse pronta a balzare in avanti. I disegni delle foglie sulle braccia si staccarono dalla pelle e pulsarono intorno a lei.

Il suo compagno apparve alla sinistra di Toman, e anche i suoi tatuaggi serpentini si alzarono dalla sua pelle.

Toman rabbrividì.

Serpenti a più teste si contorcevano dalle maniche dell'Harbitor, avvolti nell'aria intorno a lui.

Ancora una volta guidò il suo Linger nel fiume nero, alla ricerca di barche nascoste. Un breve senso di soddisfazione lo travolse mentre schegge di legno che si frantumava riempirono l'aria. Gli skiff affondarono, e gli aggressori caddero nell'acqua fredda prima di sapere cosa li avesse colpiti.

«Mantenete la vostra protezione» La voce di Lord Dalbonn si alzò accanto a lui. «Mantieni la tua mente concentrata. La distrazione interromperà la tua connessione» Si voltò e gridò. «Arcieri, preparate le vostre frecce!»

Gli uomini accesero i fuochi in una fila di pentole piene di catrame denso, poi intinsero le loro frecce nelle fiamme.

«Mirate e... tirate!»

Toman tese sottili viticci striati di fiamma arancione verso i loro bersagli. Nell'ufficio di Sua Grazia, la sua mano aveva attraversato la sua risonanza di Eth dall'interno senza alcuna sensazione. Le frecce infuocate avrebbero fatto lo stesso?

Toman sbatté le palpebre. Le frecce si punzecchiavano solo sulla sua pelle. Ma il suo cuore saltò un battito mentre le piccole punte fiammeggianti si gonfiarono rapidamente fino a diventare sfere infuocate mentre passavano attraverso il suo Linger.

Una delle frecce colpì una piccola barca, esplodendo in fiamme intense. Il lampo improvviso delineò due figure scure accovacciate, con le mani che si agitavano sopra la testa.

Catrame ardente attaccato ai corpi.

Urla di dolore riecheggiavano ovunque.

Uomini saltati in mare.

Altre barche si riempirono di fiamme, mentre i ripetuti spruzzi degli alberi degli arcieri trovarono i loro bersagli. Una tempesta di fuoco cadde sul fiume, il suo calore lampeggiava attraverso la sua connessione Linger.

Alcune frecce di grande portata atterrarono nella paglia di un piccolo edificio sul lungomare. Le canne secche divamparono in fiamme, illuminando la riva.

In piedi sulla riva del fiume, una figura dalla pelle pallida e dai capelli bianchi.

Uno Storryn?

Non ebbe il tempo di confermare ciò che aveva visto. Tre assalitori mascherati si arrampicarono sullo scafo, ricadendo sul ponte principale.

Schofsgrind! Ne hai mancato uno, Toman! Una barca deve essere riuscita a passare prima che il suo Linger sigillasse il loro avvicinamento.

Le guardie corsero a lato della nave, con le spade alzate. Gli assalitori si liberarono dei mantelli mentre lo scontro tra metallo e metallo risuonava.

Dalla parte opposta a Toman altri tre uomini mascherati si arrampicarono sulla ringhiera.

«Da questa parte! Altri da questa parte!» Toman indicò gli assalitori.

Non osò avvicinarsi a loro ed entrare nella lotta, la distrazione avrebbe rischiato di rompere il legame con il suo scudo. Afferrando la spada più forte, era pronto ad affrontarli, ma era inutile, a meno che il combattimento non fosse a portata di mano. La frustrazione gli fece venire le vesciche, ma si concentrò più duramente. Doveva mantenere chiara nella sua mente la forma e la diffusione del suo Eth Linger.

L'affondo della Harbitrice gli balenò davanti. La sua

arma affondò nella tempia di un uomo come la zanna di una vipera nel morbido corpo di un topo. Liberata la sottile lama, la fece passare attraverso la gola del secondo assalitore. Il suo grido gorgogliante mandò un brivido lungo la spina dorsale di Toman.

La nausea lo riempì. Poi la pietà.

Questi uomini non sembravano soldati incalliti pronti al combattimento, non come Lord Dalbonn e i suoi uomini. Lo sguardo selvaggio negli occhi degli uomini morenti era più quello di bestie cornute spinte a fuggire per paura.

Il Capitano balzò verso il terzo assalitore, con il pugnale del Riddern che lo colpì in faccia.

Urlando, cadde sul ponte, con il sangue che gli gocciolava tra le dita mentre si copriva gli occhi.

La spada tenuta all'altezza degli occhi, Sua Grazia avanzava. Due guardie affiancarono Lord Dalbonn, con le lame pronte.

Con un rumore di metallo e un luccichio d'acciaio, un aggressore cadde in ginocchio, ululando.

La spada del suo padrone fermò l'attacco di un altro aggressore mentre una delle guardie lo trafiggeva.

Dovevano esserci otto, forse dieci intrusi.

La testa di Sua Grazia si girò verso il cassero e le suite dei Nobilis. «Toman!» Indicò una forma oscura che sembrava correre su per i gradini.

Era diretto alla balaustra in alto? Toman guardò di nuovo. No, era Lord Druin. Il nobile non sembrava notare il pericolo che si avvicinava.

Sua Grazia, respingendo un altro aggressore, non avrebbe fatto in tempo.

Toman doveva proteggere il nobile. Era già stato in grado di creare due Lingers allo stesso tempo. La sera con i gemelli. La sera in cui aveva incontrato Lord Dalbonn.

Tenendo la spada di fronte a sé, visualizzò il metallo della lama racchiuso nella sua risonanza Eth.

Un riflesso luccicò dalle sue dita come quello di una lama trasparente che si estendeva dall'estremità della sua spada. Volse l'arma attraverso l'aria, verso il pericolo. Essa rispondeva come se fosse nelle sue mani.

La forma scura si alzò in piedi, stendendo il mantello come le ali di un falco che colpisce. Sfrecciò nell'aria verso Lord Druin.

Il nobile gridò.

Toman fece avanzare la sua lama di Linger verso l'assalitore.

Per un batter d'occhio, due occhi pallidi brillarono di paura.

La sensazione di calore appiccicoso avvolse la mano e il braccio di Toman. Il terrore tremava per i violenti battiti del cuore. Le budella squarciate.

Toman ansimò mentre la sua coscienza si inondava di pensieri dell'uomo morente.

Una donna paffuta, una grossa treccia sulla spalla.

Mamma, mi dispiace tanto!

Una giovane ragazza dai capelli rossi che arrossisce.

La puzza di sangue riempì le narici di Toman. Intestini squarciati. Il cuore dell'aggressore rallentava, palpitante di battiti irregolari... poi si fermava. Le impressioni dei pensieri dell'uomo tremolavano e poi svanivano. Il petto affondava mentre i polmoni espellevano il suo ultimo respiro, la sua Luce Vitale che si prosciugava dal corpo.

Poi un silenzio nauseante.

Toman si riscosse, spaventato. Estrasse dal corpo

la sua arma Linger. Il suo contorno rimase come una macchia di sangue sospesa a mezz'aria. Un sapore aspro gli riempì la bocca. Volle che la lama si sciogliesse e il sangue dell'uomo si schizzò sul ponte in una scura vena cremisi.

L'aggressore cadde dalla balaustra con l'inconfondibile rumore di un osso che si spezza. Non sentì la caduta. Era già morto.

Lo stomaco di Toman si contorceva dalla nausea. Cadde in ginocchio sul ponte mentre il suo Linger svaniva.

Gli ultimi istanti del morto risuonarono nella sua mente. La paura. Il dolore. Il tormento. La morte che avvolgeva il suo pensiero.

Toman tentò di rialzarsi, trattenendo un rigurgito di bile acida.

Scacciando le lacrime, si alzò in piedi. La testa tambureggiava. Su tutti i ponti, i corpi giacevano immobili in scintillanti pozze di sangue scuro.

Sulla riva, gli abitanti del villaggio correvano avanti e indietro, combattendo le fiamme.

Nessun segno dello Storryn.

Sopra la sagoma nera delle case e delle cime degli alberi, un mare di stelle abbaglianti aveva silenziosamente assistito al massacro.

L'uomo che aveva ucciso... c'era qualcosa di familiare in lui.

La bocca di Toman sapeva di latte rancido. Sputava.

Dov'era Sua Grazia? Figure ombrose si muovevano sul ponte, trascinando i corpi insieme in un mucchio.

Un urlo assordante riecheggiava nella notte.

Come svegliato da un sogno profondo, inciampò verso il suono.

Sua Grazia era già lì, appoggiato alla ringhiera.

Nell'ombra profonda, accanto alla Solyssia, la Harbitrice si accovacciò in una barca a vela. Tra le sue braccia, teneva una forma zoppicante.

Ondeggiava, la testa inclinata all'indietro, la bocca spalancata. Il suo lamento stridulo sembrava un misto di rabbia e dolore di tortura. La sua agonia trafiggeva la mente di Toman.

Il capitano cadde nella barchetta accanto a lei e le avvolse un braccio sulle spalle.

Insieme, sollevarono il corpo senza vita a bordo.

Ussaro Fadron!

L'Harbitor si sedette sul ponte e pianse, il giovane Riddern in grembo.

Harbitrice Beruhn si inginocchiò al fianco del suo compagno, tirando il ragazzo senza vita contro il suo petto. Stringendo Fadron, lo cullò tra le braccia.

Le mani di Toman tremarono vedendo la coppia Riddern così fragile.

L'equipaggio continuò a sgomberare il ponte di corpi. Fu dato molto spazio al Riddern in lutto mentre i loro assistenti arrivavano e si inginocchiavano accanto a loro.

Controllando il suo pianto, la Harbitrice depose con cura il corpo macchiato di sangue accanto a lei. Poi fece un respiro profondo e rimase in piedi.

I suoi tatuaggi si alzarono di nuovo dalle braccia e svolazzarono intorno a lei e al suo maschio.

«Il suo corpo è già rigido di morte. La sua gola è stata tagliata molto prima dell'attacco» Le sue parole lente e il suo tono mortale erano più inquietanti dei peggiori capricci di Eckel.

Toman guardò Sua Grazia.

«Metteremo tutto il nostro impegno per trovare chi ha fatto questo» La voce di Lord Dalbonn era piena di emozione, più di quanta Toman avesse mai sentito prima.

Come poteva Toman confortarli? La morte era una porta dalla quale nessuno tornava indietro. «Mi dispiace tanto» Le sue parole risuonavano vuote alle sue stesse orecchie.

Il capo tribù si avvicinò all'ussaro Fadron e tirò fuori dalla sua cintura un pezzo di pergamena piegata. Avvicinandosi alla luce di una torcia, i suoi grandi occhi si spalancarono.

«All'Apprendista del Signore Protettore» il capo tribù lesse ad alta voce. Le sue parole mandarono un'ondata di ansia attraverso Toman.

Un'altra nota? Se l'ussaro Fadron gli avesse scritto di nuovo, non sarebbe stato bello.

«Su questo c'è il tuo nome, ma capirai se vogliamo aprirlo e leggerlo» Consegnò il biglietto alla sua femmina.

«Sì, certo» Toman annuì e ogni muscolo del suo corpo si irrigidì.

Aprì il foglio e lo lesse ad alta voce.

Quello con strani poteri lasciò la chiatta alla Stazione Rivierasca.

Il male cammina con lui.

«Firmato, ussaro Fadron» I suoi occhi sfrecciarono su Toman. «Di chi parlava? E perché avrebbe dovuto scriverle?»

Non aveva risposte. «Non lo so. Ma prima mi ha mandato questo...» Tirò fuori la prima nota e la lesse ad alta voce.

Uno dei suoi lavoratori ha poteri oscuri. Le bestie percepiscono il male.

Porse il biglietto alla Harbitrice. «L'ho mostrato a Lady Banah alla stazione della Lega Rivierasca, prima del suo incidente» Toman scosse la testa. «Non so chi intendesse dire, né quali fossero questi poteri»

Il capo dei Riddern alzò la testa, il mento fermo.

Toman diede un'occhiata alla nave. I marinai immersero dei secchi nel fiume e gettarono dell'acqua sulle pozze di sangue. Le guardie si avvicinarono al corpo alla base delle scale. Distolse lo sguardo. Quello era l'aggressore che aveva ucciso. Uno dei guardiani del Riddern indicò il braccio rotto del morto. «Harbitrice!»

Gli occhi della Harbitrice si restrinsero sulla vittima di Toman. Fissò il corpo, poi si avvicinò e afferrò il mantello, strappandolo via dal suo volto.

Morti, occhi lattiginosi, congelati in uno sguardo spalancato.

L'orrore sopraffece Toman. «Ti prego, Ber'eth, no!» Cadde con mani e ginocchia su pavimento.

Oh no! Ti prego, no!

Uri! Aveva ucciso il gemello di Shann! Aveva ucciso il suo stesso amico!

Le sensazioni gli hanno inondato la mente. Il sangue e le interiora gli coprivano il braccio mentre squarciava le budella di Uri. Il cuore del suo amico batteva il suo ultimo respiro. La sua voce debole supplicava il perdono della madre. E una ragazza dai capelli rossi...

Toman si strofinò le mani contro i pantaloni, poi le strinse fra loro.

Guardò ancora. Tutto il suo corpo tremava. Le lacrime gli bagnarono il viso. «Ho ucciso il mio fr... il mio amico»

Un braccio forte l'aiutò ad alzarsi.

Sua Grazia afferrò le spalle di Toman, parlando con parole rapide ma sommesse. «Stavi eseguendo gli ordini per proteggere i Nobilis. Obbedivi a quegli ordini e facevi bene» S'incupì, gli occhi si indurirono e la voce si affilò. «L'operazione e il suo esito erano responsabilità mia e solo mia. Non dire a nessuno, nemmeno a Yannu, che è stata la tua arma a uccidere Uri» Le sue dita si stringevano sulle spalle di Toman. Lo sguardo nei suoi feroci occhi argentei diventava gelido. «Mi capisci?»

L'intensità stordì Toman. «Sì, Vostra Grazia» Il suo cuore sprofondò nella confusione e nel dolore. Aveva ucciso Uri e ora non poteva parlarne? «Farò come comanda» Doveva semplicemente fidarsi del suo padrone. Sua Grazia aveva visto molte vite finire in un tormento contorto. Questa fu la prima di Toman.

L'Harbitor si avvicinò al corpo di Uri. «Beruhn, gli occhi sono come gesso» Tirò su la manica di Uri, esponendo l'osso spezzato che sporgeva dal suo braccio. «E il midollo è bianco. La maledizione dei Santonin!» Rabbrividì, i suoi tatuaggi pulsavano sopra la pelle come se i serpenti potessero colpire da un momento all'altro.

«Le ossa rivelano il Beàl'Toht!» ringhiò la Harbitrice Beruhn, tirandosi su in tutta la sua altezza, da superare Toman per una testa. I suoi tatuaggi vorticosi brillavano alla luce delle fiaccole.

La pelle di Toman si raffreddò. *Maledizione di cosa? Cos'era un Beàl'Toht?* Osava guardare il cadavere.

Il sangue colava dalla bocca aperta di Uri. I suoi occhi immobili erano fissi sul cielo notturno stellato. Dal suo avambraccio spezzato gocciolava del liquido bianco.

La Harbitrice cominciò a esaminare il corpo di Uri. Gli aprì la camicia e si ritirò. «Che cos'è questo?» Guardò il suo compagno. «Non riconosco il segno»

Una strana scoloritura scura, come se fosse stato scottato. Grande come un pugno, il segno assomigliava ai rami di un albero, o alle corna di un alce.

«Il marchio dell'Irrshen» Sua Grazia parlava in un basso e rauco sussurro.

Il capo tribù abbassò la testa. «L'antica tradizione parla solo del marchio dello Scarabeo-Vespa sul petto con il bianco del midollo e gli occhi lattiginosi. Quale nuova stregoneria è questa?»

La Harbitrice si rivolse a Toman. «Le stagioni cambiano. Il Beàl'Toht si alza dalla leggenda, ancora una volta le forze del male intrappolano la volontà degli uomini» Chiudendo gli occhi, alzò il viso verso il cielo. «Ber'eth chiama e il Dono del Popolo cammina tra noi. Gli Spettrali si uniranno»

I Riddern si unirono. I loro profondi occhi blu-verdi lampeggiarono come sfere di vetro alla luce delle torce.

L'Harbitor Ruhand guardò il suo compagno. «Ber'eth posiziona le pedine come vuole. Le sue mosse sono spesso inaspettate e possono richiedere un prezzo elevato»

Annuì. «Si prepara una tempesta. Temo che molti moriranno nell'imminente conflitto» Fissò il corpo di Fadron. "Nostro figlio è stato solo uno dei primi".

Toman ansimò. Loro figlio?

«Dono del popolo» l'Harbitor Ruhand fissò lo sguardo su Toman e gli strinse la spalla, «il Richiamo è su di noi. Ci uniamo a voi nella sua pericolosa danza»

39

NELLA LUCE DELLE LANTERNE

Troppe domande tormentavano la mente di Toman mentre questi seguiva il capo tribù attraverso la passerella in direzione del villaggio.

Le vecchie assi scricchiolavano sotto i piedi mentre il capitano Vachter e due dei suoi uomini camminavano dietro di lui.

La fatica scorse dentro Toman come metallo liquido. La pura forza di volontà lo teneva in movimento nonostante la stanchezza e l'esaurimento. Sollevò una torcia davanti a sé, la cui luce proiettava lunghe ombre ondulate sulle canne lungo la riva del fiume.

La battaglia, l'orribile morte di Uri, se tutto questo potesse essere stato solo un incubo. Se solo il brutto sogno si fermasse e gli permettesse di svegliarsi!

Le sue viscere si agitavano all'idea che Yannu venisse interrogato. Non c'era modo che condividesse alcuna colpa, eppure il suo amico era stato convocato per l'interrogatorio. Ma Sua Grazia aveva insistito che Toman andasse con l'Harbitor e il capitano Vachter.

La notizia che avevano ricevuto era che gli abitanti avevano catturato due capi dell'attacco. Entrambi gli uomini erano stati feriti e tenuti prigionieri nella taverna del villaggio. Toman doveva tenere il suo Eth acceso, pronto ad estendere il suo scudo di Linger.

Davanti a lui, il mantello di piume di Gahoin del capo tribù brillava alla luce delle fiaccole. Il tintinnio di piccole fiale di vetro accompagnava ogni suo passo. Toman non aveva mai visto il Capitano portare una borsa di medicine. Forse aveva intenzione di curare le ferite dei prigionieri?

Mentre si giravano per la strada principale del villaggio, Toman colse un tanfo putrido. Le finestre di un robusto edificio tremolarono di luce dorata. Mentre si avvicinavano, sembrava più la casa di qualcuno, finché le loro torce non accesero un'insegna dipinta appesa sopra l'ingresso: il River Pup.

L'Harbitor Ruhand spinse la porta aperta.

Sussurri smorzati sibilarono nella stanza mentre Toman e il capitano Vachter spegnevano le torce e seguivano il Riddern.

Lanterne di ottone satinato ricoprivano le pareti di pietra. Diverse persone si rannicchiarono al centro della stanza. Una donna con i capelli raccolti in un panno grigio scombinato li osservava.

Il Capitano camminò dritto verso uno dei loro prigionieri, mandando via la gente della città, che si ritirava.

Su una sgangherata sedia macchiata, un uomo a torso nudo era accasciato in avanti. Le caviglie legate alle gambe della sedia, i polsi erano legati dietro la schiena. Questi era coperto di lividi. Una ferita aperta sulla spalla destra. Il pavimento sotto di lui era macchiato da scure pozzanghere di sangue denso.

«Era uno dei leader. Quello bianco, lo Starryn, è scappato» Un uomo con la barba corta reggeva una piccola lampada ad olio. «Ma non quello» Indicò un angolo della stanza. Un corpo era steso sul pavimento. «Ha appena esalato l'ultimo respiro un attimo fa, grazie a una freccia che gli spuntava dalle costole»

Starryn, Storryn... Un dialetto diverso?

L'abitante del villaggio si voltò verso l'uomo seduto. «Questo tizio ne ha appena preso uno nella spalla. C'era anche un giovane dai capelli scuri e dagli occhi grigi. Aveva un accento buffo, come quello della costa a nord. Non so cosa gli sia successo. Dev'essere scappato, il vigliacco»

«È morto» Le parole di Toman rintronarono nelle sue stesse orecchie. Strofinandosi le mani sulle gambe dei pantaloni, poteva quasi sentire il calore appiccicoso del sangue di Uri ancora sulle dita.

L'Harbitor Ruhand si mise di lato al prigioniero e gli afferrò i capelli. Alzando la testa dell'uomo, studiò il suo viso e il petto sporco di sangue. Il corpo del Riddern si irrigidì, i tatuaggi della bilancia sulle braccia pulsarono. «Questo porta il Beàl'Toht!» Sputò le parole come veleno nell'aria.

Sul petto dell'uomo, lo stesso segno di scottatura di Uri, la stessa forma delle corna che gli spuntavano dallo sterno.

«La Baia Al Tote?» La donna cercò di ripetere le parole del capo, evitando il suo sguardo. Le ombre scure sotto i suoi occhi mostravano un'estrema stanchezza. Lunghe ciocche di capelli grigi sfuggivano al panno sulla sommità della testa e le penzolavano sulle guance.

Il capo continuò. «È stato toccato dall'antica stregoneria Urbonnica. Il male ha legato la sua volontà e il suo sangue, per eseguire gli ordini del suo padrone»

Come Uri. Il dolore riempì Toman e così abbassò la testa. Come avrebbe potuto Uri resistere al potere della stregoneria? Non aveva avuto alcuna possibilità. Shann doveva sapere che suo fratello non era responsabile delle sue azioni.

Il capitano Vachter tirò fuori un pezzo di pergamena e cominciò a scrivere. «Per favore, ci dica cosa è successo»

La donna annuì. «Qualche giorno fa, un gruppo di uomini, una dozzina circa, si è presentato dicendo che aspettavano su una barca. Stamattina ne sono arrivati altri. Se ne stavano per conto loro, furtivamente. Con gli occhi spalancati. Poi, questo pomeriggio, è arrivato il Bianco con il magro giovane dagli occhi chiari. Lo Starryn era su una bestia dalle gambe lunghe, con i capelli bianchi al vento come una scolaretta. E, secondo me, non era un cieco. Non era un vero Starryn. Si muoveva come se vedesse le cose come noi» La sua voce tremava, sempre più stridula. «Torghyll, lo chiamavano. Lui dava tutti gli ordini. Ha stecchito il mio uomo con qualche arte proibita quando ha cercato di tenergli testa. Fu allora che la città si arrese a loro» Si asciugò una lacrima dalla guancia. «Successe poco prima che le vostre chiatte venissero a fare il giro dell'ansa del fiume»

«Ci ha portato nelle nostre case» Uno degli uomini

più giovani ha aggiunto. «Torghyll disse che saremmo stati tutti uccisi se avessimo acceso anche solo una candela» Guardò verso la donna più anziana. «Visto quello che aveva fatto al sindaco, gli credemmo e scappammo»

La donna parlò di nuovo. «I tre uomini che lo Starryn portò con sé si piegarono ad ogni sua offerta, fingendosi davvero spaventati da lui»

«Paura?» Il Capitano del Riddern inclinò la testa verso di lei mentre continuava a esaminare il loro prigioniero.

Uno degli uomini più anziani alzò la voce. «Non era uno Starryn! Non come avevamo mai visto prima, anche il suo sguardo mi faceva rabbrividire. I suoi occhi erano bluastri, annebbiati come quelli dei pesci morti»

I tatuaggi dell'Harbitor pulsavano con un battito cardiaco accelerato. «Come i pesci, dici?» La sua testa scattò verso l'uomo. «Non bianco puro?»

L'uomo più anziano si mosse di scatto. «No, non bianco puro, non come uno Starryn cieco»

Come quello che Toman aveva visto a Turicum?

«Fare del bene allo Starryn porta benedizioni sulla tua famiglia» La voce stridula della vecchia si alzò in uno stridio rapace. Si arricciò il labbro superiore. «Non questo. Ciò che meritava era il mio coltello da cucina tra le sue costole»

Il prigioniero gemette e una gelida quiete riempì la stanza.

Il capitano scrisse altre note. «Può dirci da dove venissero? Accenti? Vestiti?»

«Questo, certamente di Barrost. E anche quello morto. Il loro discorso da città è spesso e lento. Il più giovane era per lo più tranquillo. Ma ho visto la paura nei suoi occhi pallidi»

Un groppo si formò nella gola di Toman.

«Abbiamo bisogno di più informazioni» Il capitano Vachter si voltò verso il Riddern. «Dobbiamo interrogarlo»

«Il Beàl'Toht gli impedirà di parlare liberamente. Ma io ho un modo per sciogliergli la lingua» Il Capitano estrasse una fiala dalla sua borsa e staccò il tappo di cera. «Tienigli la testa indietro e aprigli la bocca»

Un uomo più anziano con gli occhi verdi fece un passo avanti, ma poi si fermò, una smorfia gli arricciava la fronte. «Ha detto che è stato toccato dalla stregoneria. Cosa mi succederà se lo tocco?»

Sicuramente la stregoneria non può essere passata per il semplice tocco. Come il crepitio della pelle che si diffonde a tutti gli animali del gregge?

Un altro uomo si fece strada fra gli astanti. «Lo farò io» Avvolgendo le dita con un fazzoletto, lo premette contro la fronte del prigioniero, forzandogli la testa all'indietro.

Le palpebre del prigioniero scivolarono via e rivolse un'occhiata feroce a Toman.

Toman rabbrividì di fronte alla ragnatela rossa e brillante delle vene nei suoi occhi.

Il Capitano gli abbassò il mento, spalancandogli la bocca. «Questo gli farà dire la verità» Svuotò la bottiglietta di liquido giallo scuro sulla lingua.

L'uomo che lo aiutava si ritirò.

La docile reazione del prigioniero sorprese Toman. Essere trattato come un animale da fattoria non sembrava dargli fastidio.

Ingoiò, poi tossì.

L'Harbitor Ruhand ripose la fiala nella sua borsa e la chiuse, senza mai togliere gli occhi di dosso al prigioniero.

L'uomo si agitò, lottò contro i suoi legacci, gemendo. Le vene del collo si gonfiarono. Il suo viso arrossì, poi divenne pallido.

Il capo si chinò e gli parlò lentamente all'orecchio. «Chi servite?".

Guardò indietro e ringhiò. La schiuma e la saliva gli colavano dalla bocca. «Lei può sentirti» Ringhiava come una bestia costretta in un angolo.

«Chi servi?» L'intensità della voce dell'Harbitor rimbombò profondamente nello stomaco di Toman.

«No! Legato a lei, non a te!» L'uomo cercò di liberarsi. Il sudore brillava sul petto e sulla schiena. I muscoli delle braccia erano tesi mentre lottava contro le corde. «No! Non posso!»

«Rispondi!» La profonda calma del Riddern sembrava piena di ferocia trattenuta a stento.

Il sangue si accumulava negli angoli degli occhi del prigioniero. Sudore misto a sangue che gli colava dalla fronte. Sottili scie di rosso gli striavano le guance. Urlò improvvisamente, un grido profondo come un animale ferito, mentre il sangue cominciava a scorrere liberamente dagli occhi, giù per il viso, poi sulle vene sporgenti del collo.

I cittadini si rannicchiarono più indietro.

«Tu mi risponderai» Sibilò il capo.

«No!» Il corpo del prigioniero ebbe le convulsioni, si contorse e si rantolò, sempre di più, sulla sedia. «No!»

L'Harbitor Ruhand gli afferrò di nuovo i capelli e gli tirò indietro la testa, esaminando le cavità oculari piene di sangue. «C'è qualcosa che non va. La tintura dovrebbe solo allentare la lingua. Non far scorrere il sangue»

La bocca di Toman era secca. Questo avrebbe potuto essere il destino di Uri.

L'uomo scosse la testa avanti e indietro, ansimando. Tossì di nuovo, spruzzando sangue sul pavimento.

L'Harbitor arretrò.

«Ti sente! Lei sa!» Come se le parole lo liberassero da una prigione invisibile, l'uomo si rilassò e si appoggiò alla sedia. Esalò un lungo respiro e il suo corpo si afflosciò. Una pellicola lattiginosa comparve agli angoli degli occhi, coprendo le vene come una crema densa. Il segno della scottatura sul petto si oscurò, diventando rosso intenso e poi nero.

Espirando sonoramente, le narici del Riddern si allargarono. «Se n'è andato. Ma non era questo lo scopo della nostra medicina»

I cittadini premevano contro i muri in un silenzio stordito.

Toman deglutì. «Ma cos'è successo? Sei sicuro che questo sia il Beàl'Toht della sua tradizione?»

Il Riddern annuì. «Il midollo verrà fuori. Il bianco sopra i suoi occhi è evidente. Ma ancora una volta, il disegno sul petto non è Urbonnico»

«Vuoi dire che non viene da Skylle?»

«Sì. Il segno sul petto non è lo Scarabeo-Vespa, e lo stregone ha la pelle bianca, non marrone come quelli di Urborn»

Molti dei cittadini se n'erano andati prima ancora che l'Harbitor Ruhand finisse di parlare.

Il sangue continuava a gocciolare sul pavimento mentre una strana pace si stabiliva sul prigioniero, come se la morte lo avesse liberato dall'orrore del potere di Torghyll.

Toman si accigliò. Se Torghyll avesse imposto la sua stregoneria a quest'uomo e a Uri, avrebbe potuto fare lo stesso con Shann? Era scomparso dopo la morte di Uri.

«Devo ispezionare il corpo di quest'uomo» L'alta statura del Capitano svettava sul prigioniero.

Probabilmente voleva vedere il midollo nelle ossa. Toman non voleva rimanere nei paraggi per questo. «Informerò Lord Dalbonn degli eventi» Si affrettò a varcare la porta della taverna, lontano dall'odore di birra acida e di morte. Ma fece una smorfia mentre chiudeva la porta dietro di sé. Fuori, lo strano olezzo indugiava ancora per strada. Non seppelliscono o bruciano le carogne in questa parte del Corno?

Toman alzò lo sguardo. Il cielo notturno aveva un aspetto così innocente, così sereno per il mondo sottostante. Il Richiamo scorreva sul mondo, lo sentiva, a volte pensava di vederlo brillare nell'aria. Il male si alzava per opporsi ad esso. Questa era la danza di cui parlava la Harbitrice.

Aveva così tante domande. Perché Torghyll aveva usato il travestimento di uno Storryn? Come ha fatto Uri a finire sotto il Beàl'Toht? Quand'era entrato in contatto con lo stregone?

Afferrò la sua torcia e la riaccese, poi si diresse verso la riva del fiume. La luce tremolante sembrava un'arma debole contro la crescente presenza di un male invisibile.

Attraversò la passerella verso il Boaddan in tre passi. Spinse la sua torcia nel barile di sabbia, percorse il corridoio e si fermò davanti a una porta. Dentro si levavano voci familiari. Il suo cuore cominciò a battere forte.

Quello di Lord Dalbonn.

Di Harbitrice Beruhn.

E di Yannu...

Il terrore nella voce dell'amico... Il cuore di Toman sembrò aver smesso di battere.

Cosa deve provare Yannu per affrontare il Signore Protettore e la Riddern Harbitrice da solo?

Facendo un respiro profondo, entrò nella stanza, allentando la porta chiusa dietro di lui. Batté le palpebre mentre i suoi occhi si adattavano alla luce di una singola lanterna appesa alle travi.

Yannu era seduto su un breve sgabello al centro della stanza con la porta alle spalle.

Un leggero sollievo. Non era incatenato o legato, ma il modo in cui era chino, con la testa tra le mani, mostrava la miseria che doveva aver provato. Yannu non si muoveva, mentre Toman rilasciava lentamente il chiavistello della porta.

Le spalle di Yannu tremavano mentre singhiozzava, borbottando e borbottando in modo spaventoso.

L'angoscia afferrò Toman. Strinse le mani per impedirgli di tremare. Doveva tenere a freno i suoi sentimenti immediatamente. Sua Grazia aveva insistito che se fosse stato presente a una qualsiasi parte dell'interrogatorio, non avrebbe parlato.

A destra, Harbitrice Beruhn stava in piedi in penombra, con le foglie dei suoi tatuaggi che svolazzavano contro le braccia. La luce della lampada illuminava le piume del suo mantello scintillante.

Le braccia incrociate sul petto, l'ussaro sopravvissuto e uno dei loro assistenti le stavano accanto. Sopra la spalla del Riddern pendeva una borsa di pelle per le medicine.

Toman tremava pensando all'immagine del prigioniero morto che avrebbe potuto sostituire

Yannu e poi scomparve. Avrebbero provato la stessa pozione che l'Harbitor aveva appena usato nella taverna?

Lord Dalbonn si rivolse a Yannu. «Dov'è Shann?» La durezza della sua voce bassa stordì Toman.

«Non lo so, Vostra Grazia. Nessuno lo sa! Gli altri dicono che è scappato dopo aver sentito che Uri era stato ucciso»

Il terrore nella voce di Yannu era insopportabile da sentire.

Toman si infilò le mani sotto le ascelle. Tutto dentro di lui voleva salvare il suo amico dalla disgrazia. Ma non poteva.

«Sicuramente doveva essere uno dei colpevoli» La calma gelida della Harbitrice era in contrasto con il fuoco nei suoi occhi. Il suo corpo rigido era in bilico come un serpente pronto a colpire.

«No. No. Non può essere stato lui»

Si avvicinò.

Yannu rabbrividì, alzando le mani sul suo viso come uno scudo contro il suo sguardo. Si contorceva sullo sgabello, girandosi verso la porta. Le lacrime gli scendevano sul viso. «Tomi!» Gli occhi dell'amico si illuminarono. «Tomi, sei qui! Per favore, diglielo, non so niente. Diglielo!»

Il retro della gola di Toman si tese con emozione mentre guardava Sua Grazia. Voleva aiutare il suo amico. Per Ber'eth, voleva farlo, ma doveva obbedire.

Yannu gli strinse le mani tremanti come un mendicante implorante. «Tomi, per favore, diglielo!» Cominciò a singhiozzare. «Ti prego...»

La Harbitrice girò intorno a Yannu intromettendosi fra lui e Toman. «Questo Uri, l'assassino di mio figlio, quando ha contattato il Bianco?» La sua voce sommessa tagliò l'aria.

«Tomi?»

Toman riusciva a malapena a distinguere la voce di Yannu. La supplica del suo amico lo schiacciò. Ma la sua parola a Lord Dalbonn lo vincolò. Non poteva disobbedire. Non voleva.

La Harbitrice Beruhn strinse il mantello mentre tornava nell'ombra.

Un profondo corrugamento della fronte apparì sul viso di Yannu. Tirando i piedi sullo sgabello, si avvolse le braccia intorno alle ginocchia. «Non lo so, Mia Signora. Non lo so. Mi è sembrato di vederlo parlare con uno Storryn prima di lasciare Turicum. Sai, è bello aiutare gli Storryn. Tomi ed io ne abbiamo beneficiato uno prima di partire... non che mi abbia portato fortuna...»

Guardando la stanza come se si fosse perso, i suoi occhi incontrarono quelli di Toman. Il tormento aveva stravolto il volto del suo amico. Batteva le palpebre, le lacrime gli sgocciolavano sulle guance. Yannu stava forse vivendo quel momento come un tradimento.

Ma Toman non l'aveva tradito. Davvero, non l'aveva fatto. I suoi stessi occhi bruciavano di lacrime represse.

«Gli piaceva venire a bere una birra o a mangiare insieme. Poi non voleva più uscire con noi. Divenne cattivo. Shann disse che non lo conosceva più»

«Era il suo gemello» Lord Dalbonn mise una mano sulla spalla di Yannu, abbassò la voce in un dolce sussurro. «Se qualcuno sapesse di cosa è capace, lo farebbe Shann»

«Sono dello stesso parto. Dello stesso sangue» La

voce della Harbitrice sembrava trattenuta. «Devono anche avere la stessa mente e lo stesso scopo»

«Questo è ciò di cui Shann aveva paura, che la gente pensasse che fossero ancora vicini» Le sue parole si offuscavano per la stanchezza. Guardò Toman. «Una volta eravamo vicini» Distolse lo sguardo, fissando il muro, il suo volto prosciugato dall'emozione. «Eravamo tutti amici. Sempre insieme, ma ora non più» Abbassò la testa fino alle ginocchia.

Toman deglutì con forza, come se la vergogna lo soffocasse. Cercò di distogliere lo sguardo dalla scena pietosa, ma non ci riuscì.

«I ragazzi mi dissero che Uri era scivolato dalla barca di notte, tornando prima dell'alba. Non gli ho creduto. Eckel non ci avrebbe permesso di sbarcare, non prima che avessimo attraccato a Barrost. Non pensavo che Uri avrebbe rischiato»

«Il Guardiamarina Eckel» Lord Dalbonn camminava intorno allo sgabello, fermandosi dietro a Yannu. «Eckel scomparve nello stesso momento in cui scomparve Uri?»

Yannu scosse la testa. «Non lo so. Vostra Grazia, Eckel non ci ha mai detto i suoi affari» Alzò lo sguardo. «Onestamente. Mai» Sospirò. «Vostra Grazia... in realtà pensavo che Eckel avesse un po' paura di Uri»

Sua Grazia non sembrava convinto. «Paura?»

Yannu annuì. «Qualsiasi cosa lo avrebbe fatto scattare, specialmente quando c'era Uri. Drammatico, esplosivo, più arrabbiato del normale»

La Harbitrice fece di nuovo un passo verso Yannu. «Quando si è avvicinato Uri a nostro figlio?»

Abbassò la testa, tremando. «Non lo so, Mia Signora. Non lo so davvero»

«Abbiamo i mezzi per scoprire se sta dicendo la

verità» La Harbitrice guardò Toman e poi si voltò verso Yannu.

La paura afferrò Toman. Per impulso, si avvicinò al suo amico.

Sua Grazia alzò una mano verso Toman, ma tenne gli occhi su Yannu. «Dimmi di più su Eckel e Uri. Uri faceva parte del suo equipaggio dopo l'orario di lavoro? E cosa ti ha fatto pensare che Eckel avesse paura di lui?»

«Immaginavamo che all'inizio lavorasse con Eckel. Tornato a Turicum, ci sono state diverse volte in cui Uri se n'è andato con Eckel. Ma una sera non tornò con lui. Eckel era furioso quando si presentò due giorni dopo. Quando il Guardiamarina lo affrontò, qualcosa in Uri fece indietreggiare Eckel» Yannu scosse la testa. «Come se avesse paura... Forse me lo sono solo immaginato. Cosa potevamo fare per spaventare Eckel?»

«Comunque, questo non basta» Harbitrice Beruhn porse la mano.

Il suo attendente le diede una fiala di liquido giallo scuro come quella che aveva usato l' Harbitor Ruhand.

«No!» Toman non riuscì a fermarsi. Si mise tra Yannu e la Harbitrice.

L'espressione di Sua Grazia si oscurò. Scosse leggermente la testa.

«È troppo pericoloso, Vostra Grazia» Toman rabbrividì. Aveva disobbedito all'ordine di Lord Dalbonn. «Il prigioniero che hanno catturato nel villaggio è morto quando bevve quella sostanza. Non funziona su...»

«Non funziona su cosa?» Il volto della Harbitrice

era indecifrabile, ma la ferocia nella sua voce faceva rizzare i peli sul collo di Toman.

Toman faceva fatica a respirare. «Non funziona se il Beàl'Toht è in profondità nel corpo» Il terrore lo riempiva e un luccichio mortale balenava dai suoi occhi.

«Allora scopriremo presto quanto è profonda la presa del suo padrone» Tolse il tappo. «Aprigli la bocca»

Toman gettò le braccia sopra il suo amico. Ne avrebbe preso le conseguenze. «Non è giusto rischiare la vita di Yannu!»

«Si allontani, apprendista» Il Signore Protettore lo fulminò con lo sguardo. «Ora»

Il sangue di Toman divenne gelido. Disobbedire direttamente al suo padrone poteva significare il licenziamento immediato. Ma non fare nulla potrebbe significare la morte di Yannu. «Vostra Grazia, vi prego, no»

«Ora!» L'acutezza della sua voce stordì Toman. Abbassò la testa e si allontanò.

«Tomi» Lacrime caddero dalle ciglia di Yannu. Il suo labbro inferiore tremava. «Va tutto bene» Parlò appena sopra un sussurro.

Toman deglutì.

«Non c'è niente a cui tornare, comunque» borbottò Yannu mentre appoggiava la testa all'indietro e apriva la bocca.

Un vuoto travolse Toman. Yannu aveva accennato alla partenza della nonna per Immen, ma non aveva mai parlato di nessun'altra famiglia a Balbrun. Senza Shann e Uri, e ora la sua posizione con Sua Grazia, Yannu era completamente solo.

La Harbitrice si avvicinò, con la fiala in mano.

Toman non riusciva a fermare il tremito delle sue mani mentre l'immagine gli riempiva la mente, il sangue che gocciolava dal prigioniero morente e il marchio del Beàl'Toht sul petto. «Vostra Grazia! Avrebbe il marchio del sortilegio!» Toman ansimò. «Sul suo petto, Vostra Grazia! L'aveva il prigioniero! L'aveva Uri!»

Gli occhi di Lord Dalbonn si allargarono leggermente. Si volse verso la Riddern. «Harbitrice, il segno del Beàl'Toht sarebbe sul suo petto se fosse sotto il potere dello stregone»

La Harbitrice esitò.

Toman si voltò verso Yannu. «Apri la camicia»

Le mani tremarono, Yannu armeggiò con i bottoni, poi aprì la camicia.

«Non c'è!» Sollievo! Nessun segno dei rebbi ramificati dell'Irrshen. «Guardate! Non ha il segno!» Toman guardò più da vicino il suo amico e rimase senza fiato.

Le spalle e la schiena di Yannu erano ricoperte di lividi rossi e di cicatrici bianche.

Un silenzio teso cadde sulla stanza.

La Harbitrice annuì, abbassando le braccia. I suoi tatuaggi svolazzanti si posarono sulla pelle.

Lord Dalbonn parlò, la sua voce calma e senza emozioni. «Credo che abbiamo tutto quello che ci serve. Yannu, rimettiti la camicia e chiedi al medico di bordo di dare un'occhiata a quelle ferite. E poi riposati un po'» Prendendo una torcia spenta dal barile di sabbia, la accese e si rivolse a Toman. «Vieni con me»

«Sì, signore» Toman fece un lento respiro e si preparò al suo destino.

40

SULLA FORCA

Toman seguì a capo chino Sua Grazia.

Sollevando la torcia davanti a lui, il suo padrone attraversò il ponte in silenzio. Scesero in una scialuppa in attesa. Due guardie li condussero verso le luci della Solyssia ancorata a metà del fiume.

Toman fece un respiro profondo, cercando di calmare il frastuono della sua mente. Come sarebbe stato punito? Guardando i campi e i boschi lontani a est, l'alba che si avvicinava cominciava a risplendere. Il mondo appariva così pacifico. Ma una tempesta infuriava dentro di lui.

Le frecce si trasformarono in palle infuocate mentre passavano attraverso il suo Linger.

Lo sguardo vacuo di Uri.

Le pozzanghere di sangue intorno alla sedia del

prigioniero. Il pallido segno dell'Irrshen sul petto che diventa sempre più scuro.

Lo shock dell'Harbitor che sembra sconvolto. La stregoneria, ma non Urbonnica.

Lo sguardo disperato di Yannu. La sua supplica di aiuto.

Lui stesso che disobbedisce alla persona più importante della sua vita.

Sospirò. In quanto tempo avrebbe dovuto trovare la strada di casa? La disperazione pesava su di lui. «Vostra Grazia...»

Gli occhi pallidi e penetranti di Lord Dalbonn riflettevano la luce gialla della fiaccola. «Sì, Apprendista?»

«Io... Io...» Essere con Sua Grazia e i Nobilis era stato il più grande onore della sua vita. Le sue recenti azioni avrebbero ora causato un cambiamento. Aveva disobbedito e doveva essere punito.

Gli occhi illeggibili di Sua Grazia erano fissi su di lui.

Toman non poteva andarsene a casa prima di chiedere perdono. «Vostra Grazia, vi prego di perdonarmi. Sono disposto ad accettare la mia punizione qualunque sia per avervi disobbedito» Le parole cominciarono a giungere rapidamente. «Temevo per la vita di Yannu, Vostra Grazia. Il prigioniero del villaggio morì dopo aver preso quella tintura. Vostra Grazia, non volevo che Yannu morisse»

Lord Dalbonn girò la testa verso l'alba che si affacciava, mentre si avvicinavano allo scafo della Solyssia. La luce proiettava ombre angolari sul volto del suo padrone. Le linee ai lati dei suoi occhi sembravano crepe nell'argilla secca. Il suo silenzio tranquillo parlava più forte dei peggiori capricci di Eckel.

Una sensazione di pizzicore si riversava sulla coscienza di Toman. Il dono di sua madre, la consapevolezza dei cambiamenti nell'aria, lo avvertiva che qualcosa di enorme si muoveva verso di loro. «Vostra Grazia! Qualcosa di enorme si muove verso di noi!» Studiò il cielo. Non era pioggia o vento, ma si avvicinava rapidamente.

Il suo Mastro estrasse la spada.

«Ecco!» Indicò le cime degli alberi lungo il bordo del fiume, mentre un rauco squittio acuto riempiva l'aria.

Un vasto stormo di eleganti uccelli neri si profilava in vista. Passando sopra la loro scia, come una notte innaturale, la loro ombra profonda li immerse nell'oscurità.

«Oche nere! Devono essere decine di migliaia!» Toman afferrò la scala di corda della Solyssia e la offrì a Sua Grazia. Salendo sul ponte dopo il suo padrone, fissò verso l'alto cercando di accogliere l'incredibile mole dello stormo.

Sul tetto dell'appartamento dei Nobilis, gli Avem stesero le loro enormi ali. Alzarono la testa e le braccia come per celebrare il volo degli uccelli.

Il rumore dirompente continuava mentre i membri dell'equipaggio si affrettavano sui ponti, alzando lo sguardo e indicando lo spettacolo.

Gridando sopra il frastuono, il principe Lytwon si avvicinò a Sua Grazia e a Toman. «Non ho mai visto oche nere così numerose!» Una coperta avvolta intorno alle spalle, guardò l'enorme stormo. Le estremità dei suoi baffi spiccavano comicamente in angolazioni strane. «E voi? Sul grande mare interno?»

«No, Vostra Altezza» Toman aveva raccolto le uova

da un nido occasionale lungo la costa di Fahtu-Shan, ma non aveva mai visto un gruppo così vasto.

Sua Grazia scosse la testa.

«Levate l'ancora!» La voce del capitano Vachter era appena udibile.

Brillanti lampi del sole mattutino irrompevano mentre gli Avem cominciavano lentamente a schiarirsi e la chiatta cominciava a scendere il fiume.

Sua Grazia toccò Toman sul braccio. «Parleremo più tardi. Lytwon? Mi accompagneresti?» Invitò il Principe a salire le scale per il cassero davanti a lui.

Il cuore di Toman affondò. Quando avrebbe finalmente sentito quale fosse la sua punizione? Brun lo avrebbe picchiato per aver disobbedito.

Lo sfinimento minacciava di sopraffarlo, non dormiva dalla notte prima dell'attacco. Ma il suo stomaco brontolava. Era troppo presto per far preparare il cibo in cucina? Un pasticcino e una tazza di tè fumante sarebbero d'aiuto in questo momento.

Un'altra strana sensazione sulla pelle.

Toman guardò gli alberi, poi chiuse gli occhi e si concentrò.

I brividi gli salivano su per le braccia.

Un'enorme corrente d'aria. Si muoveva verso di loro.

Aprendo di nuovo gli occhi, c'erano solo poche nuvole sottili che si estendevano nel cielo limpido, retroilluminate, dorate e gialle con i primi raggi del sole. Gli ultimi alberi hanno lasciato il posto a un vasto orizzonte. C'erano praterie con le porte spalancate a perdita d'occhio. In lontananza apparivano forme scure. Basse montagne? Non se ne accorgeva.

Ma c'era qualcosa che non andava.

390

Toman salì le scale e si avvicinò a Sua Grazia e al Principe.

«Perdonate, Vostra Altezza, Vostra Grazia. Percepisco dei movimenti potenti nell'aria, ma non riesco a vedere nulla» Indicò le strane forme arrotondate all'orizzonte. «Cosa sono quelle forme scure?»

«Quelle sono i Doloon. Monumentali lastre di granito di pietra liscia» Il tono allegro del Principe corrispondeva al luccichio dei suoi occhi. «Molto insolite, vero?»

Toman riparò gli occhi dallo splendore del sole. «Allora non dovrebbero muoversi, no?»

Il principe Lytwon ridacchiava. «No, le montagne di solito non si muovono» Agitando la mano verso di loro, continuò: «Segnano l'improvvisa ascesa della terra dall'estesa cintura di grano della pianura settentrionale di Lofwarden agli altipiani centrali del Ducato di Borinbranth nel Norssum e alle montagne dell'Hohn Fennsor South e» si voltò e indicò la direzione opposta, «con la Limmania che si trova più a sud»

Limmania? La patria di sua madre. Aveva conosciuto solo storie a riguardo che aveva sentito nei campi, un bellissimo paese pieno di cascate fragorose, montagne aspre e profondi canyon. L'aveva chiamata terra del mistero e della tragedia.

Toman sbirciò verso i Doloon. Qualcosa sembrava esserci, nonostante la mancanza di preoccupazione del Principe.

«Che cosa percepisci, Apprendista?» Lord Dalbonn studiò l'orizzonte.

«Non ne sono sicuro, Vostra Grazia. Non l'ho mai sentito prima»

Gli strani altipiani sembravano i molari consumati di una bestia gigantesca. Le loro altezze grigie, le scogliere a picco sul mare e gli aridi altipiani lentamente si facevano più evidenti.

Lo stridulo belato di bestie cornute attirava la sua attenzione. Una piccola mandria si aggirava vicino all'argine del fiume. Con i loro corpi bianchi, i loro musi e le orecchie nere, la loro colorazione era molto diversa da qualsiasi cosa avesse visto, ma riusciva a riconoscere il suono della paura in ogni Bestia Cornuta.

Cosa li disturbava? Scrutava il terreno aperto.

«Sono una delle forme locali delle bestie cornute e... si spaventano facilmente?» chiese Toman.

Il principe Lytwon scosse la testa. «Caro Mastro Foggling, non ne ho idea»

Mentre le chiatte li passavano, il loro belato sembrava assumere un'urgenza. Le bestie si avvicinarono alla riva del fiume. Le loro grida frenetiche riempirono improvvisamente l'aria mentre si precipitavano a capofitto nell'acqua dietro le chiatte.

Una leggera brezza soffiava sul ponte. Un odore particolare gli punse le narici. Lo stesso del villaggio! «Lo senti questo odore?»

«No. Niente di particolare» Il principe Lytwon osservava i Doloon.

Sua Grazia girò la testa, annusando l'aria.

Toman sussultò mentre il suo lobo di Eth esplodeva con un caldo pungente. La luce nelle sue dita si accese. «Vostra Grazia! Le montagne sembrano muoversi»

«Ma non sono i Doloon!» La tensione scattava attraverso la voce del Principe, mentre si accigliava verso un vasto muro di nuvole che si avvicinava.

Toman ancora una volta chiuse gli occhi e lanciò la sua coscienza nell'aria sopra di loro. Accese il suo Eth e ne incanalò il potere attraverso la connessione. Inclinando la testa all'indietro, si concentrò, sondando le correnti vorticose invisibili. «In rapido movimento... Come un forte tempesta» Aprì gli occhi e guardò Sua Grazia e poi il Principe Lytwon. «Non sembra naturale. È come se avesse una mente propria. Una terribile volontà ci si oppone»

«Dovremmo metterci al riparo!» Il cielo si tingeva di un giallo insipido quando il principe Lytwon afferrava la ringhiera e guardava Sua Grazia.

«Sì, dovremmo tutti entrare. Ditelo agli altri» Lord Dalbonn chiamò il capitano Vachter. Indicò la massa oscura che rotolava sulle praterie aperte. «Possibile pericolo in avvicinamento»

«Date l'allarme, date l'allarme!» Il capitano Vachter si precipitò verso il cassero.

I marinai apparvero e si affrettarono a superare la chiatta.

Gli striduli squilli delle campane d'allarme confermarono gli ordini di Vachter.

I Lords degli Avem saltarono giù dal tetto, facendosi strada verso Toman, i loro artigli a sciabola che scattano sulle assi di legno. Consegnarono i loro magnifici abiti a un attendente.

Il primo impulso di Toman fu quello di implorarli di raggiungere la sicurezza degli appartamenti, ma fin dall'inizio del viaggio si erano rifiutati di entrare in spazi chiusi. Era sicuro che gli Avem non si sarebbero mai lasciati intrappolare dietro porte chiuse quando avevano il cielo aperto a loro disposizione.

Tutti e tre parlarono contemporaneamente. «Dono

del Popolo, mantenete la rotta. Il potere di Ber'eth in voi li proteggerà tutti»

Le loro voci pulsavano nella testa di Toman. Lottava contro l'impulso di coprirsi le orecchie.

«Dobbiamo andare in cielo» Lord G'nallun e gli altri Lords degli Avem si chinarono sulle loro grosse gambe. Agitarono le loro grandi ali coriacee e saltarono verso l'alto, mandando raffiche d'aria su di lui mentre si sollevavano e si facevano trasportare dall'aria nei cieli oscuri.

Toman chiuse di nuovo gli occhi e continuò a sondare.

«Allarme! Allarme!» arrivò un'eco dal Boaddan mentre un'altra campana trasmetteva l'avvertimento.

I marinai continuarono a correre, mettendo in sicurezza i portelli e i mobili del ponte.

Gli Avem erano ora di forma indistinta in alto sopra il fiume.

I Nobilis e la dama Lorann apparvero alla balaustra, guardando verso la tempesta che si avvicinava. La brezza acuta frustava gli abiti delle signore intorno alle loro gambe.

«Mio signore, Mia Signora» Il tono di allarme nella voce di Sua Grazia preoccupò Toman. «Vi prego, per la vostra sicurezza, entrate in cabina il più presto possibile»

Una pesante puzza di sangue e di carne in decomposizione pervase la coscienza di Toman. Strinse gli occhi chiusi, premendo un braccio contro lo stomaco, resistendo il bisogno di vomitare.

Sua Grazia gli strinse la spalla. «Che cosa senti?»

«L'odore. È come il sangue sporco e appiccicoso del pavimento di un mattatoio. Un sapore terribile in bocca. Il fetore di interiora scoppiate. Mi sento come se mi stessero ricoprendo di morte e di decadimento»

«Stregoneria!» Dalbonn strinse i denti e annuì bruscamente. Egli stesso aveva colto l'inconfondibile odore fetido.

Il pallore sul viso del suo apprendista.

«Un semplice riparo all'interno dei vasi potrebbe non essere sufficiente a proteggerci da questa perversione delle forze primordiali» Dalbonn guardò Toman direttamente negli occhi. «Devi proteggere entrambe le chiatte con il tuo Linger»

Le sopracciglia di Toman si inarcano. "Entrambe?"

Dalbonn annuì. «Proprio come hai fatto nell'attacco alla stazione. Ma più grandi. Immaginatelo nella mente e fa che sia così» Questo era il momento del suo apprendista. Il giovane era in grado di svolgere il compito, ne era certo. Ma Toman lo era? La fiducia del suo apprendista nella sua capacità era abbastanza forte da consentirgli di avere successo?

«Resisti alla paura. Essa è un portale che il male prende per penetrare nella tua mente» Aveva così poco tempo per spiegare così tante cose. «Parte di ciò che vedi, annusi o ascolti ha lo scopo di distrarti, di farti perdere la tua determinazione e di farti fallire. Concentrati, focalizza i tuoi pensieri e la capacità che Ber'eth ti ha dato»

L'espressione di Toman ricordava a Dalbonn un bambino perduto. Poi il suo apprendista restrinse gli occhi e alzò il mento. Un attimo fuggente passò mentre la paura sembrava placarsi. La sua aura si sprigionava intorno a lui. La mascella forte si stabilizzò, annuì. «Lo farò, signore» C'era risolutezza nella sua voce.

Eccellente. «Il potere cui hai attinto attraverso il tuo Gebayt Bithen, cerca di usare quella forza e lascia che fluisca nel tuo Linger»

Dalbonn si girò ed esaminò il ponte. Il Boaddan doveva essere spostato in posizione accanto a loro. «Capitano Vachter!»

Il capitano corse verso di lui. «Sì, signore»

«Mettete il Boaddan in posizione accanto alla Solyssia e legateli insieme»

Vachter annuì bruscamente e gridò a diversi marinai. «Gettate le ancore. Segnala al Boaddan di tirare in avanti. Svelti, ora, muovetevi!»

«Vostra Grazia, credo di dover essere il più in alto possibile. Per vedere oltre entrambe le chiatte» Toman si guardò intorno. Indicava gli appartamenti dei Nobilis. «Lassù. Devo essere lassù»

Dalbonn guardò verso il tetto.

Lo striscione bianco e blu di Ydassum veniva frustato avanti e indietro contro il cielo color salmastro.

«Assicurati a quello, all'asta della bandiera»

Nuvole nere oscuravano il sole. Il vento si spostava, piegando le alte canne del fiume, annunciando l'avvicinarsi della burrasca. Il ripugnante sapore della stregoneria era ormai palpabile nella bocca di Dalbonn.

Toman afferrò un pezzo di corda da una cassetta vicina. Lanciandola sulle spalle, corse verso la scala fino al tetto.

Dalbonn lo seguì rapidamente.

Nella luce attenuata, il bagliore arancione brillante delle mani di Toman si stagliava sul suo alto telaio.

Improvvisi lampi si diramano verso il basso, esplodendo sulla riva del fiume.

Toman premette la schiena contro la spessa base di legno dell'asta della bandiera e porse a Dalbonn la corda. «Temo che il mio Linger potrebbe agire come una vela e tirarmi giù dalla chiatta»

Lanciò la pesante corda sulla spalla di Toman e attraverso il suo petto, legandola saldamente. I peli sulle braccia si sollevarono. La luminosità delle dita del suo apprendista si diffondeva rapidamente attraverso gli avambracci. Le maniche della sua camicia brillavano. Un senso di soggezione riempiva Dalbonn. Il comando di Toman sul suo Eth era più potente di chiunque altro avesse mai sentito parlare, vivo o morto.

Fece delle smorfie mentre Dalbonn dava ai nodi un forte strattone. La luce ora gli arrivava al collo.

Guardandosi intorno, non c'era nulla che potesse aiutarlo a difendersi dalla tempesta in arrivo. Doveva lasciare Toman per affrontare l'impatto da solo.

Un muro di vento colpì le chiatte con forza. Il fiume si contorceva, lanciando le barche nell'acqua turbolenta. Afferrò i pioli della scala mentre il ponte si sollevava e la pioggia fredda gli punse la pelle.

I Riddern restavano sulla porta dei loro appartamenti. Il vento frustava le lunghe piume cangianti dei loro copricapi. Le loro espressioni erano pacifiche, come se fossero immuni alla tempesta che si avvicinava.

«Per favore, mettetevi al riparo dentro!»

Non si mossero.

Non era sicuro che la sua voce portasse il fischio stridulo del vento.

Il fiume putrido travolse le chiatte. Il sapore aspro

della bile gli riempiva la bocca. Strinse i denti contro l'assalto ai suoi sensi. Lottando per tenersi in piedi, afferrò un altro pezzo di corda. Legò l'avambraccio alla balaustra come se piovesse sui vasi.

Esaminò i ponti. Era tutto sicuro?

Un senso di allarme lo attraversò. Lottando con una porta contro il vento, Druin spinse un inserviente al riparo.

«Mio Signore, dovete entrare!»

Le chiatte si appollaiarono nell'acqua in piena. Il vento ululava, schioccando le bandiere come fruste. Un fulmine inondò le chiatte di improvvisa lucentezza.

Il volto di Toman si contorse dal dolore, gli occhi sporgenti. I muscoli del collo si tesero.

Afferrando la ringhiera, Dalbonn ansimava.

Ti prego, Ber'eth, aiutalo!

Il bagliore dell'Eth del suo apprendista si estendeva per tutto il suo corpo!

Come se provenissero da profondi anfratti, ruggiti di rabbia echeggiarono sulle chiatte. L'aria sembrava animarsi di ringhio, come uno stormo di corvi. Lungo le rive, l'erba secca e i detriti del fiume si arrampicavano verso l'alto nell'oscurità.

Il rumore delle schegge di legno riempì l'aria mentre la forza della tempesta faceva cozzare i due scafi fra di loro.

Voci spaventose si levarono mentre i membri dell'equipaggio si arrampicavano sui ponti, mettendo in sicurezza l'ultima attrezzatura.

Un'iridescenza spettrale sfarfallò nell'oscurità sopra le navi, volteggiando sopra l'albero e il pennone.

Il corpo di Toman tremò. Il bagliore arancione delle

sue ossa evidenziava le vene rigonfie del collo e delle braccia. «Più largo, più largo...»

Dalbonn riusciva a malapena a distinguere le parole del suo apprendista.

Poi la piena forza del vortice colpì.

Il corpo di Toman fu strappato in avanti, a stento trattenuto dalla corda. Le sue grida di dolore riecheggiarono nel suo Linger discendente.

L'aria si riempì di un senso di malvagità putrida. La macchia rancida del male. Impressioni di un ignoto assalitore dissennato gli artigliavano la mente.

Le laceranti parole di Toman lo raggiunsero. «Più largo... più largo... ora... giù!» Attraverso la sua camicia, la luce si irradiava dalle sue costole a strisce incandescenti. Forze inimmaginabili lo attraversavano!

I Riddern avevano ragione, Toman era un dono potente. Un dono del Padre del Cielo.

La Solyssia e il Boaddan furono stati gettati via come relitti nelle acque impetuose.

Toman gridò di nuovo: «Giù! Giù!»

Un muro scuro di pioggia spazzava le vaste praterie, mentre il vento cambiava improvvisamente di nuovo direzione.

Ancora una volta, la tempesta fece sobbalzare Toman contro i suoi legami. Le sue grida di dolore torturarono Dalbonn.

Aveva chiesto troppo? Poteva sopravvivere a questo?

L'asta della bandiera cominciò a ondeggiare, suoni di crepitii sparati dalla sua base.

Toman urlò mentre il suo corpo veniva sollevato ancora più in alto.

La forza del vento colpì Dalbonn, tirandogli il cordone attorcigliato più forte sul braccio.

Sentendo un grido frenetico, si sforzò di vedere oltre la balaustra, giù sul ponte principale. «Lord Druin!» La forza del suo grido gli squarciò la gola.

La barca si sollevò di nuovo mentre Druin lottava per aprire la porta delle cucine. Il vento ululò sui ponti, investendo il suo mantello bagnato e soffiandoglielo in faccia.

Ber'eth, ti prego, proteggilo!

Luci scintillanti apparvero tutt'intorno nell'oscurità. Il Linger di Toman scese come una cortina di vetro dolcemente increspata, riflettendo le immagini della Solyssia e del Boaddan.

Il nevischio si riversò sulle chiatte sotto lo scudo di Toman, pungendo il volto e le mani di Dalbonn. Gridando contro il vento pungente, indicò la nuova minaccia. «Tempesta di ghiaccio!» Scrutò ancora il ponte alla ricerca di Lord Druin. L'orrore lo pietrificò.

Il nobile era sulle mani e sulle ginocchia, lottando per non scivolare sul ponte.

«No, per favore, no!» Dalbonn strattonò la corda, un tempo un'ancora di salvezza, ora un maledetto vincolo.

Druin lottò per rimettersi in piedi. Il suo mantello subì la forza del vento violento e lo trascinò in aria, facendogli sbattere la schiena contro la ringhiera. La sua bocca si aprì, ma il suo grido di dolore fu ingoiato dal vento.

Una luce inquietante riempì la cupola del Linger di Toman.

A metà dell'asta della bandiera, il suo apprendista brillava come carbone sotto la forza del mantice di un fabbro, gettando luce sullo stendardo di Ydassum.

La sua testa frustata avanti e indietro, la sua bocca spalancata.

Lo stomaco di Dalbonn si strinse.

La tempesta li colpì a tutta forza. Urla riverberanti riempivano l'aria. Dei colpi cominciarono a martellare ben al di sopra della nave.

Liberando finalmente il braccio, Dalbonn si aggrappò alla ringhiera e si tirò verso i gradini del livello inferiore.

Pezzi di grandine volavano sotto il Linger ancora in discesa di Toman, rimbalzando sul legno. Un grosso cuneo di ghiaccio sbatté sul ponte, scivolando sulle assi.

Dalbonn si gettò il mantello sul viso per proteggersi dai frammenti di ghiaccio.

Il pugno di grandine contro il Linger di Toman echeggiò attraverso l'aria più calma all'interno del suo scudo. Saette di fulmini brillavano nell'oscurità. Lo scudo era quasi al livello del suolo. Presto il violento tumulto si sarebbe spento.

Un lampo di bianco striato davanti a Dalbonn. Il frammento di ghiaccio aveva colpito Druin sulla fronte. Il suo volto si contorceva dal dolore mentre inciampava all'indietro, cadendo sopra la ringhiera e scendendo tra le chiatte.

«Guardie, guardie!» Dalbonn rischiò la discesa sulle scale ghiacciate nella fretta di aiutare il Nobilis.

La Solyssia si scontrò di nuovo con il Boaddan, gettandolo sul ponte.

Scattando in piedi, inciampò verso il punto in cui Druin era scomparso in mare. Si appoggiò alla ringhiera per stabilizzarsi.

Grazie a Ber'eth!

Il corpo dolorante di Druin era aggrovigliato nelle

corde che legavano le due chiatte. Un rivolo rosso brillante fuoriusciva da una ferita sulla fronte. Le onde lo lambivano. Con gli arti contorti ad angoli innaturali, ricordava a Druin un cervo abbattuto.

Spingendo il braccio verso il suo Signore, gridò: «Druin!» la sua voce rauca di terrore. «Qualcuno mi aiuti!» Perdendo l'appoggio sul ponte ghiacciato, il suo corpo ricadde in avanti.

Improvvisamente, Vachter lo afferrò con il braccio, stretto intorno alla vita.

Due guardie apparvero, una da una parte e l'altra dall'altra, come vorticose punture di spilli arancioni e rossi che danzavano nel cielo oscuro oltre il Linger discendente di Toman. Macchie di fuoco rimbalzavano e scivolavano lungo la sua superficie liscia e chiara. Ancora pochi metri per chiudere lo scudo.

Un'altra raffica di vento mandò una scarica di scintille sotto il bordo, atterrando sul ponte. I frammenti di ghiaccio che si stavano sciogliendo divamparono in fiamme mentre il Linger di Toman chiudeva la fessura.

Dalbonn afferrò il braccio di Druin e lo tirò su. Doveva salvarlo. Una delle guardie afferrò il mantello di Druin. L'altra gli afferrò lo stivale. Si riunirono, lottando contro la barca che rollava.

Il fragore della tempesta si fece improvvisamente silenzioso, come le urla di un predone tagliate via dalla lama di una spada. Il vento cessò, facendo piovere ciuffi d'erba, foglie e rami sui ponti. Una calma placida scese mentre entrambe le barche si stabilizzavano in una quiete surreale. Grumi di ghiaccio si frantumarono contro il Linger di Toman, sgocciolando fuoco liquido lungo lo scudo trasparente.

I gemiti di Toman riverberavano all'interno della cupola ad arco, mandando un'ondata di angoscia attraverso Dalbonn. Non poteva aiutare il suo apprendista finché il suo signore non fosse al sicuro.

Combatté un singhiozzo mentre abbassavano il corpo flaccido di Druin sul ponte coperto di fuoco, con tutto il viso e il collo coperti della sua linfa vitale.

Strappò una manica dalla camicia e avvolse la fasciatura di fortuna attorno alla fronte del suo Signore. Ordinò a una delle guardie: «Fate pressione!»

Con le mani tremanti, strappò i bottoni della camicia di Druin. Aveva bisogno di sentire un battito cardiaco rassicurante. Premette un orecchio al petto del nobile.

«Druin!» L'urlo di Lady Banah fece tremare il corpo di Dalbonn. «Oh, Druin!» Cadde sul ponte accanto a suo fratello e alzò la sua mano inerte, premendola al cuore. Dondolando avanti e indietro, le sue lacrime brillavano della luce dorata delle pozze di fuoco.

La tempesta passò sopra di loro. L'oscurità lasciò il posto a macchie di luce provenienti dal sole. Il gemito proveniente dell'asta della bandiera cessò e cadde un silenzio inquietante. I colori scintillanti del Gebayt Bithen di Toman si dissiparono. L'aria fresca cominciò a soffiare sul ponte.

L'improvvisa assenza del Linger di Toman riempì Dalbonn di terrore.

Per favore, Ber'eth, no! La sua gola si strinse mentre guardava in alto. Non anche Toman!

In alto sull'asta della bandiera, il corpo zoppicante del suo apprendista penzolava dalle corde, come un criminale dalla forca.

41

GLOSSARIO PRINCIPALE

A

Abbath: uno dei sacerdoti al governo di Immen a Edendor.

Ago del Naufrago: la montagna sull'isola di South Head vicino a Landsend.

Akkoren: negli arcaici dialetti Orrenici orientali: un Lettore di Colori; un individuo di origine Palanth-Orrica con l'innata capacità di leggere le risonanze cromatiche di Eth, un'abilità spesso attribuita a quelli con risonanze cromatiche verdi.

Alldai: una vasta regione arida del Grande Continente meridionale; patria degli Skylle; paese di origine degli Urbonnici Riddern e dei Cavalieri dei Cervi.

Alleanza Orrenica: il gruppo dei Paesi Palanth-Orrenici del Grande Continente, uniti per cacciare i Kahn Skylliani dal Corno Settentrionale; in seguito usato per descrivere l'alleanza politica sciolta dei Paesi di origine Orrenica; usato anche in riferimento a un gruppo di leggi create durante il periodo della migrazione Orrenica, ancora in vigore sul Corno Settentrionale.

Alto Orrenico Antico: la lingua ancestrale del Palanth-Orron; una lingua scritta per lo più letteraria o accademica esistente nei testi sacri e negli scritti ecclesiastici; una forma arcaica dell'Alto Orrenico parlata solo tra gli Abbati e il clero di Edendor.

Antico Orren: un lingua arcaica Palanth-Orrica parlata all'epoca della Prima e della Seconda Migrazione; l'antica lingua radice da cui derivano le moderne lingue Orreniche.

Alyena Kunic-Foggling: La madre deceduta di Toman Foggling; adottata da bambina, una delle tante orfane risultanti dai conflitti delle guerre civili Bnornum-Welsordiane che si sono estese alla provincia dell'Honstan a Ydassum; *vedi anche la famiglia Foggling*.

Ando: uno dei ragazzi dell'equipaggio del Guardiamarina Eckel.

Andur Burrli: un calzolaio di Landsend, presente allo Shantab dove Mannu Sundermun racconta del suo Somnium.

Anfiteatri delle Orchidee: elaborate case d'ombra, progettate dagli artigiani della Casata di Méndrensynn, specificamente per coltivare diverse orchidee Summerbird d'alta quota e altre specie di orchidee speziate; una struttura circolare con massicci muri in pietra, ombreggiata solo da listelli di legno per riprodurre la leggera ombra delle fresche condizioni di coltivazione montuose di cui le orchidee hanno bisogno.

Antica Legge Commerciale Mendeloniana: un sistema di tassazione stabilito alla fine delle guerre di espulsione in cui le imposte Mendeloniane venivano riscosse su beni preziosi come oli, profumi, lingotti di vetro ambrato, spezie, legni profumati e sali di rosa.

Appendice Ber'eth: la proiezione del tronco cerebrale inferiore, inerente ai popoli di origine Palanth-Orrica, che conduce il Potere dell'Eth che scorre attraverso tutta la creazione; noto anche come il 'Lobo d'Eth'.

Ariete dagli Occhi Blu: una birreria nel quartiere dei droghieri di Turicum.

Argelice: un piccolo pesce originario delle correnti fredde dell'Olmish Aved, che si trova in grandi banchi vicino a Landsend; *vedi anche nel Glossario Zoologico.*

Assedio e Caduta della Limmania: l'ultima battaglia, e la conclusione, delle Guerre di espulsione di cui si parla spesso nel folklore Limmano; il rapimento storico di maestri d'ascia e capitani, insieme alle loro famiglie, da parte dei governanti Skyllian Vastan, per navigare una ritirata verso gli Alldai del sud; si ritiene che i capitani abbiano condotto le navi dell'ultimo Skylle in fuga contro il perimetro scogliera scoscesa della Baia di Limman, uccidendo così tutti a bordo.

Arzat, Medico: il medico di corte di Ydassumer a bordo della Solyssia per il viaggio dei Nobilis a Barrost e il Summit sul Commercio.

Athal: l'oste dell'Ariete dagli Occhi Blu di Turicum.

Atlonia: il nome folcloristico dell'arcipelago settentrionale di Palanth-Orron, usato dalle tribù bandite degli Orrenic e dei Palanshen che vivono nel Grande Continente.

Atloni: la leggendaria ultima razza sopravvissuta delle un tempo numerose popolazioni dell'arcipelago settentrionale di Palanth-Orron; storicamente, la razza dei signori che bandirono tutte le altre razze indigene dalle loro terre d'origine.

Aura: la Luce Vitale; una luminescenza emessa da tutti gli esseri viventi, vista solo dai Riddern e da quegli Orren che hanno l'abilità Eth di un Akkoren o 'Lettore'.

Auyana: le zone per lo più inesplorate della remota Ydassum orientale e i vasti altipiani del Distretto dei Mille Fiumi che confinano con Ydassum; *vedi la mappa di Ydassum.*

Avem: i Primogeniti del Grande Continente, noto anche come 'Uran-Draigana' o 'Santi Uran-Draigana' dei Riddern; la razza eterna creata da Ber'eth dal suolo del Grande Continente; piuttosto simili a lucertole in apparenza, ma che camminava in piedi su gambe potenti e possiedono forti ali di cuoio; i tre Lords Avem che accompagnavano gli Ydassum Nobilis al Summit sul Commercio:

- Lord G'nallun
- Lord B'noru
- Lord B'h'rants

Avye-Sonther: "i Santificati", "i Messi da Parte"; la scuola di pensiero che insegna che il Potere di Ber'eth è esclusivamente per i puri spiritualmente e quelli ampiamente istruiti secondo i Sacri Scritti di Geholiogarth; una dottrina che insiste sul fatto che i poteri dell'Eth non dovrebbero mai essere usati o studiati al di fuori dell'autorità del clero – un'interpretazione rigorosamente applicata dagli Abbati di Immen a Edendor.

B

Balbrun: città di Ydassum, sulla riva orientale del Grande Mare Interno, di fronte alle isole di Fahtu-Shan, Maureshaan e Plankaan; *vedi mappa di Fahtu-Shan.*

Ballo del Bianco: il ballo durante le feste natalizie che molti giovani frequentano nella speranza di trovare un compagno.

Banah Méndrensynn, Lady: figlia e primogenita di Lanfoth Steffen e Lanfothe Ahnya di Ydassum; Erede Apparente alla sede Lanfoth della Casata di Méndrensynn; *vedi anche la Casata di Méndrensynn di Daerumor.*

Bardur: Il valletto del Principe Lytwon, già cameriere di casa Warningen.

Barrost: la capitale del Norssum; il porto alla foce del fiume Suyan Folumpor, sulla costa meridionale del Corno Settentrionale; precedentemente chiamata Noèsh, le fondamenta della città attuale si trovano nel primo periodo di migrazione Orrenica; le ultime ricerche rivelano che la città può risalire al periodo degli Yethimrod; *vedi Noèsh, e la mappa del Corno Settentrionale.*

Barrostania: termine dato dalle Quattro Grandi Case della Regalità Vandriana al territorio intorno alla città di Barrost; nome poi usato anche per l'intero paese di Norssum; *vedi la mappa del Corno Settentrionale.*

Barrùs: il leggendario Palanshen fondatore delle Quattro Grandi Case di Barrost, il regnante Vandriano di Norssum; il leader della terza e ultima migrazione Palanth-Orrica che arrivò sul Corno Settentrionale del Grande Continente.

Beàl'Toht: un arcano maligno incantesimo Urbonniano brandito dalla casta di stregoni del sacerdozio di Santonin dello Skylle; in un'antica lingua Urbonniana: "del midollo osseo"; noto anche come "La maledizione dei Santonin".

Ber'eth: il Creatore del Mondo; Madre-Padre di tutti i Popoli; il nome può anche essere interpretato come "il Respiro della Madre-Padre di tutti"; nel dialetto di Fahtu-Shann, chiamato Padre del Cielo.

Beruhn, La Harbitrice: una dei due Princeps Urbonnici dei Riddern della Foresta, di Ydassum; Mastro delle Arti di Guarigione Urbonniche; coreggente e moglie dell' Harbitor Ruhand.

Bestia Cornuta: esiste un grande genere di animali cornuti nativi del Grande Continente, sia specie selvatiche che addomesticate; *vedi anche il Glossario Zoologico.*

Biancomuro: il casolare della famiglia Sundermun, sulle pendici sopra la città di Landsend, sulla punta nord-occidentale del Norssum.

Bianchi Viaggiatori: una piccola specie di sterna bianca che migra verso il Grande Continente a fine inverno; *vedi anche il Glossario Zoologico.*

Bnorni: "di o appartenente a Bnornum"; la tribù Orrenica che fondò la regione autonoma di Bnornum, divenuta poi parte di Welsordia; storicamente, una delle tribù Palanth-Orrica bandite del gruppo collettivo chiamato Orren, arrivata nel Grande Continente durante il secondo periodo migratorio.

Bnornum: un tempo regione autonoma sulla costa settentrionale del Grande Continente, fondata dai Bnorni; in una guerra per l'indipendenza dopo l'annessione di Welsordia.

Boaddan: la chiatta di supporto che accompagna la barca di Nobilis, la Solyssia, per la visita di Stato dei Nobilis di Ydassumer; dotata di scuderie, lardoni, magazzini e alloggi di base per l'equipaggio e gli operai.

Borinbranth, il Ducato di: le terre ereditarie della Casata di Shannorn a Norssum, governata dal Duca Edwythe Shannorn sotto gli auspici della Regalità Vandriana di Barrost; *vedi mappa del Corno Settentrionale.*

Brandr Nemming: un compagno di scuola di Toman Foggling.

Brun Foggling: padre di Toman Foggling; agricoltore e pastore alla fattoria di Upland sull'isola di Fahtu-Shan nel Grande Mare Interno; *vedi anche la famiglia Foggling.*

Byr: un genere di arbusti e alberi boscosi del Corno Settentrionale, caratterizzati da piccoli sotto foglie argentee altamente riflettenti e strette ramificazioni erette; *vedi anche nel Glossario Botanico.*

Budella di Pock e Pesce!: un'espressione esclamatoria del Turicum; Buon Dio!

C

Caldere Shannorn di Borinbranth, Signore: il figlio del Duca Edwythe Shannorn di Borinbranth e della defunta Elida Galdyssen; fratellastro di Lady Arden Shannorn; *vedi anche Shannorn di Borinbranth, Casa Ducale di.*

Canto d'Inverno: una festa invernale di luci, candele e fiori bianchi celebrata in diverse forme e versioni in tutto il continuum culturale Orrenico.

Casate Ducale di Shannorn di Borinbranth:

- Duca Edwythe Shannorn: sovrano ereditario del Ducato di Borinbranth a Norssum.
- Duchessa Elida Galdyssen: prima moglie, defunta, del Duca Edwythe di Borinbranth.
- Duchessa Ghoda Thiess Shannorn: attuale moglie del Duca Edwythe di Borinbranth. Lord Caldere Shannorn: primogenito ed erede del Duca Edwythe Shannorn di Borinbranth e della defunta Elida Galdyssen Shannorn.
- Lady Arden Shannorn: secondogenita e unica figlia del Duca Edwythe Shannorn e della Duchessa Ghoda Thiess Shannorn.

Casata di Méndrensynn di Daerumor: più tardi chiamata anche Casata di Ydassum:
- Lanfoth Steffen Ghindred Méndrensynn: il sovrano di Ydassum.
- Lanfothe Lady Ahnya Eleor Seynor Méndrensynn: moglie di Lanfoth Steffen e co-regnante che presiede Ydassum.
- Lady Banah Ahnya Eleor Méndrensynn: figlia e primogenita di Lanfoth Steffen e Lanfothe Ahnya di Ydassum.
- Lord Druin Adwynn Méndrensynn: figlio e secondogenito di Lanfoth Steffene Lanfothe Ahnya di Ydassum.
- Lady Maylin Theda Ahnya Méndrensynn: figlia e terzogenita di Lanfoth Steffen e Lanfothe Ahnya di Ydassum.

Cataclisma Mondiale: secondo la Lore Riddern, il leggendario evento che ha fatto muovere le tre terre

411

emerse di Palanth-Orron, Urborn e il Grande Continente, creando catastrofici maremoti, terremoti, crepe nella terra e vulcani; l'evento che ha mosso Urborn verso il Grande Continente, unendosi infine all'Alldai attraverso l'Istmo di Androcaì.

Cavalieri dei Cervi: la tribù Urbonnica da cui nacquero i Riddern, noti per la loro sviluppatissima conoscenza dei veleni: la Venomica.

Cervo della Morte: *vedi Irrshen.*

Colpo di Vipera: una mossa di combattimento fatta con un colpo di spada verso il torso, mirando al cuore.

Confederazione di Ydassum: l'alleanza politica delle razze Orrenic, Urbonnic e Uccelic sotto il sistema di governo Lanfoth-Shantab; *vedi mappa della Confederazione di Ydassum.*

Corno Settentrionale: le terre nord-occidentali del Grande Continente; la prima area è stata abitata dai popoli della seconda Grande Migrazione da Palanth-Orron, conosciuta collettivamente come Orren; *vedi anche la mappa del Corno Settentrionale.*

Le Terre del Corno Settentrionale:

- •Bnornum (una regione autonoma della Welsordia, un tempo confederazione indipendente delle tribù Bnorni)
- •Edendor (teocrazia governata dagli Abbati di Immen)
- •Limmania (il nome successivo dato al territorio della Bassa Limmania)
- •Mendelon (comprende le province di Yldshimman, Ethyndùl e Dórumbor)
- •Norssum (composto da Barrostania, Landsend, il Ducato di Borinbranth,

Limmania superiore, Lofwardan, Tothbory e Tendumen)

- Ydassum (confederazione delle province autonome)
- Syngordia (il territorio delle "Doppie Corone" di Dennelon e Gelondria, nonché la regione autonoma di Lowarthen)
- Welsordia (il territorio costiero settentrionale sopra Ydassum, abitato dai Welsordi).
- Vlachonia (stato vassallo di Mendelon, governato da un funzionario nominato dal tribunale di Mendelon)

Corte Marittima Mendeloniana: la corte marittima del post-espulsione iniziata durante la riforma dopo che i Kahn dei Vastan Skylliani furono cacciati dal Corno.

D

Daeruma: Il valletto di Lord Druin Méndrensynn.

Daerumor: antenati della Casata di Méndrensynn; anche il nome della provincia dove è stata fondata Turicum, la capitale di Ydassum; nell'Antica Orrenica: "di pietra" o "scolpito di pietra".

Dalbonn, Lord Protettore: il principale consigliere della Casata di Méndrensynn, il cui compito è quello di proteggere i loro interessi e la loro vita; mentore di Toman Foggling; *vedi anche Mischul Dalbonn.*

Davies Farthering: un anziano cittadino di Landsend,

presente allo Shantab dove Mannu Sundermun racconta del suo Somnium.

Dennelon: regione della Syngordia centro-occidentale; un tempo regno autonomo Orrenico fondato dai Dyndyll, che diedero il nome al fiume principale della zona; *vedi mappa del Corno Settentrionale*.

Distretto dei Mille Fiumi: i territori inesplorati a est di Ydassum, chiamati anche Auyana.

Doloons of Borinbranth: un masso di granito grigio di insolite cime arrotondate, con pareti rocciose a strapiombo che segnano l'improvvisa ascesa del terreno dall'estesa Cintura Granitica della pianura settentrionale di Lofwardan agli altipiani dell'Hohn Fennsor South e del Ducato di Borinbranth nel Norssum; *vedi mappa del Corno Settentrionale*.

Doof en Donder: in dialetto Fahtu-Shanner, un'esclamazione di sorpresa o imbarazzo improvviso; Che stupido! Che idiota!

Doppia Corona: l'emblema del monarca regnante di Syngordia.

Druin Méndrensynn: figlio e secondogenito di Lanfoth Steffen e Lanfothe Ahnya Méndrensynn di Ydassum; *vedi anche Méndrensynn di Daerumor, la Casata di*.

Duca Edwythe Shannorn of Borinbranth: sovrano ereditario del Ducato di Borinbranth a Norssum, che governava sotto l'egida della Regalità Vandriana di Barrost; padre di Lord Caldere Shannorn con la sua defunta moglie, Lady Elida Galdyssen, e di Lady Arden Shannorn, con la sua seconda moglie, la Duchessa Ghoda Shannorn; *vedi anche Shannorn of Borinbranth, Casata Ducale di, e la mappa del Corno Settentrionale.*

Ducato di Fennsor Borinbranth: una zona del Norssum centrale; patria ancestrale dei duchi di Shannorn; *vedi mappa del Corno Settentrionale.*

Duchessa Ghoda Thiess Shannorn: seconda moglie del Duca Edwythe di Borinbranth, madre di Lady Arden Shannorn; vedi anche Shannorn di Borinbranth, Casa Ducale di.

Dyndyll: storicamente, una delle tribù bandite Palanth-Orrica del gruppo collettivo chiamato Orren, che arrivò nel Grande Continente durante il secondo periodo di migrazione; gli abitanti della regione di Dennelon nella Syngordia centro-occidentale; *vedi mappa del Corno Settentrionale.*

E

Eckel Haftinger: il Guardiamarina della squadra di manutenzione delle navi del porto di Turicum, impiegata da Sua Grazia Mischul Dalbonn.

Edèndi: "di o appartenenti a Edendor"; la tribù Orrenica che fondò Edendor; storicamente, una delle tribù bandite Palanth-Orriche del gruppo collettivo chiamato Orren, arrivata nel Grande Continente durante il secondo periodo migratorio.

Edendor: uno dei due paesi senza sbocco sul mare, un tempo chiamati i Regni delle Nuvole del Corno Settentrionale; la patria della tribù Orrenica degli Edèndi; paese di cui la capitale, Immen, è venerata come depositaria delle culture e delle lingue Orreniche e Yethrodiana; *vedi mappa del Corno Settentrionale.*

Elsornaum: "Le Isole Bianche"; arcipelago al largo

della costa di Landsend, all'estremità nord-occidentale del Grande Continente; *vedi mappa di Landsend.*

Emd: il secondo taglio di fieno profumato; radice del nome del mese Emded "il tempo di Emd".

Eth: il potere di Ber'eth che scorre nel mondo.

Eth Linger: il residuo di colore o la risonanza della potenza Eth.

F

Fadron, Ussaro: il giovane attendente di Riddern dei destrieri dei Princeps.

Fahtu-Shan: l'isola principale del Grande Mare interno, vicino alla costa orientale; *vedi mappa di Fahtu-Shan.*

Fathringen, Casata Reale di Syngordia:

> Re Richarr Worbroth Fathringen II: il sovrano della Doppia Corona di Syngordia, sposato con la Regina Isabella Forwynna Elstundreth Fathringen e Padre del Principe Gordyn Cynnelm Fathringen

> Regina Isabella Forwynna Elstundreth Fathringen: moglie del re Richarr Worbroth Fathringen e madre del principe ereditario Gordyn Cynnelm Fathringen.

> Principe ereditario Gordyn Cynnelm Fathringen: Figlio di Re Richarr Worbroth Fathringen e della Regina Isabella Forwynna Elstundreth Fathringen.

Fattoria Upland: il nome della fattoria della famiglia Foggling sull'isola di Fahtu-Shan.

Falco di mare: una piccola specie di rapace originaria delle paludi e delle rive del Grande Mare interno; *vedi anche il Glossario Zoologico.*

Famiglia Foggling:

- Brun Foggling: padre di Odilia, Rueddan e Toman Foggling
- Alyena Kunic-Foggling: La defunta moglie di Brun Foggling
- Odilia Foggling-Rupp: figlia e primogenita di Brun e Alyena Foggling
- Rueddan Foggling: figlio e secondogenito di Brun e Alyena Foggling
- Toman Foggling: figlio e figlio minore di Brun e Alyena Foggling
- Metsch Rupp: marito di Odilia Foggling

Fiume Dyndyll: il fiume principale che scorre a sud sud-ovest attraverso Syngordia e prende il nome dalla tribù Palanth-Orrica della Seconda Migrazione; *vedi mappa del Corno Settentrionale.*

Fiume Ghelòthry: il fiume principale che scorre a sud sud-ovest attraverso Syngordia, che prende il nome dai Ghelondren, una tribù Palanth-Orrica della Seconda Migrazione; *vedi mappa del Corno Settentrionale.*

Folumpor: il fiume principale che scorre da est a ovest sul Corno Settentrionale; *vedi anche il Grande Fiume e il Suyan Folumpor.*

Foreste Nuvolose di Auyana: le fitte e per lo più inesplorate foreste pluviali dell'est di Ydassum, al confine con il Distretto dei Mille Fiumi, perennemente coperte di nubi; *vedi mappa di Ydassum.*

Frinden Imner: un pescatore di Vahlen di Landsend, presente allo Shantab dove Mannu Sundermun racconta del suo Somnium.

G

Gahoin: un grande genere di uccelli che vivono prevalentemente a terra; le diverse specie si distinguono per le dimensioni, il richiamo, la lunghezza, il disegno e il colore della piuma; il nome deriva dal termine Orrenico antico "gridare"; *vedi anche nel Glossario Zoologico.*

Gebayt Bithen: per chiedere o supplicare per se stessi o per conto di qualcun altro.

Geholiogarth: un vasto complesso di templi nella città di Immen, costruito su un'antica fondazione Yethrodiana, espanso nel primo periodo di migrazione da Palanth-Orron come custode della cultura e della fede del popolo Orrenico; si pensa che sia stato costruito su un'area venerata dai Riddern e dagli Avem; noto anche come "Il Recinto Sacro" o "Il grande tempio"; *vedi mappa del Corno Settentrionale.*

Gelondria: il territorio meridionale di Syngordia che confina con Edendor, Vlachonia e la provincia di Yldshimman a Mendelon; un tempo Regno di Ghelondria; *vedi mappa del Corno Settentrionale.*

Geshan al Mansh: "Dono al popolo"; la scuola di pensiero che insegna che tutte le manifestazioni dell'Eth sono destinate al servizio di tutti e non sono un segno di rango o di prestigio nella società.

Ghelondren: gli abitanti della regione di Gelondria nella Syngordia centro-orientale; storicamente, una delle tribù Palanth-Orriche bandite del gruppo collettivo chiamato Orren, arrivata nel Grande Continente durante il secondo periodo migratorio; *vedi mappa del Corno Settentrionale.*

Giardino Sommerso: insieme col Giardino Segreto e "una Stanza dentro una Stanza", un elemento paesaggistico progettato dal leggendario architetto Sir Han Crethingan.

Gor Shorann: il proprietario della Locanda Sotto le Scogliere di Landsend, padre di Sere Shorann.

Gordyn Fathringen, Principe ereditario: Figlio di Re Richarr Fathringen e della Regina Isabella Elstundreth Fathringen; *vedi anche Fathringen, Casata Reale di Syngordia.*

Granaio del Nord: uno dei nomi storici Orrenici per Lowarthen; nei dialetti di Palanshen chiamato 'Lofwardan'; vedi mappa del Corno Settentrionale.

Grandi Costruttori: un'antica e leggendaria razza di esseri che lavorò a fianco degli Avem in quello che più tardi fu chiamato Lowarthen; *sinonimo: Yethimrod.*

Grande Continente: l'immensa isola patria degli Avem, circondata dagli oceani Olmish Mechen e Aved; il terzo e più grande dei tre continenti insulari creati da Ber'eth, popolato anche dai discendenti dei popoli di Palanth-Orron e Urborn.

Grande Mare Interno: uno dei due mari di Ydassum ad alta quota, alimentato da ghiacciai e senza sbocco sul mare; *vedi mappa di Ydassum.*

Grande alce dalla criniera: la più grande specie di alce degli altipiani conosciuta nel Grande Continente; si ritiene che il suo territorio si estenda dagli altipiani glaciali di Ydassum verso est fino ad Auyana e al Distretto dei Mille Fiumi; *vedi anche il Glossario Zoologico.*

Grande Fiume: il fiume principale che scorre da est a ovest sul Corno Settentrionale; vedi anche Suyan Folumpor; *vedi la mappa del Corno Settentrionale.*

Greggor Boatan: il fabbro di Landsend noto per la qualità dei suoi arpioni e dei suoi ami; padre di Malric Boatan; presente allo Shantab dove Mannu Sundermun racconta del suo Somnium .

Greinen: un antico ente succubo, la reggente dei Viandante Caduti, sigillato in un ramo crollato dell'antica Temmerung; noto anche come "Colei che Piange".

Guerre di Espulsione: una serie di guerre per sradicare i Kahn Skylliana dal Corno; un periodo di grandi sconvolgimenti sociali che coincise con l'arrivo dei Palanshen nel Grande Continente; le guerre culminarono nell'Assedio di Limman, in cui le navi Limmane furono impiegate nel volo dello Skylle.

H

Harbitor Ruhand: uno dei Princeps Urbonnici dei Riddern della foresta, di Ydassum; Maestro delle Arti di Guarigione Urbonniche; coreggente e marito di Harbitrice Beruhn.

Heidl Hanster: un'anziana signora di Landsend presente allo Shantab dove Mannu Sundermun racconta del suo Somnium .

Hohn Fennsor Nord: la catena montuosa e gli altipiani a nord di Barrost, che si estende dalla punta occidentale del Corno Settentrionale del Grande Continente a Landsend fino al filone arido che confina con il Ducato di Borinbranth; *vedi mappa del Corno Settentrionale.*

Hohn Fennsor Sud: gli altipiani a sud di Barrost, che

si estendono dalla costa occidentale del Norssum fino alla parte meridionale del Ducato di Borinbranth; *vedi mappa del Corno Settentrionale.*

Honstan: la provincia in cui Alyena Kunic-Foggling, madre di Toman, e Lord Mischul Dalbonn, hanno trascorso la loro infanzia come orfani Limmani; *vedi mappa del Corno Settentrionale.*

I

Il Corno: un'area geografica che comprende i nove paesi nord-occidentali del Grande Continente: Welsordia, Bnornum, Ydassum, Syngordia, Limmania, Norssum (Barrostania), Mendelon, Edendor e Vlachonia; *vedi mappa del Corno Settentrionale.*

Il Richiamo: il sempre più potente richiamo all'interno del potere della Mutazione nel Flusso Eth, per tornare a Ber'eth e alle sue vie.

Immen: la capitale di Edendor, la cui fondazione è attribuita agli Yethimrod, successivamente sviluppata ed estesa dalle tribù Orreniche degli Edèndi; la sede dei governanti teocratici di Edendor e degli Abbati di Geholiogarth, nome che in alcuni testi antichi fa riferimento alla città stessa; vedi anche Città Santa; *vedi mappa del Corno Settentrionale.*

Irrshen: una manifestazione evocata della malvagia volontà dai tre Grandi Stregoni di Atlonia; la terrificante immagine del leggendario Cervo della Distruzione di una favola Palanth-Orrica; un'apparizione, che assume una forma simile al grande Alce dalla Criniera.

Isole Bianche: l'arcipelago situato all'estremità nord-occidentale del Grande Continente che comprende le isole del guano; *sinonimo: Elsornaum.*

Isola del Nord: l'isola più grande di un piccolo arcipelago al largo della costa di Landsend; la cima è chiamata il Picco della Vedova ed è il simbolo dell'Isola del Nord; *vedi la mappa di Landsend.*

J

Jonatan Prach: capo giardiniere a Warningen House.

Jos Sundermun: il figlio maggiore di Mannu e Sonna Sundermun; presente allo Shantab dove Mannu Sundermun racconta del suo Somnium ; *vedi anche la famiglia Sundermun.*

L

La Città Santa: Immen, capitale dell'Edendor; *vedi mappa del Corno Settentrionale.*

Lady Ahnya Seynor Méndrensynn: moglie e Lanfothe di Lanfoth Steffen Méndrensynn; coreggente che presiede Ydassum; *vedi anche la Casata di Méndrensynn di Daerumor.*

Lady Arden Shannorn di Borinbranth: figlia unica del duca Edwythe Shannorn e della duchessa Ghoda Thiess Shannorn di Borinbranth; residente nel Galdyssen Baronhold durante i suoi studi a Barrost; allieva di Eth Lore e delle antiche lingue Orreniche; sorellastra di Lord Caldere Shannorn; vedi anche Shannorn la Casa Ducale di Borinbranth.

Lady Ehningen: la prima dama di compagnia di Lady Banah Méndrensynn, di una nobile famiglia di commercianti di tintura di Turicum.

Lady Modwynn: Seconda Dama di Lady Banah,

incinta e incapace di viaggiare al momento della Visita di Stato.

Laggol Palaath: l'ampia valle pianeggiante della zona umida che conduce dalla costa sud-orientale del Grande Mare Interno verso le pianure di Lowarthen; *vedi mappa di Ydassum*.

Landsend: un villaggio sulla punta nord-occidentale della costa del Norssum, un tempo chiamato Dur-Vangod; *vedi mappa del Corno Settentrionale*.

Lanfoth(e): un titolo dell'Antico Orrenico, un tempo una posizione elettiva, ma più tardi un ruolo ereditario come governatore dell'antico Regno delle Nuvole, noto come Confederazione di Ydassum; lo status e il termine di indirizzo dei capi della famiglia regnante di Ydassum, per indicare una posizione non reale ma ancora nobile nel governo del paese.

Lanfoth Steffen Ghindred Méndrensynn: il presidente della Confederazione di Ydassum, marito del coreggente Lanfothe Lady Ahnya Seynor Méndrensynn; *vedi anche Casata di Méndrensynn di Daerumor*.

Lega Rivierasca: una rete di stazioni di raccolta delle imposte lungo il grande corso d'acqua settentrionale, il fiume Suyan Folumpor, istituito dalla Regalità Vandriana di Barrost; alcune stazioni sono dotate di officine, carceri e forca per eseguire rapide punizioni per le violazioni percepite delle leggi fiscali di Barrost.

Lettore: il nome dato a un individuo di discendenza Palanth-Orrica con l'innata capacità di leggere le risonanze cromatiche di Eth, capacità spesso attribuita a quelli con risonanze verdi; noto anche come 'Akkoren' negli arcaici dialetti Orrenici orientali.

Limman: la capitale della Limmania; *vedi la mappa del Corno Settentrionale.*

Limmanen: il popolo della Limmania; l'antico nome è scritto come 'Hlimmanen' quando si riferisce ai cittadini Limmani imprigionati nell'Alldai; storicamente, una delle tribù Palanth-Orriche bandite del gruppo collettivo chiamato Orren, arrivata nel Grande Continente durante il secondo periodo migratorio.

Limmania Inferiore: storicamente, il territorio meridionale di una Limmania un tempo più grande; dopo l'Editto di Mendelon, la zona divenne il paese conosciuto semplicemente come Limmania; *vedi mappa del Corno Settentrionale.*

Limmania Superiore: la provincia più meridionale del Norssum; un tempo la provincia settentrionale della Grande Limmania, ceduta al Norssum con l'Editto di Mendelon; vedi mappa del Corno Settentrionale.

Linger: la risonanza del colore o residuo luminescente dell'Eth, il potere del Ber'eth, visto talvolta come accenni di colore nelle ombre e nei riflessi; *sinonimo: Eth Linger.*

Lobo di Ber'eth: la proiezione del tronco cerebrale inferiore, inerente ai popoli di origine Palanth-Orrenica, che conduce il Potere dell'Eth che scorre attraverso tutta la creazione; noto anche come il Appendice da Ber'eth e 'Lobo d'Eth'; *vedi Appendice da Ber'eth.*

Lofwardan: la ricca fascia granulosa del Norssum orientale che confina con la provincia di Syngordian di Lowarthen a est e con il Ducato di

424

Borinbranth a ovest; queste pianure produttive, così come la regione maggiore di Lowarthen, sono anche conosciute come "La terra dei pani" e "Il granaio del nord"; *vedi mappa del Corno Settentrionale.*

Lorann Illurend: giovane Dama di Lady Banah Méndrensynn, proveniente da una famiglia mercantile di Turicum, parte dell'entourage dei Nobilis in visita di Stato.

Lor-beren: la forma sempreverde del ciliegio azzurro degli Altipiani, coltivata soprattutto come erba profumata per la cucina; *vedi anche il Glossario Botanico.*

Lord Protettore: il titolo conferito al consigliere capo della Casata di Méndrensynn, il cui compito è quello di proteggere i loro interessi e la loro vita; incarico ricoperto da Lord Mischul Dalbonn.

Lowarth: Antico Orrenico per "una pagnotta di pane"; un antico simbolo di ricchezza e prosperità.

Lowarthen: conosciuta anche come "la Terra dei Pani", e "il Granaio del Nord"; una regione autonoma della Syngordia settentrionale; secondo la leggenda di Riddern, un tempo centro di due antiche culture dove i Grandi Costruttori lavoravano a fianco del Santo Uran-Draigana; *vedi mappa del Corno Settentrionale.*

Luce Vitale: aura o *Luce della Vita*; una luminescenza emessa da tutti gli esseri viventi, vista solo dai Riddern e da quegli Orren che hanno l'abilità Eth di un Akkoren o 'Lettore'.

Luce tra i Mondi: creduto da molti un luogo metaforico di intimità spirituale con Ber'eth; Lady Arden Shannorn, studentessa della Lore Eth a Barrost, ha fatto riemergere il vecchio nome in alto

Orrenico "Temmerung" per questo fenomeno; *vedi anche il Mondo delle Visioni.*

Lytwon Dor-Tanumm Fathringen, Principe: cugino di secondo grado dell'attuale Re di Syngordia, Sua Altezza Richarr Fathringen; vedovo della Principessa Verana Fera'Genglic Fathringen; amico di lunga data di Lanfoth Steffen Méndrensynn, definito "zio" dai figli del Lanfoth, Lady Banah e Lord Druin.

M

Maestro Celeste: Ber'eth, chiamato così dal Nobilis Lord Druin Méndrensynn.

Maestri delle Arti di Guarigione: i famosi praticanti dei Riddern addestrati nella produzione e nell'uso di tinture curative, tisane e medicinali.

Maledizione dei Santonin: il Beàl'Toht; un malefico incantesimo arcano e maligno Urbonnico brandito dalla casta di stregoni del sacerdozio di Santonin dello Skylle.

Malmo: uno dei ragazzi dell'equipaggio di Guardiamarina Eckel.

Malric Boatan: un giovane pescatore, figlio del fabbro Greggor Boatan; amico d'infanzia di Uri e Shann Sundermun, presente allo Shantab dove Mannu Sundermun racconta del suo Somnium; si reca a Barrost per consegnare gli avvertimenti dati nella visione di Mannu.

Mannu Sundermun: un pescatore del Landsender che ha avuto un Somnium; marito di Sonna Sundermun con cui ha avuto cinque figli; *vedi anche la famiglia Sundermun.*

Mardoènia: una regione degli Altipiani della

Limmania; una vasta palude attraverso la quale l'antico corso del Suyan Folumpor passava per la Limmania fino all'Olmish Mechen, il Grande Oceano Occidentale; *vedi la mappa del Corno Settentrionale.*

Marta: la cuoca del principe Lytwon Fathringen.

Marta Gressing: una donna di Landsend presente allo Shantab dove Mannu Sundermun racconta del suo Somnium .

Maylin Méndrensynn: figlia e terzogenita del Lanfoth Steffen e della Lanfothe Ahnya di Ydassum; *vedi anche la Casata di Méndrensynn di Daerumor.*

Mendelon: il paese più meridionale del Corno del Grande Continente, composto dalle tre province Yldshimman, Dórumbor ed Ethyndùl; storicamente, l'unico territorio Orrenico che non fu mai conquistato dallo Skylle; *vedi mappa del Corno Settentrionale.*

Mendelon, Città: detta anche la Città Triplice, essendo divisa in tre distinti comuni rivieraschi: le Città Gemelle di Horrógloryn e la Città di Mendelon, ognuna delle quali occupa importanti posizioni strategiche sul grande estuario del Folùm; sede delle case dinastiche di Fathringen e di Elstundreth; *vedi mappa del Corno Settentrionale.*

Mendeloni: di o appartenenti a Mendelon; storicamente, una delle tribù Palanth-Orriche bandite del gruppo collettivo chiamato Orren, arrivata nel Grande Continente durante il secondo periodo migratorio; la tribù che, insieme ai Welsordi, si insediò per prima nelle zone costiere occidentali del Corno Settentrionale, un'area un tempo chiamata Welsor-Mendelon.

Menne-Gootay: in dialetto Fahtu-Shanner, un'espressione di sorpresa; Santo cielo! Cavolo!

Mesi dell'anno (e festeggiamenti) nel discorso comune di Ydassum:

- Yaned
- Febred
- Merret – (Equinozio di primavera)
- Avred
- Emded
- Somned – (21° – 22° Celebrazione del Bianco Solstizio d'estate)
- Somersh
- Augsh
- Erved (Equinozio d'autunno)
- Servito
- Novred
- Wintred – (21-22° Canto d'Inverno, d'inverno)

Seconda e Terza – Migrazioni, (Periodo delle Migrazioni): la Prima,

- Prima Migrazione: la messa al bando dei mitici Yethimrod, stimato approdo nel Grande Continente prima del 4190

- Seconda Migrazione: un periodo di graduale migrazione delle tribù Palanth-Orriche, chiamate collettivamente Orren, avvenuto tra gli anni 4580 e 4680

- Terza Migrazione: l'arrivo sul Corno Settentrionale di una sola tribù Palanth-Orriche, i Palanshen, guidata dal loro comandante Barrùs, nell'anno 5169

Mirshod: la città più settentrionale dell'isola di Fahtu-

Shan nel Grande Mare Interno di Ydassum; vedi mappa di Fahtu-Shan.

Mischul Dalbonn, Lord: Sua Grazia, il Signore Protettore; Ufficiale del Protettorato nominato alla Casata di Méndrensynn per difendere i Nobilis e i loro interessi.

Molkey: un piccolo edificio in vecchie fattorie Orreniche, dedicato alla produzione del formaggio, costruito attorno a una sorgente di acqua fredda.

Monaco Scalzo: una birreria nel quartiere del lungomare di Turicum, frequentata dai lavoratori che vivono nelle caserme vicine.

Mondo delle Visioni: un termine dato da Lord Druin Méndrensynn alla Temmerung; *vedi Temmerung.*

Morso della Bestia: mossa di combattimento con la spada, eseguita facendo oscillare la lama in alto, portando la punta verso il basso con un angolo diretto alla base del collo o al cuore.

Mutazione nel Flusso Eth: un recente aumento del flusso di Eth in tutto il mondo; la fonte di potere che causa il Richiamo.

Myrnish Channel: lo stretto canale d'acqua tra Landsend e le Isole Bianche (Elsornaum).

N

Nobilis: una forma di indirizzo onorario per le famiglie nobili di Ydassum non di stirpe reale.

Noèsh: l'antica città Orrenica sulla quale fu poi costruita Palanshen Barrost; la caduta di Noèsh seguì gli assedi dello Skylle e una virulenta peste che spazzò via tutta la sua popolazione.

Norssum: conosciuta anche come Barrostania; il paese più a nord-ovest del Corno del Grande

Continente, costituito dalle province: Tendumen, Fennsordia, Borinbranth, Limmania Superiore, Tothbory, Lofwardan e Landsend; *vedi mappa del Corno Settentrionale.*

O

Odilia Foggling-Rupp: figlia e primogenita di Brun e Alyena Foggling; *vedi anche la famiglia Foggling.*

Olio di Vahlen: il grasso di Vahlen reso, molto apprezzato nella produzione di profumi.

Olmish Aved: il Grande Oceano del Nord; *vedi mappa del Corno Settentrionale.*

Olmish Mechen: il Grande Oceano Occidentale, I Mari Infiniti; *vedi mappa del Corno Settentrionale.*

Ornden: il sindaco eletto di Landsend al tempo del Somnium di Mannu Sundermun; ha il titolo onorifico: Protettore di Dur-Vangod (Vecchio Orrenic per Landsend).

Orren: il nome collettivo del gruppo di immigrati da Palanth-Orron della Seconda Migrazione, che si stabilirono per lo più nelle terre costiere occidentali del Grande Continente che più tardi divenne noto come il Corno Settentrionale.

Le tribù storiche di Orren, e le terre in cui queste tribù s'insediarono e nominarono sono:

    • Bnorni (Bnornum, regione autonoma di Welsordia)
    • Edèndi orientale (Edendor)
    • Hlimman (Limmania, Superiore e Inferiore)
    • Welsordi-Mendeloni – la tribù amalgamata poi conosciuta come Mendeloni – (la zona costiera occidentale da Landsend all attuale Mendelon)

- Welsordi (Welsordia)
- Tendumen (Lowarthen, Syngordia settentrionale e Norssum orientale)
- Ghelondren e Dyndyll (Syngordia centrale)
- Yldsh e Edèndi Meridionale: (le province Mendeloniane di Yldshimman e Ethyndyl.)

Orrenic: "di o appartenenti all'Orren"; il nome collettivo delle diverse tribù Palanth-Orrica della Seconda Migrazione; anche la lingua e i vari dialetti di questi popoli.

Osso di Vahlen: il prezioso osso di Vahlen, simile all'avorio, veniva utilizzato per realizzare piccoli oggetti decorativi intagliati come gioielli, bottoni, ornamenti per capelli e pettini, nonché intarsi in mobili di legno pregiato.

Ous'Gweld: Il vecchio Orrenico per "i Selezionati" o "i Prescelti"; la scuola di pensiero che insegna che la padronanza dei livelli più alti del Potere di Ber'eth mostra uno status d'élite nelle sfere politiche e culturali della società; i seguaci della scuola di Ous'Gweld credono che l'uso di Eth sia un segno di un pedigree spiritualmente regale.

Ous'Vall: in dialetto Fahtu-Shanner, "ciò che è stato scelto".

P

Palanshen: la tribù della Terza Migrazione, guidata da Barrùs, dall'arcipelago Palanth-Orron al Corno Settentrionale del Grande Continente.

Palanth-Orron: il remoto arcipelago a nord

dell'Olmish Aved; patria ancestrale di tutte le tribù Palanth-Orriche residenti nel Grande Continente.

Peste: malattia virulenta caratterizzata dalla morte di tessuti viventi e da pesanti emorragie; annientava la popolazione di Noèsh e si diffondeva nelle campagne circostanti verso il Ducato di Borinbranth.

Picco della Vedova: la vetta più alta dell'Isola del Nord, vicino a Landsend, Norssum.

Prezzemolo Ovino: un arbusto perenne boscoso originario delle torbiere e delle pianure alluvionali vicino ai sistemi fluviali; un'erba tradizionalmente usata dai contadini per il suo effetto calmante sulle nascite recenti o sulle bestie nervose cornute; *vedi anche nel Glossario Botanico.*

Primizie: partecipante per la prima volta al Ballo del Bianco, non sposato e di diciotto anni appena compiuti.

Primogenito del Continente: il Primogenito dei Figli di Ber'eth, esseri alati rettili a cui ha dato accesso ai suoi pensieri e alla sua presenza tangibile, più il Grande Continente, come loro eredità; l'unica razza autoctona del Grande Continente; noto anche come 'Uran-Draigana' o 'Avem'.

Professor Gwenndon: istruttore presso il College of Eth Lore, Università di Barrost. Ex professore presso il College degli Studi di Eth in Immen.

Professor Yohn: istruttore presso il College of Eth Lore, Università di Barrost.

R

Ragno di Seta: diverse specie di ragni, velenosi e non, originari delle regioni costiere meridionali del

Grande Continente; le specie addomesticate utilizzate nelle industrie tessili di Mendelon e Vlachonia sono state lasciate dagli invasori Skylliani; *vedi anche il Glossario Zoologico.*

Rand: uno dei ragazzi dell'equipaggio del Guardiamarina Eckel.

Recinto Santo: il Grande Tempio di Immen; noto anche come 'Geholiogarth'.

Regalità Vandriana: il gruppo collettivo dei governanti di Barrostania, discendenti delle Quattro Case di Barrùs, il leader dei Palanshen dell'ultima migrazione da Palanth-Orron.

Regina Isabella Elstundreth Fathringen: moglie del Re della Doppia Corona Richarr Fathringen di Syngordia, madre del principe ereditario Gordyn Fathringen; *vedi anche Fathringen della Casata Reale di Syngordia.*

Regina Summerbird: il più recente ritrovamento di orchidee Summerbird; l'unico esemplare conosciuto della specie è stato raccolto allo stato selvatico e coltivato nella corte privata dell'Anfiteatro delle Orchidee di Lady Banah Méndrensynn; *vedi anche il Glossario Botanico.*

Regno della Doppia Corona: le corone unite degli ex regni di Dennelon e Ghelondria; noto anche come Syngordia; *vedi mappa del Corno Settentrionale.*

Regula Mutig: una donna di Landsend, presente allo Shantab dove Mannu Sundermun racconta del suo Somnium, riluttante a donare le sue argenterie per la difesa del villaggio.

Regno delle Nuvole: un nome alternativo per Ydassum, in riferimento alle foreste coperte di nubi del paese.

433

Regni delle Nuvole: un nome più antico per i territori combinati di Ydassum e Edendor.

Richarr Fathringen II, Re: primogenito del defunto re Landwynn Dor-Tanumm Fathringen; marito della Regina Isabella Elstundreth Fathringen; padre del principe ereditario Gordyn Fathringen; *vedi anche Casata Reale di Fathringen di Syngordia.*

Riddern: le tribù convertite dai Cavalieri dei Cervi Urbonnici, o appartenenti a tali tribù; rinomati Praticanti della Guarigione Lore.

Rud: Mastro Panettiere a Mirshod, a Fahtu-Shan.

Rueddan Foggling: secondogenito di Brun e Alyena Foggling; *vedi anche la famiglia Foggling.*

Rus Raykmut: un uomo di Landsend presente allo Shantab dove Mannu Sundermun racconta del suo Somnium.

S

Santonin: la setta dei sommi sacerdoti dell'Altissimo Sacerdote dell'Alldai.

Sara Minder: L'ex compagna di banco di Toman Foggling alla scuola elementare di Fahtu-Shan, sposata con Yeral Fayris.

Scaglie d'Oro: le scaglie polliniche di alcune specie di orchidee Summerbird originarie delle alte quote delle massicce catene montuose orientali di Ydassum, utilizzate per la produzione di spezie.

Scarabeo-Vespa: l'emblema sacro del Santonin Skylle dell'Alldai.

Scorpione d'inverno: una costellazione che appare nel cielo di fine autunno e d'inverno; un ammasso di stelle che assomiglia a uno scorpione, la cui coda punta verso sud.

Schellen: un gioco di carte giocato in diverse forme dalla maggior parte dei popoli Orrenici.

Schofsgrind: in dialetto Turico, un'espressione esclamatoria; Idiota! Smemorato!

Scuola di lettere: a Ydassum, i primi cinque anni di scuola sono aperti ai bambini dai cinque ai dieci anni.

Scuole di pensiero riguardo all'Eth:

- Avye-Sonther: Messi da Parte, "i santificati".
- Geshan al Mansh: "il dono al popolo".
- Ous'Gweld: "I prescelti".

Scribbners: un oscuro ordine di monaci di Immen impegnati a copiare fedelmente tutti i testi antichi su Ber'eth e a diffonderli in tutto il mondo Orrenico; si ritiene che si sia evoluto dall'antico ordine dei monaci Yethrodiani.

Sere Shorann: figlia di Gor Shorann, proprietario della Locanda Sotto le Scogliere vicino al molo di Landsend.

Servo di Geholiogarth: laico di fede che si sente chiamato a dedicare la sua vita al servizio di Immen, lasciando tutti i suoi beni e i suoi legami familiari nella ricerca di una sincera servitù a Ber'eth.

Servo di Immen: uno status onorifico conferito dal Sacerdozio di Geholiogarth (Immen) a studiosi scelti di Lore Orrenica.

Shann Sundermun: primogenita di Sonna e dei figli gemelli di Mannu che lasciarono Landsend per lavorare sul Grande Fiume; *vedi anche la famiglia Sundermun.*

Shantab: tradizionale riunione della famiglia Orrenica o della comunità in cui il capofamiglia o il sindaco del villaggio conduce discussioni su decisioni importanti; le riunioni spesso terminano con una votazione, con la decisione della maggioranza.

Shellen: la Bestia Cornuta da soma di Mannu Sundermun.

Sir Han Crethingan: un architetto di corte Syngordiano di fama internazionale, un uomo di grande devozione, meglio conosciuto come progettista di spazi intimi come le cappelle e i piccoli giardini, ad eccezione di Warningen House. Le strutture di Crethingan ancora esistenti sono:

- Warningen House (Lowarthen, Syngordia settentrionale)
- Giardino Sommerso (Warningen House)
- Giardino Sommerso (Giardini universitari, Barrost)
- La Cappella del Giardino (Il Giardino Bianco, Limmania)
- La Cappella Interna (all'interno del Galdyssen Baronhold)

Skylle: le popolazioni Urbonnici che, dopo il Cataclisma Mondiale, attraversarono il ponte continentale formatosi di recente verso il Grande Continente e si stabilirono nelle aride pianure meridionali dell'Alldai.

Solyssia: la chiatta di lusso Méndrensynn utilizzata durante la Visita di Stato, dotata di sala da pranzo, appartamenti privati per i Nobilis e gli ospiti nobili, alloggi delle guardie e cucine.

Somnium, pl. Somni: un sogno lucido, innescato dal flusso crescente di Eth, trasformandosi in visioni di risveglio che rivelano le conseguenze del Richiamo che riverbera attraverso il mondo.

Sondervay: la nave che Toman Foggling e Yannu Elden hanno preso da Fahtu-Shan a Turicum.

Sonna Sundermun: la moglie del pescatore di Landsender Mannu Sundermun, madre di Uri e Shann, presente allo Shantab dove il marito racconta del suo Somnium; *vedi anche la famiglia Sundermun.*

Sotto le Scogliere: la taverna vicino al molo di Landsend, gestita da Gor Shorann e sua figlia Sere.

Spettrali: Risonanze cromatiche d'Eth con la chiarezza dei colori primari: rosso, blu o giallo.

Seta di ragno: le tele tessute dalla ragnatela setosa della specie addomesticata del Ragno di Seta che era stata portata dall'arido Alldai dagli invasori Skylliani.

Steckees: detto anche 'Ferbor'ghena'; un gioco per bambini dove tutti i giocatori si nascondono, tranne uno che deve poi cercare di trovare gli altri.

Stregoni bianchi: i leggendari stregoni malvagi di Atlonia, visti in Somni e visioni.

Storryn: persona di origine Orrenica con una rara forma di cecità ereditaria in cui i capelli, la pelle e gli occhi senza vista sono di un bianco puro; è considerato atto di buona fortuna fare loro l'elemosina.

Summerbird: genere di specie di orchidee originarie delle alte quote delle catene montuose orientali di Ydassum, distinguibili per le loro massicce foglie coriacee e la fioritura durante tutto l'anno; *vedi anche il Glossario Botanico.*

Summerbird Rosso: una forma diminutiva del genere Summerbird che si trova per lo più su roccia esposta nella Foresta Nuvola di Ydassum; *vedi anche il Glossario Botanico.*

Famiglia Sundermun:

     ◆Mannu Sundermun, padre

- Sonna Sundermun, madre
- Jos Sundermun: figlio maggiore
- Timea Sundermun: figlia maggiore
- Layna Sundermun: figlia minore
- Shann & Uri Sundermun: figli gemelli identici, i più giovani dei loro figli

Suyan Folumpor: il Grande Fiume; il più grande fiume del Corno Settentrionale, che scorre da est a ovest attraverso il Norssum, partendo dalla regione del Palaath di Daerumor a Ydassum, passando per Lowarthen e Lofwardan, il Ducato di Borinbranth, la Piana di Fennsor e terminando al primo e al porto di Barrost; il principale corso d'acqua per la navigazione e i viaggi dai paesi senza sbocco sul mare del Corno; *vedi mappa del Corno Settentrionale.*

Syngordia: il regno centrale del Corno Settentrionale, composto da Dennelon e Ghelondria; *vedi mappa del Corno Settentrionale.*

T

Tambur: sport in cui un pezzo di cuoio viene teso su un anello di legno e usato per colpire una palla di cuoio contro un muro.

Temmerung: un arcaico termine dall'Antico Alto Orrenico per 'La luce tra i mondi', reintrodotto da Lady Arden Shannorn della scuola della Lore Eth a Barrost; un fenomeno che si verifica in concomitanza con la potente Mutazione nel Flusso Eth e la liberazione del secondo Richiamo.

Tendumen: provincia settentrionale della Regione autonoma di Lowarthen.

Tennumeno: "di o appartenente all'antica cultura

Orrenica dei Tendumeni"; storicamente, una delle tribù Palanth-Orriche bandite che arrivarono nel Grande Continente durante il secondo periodo migratorio e si stabilirono nell'area a nord di Lofwardan e nella regione Syngordiana di Lowarthen; vedi mappa del Corno Settentrionale.

Thunderweather!: un'espressione di Fahtu-Shanner usata per mostrare sorpresa o paura improvvisa.

Tocco del Primogenito: un atto di grande onore conferito dagli Avem, in cui rivelano il loro passato lontano a qualcuno che considerano scelto da Ber'eth; l'esperienza dell'antico massacro degli Uran-Draigana, trasmessa in un rito in due parti: su richiesta del Primogenito, il destinatario pone il proprio volto sulle palme aperte degli Avem, poi essi pongono il proprio volto sulle palme aperte del destinatario.

Toman Foggling: allevatore di bestie cornute e figlio minore di Brun e Alyena Foggling della fattoria di Upland, Fahtu-Shan; ha lasciato la casa per lavorare a Turicum, inizialmente al servizio della Casata di Méndrensynn sotto la guida del Guardiamarina Eckel e successivamente sotto Lord Dalbonn.

Trattato di Mendelon: leggi e ordinanze approvate dall'Alleanza Orrenica dopo le Guerre di espulsione; ha favorito pesantemente gli interessi Barrostani e Mendeloniani, e ha penalizzato la Limmania per la loro presunta parte nella fuga dei capi governativi dei Vastan di Skyllian; *vedi anche Le Guerre di espulsione e L'assedio e la caduta della Limmania.*

Trend Dobbesser: lo studente Barrostano delle lingue Orreniche orientali arcaiche, che ha condotto ricerche negli Archivi Méndrensynn di Turicum.

Turicum: la capitale di Ydassum, sulla riva occidentale del Grande Mare Interno; fondata durante il movimento verso est delle tribù Orreniche della Seconda Migrazione; *vedi mappa di Ydassum*.

U

Urandi: la razza degli esseri creati dal suolo di Urborn, la terra più meridionale dell'Olmish Mechen; gli antenati degli Skylle, dei Cavalieri dei Cervi e dei Riddern.

Uran-Draigana: grandi esseri alati, i Primi Nati del Grande Continente; conosciuti anche come 'Avem'; i Riddern li chiamano 'Santi Uran-Draigana'.

Urbonnico: "di o appartenenti agli Urandi" la cui patria era l'ex continente insulare di Urborn.

Urborn: in origine era il continente insulare meridionale; dopo la Formazione del Mondo, è stato collegato alla terraferma più meridionale del Grande Continente dall'istmo di Androcaì.

Uri Sundermun: secondogenito dei figli gemelli di Sonna e Mannu che lasciarono Landsend per lavorare al Grande Fiume; *vedi anche la famiglia Sundermun*.

Ussaro: un servitore dei Riddern Princeps, che si prende cura dei loro destrieri.

V

Vachter, Capitano: il capitano delle chiatte Nobilis, responsabile della sicurezza per la Visita di Stato della Nobilis Lady Banah, sotto il comando del Lord Protettore Mischul Dalbonn.

Vahlen: un gruppo di quattro specie conosciute di creature marine che respirano l'aria, simili a pesci, nate dalle correnti più fredde dell'Olmish Aved e dell'Olmish Mechen; fonte della pelle di Vahlen, dell'osso di Vahlen e dell'olio di Vahlen; *vedi anche nel Glossario Zoologico.*

Vahlenskin: la pelle spessa e resistente alle intemperie realizzata in pelle di Vahlen.

Vandronbol: un grande castello a cupola di Barrost, costruito durante il secondo periodo della migrazione; testimonianze di prima mano, da parte dei Palanshen che arrivano al castello, rivelano l'effetto devastante della peste sulla popolazione Orrenica di Noèsh: "...*nelle cantine sono stati trovati cibi secchi commestibili e vino da bere, piatti con resti di cibo sono stati trovati su tavole imbandite, ma gli abitanti erano solo mucchi di ossa sbiancate e ancora vestite con abiti macchiati, che ricordavano una terribile grande pestilenza. ..*"

Vastans di Kalaq e Konsuul: i territori del Corno Settentrionale del Grande Continente, conquistati dai signori Skyllian; composti da terre che vanno dall'attuale Norssum, Limmania e Syngordia fino a Yldshimman nel sud.

Venomica: l'antica Lore del veleno dei Cavalieri dei Cervi; lo studio e la somministrazione di elisir, veleni, tossine, tinture, estratti, essenze e distillati di piante, animali e minerali, utilizzati dai Cavalieri dei Cervi per prendere vita.

Verana Fera'Genglic Fathringen, Principessa: nata nel volgo, la defunta moglie del Principe Lytwon Dor-Tanumm Fathringen; morte inspiegabile.

Villi: uno dei ragazzi dell'equipaggio del Guardiamarina Eckel.

Vlachonia: stato vassallo di Mendelon, originariamente provincia costiera del Regno della Doppia Corona di Ghelondria e Dennelon, governata da un funzionario nominato dalla corte di Mendelon; grandi depositi di rara sabbia ambrata hanno dato vita alla famosa industria del vetro del paese, da cui il territorio ha preso il nome.

W

Warningen House: un grande palazzo signorile a Lowarthen, nel nord di Syngordia, progettato dal famoso architetto reale, Sir Han Crethingan; l'origine del nome è incerta; gli antichi riferimenti alla località fanno pensare a un'antichità molto più grande di quanto generalmente ritenuto dagli storici dell'università di Barrost.

Welsor: l'antica cultura Orrenica dei Welsordi nel Grande Continente; successivamente amalgamata con quella dei Mendeloni; *vedi anche Orren.*

Welsordi: "dell'antica cultura Orrenica di Welsor"; "del popolo o del paese di Welsordia"; storicamente, una delle tribù Palanth-Orriche bandite che arrivarono nel Grande Continente durante il secondo periodo migratorio; la tribù che, insieme ai Mendeloni, si insediò prima nelle zone costiere occidentali del Corno Settentrionale, fondando un territorio un tempo chiamato "Welsor-Mendelon"; in seguito si trasferì sulla costa settentrionale del Corno, formando la "Welsordia".

Welsordia: l'alleanza di due regni, Welsordia e Bnornum, sulla costa settentrionale del Grande

Continente, risalente al periodo della migrazione Orrenica.

Wintar Elstundreth: la dinastia Mendelonica autrice del Trattato di Mendelon.

Wyerson: capo giardiniere della corte privata dell'Anfiteatro delle Orchidee di Lady Banah Méndrensynn a Turicum.

Y

Yannu Elden: il giovane di Balbrun, sulla riva orientale del Grande Mare interno, che è diventato il migliore amico di Toman Foggling.

Yeral Fayris: agricoltore di Fahtu-Shan, sposato con la compagna di scuola di Toman Foggling, Sara Minder.

Yethimrod: i leggendari esseri mistici che si pensa abbiano fondato Geholiogarth, "il Recinto Sacro", attorno al quale è sorta la città di Immen; la prima ondata di immigrati nel Grande Continente da Palanth-Orron; definiti nella tradizione di Riddern come gli Esseri Superiori.

42

GLOSSARIO BOTANICO

Byr: *Byr silbranus edenorani*; l'Edendor Byr; un alto albero a foglia caduca, originario dell'Edendor settentrionale, che presenta tipicamente foglie ruvide e seghettate grigio-verdi grigiastre con una fioritura argentea altamente riflettente sul lato inferiore; spesso usato nel design formale del giardino per la sua presenza maestosa e altamente ornamentale a piena maturità.

Carice di pescatore: *Carex secgunum*; una pianta simile all'erba con steli trangolari e fiori poco appariscenti; cresce tipicamente nelle zone paludose o vicino ai corsi d'acqua di Edendor e Ydassum e in tutto il Lowarthen orientale; fragrante quando viene schiacciata.

Lor-beren: *Lorberan comunala*; una forma sempreverde di arbusto perenne legnoso del Ciliegio Azzurro degli Altipiani; originario dell'Honstan, cresce per lo più su terreno scistoso; ampiamente coltivato come erba profumata da cucina.

Prezzemolo di ovino: *Selinonensis pecoranum*; un arbusto perenne legnoso originario delle torbiere e delle pianure alluvionali vicino ai sistemi fluviali in tutto il Corno Settentrionale; un'erba tradizionale usata dai contadini per il suo effetto calmante sulle nascite recenti o sulle nervose bestie cornute.

Siepe di pescatore: pianta erbacea con steli triangolari e fiori poco appariscenti, che cresce tipicamente nelle paludi o vicino ai corsi d'acqua; profumata quando viene schiacciata.

Summerbird: dal dialetto di Turicum, *Uccellino d'Estate*: Sumrfurgheli; un genere di specie di orchidee originarie delle alte quote nebbiose delle catene montuose dell'Ydassum orientale; si distinguono per la loro massiccia crescita fogliare e la tendenza a produrre fioriture durante tutto l'anno; i colori dei fiori vanno dall'indaco profondo all'azzurro pallido, al rosso pallido crepuscolare e all'avorio; la fonte dei pollini della Scaglie d'Oro utilizzati per la produzione di spezie.

- Regina Summerbird: Sumrfurgheli banahensis; una forma unica e intensamente profumata del genere; possiede lunghe e graziose infiorescenze ramificate con fiori rosa avorio e spesse foglie coriacee; scoperto nella Foresta Nuvola di Auyana, l'unico esemplare conosciuto è in coltivazione nella corte privata dell'Anfiteatro delle Orchidee di Lady Banah Méndrensynn all'interno del parco del Palazzo Méndrensynn.

- Summerbird Rosso: Sumrfurgheli rodlichana; una forma diminutiva del genere Summerbird, che si trova per lo più su roccia esposta nelle Foreste Nuvolose di Ydassum; spesso utilizzata nell'ibridazione di nuove varietà di orchidee speziate di Sumrfurgheli.

445

Tendine Ambra: *Aurana tendrilensis*; specie variabile di arbusto rampicante o vite legnosa che si trova in terreni umidi e torbosi alle quote più basse dell'Edendor e della Bassa Limmania, spesso vicino alla costa; le tenere punte e le foglie della vite vengono essiccate e utilizzate per produrre Tè Ambra.

Tickory: *Ligrum ihmellensis*; una piccola erbacea sempreverde perenne, di solito a fiori blu e con foglie rugose; comune ai banchi di sabbia sopra le pianure alluvionali in tutto il Corno Settentrionale; un'erba con radici a fittone usata soprattutto per le sue proprietà stimolanti.

Viticcio ambrato: un arbusto rampicante o vite legnosa che si trova nelle zone con terreno torboso umido; la fonte del Tè Ambrato.

43

GLOSSARIO ZOOLOGICO

Alce: diverse specie del genere *Cornumen*.

- Grande alce dalla criniera: *Cornumen giganteus*; la più grande specie di alce degli altipiani conosciuta nel Grande Continente; ha corna palmate enormi e lunghi peli sul collo e sulla parte superiore della schiena; si ritiene che il suo territorio si estenda dagli altipiani glaciali di Ydassum verso est fino ad Auyana.
- Alce della foresta: *Cornumum minor*; piccole specie originarie delle foreste temperate ad alta altitudine di Bnornum, Welsordia e della provincia di Honstan di Ydassum.
- Alce di pianura: *Cornumen paludensis*; originario della regione costiera settentrionale del Norssum, leggermente più piccolo dell'alce di pianura l'Alce dalla Criniera Superiore, che si distingue per il suo mantello liscio e le corna sottili.

Argelice: *Smeltum communalis*; un piccolo pesce originario delle fredde correnti dell'Olmish Aved, che si trova in grandi banchi vicino a Landsend.

Bestia Cornuta: *Gadincum*; un vasto genere di animali

al pascolo con gli zoccoli che si trovano nel Grande Continente; gli attributi comuni a tutte le specie sono le corna che si attorcigliano o che si arricciano all'indietro, gli zoccoli con chiodi di garofano e i capelli corti o la lana; alcune cosiddette specie sono in realtà gruppi di animali selvatici rilasciati dai primi coloni di Palanth-Orric; esistono molte forme addomesticate.

Bianco Viaggiatore: *Swinsturmen mendelonensis*; una piccola specie gregaria bianca di sterna che migra verso il Grande Continente in pieno inverno; si pensa che abbia avuto origine nel remoto arcipelago settentrionale di Palanth-Orron; le zone di riproduzione invernale si trovano lungo la costa di Mendelon.

Cigno Nero: un genere di uccelli acquatici che un tempo abitava i mari senza sbocco sul mare e i laghi degli Altipiani di Edendor e Ydassum; si ritiene che sia stato cacciato fino all'estinzione durante la signoria di Skyllian sul Corno Settentrionale a causa della richiesta della loro carne bianca e oleosa.

Falco di mare: *Fealconens paludastris*; un piccolo rapace originario delle paludi e delle rive del Grande Mare Interno; ha piume grigio-blu, zampe giallo brillante, artigli neri e occhi con iride bianca.

Gahoin: un grande genere di uccelli dal corpo lungo, prevalentemente di terra; diverse specie si distinguono per le dimensioni, il richiamo e la lunghezza, il disegno e il colore delle loro piume ornamentali; esistono diverse forme, alcune con il collo lussureggiante e allungato e/o treni di piume che scorrono sulla parte superiore della schiena; la maggior parte delle specie e sottospecie hanno anche protuberanze ossee colorate sulla testa; il nome deriva dal termine Orrenico antico "gridare".

- Rock Gahoin: *Gahoinen felsensis*; spesso si trova nelle fattorie dei regni delle nuvole di Ydassum e Edendor; esistono molte forme addomesticate, allevate sia per le loro grandi uova blu che per la carne.
- Gahoin degli altipiani: *Gahoinen spettaculus*; una grande specie che si trova nelle regioni montuose del Grande Continente settentrionale.
- Grande Gahoin: *Gahoinen giganteus*; il più grande del genere, più alto di un uomo, originario dei fitti burroni della Limmania centrale.

Leone Nero: *Leonaum eorpum*; il più grande membro del genere dei felini dell'Alldai, le aride pianure meridionali del Grande Continente; il nome deriva dalla folta criniera nera che si drappeggia dalle spalle e tocca il suolo; il colore d'insieme è un marrone scuro lucido, quasi nero; si trova ancora in alcuni parchi di animali di remoti castelli sul Corno Settentrionale, sopravvissuti alle collezioni private di animali degli Skyllian Vastans.

Oca Nera: *Gregos eorpum*; una specie non migratoria degli uccelli acquatici, indigena delle paludi degli altipiani che costeggiano il Grande Mare Interno; una specie che pascola i semi di erba acquatica, la specie mostra una preferenza per la nidificazione nel Laggol Palaath a est di Turicum.

- Oca nera minore: *Gregos eorpum minor*; una sottospecie, abita le zone umide all'interno dei ripidi corsi d'acqua del canyon della Limmania interna.

Ragno di seta: *Gangewifrum godwebensis*; una specie di ragno addomesticato non velenoso, utilizzato nella produzione di seta per l'industria tessile; originario degli Alldai nell'estremo sud del Grande Continente; specie velenose di ragni produttori di seta di questo genere includono G. *godwebensis var. atorum* e G. *godwebensis gelsterum*.

Vahlen: un gruppo di quattro specie conosciute di creature marine che respirano l'aria e che respirano come pesci nativi delle correnti più fredde dell'Olmish Aved e dell'Olmish Mechen; fonte della pelle di Vahlen, dell'osso di Vahlen e dell'olio di Vahlen.

- Vahlen maggiore: *Vahlensis avediana*; originaria dell'Olmish Aved, la più grande delle specie Vahlen conosciute; di colore grigio-blu massiccio, con una pinna dorsale relativamente piccola e pinne pettorali e caudali larghe, spesso presenti in grandi branchi familiari; cacciati per il loro prezioso grasso, le ossa e la pelle, così come la carne grassa che si conserva in salamoia stagionata.

- Grandi mari Vahlen: Vahlensis olmechiana; originario dell'Olmish Mechen, una specie simile al *Vahlensis avediana* ma con una pinna dorsale più grande, con punta bianca e sottili strisce grigie chiare lungo il corpo; anch'esso cacciato per il suo grasso. Mannach Vahlen: *Vahlensis mannachan*; si trova nelle acque costiere dalla Baia di Barrost alla Baia della Limmania; si pensa che sia albino per la sua pelle bianco-rosata, la specie ha la tipica pinna dorsale piccola e le pinne pettorali larghe del genere.

- Vahlen lutto: Vahlensis reddinlachana; si trova solo nella Baia di Limman e gli esemplari viventi sono stati avvistati solo a distanza; la rara specie diminutiva possiede pinne dorsali e pettorali corte e una coda larga, ma si dice che cresca solo fino alla lunghezza dell'altezza di un uomo; il suono del suo richiamo notturno è stato paragonato a un canto doloroso; spesso presente nel folklore Limmano, ognuno dei quali è presumibilmente l'anima di uno dei maestri d'ascia, dei capitani e delle loro famiglie, che perirono nella Baia di Limman durante le Guerre di Espulsione.

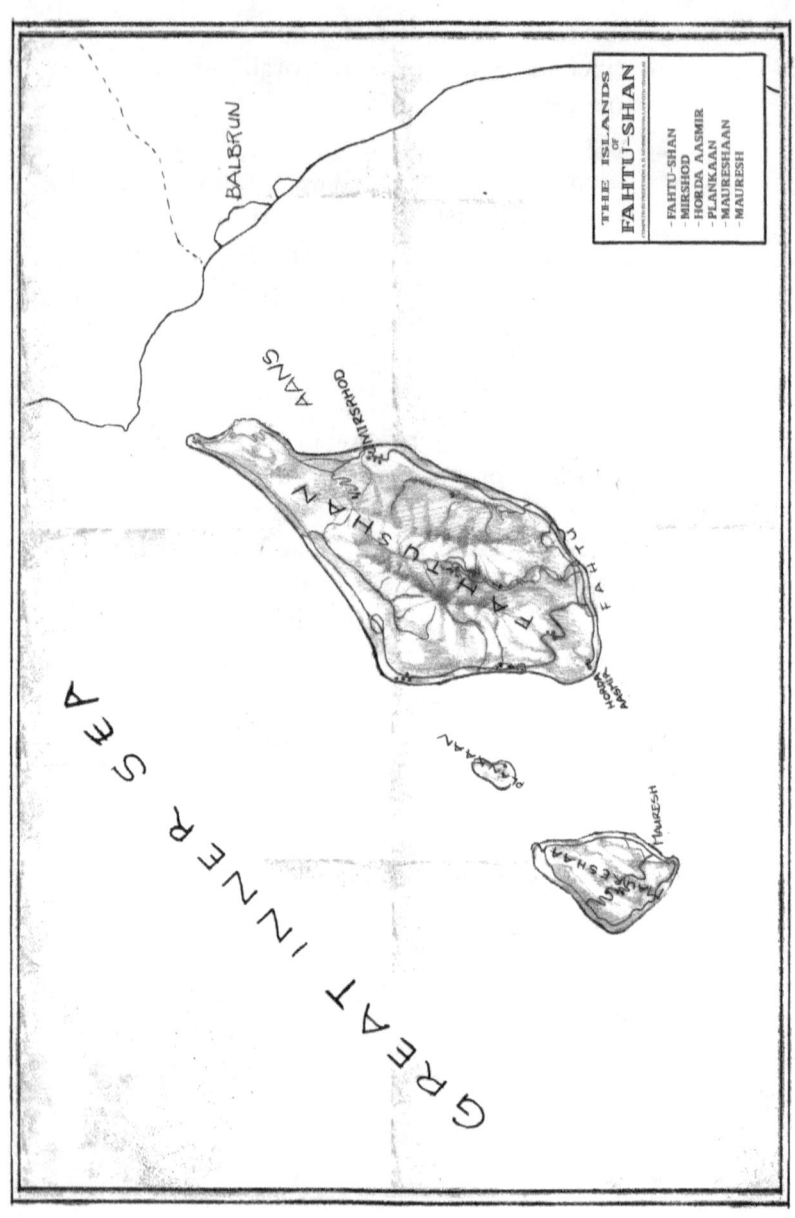

THE ISLANDS
OF
FAHTU-SHAN

- FAHTU-SHAN
- MIRSHOD
- HORDA AASMIR
- PLANKAAN
- MAURESHAAN
- MAURESHI

BALBRUN

FAHTRUSHAN

MIRSHOOD AANS

HORDA AASMIR

FAHTU

MAURESHAAN

MAURESH

GREAT INNER SEA

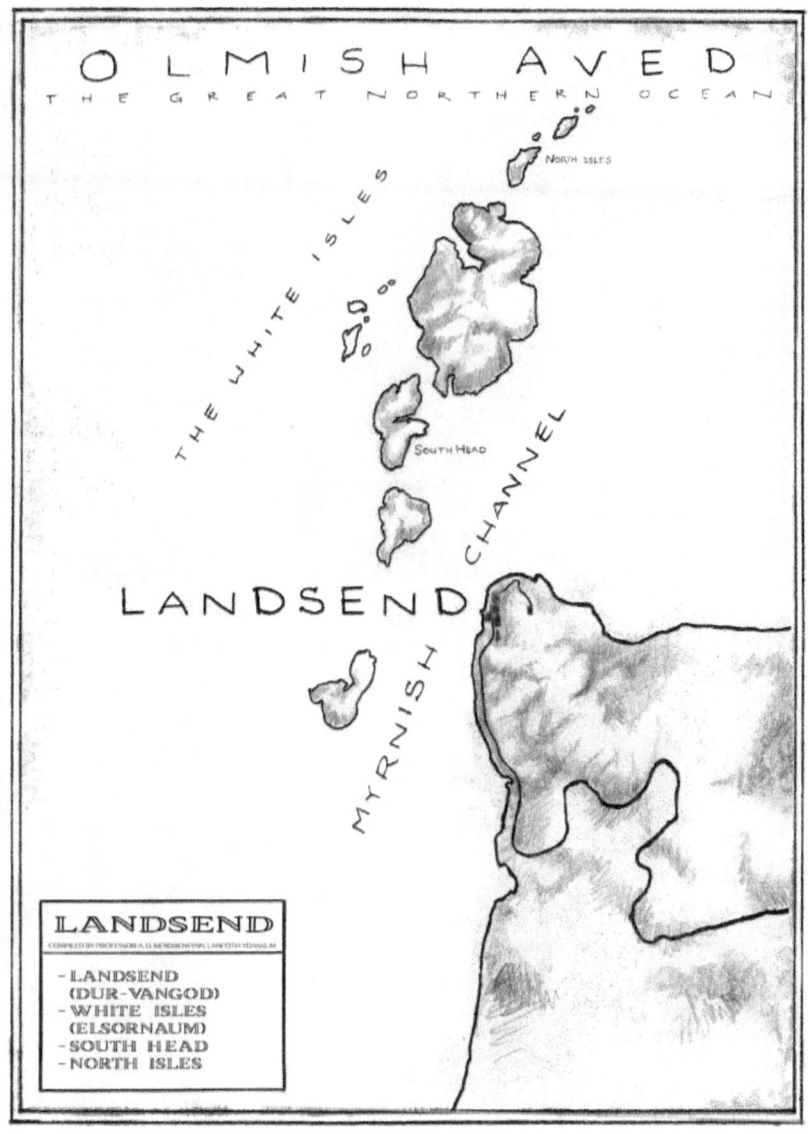

OLMISH AVED
THE GREAT NORTHERN OCEAN

NORTH ISLES

THE WHITE ISLES

SOUTH HEAD

LANDSEND

MYRNISH CHANNEL

LANDSEND
COMPILED BY PROFESSOR A. D. MENDIKONYNNA, LANETH YDASSLM

- LANDSEND
  (DUR-VANGOD)
- WHITE ISLES
  (ELSORNAUM)
- SOUTH HEAD
- NORTH ISLES

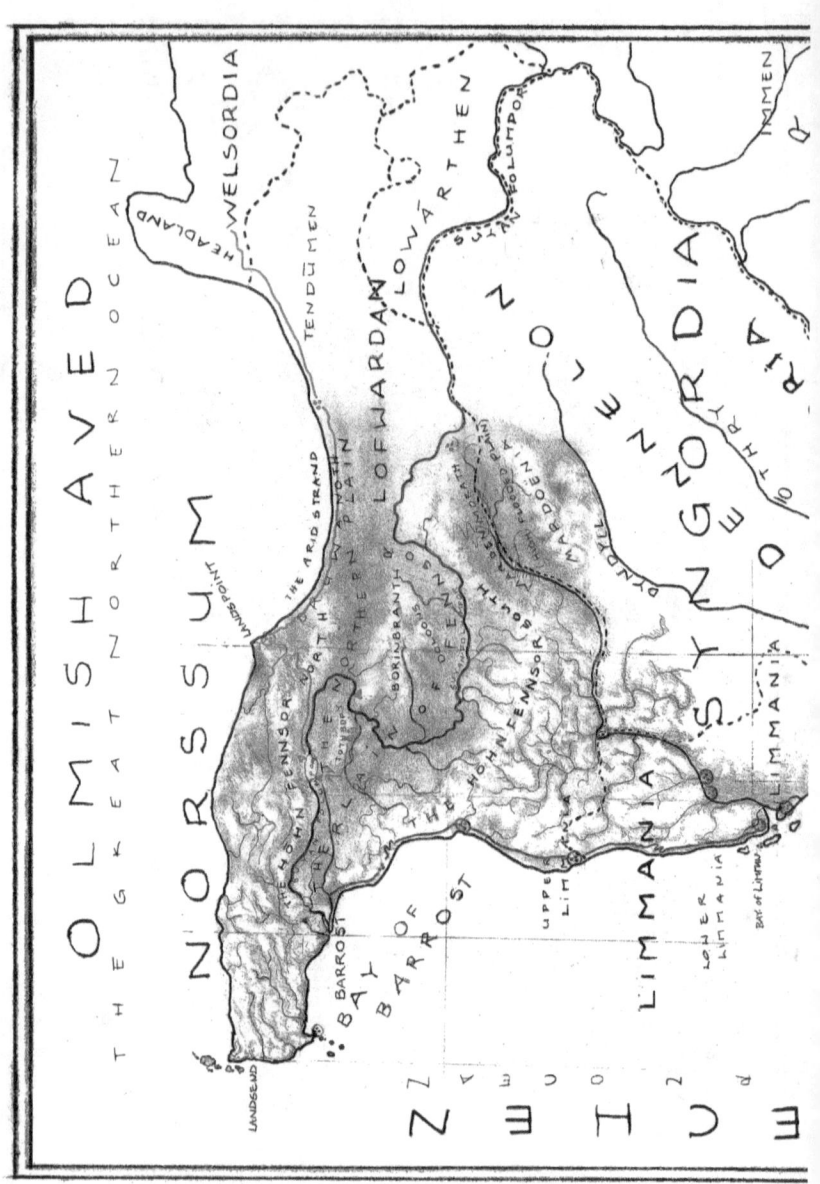

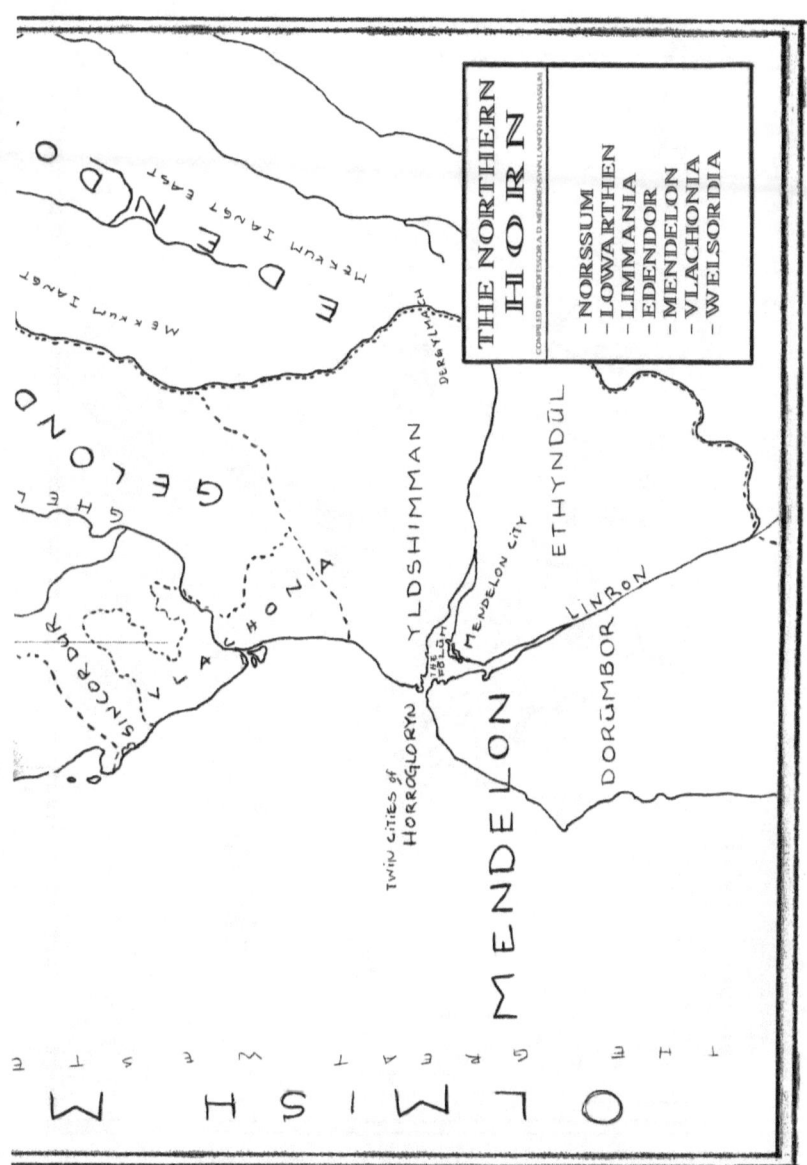

THE NORTHERN HORN

COMPILED BY PROFESSOR A.D. MERIKENNYM, LANFORTH YDVAGLAN

- NORSSUM
- LOWARTHIEN
- LIMMANIA
- EDENDOR
- MENDELON
- VLACHONIA
- WELSORDIA

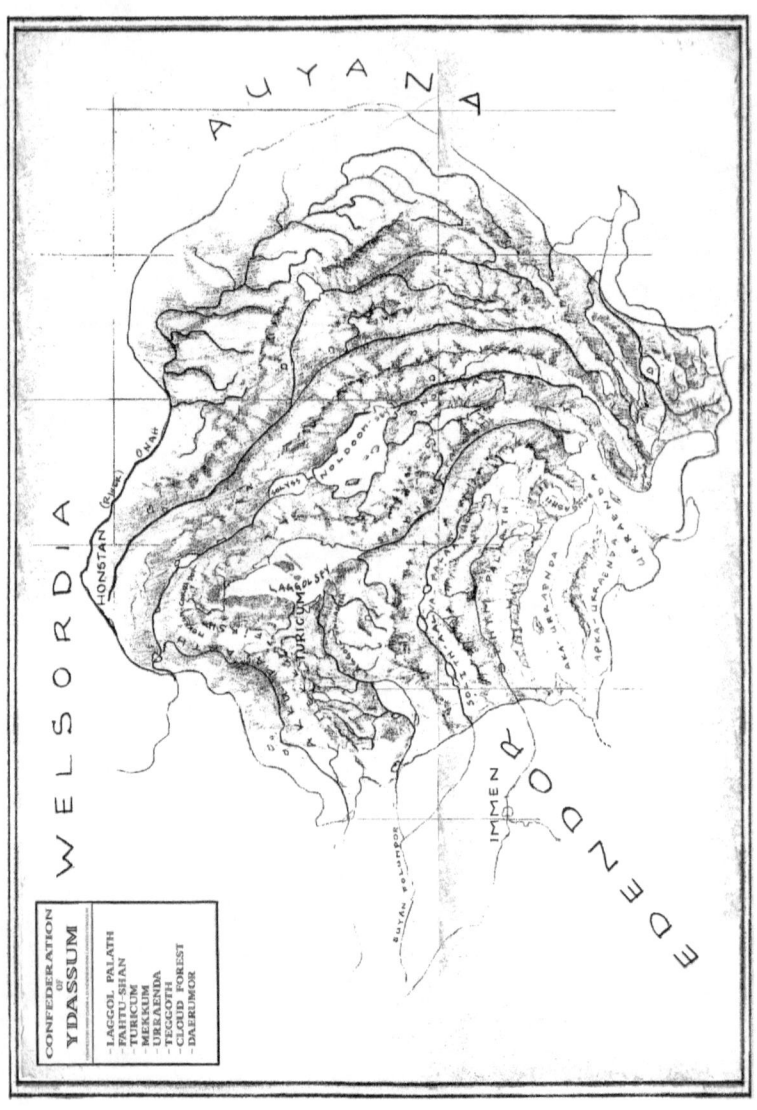

CONFEDERATION
OF
YDASSUM

1 – LAGGOL PALATH
2 – FAHTU-SHAN
3 – TURKUM
4 – MEKKUM
5 – UREAENDA
6 – TEGGOTH
7 – CLOUD FOREST
8 – DAERUMOR

RIGUARDO ALL'AUTORE

Con una laurea maestrale in inglese come lingua straniera e in dialettologia, la passione dello scrittore originario d'America William Chancellor per le saghe e le lingue germaniche si manifesta nella sua scrittura.

Artista con la laurea BFA (statunitense) in Design delle vetrate moderne, la sua attenzione al colore e alla forma si manifesta nei suoi scritti. Ha creato il più grande vetraio della Svizzera in un edificio laico a Waedenswil, cantone di Zurigo. Le sue opere si trovano anche in collezioni private in Svizzera, nei Paesi Bassi, negli Stati Uniti e in Italia.

Un appassionato di piante, è ancora attivo nello sviluppo delle piante perenni di hemerocallis in forma di orchidea nella sua casa in Piemonte in Italia.

Marito di uno, padre di quattro e nonno di due, il suo amore per la narrazione si fonde con le sue passioni per la geografia, la lingua e la botanica nella storia epica di Palanshia.